기
억
의

깊
이

김병익 글 모음

기억의 깊이
── 그 두런거림의 말들

펴낸날 2016년 6월 15일

지은이 김병익
펴낸이 주일우
펴낸곳 ㈜**문학과지성사**
등록번호 제1993-000098호
주소 04034 서울 마포구 잔다리로7길 18(서교동 377-20)
전화 02) 338-7224
팩스 02) 323-4180(편집) / 02) 338-7221(영업)
전자우편 moonji@moonji.com
홈페이지 www.moonji.com

© 김병익, 2016. Printed in Seoul, Korea
ISBN 978-89-320-2873-6

이 도서의 국립중앙도서관 출판예정도서목록(CIP)은 서지정보유통지원시스템 홈페이지
(http://seoji.nl.go.kr)와 국가자료공동목록시스템(http://www.nl.go.kr/kolisnet)에서
이용하실 수 있습니다. (CIP제어번호: CIP2016014251)

기억의 깊이

그 두런거림의 말들

김병익
글 모음

문학과지성사
2016

원일이, 문길이에게

쉰 해 묵힌 정으로도
아픈 몸과 마음 다스림에
조그만치의 다독거림도 못 주는
안타까움으로

책머리에

이번 책도 앞서의 내 다른 책들처럼 여전히 못났지만, 거기에 더해, 매우 잡스럽기까지 하다. 비평집 『이해와 공감』(2012)과 산문집 『조용한 걸음으로』(2013)를 내고 나서 쓴 글들이 한 권 분량이 되겠다 싶어 모으다 보니 별별 글들이 한자리에 어울려 든 것이다. 작품에 대한 해설과 작가들에 대한 소묘, 묵직한 책에 대한 긴 서평과 지난 반세기에 대한 성찰 사이에 달라붙은 짧은 산문 들, 먼저 간 친구의 회고와 스스로를 향한 자전기도 뒤따른다. 지난해에 잇달아 쓴 산만한 글 여럿 옹기종기 모인 가운데 강연 원고들도, 축사와 추도의 말들도 끼어든다. 특히 40여 년 전의 글 여러 편을 찾아 넣었는데, 이런저런 탓으로 내 책의 차례에 들지 못한 글들이어서 문득 그것들이 집 잃은 고아처럼 헤맬 것이 서운하게 여겨져 이번에 몸 앉힐 자리를 마련해준 것이다. 그러다 보니, 비평집도 못 되고 산문집이라기에도 어색해서 옛날식 '문집'이란 말을 옮겨 '글 모음'으로 묶었다.

　그 갖가지 꼴들의 글을 교정보면서 제멋대로의 형상이 부끄러워지는 가운데 그것들 거의가 지난 시간들의 성찰과 회고의 틀 안에서 헤매고 있는 것임을 깨달았다. 그러고 보니 산수(傘壽)에 다가온 마음이 한 가지 생각으로 파고들기에는 힘에 부치고 또 근래의 게을러진 덕택으로 매임 없이 보는 대로 쓰고 편하게 말하기로 작정해왔기에 주제나 형태의 일관성으로 가려둘 것도 없었다. 속 편하게 내 멋대로의 읽기와 쓰기를 통해 내 스스로의 생각들을 드러내고는 있지만, 이것들을 모아 다시 짜면서 일매지게 이름 붙이기에 편할 리 없었다. 짧은 인사말인 '돌아-봄과 바라-봄'을 제목으로 세우고 싶었음에도 내 스스로에게는 '돌아-볼 것'들만 쌓이고 '바라-볼' 것은 별로 없다는 점 때문에 주저하며 이리 기웃 저리 기웃 하다가 '기억의 깊이'란 말을 골랐다. 그 말의 발견이 내게는 매우 신선했지만 글들이 그 신선함에 따라가지 못하는, 낡고 모자라는 생각들이어서 그것들 모습 그대로 '두런거림의 말들'을 부제로 붙여야 했다. 국어사전에는 '두런거리다'가 "작은 사람이 나직한 목소리로 정답게 지껄이다"라고 풀이되어 있어 꼭 요즘의 내 몰골과 짓거리를 숨김없이 보여주는 듯해 이 말로 내 노추를 가리기로 했다.

이 주책없게 잡스러운 글들을 그래도 한 권의 책 모양을 갖추도록 만들어준 이가 문학과지성사 편집부의 이정미 팀장이다. 내가 그분의 이름을 들어 특별히 감사하지 않을 수 없도록, 그는 내 수선스러운 글들을 그럴듯하게 가르고 잇고 슈고 묶어 제법한 '글 모음'으로 엮어준 것이다. 책 제목도 그와 상의했고 몇 부로 나눈 장 이름도 그가 붙여준 걸 거의 그대로 받아들였다. 그러니 글은 내가 썼지만 책은 그의 것이라 해도 좋겠다. 내 감사의 인사는 더 덧붙이면 오히려 험이 되리라.

전번에는 내 얼굴 스케치를 그려준 조각가 박정환·신옥주 선생 내외분이 이번에는 조각으로 내 모습을 만들어주셨다. 마흔이 넘으면 자기 얼굴을 스스로 책임져야 한다고 말한 이가 링컨이었던가. 그래서 내 자신의 몰골에 신경을 쓰며 다듬어왔다고 했는데도 내 속모양 그대로 늘 모자란 생김새였다. 박-신 선생 내외분은 그 모자람을 무엇으로 채워 어떤 모습으로 갖추어야 할 것인지를 본으로 보여주셨다. 참으로 두렵고 고마운 가르침이다.

서너 해 만에 새 책을 내면서 다시 느끼는 부끄러움. 내가 이것도 책이라고 내도 좋을 만큼 이 세상은 관대할까; 이런 두서없는 두런거림으로써 내 존재감을 스스로 확인하며 글쓰기에 종사한다는 자족에 젖어도 좋을까; 이 몰골이 내가 가장 피하고 싶어 해온 늙어 추해진 바로 그 모습이 아닐까 등등. 스스로 생각하기에도 안쓰러운 이 자의식을 스스럼없이 드러내는 것이 바로 노욕의 징그러운 노회함이란 것을 눈치 바른 분들은 바로 알아차리시리라. 어쩌다 혹, 이 책의 이 대목을 읽는 분이 계시다면 '자유-지식인'이기를 바라는 내 속절없는 허영과 '바라-볼' 것 거의 없이 '돌아-보는' 일에 빠진 낡은 욕심의 헛된 어리석음을, 넉넉한 마음으로 웃으며 넘겨주시기를 바랄 뿐이다.

덧붙임: 허망함을 허망함으로 맞듦으로써 세상의 끝을 보아버렸거나 삶의 가장 낮은 운명을 삼켰을 때, 아주 사소한 것들에 새삼 다정함이 움트고 그것들의 생명력이 꼼지락거리며 일기 시작한다는 것을 깨닫는 은근한 기쁨(!)

2016년 유월
김 병 익

차례

문학의 품위

'비평-가'로서의 안쓰러운 자의식

이른바 '비평'의 글을 써왔고 지금도 가끔 끄적거리면서 나는 '비평가'라는 직함을 스스로에게 허용해왔다. 아니, 허용이라기보다 '비평가'란 직무에 자부심을 느꼈다는 것이 더 정확할 것이다. 그러나 거기에는 허영이 좀 스며 있다. '비평가'란 직함에 대한 내 자의식을 숨기지 못하는 것이다. 그 첫 이유는 내가 정식으로 문학 교육을 받지 않았다는 점에 있다. 나는 대학에서 정치학과생이었고 문학 관련 과목을 한 번도 들은 적이 없다. 물론 '문학소년' 시절을 거쳤기에 사회과학도였음에도 문학작품을 더 많이 읽기는 했지만 그것은 교양 독서 수준을 넘지 않는 정도였고 문학비평이나 이론서는 그리 펼쳐보지 않았다. 어디에선가 고백하기도 했지만, 문학이란 비범한 천재가 할 일이지 나 같은 범재는 범접할 영역이 아니란 생각이 고정관념처럼 들었기에 나는 인문학을 피하고 현실

과학 쪽으로 내 대학 진로를 선택하기까지 한 것이었다. 문학비평,
이라기보다는 문학에 대한 내 글쓰기는 신문사의 문화부 기자로
일하면서 기사 쓰기의 연장선 위에서 이루어진 것이다. 취재하고
관련된 글을 읽으면서 한글세대의 작품에서부터 식민지 시대로 거
슬러 오르며 업무상 내 문학 독서의 폭은 넓어졌고 더러 전문서를
참조하지 않을 수 없었다. 그런 탓에 나로서는 새로운 문학적 인식
이라고 생각해서 자랑스레 말하면, 진짜 문학을 전공한 친구들은
그런 생각이 '문학학'에서 이미 상식적이란 것을 알려주며 나를 놀
리곤 했다. 그랬기에 내가 '비평가' 대접을 받을 때는 송구스러움
과 함께 문학적 '사생아'란 콤플렉스가 내 안에 심겨져왔다.

　이 '사생아' 콤플렉스는 내가 신춘문예나 문예지의 추천을 받아
비평가가 된 것이 아니라 친구들의 작당에 끌려 비평가 그룹으로
끼어들었다는 또 다른 '업둥이' 같은 자의식으로 더 심해진다. 아
까운 나이에 명을 다한 김현이 나와 인사한 지 두 해도 안 되어 자
신이 주동해서 만든 동인지의 '동인'으로 동의 없이 내 이름을 끼
워 넣는 바람에 나도 어쩔 수 없이 같잖은 글을 써야 했고 그래서
'비평가'로서의 길로 들어선 것이다. 한국 문학 사전에 에고 서핑
을 하면 내 데뷔작은 『사상계』(1967. 7)에 발표한 「문단의 세대연
대론」으로 나온다. 제목에서 보듯이 그건 어떤 연구도 아니고, '론'
을 붙이긴 했지만 작가나 작품의 '론'이 아니라 기성세대의 경험
과 신세대의 문학적 의욕이 서로 배척하기보다 연대하는 것이 우
리 문단을 보다 풍요롭고 화해로운 관계로 키우리라는 일종의 '긴

해설적 신문 기사'였다. 그러니까 내 비평적 글쓰기는 신문 기사적 글쓰기의 연장선 위에 있었다. 『68문학』에서부터 이른바 '론'의 글을 쓰기 시작했지만 내 글은 저널리즘적 보도 기사 수준을 넘지 못한다는 스스로의 비감을 피하지 못한 것이 이 탓이다.

내 사생아적 출신과 비문학적 글쓰기에도 불구하고 나는 신문과 계간지, 출판의 현장에 있었기 때문에 다행히 비평가로 행세할 수 있었고 문학평론이란 장르에 참여할 수 있었다. 그런데 내 그런 점에는 이점도 있었다. 우선 내겐 실제 관계에서 문학적 스승이 없었다. 내가 존경하는 작가와 시인은 여러 분 있었지만 내가 인맥에서나 학맥에서 빚을 진 선생이 없었다는 것이 내 글쓰기에 자유로움을 안겨주었다. 예컨대 나는 '비평'이란 장르에 엄격하지 않았고 문학-문화 혹은 현실-사유에 울타리를 세우지 않고 마음대로 들락거렸다. '비평집'이란 이름 속에 문화론을 넣기도 하고 '산문집' 속에 문학 이야기를 끼우기도 한 것은 그래서였으리라. 나는 무엇을 어떻게 쓰든 누군가를 의식할 필요가 없었고, 그래서 야단칠 분이 없다는 것이 한편으로는 쓸쓸하지만 다른 한편으로는 아무에게도 매일 것이 없다는 편안함이 있었다. 나를 문학으로 끌어들이고 자주 내 글에 대한 잘잘못을 꼬집어준 사람은 김현으로, 그는 내 문학 생애에서 큰 빚을 진 친구였지만 나이로는 내 아래였다. 대학 시절부터 친구였던 황동규와 기자 생활 시초에 황동규의 소개로 알게 된 홍성원은 시인·소설가 등 창작자들이었고 그들의 작품들은 교양 독서 수준으로 읽어도 이해될 것이었다. 이랬기에 내 빈약한 비평적 접근은 다시 자유로울 수 있었다. 그리고 신문기자란 자리가 가져야 할, 문학의 여러 경향과 인물들에 대한 형평적 시각과 그럼에도 그 가치들에 대한 주관적 선호를 취할 수 있었던 다행스러움이 나를 도왔다. 당시 참여/순수, 리얼리즘/모더니즘 간의 토론이 활발했는데, 내가 이 모두를 싸안고자 한 것은 그 덕분이었을 것이다. 나는 두 가지의 주장들에 대해 현실적인 당위를 인정하면서 그에 맞선 문학적 이해들을 동시에 나름대로 품어 안았고 그것이 나를 이념적으로 '개방적 보수주의자' '관용적 순수론자'란 미묘한 입장을 만들어준 듯한데, 이를 스스로 자부하게 된 것은 신문기자의 객관적 인식과 독자로서의 주관적 평가가 함께했기 때문이리라.

기자이며 비평가란 자기 인식 속에서 내가 우리 문학에서 비평은 무엇을 할 것인가, 그래서 우리 작가와 작품 들에 대해 어떤 태도를 취해야 할 것인가를 성찰하도록 만든 분명한 계기가 두 차례 있었다. 그 하나는 1970년 즈음, 한 출판사가 기획한 미국 단편문학전집의 번역 원고들을 아르바이트로 교열하던 때였다. 이름들을 알기도 하지만 모르기도 한 그 미국 작가들의 작품들은 가령 헤밍웨이의 장편에서 보던 거대한 무게들과는 소감이 달랐다. 단편들이었기에 더 그랬겠지만 그때 접한 많은 작품의 수준은 그즈음의 우리 단편들보다 더 나아 보이지 않았다. 이 정도가 세계문학이라니, 그래서 우리 독자들에게 '선진 문학'이라고 존경받아야 하다니, 하는 좀 억울한 생각이 들었다. 그래서 따져보니 미국이란 나라의 위세가 대단했기에 거기에 문학도 덩달아 존경받으리란 점도 있다고 생각되었지만 보다 실질적인 평가는, 그 많은 미국 문학가들과 교수들, 비평가, 기자 들이 별로 대단찮아 보이는 자기네 문학들을 연구하고 해석하고 재평가하고 새로운 의미를 부여한 작업들이 중첩해서 쌓이고 쌓여 그 의미가 높고 두터워지는 데서 그런 현상이 이루어지고 있다고 생각되었다. 그래, 우리 문학이 아직 세계 속으로 못 들어가고 있지만 우리 국문학계와 비평계가 끊임없이 긍정적인 시선으로 접근하고 거기에 숨은 의미를 발견하며 그 가능성을 격려한다면 미국 문학과 겨루어 결코 비하할 상대로 얕볼 것은 아니었다. 그때 나는 작품이란 그 자체로 확정되어 바꿀 수 없지만 그 해석과 의미 부여의 끊임없는 갱신을 통해 작품의 성과와 그 평가는 얼마든 진화할 수 있다는 결론에 이르렀다. 그 일의 주축은 이른바 비평가가 감당해야 할 것이었다.

그에 이어 나는 신문에 '문단 반세기'를 1973년의 몇 달 동안 연재해야 했다. 유신 체제하에서 언론이 더욱 기가 죽어 뉴스나 해설보다는 읽을거리들로 지면을 채워야 했기 때문이다. 이 일은 마지못해 시작되었지만 식민지 시대의 많은 작품들과 잡지 등을 자료로 뒤져야 했던 내게 두 가지 큰 소득을 주었다. 하나는 최남선 이후에 시작된 우리 근대문학사를 훑고 내 나름대로 체계를 세울 수 있었던 점이고, 다른 하나는 그 과정에서 보다 중요하게도 우리 작가들에 대한 연민과 공감을 가지게 된 점이었다. 우리보다 못했던 나라에게 주권을 빼앗긴 나라, 가난과 무지와 억압에 짓눌린 식민-후진국 지식인들, 끝내는 모국어로 글을 발표할 수 없게 된 작가들의 정황이 유신 시절의 그 시린 분위기 속에서 매우 감동 깊이 내 안을 후벼 파고 있었다. 식민 시대의 작가란 그 존재 자체가 시대적 저항이고 지적 자기 확인의 가장 혹독한 절차였다. 나는 그들이 설혹 친일 행위를 했다 하더라도, 혹은 미숙하거나 값싼 작가에 지나지 않는다 해도, '작가' '시인' '문학인'이란 모국어로 상상하고 표현하는 그 신분의 확인 자체를 무슨 잘못, 어떤 모자람도 채우고 남을 고귀한 정신으로 보듬어들여야 한다는 속 깊은 애정을 느끼지 않을 수 없었다. 그들은 고난을 통해 자신의 존재 의미를 드러낸 분들이었다. 그 깨달음은 나를 우리 작가들에 대한 적극적인 긍정과 평가로 이끌었다.

이 두 계기를 통해 나는 '비평'이란 무엇을 하는 일인가를 내 나름으로 새로이 설정하게 되었다. 적어도, '비평 행위'란 것을 통해 내가 해야 할 일이 잡히게 된 것이다. 그것은 우선 미국의 문학연구가들이 해온 것처럼 자기 나라 문학작품들이 가진 의미를 발견 혹은 생성하는 일이었다. 이미 성취된 것일 수도 있고 아직 가능성으로만 나타난 것일 수도 있을 그 의미는 당대의 현실에 대한 인식과 비판일 수도 있고 인간의 실존적 분석인 동시에 영원성에 대한 지향일 수도 있을 것이었다. 그리고 문단 반세기를 고찰하면서 비롯된 작가를 향한 경의는, 그분들을 가능한 한 존중하고 그 존재감을 높여드리는 예의를 차리게 했다. 디지털 시대로 모든 것이 대중화와 상업화되기 전만 해도 작가란 존재는 여전히 존경받을, 존경받아야 할 존재들이었고, 그들의 있음이 곧 우리 사회와 삶의 정신과 정서를 살아 있게 만들었기에 존중해야 할 분들이었다. 그것은 작가 개인의 비행에 대한 비난과 좀 다른 문제였다. 작가 자신의 인간다움 때문에 저질러진 타락이나 비열은 얼마든지 비판할 수 있지만 그런 잘못에도 불구하고, 아니 오히려 그 나약한 자기 존재와 가혹한 현실에 대한 뜨거운 정신적 투쟁 속에서 태어난 작품이야말로 새로운 세계로의 확장으로 더욱 존중받아야 할 것이었다. 도스토옙스키가 도박에 미친 것도, 톨스토이가 성적 욕망에서 벗어나지 못한 것도, 장 주네가 도둑이었던 것도 모두 인간적인 비난을 당할 수 있지만, 그렇다고 그들의 작품이 이룬 성과들을 폄하하는 것은 잘못된 일이다. 작가들은 그 인간적인 약점과 모순, 사악과 탐욕 들 때문에, 바로 이런 세속적 불안과 죄들 때문에 빚어지지 않을 수 없는 그 콤플렉스들과의 집요한 싸움을 통해 오히려 보다 위대한 상상력과 정신세계를 모색하고 키우며 작품을 생산할 창조력을 발휘할 수 있다고 생각했다. 작품의 이해와 그 의미의 발견을 위해서는 그 인간적 부도덕성과 취약성이 오히려 창조적 인간에 대한 긍정적 이해의 도선(導線)이 될 것이었다. 가령 매국 행위를 했다 해서, 혹은 일본어로 글을 발표했다는 점으로 친일 작가로 매도하고 문학 교육에서 배제하는 것은 보다 거대한 성취를 사소한 잘못으로 지워버리는 폭거일 뿐만 아니라 당대의 현실 이해는 물론 창작의 내면적 과정에 대한 이해에도 무책임한, 도식적 윤리관과 소견스럽지 못한 정의감에 의한 반문학적 판단이라고 생각하지 않을 수 없는 것이었다. 물론 사태를 거꾸로 보아, 작품은 못났지만 그가 당대의 현실에 비판적인 태도를 취했다는 이유로 그의 문학을 높이는 것도 마찬가지 심리적 오도일 것이다. 그것은 문학비평이 아니라 도덕적 판단이다. 그 두 가지는 다른 잣대를 대야 할 일이고 범주적 오류를 피해야 할 일이었다.

이런 비평 의식의 형성 속에서 내 작업에서 지향하거나 회피하게 되는 태도가 잡혀가게 되었다. 그 우선은 내가 다루는 작가나 작품에 대한 비판을 되도록 피하거나 우회하자는 것이었다. 그것은 내가 '문학 창작의 교사'가 아니라는 자기 확인에서 더욱 그래야 할 것이었다. 비평가로서의 나는 그 작품의 내면을 이해하고 가능성을 발견하며 미덕을 평가하여 우리의 문학적 소산으로 격려해야 한다는 다짐을 덥혀주었다. 비평가란 작가들의 창작을 가르치고 점수를 매기는 초등학교 교사 같은 존재가 아니라는 내 평소의 자의식이 이 때문에 더욱 굳어졌다. 내가 취급한 거의 모든 작품을 긍정적으로 접근하고 그 장점을 크게 말해주는 게 내 비평적 안목의 부족 때문이라는 핀잔을 받기도 했지만 나는 그런 내 태도를 철회할 생각이 전혀 없었다. 잘못 짚어 분석과 평가에서 그저 좋다고 긍정적으로 평한 잘못도 물론 잦았겠지만, 내 의도는 좋은 작품은 왜 좋은지, 그것을 발견하고 의식화하며 격려하는 것이었다. 그것이 내가 해야 할 일이고, 나쁜 작품, 잘못된 대목이라고 말해야 할 것이라면 군이 비평적 언급의 대상으로 삼을 필요가 없을 것이었다. 그건 우리의 일상사에서 시시콜콜 보고할 필요 없는 것들은 생략되고, 의미 있고 중요한 일만을 기억하게 마련인 것과 마찬가지일 것이다.

둘째로 나는 비평가가 모든 작품에 대해 언급할 필요가 없다는, 선택적 책임을 자임하는 것으로 스스로 한계를 그었다. 가령 한때 우리 비평계에서 가장 중요한 작업이었던 월평에서 모든 작품을 평가하려 했던 것을 그 의욕은 존경스럽지만, 비평가의 과대한, 그래서 과분한 작업으로 본 것이다. 작가도 가령 김원일처럼 한국전쟁에 집념하기도 하고 이청준처럼 인간 내면의 억압 체제를 분석하는 작가도 있다. 그들은 모두 자신들의 관심과 인식으로 자기들의 작품 세계를 확보해간다. 그렇다면 비평가는? 자기가 중요하다고, 의미 있다고 생각하는 작가와 작품 들, 주제와 형태에 '선택과 집중'의 작업을 벌일 수 있어야 한다; 비평가가 작가와 작품 들에 대해 마치 병아리 감별사처럼 그 모두를 들여다보고 평점을 매길 의무는 없다; 비평가가 전지적 직분으로 자임하는 것은 자기 미망이다; 자기가 좋아하는, 자기가 의미 있다고 믿는 작품과 작가들에게 집중하는 것이 오히려 비평가로서의 마땅한 의무이고 미덕일 것이다; 안 좋은 작품으로 여겨지는 것이나 관심이나 지식이 없는 성과들에 대해 분석과 평가하기를 피하는 데서 오히려 비평가의 안목과 성향 혹은 개성 들이 드러날 것이다 등등이 비평가라는 내 직분에 대해 매긴 생각들이다. 지나는 길에 덧붙이면, 흥미롭기보다 난감한 일은 좋지 않은 작품을 분석하기는 매우 쉬운데 뛰어나게 훌륭한 작품에 대해서는 왜 좋은지 그 이유를 꼽기가 매우 어렵다는 점이다. 지금도 기억나지만 박경리의 『토지』 제1부를 읽은 후 그 감동에 젖어 이 거대 서사 작품에 대해 왜, 어떻게 뛰어난지, 내가 어떤 이유로 감동에 젖게 되었는지 그 이유를 짚어내지 못하며 한 밤을 샌 기억이 난다. 아름다운 것, 창조적인 것은 아름답다, 창조적이다라는 동어반복적인 평가 외에는 단박에 설명하기가 결코 쉽지 않다. 그러나 나쁜 소설은 문장에서, 인물의 설정이나 사건의 진행에서 그 잘못이나 마땅치 않음을 아주 쉽게 찾아낼 수 있다. 비평은 훌륭한 작품에 대해서는 왜소해지고 시원찮은 글에 대해서는 강고해지는 듯하다.

나는 다른 자리에서도 여러 번 썼지만, 문학비평이 비평문학으로 전환되어야 한다는 것을 여기서 다시 강조하고 싶다. 우리 대학들에는 으레 국문학과가 있고 근래에는 여기에 문예창작과까지 생겨 숱한 문학연구자들이 배출되었다. 그 문학연구자들은 학위논문을 비롯해 학회 제출 논문들을 쓰며 과거와 당대의 한국 문학에 대한 연구들을 보고한다. 나는 그 논문들이 분명 문학연구의 성과이고 문학평론과 연계될 수 있는 것으로 평가하고 존중하지만 그것이 곧 문학비평, 나아가 비평문학이라고까지는 생각지 않는다. 그것들은 아카데믹한 문학학의 연구 결과들이지 창조적인 비평문학의 성과는 아니기 때문이다. 논문이 아닌 비평이란, 그 구별이 결코 쉽지 않지만, 문체적·해석적·의미론적 문학성을 지닌 글로 나는 분별한다. 문학비평에서 비평문학으로의 전이는 그것이 학문에서 문학으로, 논문 작성에서 자기 글쓰기로의 위상 변화로 이루어진다고 생각한다. 사실 르네 웰렉이 문학이론-문학사-문학비평의 삼각 구도로 문학연구를 말할 때도 나는 그렇게 이해했다. 그것들은 문학이란 무엇이며 그 성취된 미학은 어떤 것인가라는 관점에서는 서로 공통된 기반에 서 있지만 그 실행적 작업에서는 이론적 구성과 사적 접근, 평가적 작업으로 달라질 것이다. 나는 오늘의 우리 문단에서 문학비평가가 문학사학자, 문학이론가와 별 구분 없이 불리고 있다고 보면서도 그런 실상에 굳이 비판하기를 피하고 있지만, 비평이 문학사, 문학이론과 달라야 하는 것은 그 문체와 작품의 이해와 평가 위에서 가능하다는 생각을 지우지 못한다. 아마 나의 이런 생각은 우리의 '비평문학적 문체'를 제대로 보인 김현을 염두에 둔 것 같다. 문학비평에서 비평문학으로 전이하기 위해서는 적어도 상투적인 논문 구성과 교과서적인 문체를 벗어나 문학적인 글 읽기의 재미, 거기서 깨닫게 되는 비평적 서사구조와 문학적 창조성을 숨겨 갖추는 데서 가능할 것이다. 덧붙이자면, 근래의 흔한 '비평'들이 작품에서부터 이해가 '피어나는' 것이 아니라 '이론' 속으로 그것을 '구겨 넣는' 경향을 보이고 있음을 짚어두고 싶다. 그것은 자기의 이론 구성과 전개에서 요구되는 구체적 사례로 작품을 마름하는 것이지 작품의 무한한 의미를 찾아내고 그 생동하는 상상력을 추켜주는 것이 아니다. 나는 문학연구를 위해 그 이론 작업은 당연히 필요하다고 생각하고 있지만 비평문학에서 작품을 이해하고 작가와 소통하는 데는 그와 다른 태도가 요구된다고 생각한다. 문학으로서의 연구가 아닌 비평은 우선 재단비평을 극복하는 일이다.

그러니까 내가 가장 하고 싶은, 그러나 나 자신으로서는 가장 불가능해 보이는 비평은 메타비평을 통한 자기 표현 혹은 자기 창작이다. 작가나 시인이 이 세계에 대한 체험과 인식을 상상력으로 모아 소설과 시로 형상화하듯이, 비평가는 작가와 시인 들을 통해 얻은 체험과 인식을 전시하는 작품들을 통해 스스로의 상상력으로 자신의 세계를 형상화하는 일을 하는 것이다. 창작자들이 현실과 실재의 세계에서 그 소재를 얻는다면 비평가는 창작자들의 상상력과 그 표현들을 자료로 사용한다는 주제 선택과 형상화 방법의 성격만 다를 뿐, 그 창작 과정은 소설가나 시인과 다름없는 창조적 과정이다. 아마 그런 예를 든다면 「기술복제시대의 예술작품」의 발터 벤야민이 가장 좋은 예가 될 것이다. 그의 글은 다른 작가와 시인 들의 글을 끌어들이고 해석하는 데서 진행되고 있지만 거기에 작동하는 정신은 그의 독특한 세계 인식과 그 해석과 시대적 의미의 표현들이다. 그의 글들은 작가들에서 출발하고 있지만 거기에 매이지 않고 자신의 상상력을 발휘하여 그만의 사유 세계를 보여준다. 그는 인용문으로만 한 권의 책을 만들 생각까지 했다. 카뮈의 경우도 못지않다. 그의 『시시포스 신화』와 『반항적 인간』은 그가 읽은 문학작품을 통해 이 세계의 부조리와 그에 대한 저항의 의지를 전개하고 있다. 이 비평문학이 재단비평이나 험담비평과 다른 것은 작가와 시인의 작품들이 비평문학에서는 생동하는 의미로 포용적이고 발전적인 모습으로 피어나지만 재단비평에서는 그 작품들이 비평가의 틀 속으로 오그라들고 그 생생한 이미지가 기를 잃는 데서 드러난다. 이렇게 창조적인 단계에 오를 수 있다면 그것이야말로 비평문학에서의 최상의 성취가 아닐까. 그렇다면 가령 내가 쓰는 것 같은 비평은 서구식으로 말하자면 차라리 '잡문 miscellany'스러운 것이고 그들이 '에세이'라고 하는 것들은 우리에게 철학서가 될 것이다. 그렇다면 나로서는 안타깝지만 스스로 '잡문 문필가'로 자족해야 할 것이고 또 내 속마음도 그 정도로 자위하는 편이다. 그러니까 비평문학은 창조를 향한 것이고, 내가 최상의 것이라고 꼽고 싶은 비평은 벤야민이나 카뮈가 쓴 '에세이'들로 문학작품을 통해 의미의 가능성과 거기서 실현될 내포를 발견하는 창조적 일이다. 그것은 적어도 치열한 언어 투쟁으로 이루어진 작품들을 초등학교 교사처럼 흐린 눈으로 읽고 점수를 매기는 일이 비평문학으로 행세하는 것과 다르다. 비평가는 그 직함의 엄격함을 위해 언어적 세계 창조의 위대함에 경의를 드리며 그 성과를 아름답게 드러내고 그 구성의 건축술과 그 정신의 뛰어남에서 인식의 지평을 열고 세계의 의미를 재발견해야 한다. 아아, 나는 '비평가'란 직무에 대해 너무 큰 베팅을 하고 있는 것일까?

비평가가 이럴 수 있기를 바라는 데에는 창조로서의 작품과 수용자로서의 비평 간의 생산적인 대화를 수행하는 것이 곧 비평가의 역할이라는 말과 다름없기 때문이다. 그것은 그 작품이 어떻게 태어나고 무엇을 가리키며 어떤 의미를 창출했는가를 언어로써 고백하는 작업이다. 그것은 그러므로, 평론가가 만들어놓은 틀 안에 작가의 자유로운 영혼을 가두는 재단비평을 거부하는 것이다. 비평가가 작가에게 (무슨 권한으로!) 가르치는 것이 아니라 그가 왜 이 주제를 택했고 그것을 어떻게 실현하며 전개했는가, 거기서 창출된 상상력의 성과가 우리의 인식과 사유를 얼마나 열어주는가를 작품들을 통해 해명하는 것이다. 나는 그것을 '공감의 비평'이라고 우선 말하지만, 더 나아가 그러기 위해서 비평가는 단순히 문학적 해석자로 그치지 않고 심리학자일 수도, 현실비평가일 수도, 문명비평가일 수도 있어야 한다. 우리가 소망해야 할 가장 고급한 의미에서의 비평적 글쓰기 작업은 그것대로의 한 줄기 거대한 세계의 창조적 드러냄이며, 인류 보편적 양상과 인간 개인적 내면 혹은 공동체를 이해하는 문화적 실마리이면서, 지금 그리고 앞으로 닥쳐올 문명에 대한 예언일 수 있을 것이다. 나는 거기까지 이르기는 이미 단념한 대신 작가에 대해 최소한의 예의를 갖추는 것이 비평가의 태도란 점에 힘껏 동의한다. 해설의 형태든 일반 비평적 작업으로든 내가 한 작품이나 작가에 대해 쓸 경우 최선을 다해 그 아름다움과 서러움, 그 의미와 가능성, 성취에 대한 기대와 바람에 대한 경의를 사양하지 않는 것이 창작자에 대한 비평가의 프로토콜이라고 생각하는 것이다. 그것을 젊은 비판적 비평가는 마땅치 않게 여겨 '주례비평'이라 부르는 듯하다. 나는 그 말을 지우기보다 내심으로는 오히려 긍정적으로 그 뜻을 키워주는 편이다. 한 작가의 출현 또는 그가 정력을 기울여 창작한 작품이 내 내면에 감응을 일으켜 공감을 자아낸다면 왜 그것을 고백하는 데 자기 비하를 해야 할까. 나는 한 신문의 문화면에서 "신진 비평가가 주례비평을 하는 선배 비평가들을 질타한" 책을 간행했다는 보도를 보고 선배에게 가한 '질타'의 뜻을 새삼 다시 사전을 찾아 확인했다. 그리고 창작이란 타인의 엄숙한 행사에 해설자로서의 주례로 참석하여 그 주인공의 존재 가치를 존중하기보다는 스스럼없이 비판해야 한다고 생각하는 그 용기에 놀라지 않을 수 없었다. 작고한 시인이며 운동권 비평가였던 채광석의 "비평가 아닌 비난가"란 책망의 말이 뜻있게 회상되지 않을 수 없었다.

20년 전쯤 한-독 문학 교류 행사를 하기 위해 브레멘에 갔을 때 그 모임에 참석한 독일 문학 연구계의 거물이란 분에게서 갑작스러운 질문을 받았다. 그는 왜 한국에서는 비평가들의 힘이 그처럼 강하고 곳곳의 작업에 비평가가 개입하는지, 요컨대 요즘의 우리식으로 바꾸면, 비평가들에 의한 문학 권력이 왜 그리 높은지에 대해 물었다. 의외의 물음에 당혹해하면서 나는 반성적인 자의식을 추슬러가며 대충 이런 식으로 대답했던 것으로 기억한다: 1960, 70년대 한국 문학이 한글세대의 진입으로 그 생태가 변하기 시작했으며 그 첫 모습이 계간지의 발행이었고 그 잡지들은 비평가들의 참여로 이루어졌다는 것; 계간지 시대는 잡지의 에콜화를 형성하며 문단에 두 줄기 큰 흐름을 형성했고 그 흐름을 주도한 것이

비평가들이었다는 것; 그 비평가들은 문학적인 토론만이 아니라 유신 시절의 정치적 억압에 저항하며 근대화로의 전망에서 평등주의와 자유주의의 비전을 제시하여 현실 타개의 길을 모색했다는 것; 이러한 작업과 그 영향력에 따라 이후의 문학지 편집진을 문학비평가들로 구성하는 경향이 농후해졌으며 각종 문학상 심사와 작품 선정, 대학교수 임용에도 문학비평가란 타이틀이 중시되었다는 점 등등. 내가 계간지 발행인 겸 편집동인이었기에 이런 아전인수 격의 답변을 했을 것이다. 그러고서 그 후에도 자주, 과연 그 독일 비평가가 부러워하기를 넘어 이상하게 여길 정도로 한국에는 비평가들이 (국문학자에 비해) 지나치게 많고 곳곳에서 소설가·시인보다 더 강한 힘을 보이고 있다는 점에 동의하지 않을 수 없다는 게 마음에 걸렸다. 그 소견은 정직했고 이 때문에 내 반성은 당연했지만, 이 사태에 대해 내가 책임지거나 관여할 부분에 대해서는 참으로 무력해지지 않을 수 없었다. 몇 해 전, 우연한 계기로 한국예술원의 문학분과 회원 명단을 보다가 시인들이 그 총원의 반을 넘고 소설가보다 비평가 이름이 더 많다는 사실을 발견하고 분노에 가까운 탄식을 한 적이 있었다. 시인이 많은 것은 그 구성 인구로 보아 인정될 수 있지만, 소설 창작자보다 비평가가 예술원 회원으로 더 많이 선출되었다는 것은 비평가인 나 스스로도 도저히 이해할 수 없었다. 그 비평가의 상당수는 외국문학자로 학술원 회원이 되어도 좋을 분들이었다. 그러니 근래 문단뿐 아니라 일반 독자에게까지 번진 이른바 '문학 권력'이란 말은 나로서는 납득하기 힘들지만 귀담아듣지 않을 수 없는 것이었다. 그럼에도 비평문학의 의미를 천박하게 내치지 않기 위해, 아니 비평에 대한 내 경의와 그 앞에서의 내 궁상스러움을 자위하기 위해, 근래 우리 문단에 번진 자학적인 화제들에 대해서는 더 이상의 언급을 그만두기로 하자. 다만 '문학 권력'이란 말을 많이 쓸수록 '문학'은 슬그머니 사라지고 '권력'의 추태만이 크게 부풀어 오른다는 생각이 더 분명해지고 있음을 고백해두기로 한다.

내 횡설수설도 이 참으로 끝내자. 모든 작가들·시인들이 자기가 쓰고 싶은 이야기와 정서를 상상력의 언어로 쓰고 노래해야 하듯이, 비평가도 자기가 품고 있는 사유를 스스로 하고 싶은 자기 언어로 풀어내는 것을 짐 지고 있다는 자기 인식으로 자족해야 할 것이다. 그럼에도 안타까움은 남는다. 타인의 무관심 속에 발표된 자기 글을 혼자 읽고 자위하며, 독자의 외면에도 불구하고 자신의 책을 자신만이 사야 하는 무력한 사태를 그래도 다행으로 여기며 비평가가 할 수 있는 것은, 작품으로든 작가로든 혹은 문학과 문화로든, 이 세계의 물질적 풍요와 그에 비례하여 옹졸해지는 내면적 빈곤을 바라보며 그런 세계에 대한 안타까움과 진실을 향해 비속과 허위 들을 끈질기게 벗겨내는 일이다. 문학작품보다 현실 과학에서 더 많은 지혜와 상상력을 즐기는 내 근래의 문학적 나태와 문명적 획기에 대한 호기심 속에서 그래도 내가 할 일은 세계의 인류사적 변화에 대한 내 나름의 비평적 관점을 만들어가는 일이다. 그 때문에 내 관심은 상상력과 서정의 텍스트에서 사실과 인식의 역사와 과학에 대한 이해로 슬며시 옮겨가고는 있지만, 궁극적으로는 문학과 과학 혹은 문학과 역사 간의 거리는 생각보다 그리 멀지 않을 것이고 인간과 삶의 외적 조건 간의 거리 못지않게 가까운 것이리라. 그렇다는 것을 인지할수록, 나는 비평가로서의 안쓰러운 자의식을 확인한다. 물질적으로 전례없이 풍부하면서도 내면적으로는 전에 없이 가난해지는 비평문학의 운명, 그 안쓰러운 자의식을 나는 그래도 따뜻하게 품어 안으며 쓰다듬는다. 실제로 그러기에는 내 나이가 너무 무력하게 만들지만 그럼에도 나는, 그 소심한 확인이 산수에 다가가는 내 자신의 초라한 버킷 리스트에 들기를 바랄 뿐이다.

추기: 이 글을 다 쓰고 난 뒤 나는 비평에 대한 벤야민의 다음과 같은 말을 읽었다: "비평은 역사적 서술을 통해 가르치거나 비교를 통해 교양을 쌓도록 하는 것이 아니라 침잠을 통해 인식해야 한다." (에르트무트 비치슬라, 『벤야민과 브레히트』, 윤미애 옮김, 문학동네, 2015, p. 47)

비평에 대한 사족

"납득하지 못하지만 귀담아들을 수밖에 없었다"는 내 스스로의 인식을 풀면 이렇다. 인간 사회는 아리스토텔레스가 말했듯이 '정치적 동물'로서 어느 집단 간에도 권력관계가 개입되어 있다. 그것은 부권이란 윤리적 명분으로 나타나기도 하고 자본의 횡포란 노사 관계의 대립에서도 드러난다. 정치나 통치는 바로 그 권력을 중심으로 맺어진 관계여서 굳이 그것을 이상하게 바라보지 않는다. 다만 문화나 예술에서는 그 권력관계가 영향 관계로 헤아려지고 학문에서는 학파로 받아들인다. 그 영향의 크기와 주도력은 그 학파들의 담론들과 외부의 평가나 선호가 판단해줄 것이다. 아마 학계든 현실적 권력관계에서든 이처럼 '주류' '비주류'로 분류하는 것이 어쩌면 문학에서도 통용될 수 있을지 모르겠다. 그러나 문학에는 다른 예술처럼, 그리고 다른 현실 집단의 권력관계와도 엇비슷이, 이미 존재해 상투화된 것, 폭넓게 유행되어 획일화된 것을 깨뜨리고 보다 새로운 것, 더욱 창조적인 것을 지향하려는 욕망과 성격, 그리고 그를 위한 부추김이 있다. 그래서 예술은 다른 어떤 분야보다 탈기성적인 것이고 친창조적인 것이며, 비주류의 신선함에 적극적이고 사소한 새로움에 예민하며 개성적인 것의 의미를 중시한다. 그렇다는 것은 이런 문화적·문학적 내부 관계들에서 긍정적인 경우이고, 이 때문에 기성의 주류들에게 문화예술적 변혁을 요구하는 새 세대 혹은 비주류적인 흐름들이 억압받아온 부정적 경우가 부인될 것은 아니다. 사실 많은 예술 사회사들은 기성 체제가 자기 것들을 지키며 뒷세대를 견제하고 비주류의 것들을 밀쳐낸 많은 사례들을 소개하고 있다. 그 사례들은 물론 '문화 권력' 혹은 '문학 권력'으로 호명될 수 있지만 그래도 다른 집단들의 현실 권력과 근본적으로 다른 점이 있다. 거기에는 문화 감상자와 그 후원자 혹은 문학 독자들의 적극적인 개입이 있고 시대적 자기 표현의 의지가 숨어 있으며 창조성에 대한 세대적 인식이 힘을 발휘하므로, 단순히 작가-편집자-발행자 혹은 비평가-기자-독자들의 인적 권력관계로는 정리될 수 없는 보다 심층적 구조가 도사려 있다. 다시 말하면 '문학 권력'이라는 한마디로 이 중층적 구조와 그 현상들을 요약하기는 힘든 것이다. 그 중층적 관계의 복잡함이 기성세대의 물러남과 새로운 조류의 부상을 가능케 했던 자산이 된 것이다.

나는 1970년대의 문학적 에콜이라는 긍정적 관점이 어떻게 한 세대 뒤에 문학 권력이라는 부정적 관점으로 전이되었는지, 그 마땅치 않은 시선이 어쩌다 이루어졌는지 현장에서 물러나 거리를 둔 지 오래된 처지여서 잘 분석해내지 못하겠다. 다만 대충 살피면, 문학적 저항이 외부에서부터 내부로 전향되었다는 것, 경제적 부가 넉넉해지면서 상업적 성과가 문학적 성취에 우선하게 되었다는 것, 숱한 문학상과 우수 작품의 선정으로 나타나는 현실적 이권이 문단 내부에 크게 늘어났다는 것, 숱하게 창간된 문학지들이 지 자체의 지원과 신인 등장의 대가에 의존하게 되었다는 것 등등 비문학적 타산으로 빚어진 것이 아닌가 짐작할 뿐이다. 여기에는 '비평가'의 범람과 그들의 '책임/무책임'의 병존이 크게 작용했을 것이다. 때문에 비평가 집단의 구석 자리로 몰려 있는 내 자신도 반

성할 여지가 역시 적지 않다는 자기비판도 들어선다. 아마 그럼에
도, 여기에 내 책임을 스스로 추궁하는 것은 자기기만일 것이다.
비평가가 할 일은 타인의 작품들을 통해 자기 글을 쓰는 것이다.
그 이상으로 확대하는 것은 내 할 일에 대한 과대망상일 뿐이다.

〔『문학동네』 2015년 가을호〕

한국 문학의 국제화를 위하여*

1960년대 초, 스웨덴의 노벨문학상위원회로부터 한국 문학 작품 추천 의뢰를 받은 한국 펜클럽은 이광수의 「무명」을, 다음 해에는 김은국의 『순교자The Martyred』를 추천한 바 있습니다. 그러나 그 두 번의 추천은 아무 의미가 없는 것으로 밝혀졌습니다. 1939년에 발표된 「무명」의 작가 이광수는 이미 작고한 분이어서 심의 대상에 해당되지 않았고 『순교자』의 작가는 한국인이지만 추천작은 영어로 씌어진 '미국 소설'이었습니다. 작고 문인은 노벨상 수상자가 될 수 없었고 외국어로 창작된 소설은 한국 문학의 범주에 들 수 없었기 때문입니다. 이 실수담은 비록 근대문학의 역사가 50년

* 이 글은 국제교류진흥회(이사장 여석기)가 주관한 UC버클리와의 포럼 'Can Korean Literature Go Global? Should It?'(2013. 10. 15, 서울대호암교수회관)의 주제 강연 원고이다.

밖에 안 된다 하더라도 세계문학에서 한국 문학이 얼마나 빈약했던가를 드러내주는 안쓰러운 에피소드가 될 것입니다. 그래서 인터넷을 통해 찾아보게 된 오늘의 우리 문학 번역 현황은 참으로 대단한 것이었습니다. 2001년에 개원한 한국문학번역원은 2013년까지 29개 국어 896종의 작품을 외국어로 번역·간행했는데, 496종의 소설과 124종의 시가 전 부문의 3분의 2를 차지하고 있고, 영어 86종, 프랑스어 63종, 독일어 54종, 스페인어 36종, 러시아어 36종 등 서구어가 275종, 중국어 104종, 일본어 36종으로 우리 이웃 나라 언어가 140종으로 이 두 지역 언어가 전체의 반 가까운 415종이었습니다. 이 숫자는 한국문학번역원만의 실적이기에, 1993년 이후 130종을 번역·간행한 대산문화재단을 비롯한 국제교류진흥회 등의 여러 기관과 개인적 노력을 합하면, 한국 도서는 20세기에 들어 지난 10여 년 동안 적어도 1천 종을 훌쩍 넘는 숫자로 번역·간행되었을 것입니다.

이 양적인 팽창과 번역 언어의 다변화에도 불구하고 저는 한국 문학의 글로벌화가 이제 겨우 시작되었다는 느낌을 지울 수 없습니다. 그것도 2011년에 미국에서 간행된 신경숙 씨의 『엄마를 부탁해Please Look After Mom』에서 비로소 한국 문학의 해외 수출이 이루어졌다는 정도로 안타깝게 생각하고 있습니다. 제가 이 책을 특히 예시하는 것은 그것이 34개 국어로 번역되었으며 페이퍼북으로 재판되어 대량 판매되었다는 양적인 측면과 더불어, 미국의 유수한 상업 출판사를 통해 간행되었다는 점, 저자가 미국의 여러 도시와 많은 나라를 순회 방문하며 독자들과 직접 대화하고 저자 사인회를 통해 미국식 상업화 전략으로 한국 소설 작품의 시장성을 확보했다는 점을 주목했기 때문입니다. 지금까지 우리나라 작품들은 으레 기관이나 재단의 지원 혹은 개인의 자비로 번역·출판하기 때문에 신뢰성과 독자 획득이 크지 못했습니다. 프랑스의 악트 쉬드 Actes Sud나 독일의 펜드라곤Pendragon 등 한국 작품을 많이 출판한 경우도 대체로 한국 측의 지원을 기대하며 이루어져온 것으로 보입니다. 그러니까 미국 출판의 시장경제 구조 속으로 진입하여 그 평가에서나 판매에서 최초의 성공을 거둔 것이 바로『엄마를 부탁해』였습니다. 다른 상품은 물론 같은 문화 상품이라 하더라도 문학이 다른 분야보다 세계 시장 속으로 진입하는 데 이렇게 늦고 저조하고 미숙한 것은 물론 언어란 장벽 때문이었습니다.

여기서 문학의 국제 교류 행사에 참여한 저 자신의 경험과 소견을 말씀드리는 것에 양해를 구합니다. 저는 1982년 소설가 이청준, 시인 정현종 씨와 함께 스톡홀름 대학과 헬싱키 대학에서 가진 한국 문학 포럼에 참여한 바 있습니다. 1988년 올림픽 개최지가 서울로 결정되자 우리나라 문화부는 이제 노벨문학상도 가능하겠다는 기대를 가지게 되었고 그것을 스웨덴 대사관에 문의했습니다. 대사관의 문화 담당자는 사정을 알아본 후 스웨덴에서는 한국이 독자적인 문자와 언어, 그리고 문학을 가지고 있는지조차 알지 못하고 있다는 실정을 보고하며 우선 포럼 형식을 통해서나마 한국에도 독자적인 언어예술이 존재한다는 것을 알려주어야 한다고 제의했습니다. 그런 연유로 처음 해외의 한국 문학 포럼을 가지게 된 저희는 스웨덴과 핀란드를 방문했을 때 만난 학자와 작가 들이 한 국도 독자적인 언어와 문학을 소유하고 있으리란 짐작은 가지고 있지만, 구체적으로 한국의 시인과 소설가 그리고 그들의 작품과 한국 문학의 전통을 전혀 알지 못하고 있음을 깨달았습니다. 이후 1990년대 들어 문화부와 예술 지원 기관들의 주도 속에서 한국 작 가들의 해외 소개가 왕성하게 확대되었거니와 저 역시 문화재단의 지원을 얻어 일본에 이어 독일과 각각 너덧 차례의 문학 교류 행사 에 참여하며 세계문학 속에서의 한국 문학의 성격과 위상을 가늠 할 수 있었습니다.

이런 행사를 통해 저는 한국 문학의 해외 소개에 대한 두어 가지 경험적 소감도 갖게 되었습니다. 일본과는 몇 차례 상호 방문을 통 해 비평적 주제와 작품 교환 낭독을 하면서, 일본의 사소설 전통과 한국의 현실 재현 욕구가 쉽사리 소통되지 못하고 있다는 점을 느 꼈습니다. 일본이 경제 선진국으로 자부하고 있던 그때 한국은 전 쟁과 분단, 독재와 후진을 아프게 드러내야 했고, 같은 한자 문화 권에 속한 이웃 나라임에도 지난 역사와 현재의 관계 때문에 그 상 이한 정서는 더욱 예민하게 충돌하고 있었던 것입니다. 독일 문학 과의 교류는 그와 상당히 달랐습니다. 우리는 전쟁과 분단, 독재 권력과 빈곤 상황을 독일과 공유한 경험으로 생각하고 우리가 발 표한 작품들도 그 같은 성격의 소설들을 선정했습니다. 그러나 독 일 작가들은 오히려 한국의 모더니즘적인 시에 대해 더 큰 관심을 보였고 우리가 기대한 소설에 대해서는 소극적이었습니다. 그들은 의아해하는 우리에게 한국 작가들의 주제는 이미 자신들이 겪어 잘 알고 있는 것이지만 이제는 의식에서 지우고 싶은, 요컨대 지나간 이야기라는 소감을 밝혔습니다. 두 나라 문학 사이에 말하자면 의식의 시차(時差)가 개입한 것이겠지요. 한 문화의 문학적 표현이 나라마다 가진 전통과 경험, 현실과 인식이 다른 만큼 문학적 공감이 예상보다 순조로울 수 없다는 사실을 여기서 저는 실감했습니다.

그것을 다시 확인해준 실례가 오에 겐사부로의 노벨상 수상이었습니다. 1968년 일본의 가와바타 야스나리가 노벨상을 수상할 때 한국 문단에서는 전통적이고 토속적인 미학이 세계문학으로 진출하는 지름길이라고 생각했는데 한 세대 뒤에 오에 겐자부로가 노벨상을 수상하자 보편적이고 지적인 감수성이 세계문학의 반열에 오를 수 있다는 새로운 관점을 가지게 된 것입니다. 문학은 하나의 정형을 요구하는 것이 아니고 독자의 공감은 어느 한편으로 편향될 수 없다는 것, 그러니까 주제의 통개인성, 그 상상력의 자유로움과 독창성, 그 문장의 아름다움과 암시성, 요컨대 문학의 미학적 성취 그 자체가 가장 중요하다는, 극히 상식적인 안목의 재확인이었습니다. 신경숙의 『엄마를 부탁해』가 그런 유의 작품이었습니다. 이 소설의 소재는 분명 한국인의 전통적이고 현실적인 삶의 테두리 속에 들어 있고, 엄마의 실종을 맞은 가족들의 당황과 불안은 인간적이면서 그 묘사는 자유롭고 문체는 섬세했습니다. 그 작품은 토착적이면서도 인물들은 모든 인간들이 보편적으로 지니고 있는 심성과 윤리를 보이고 있으며 이 사태를 묘사하는 작가의 시선은 모두가 공감할 수 있는 연민이었습니다. 저는 신경숙의 작품이 해외에서 얻은 성과에 주목하면서 우리 문학이 세계문학의 하나로 편입되기 위해서는 한 가지 길만 있는 것이 아니라 자유롭고 개성적이며 독창적인 미학으로 이루어진 작품이라면 어느 것이든 가능하다는 점을 확인했습니다.

반세기에 걸친 한국 문학의 해외 소개를 돌아보면서 그 참여와 관찰을 통해 얻은 경험적 소감은 이렇습니다. 1980년대에는 한국에도 독자적인 언어와 문학이 있다는 사실을 알리고자 했다면 1990년대는 한국에도 시인·소설가·비평가 등 이른바 문학인이 존재한다는 점을 홍보했으며 2000년대에 이르러 한국에도 작품이 있다는 것에 주목시켰고 2010년을 넘어선 이제야 한국 문학도 세계문학에 편입될 자산을 가지고 있다는 것을 보여준 것입니다. 그 추세는 한국 문학의 선집으로 그 첫 모습을 보인 후 개인 선집으로 발전하고 다시 작가 개인의 장편소설로 발전하게 되면서 이제는 판매 전략을 세우고 본격적인 북 투어까지 시행하게 된, 번역과 출판의 전략화 경향을 보여온 과정으로 짐작할 수 있습니다. 문학에서 작가로, 그리고 작품으로, 언어가 다른 외국 독자를 확보하기 시작했다는 이 진화의 과정은 참으로 느리고 비용이 많이 드는 과정 속에서 이루어진 것입니다. 정부가 직접 문학의 해외 소개를 위해 정책 수준이 아니라 실행에 이르기까지 구체적 작업으로 추진하는 일은 국제적으로 드물 것이며 한국 문학의 해외 진출을 위해 정부 기관으로 번역원이 설립된 일은 아마 우리가 처음이 아닐까 싶습니다. 그 덕분에 한국 작품의 해외 출판 양이 비약적으로 늘어나고 포럼, 세미나, 낭독회, 방문 교류를 통해 많은 나라와 문학적 발표와 출판, 교환과 토론의 행사를 벌였고 그래서 한국 문학에 대한 인식도 두터워졌을 것입니다.

그러나 저로서는 솔직히 그 성과가 기대만큼 크게 이루어졌다고 보지 않습니다. 문학작품은 삼성의 스마트폰이나 드라마 「대장금」, 가수 싸이의 「강남 스타일」처럼 기술 상품이나 대중문화 공연과 비교할 수 없는 수용의 한계를 태생적으로 가지고 있습니다. 즉 언어입니다. 언어를 예술로 승화시키는 문학은 그 지칭의 대상 곧 시니피에를 쉽게 통역해주는 차원이 아니라 그 언어가 품고 있는 문화와 역사, 의식과 정서를 동반하는 시니피앙의 재현을 전제하는 것이어서, 같은 예술이라 하더라도 보는 예술, 듣는 예술이 전할 수 있는 정감적 호소력을 일으킬 번역이 쉽지 않습니다. 그렇기에 우리 문학이 외국 독자들에게 우리와 공유된 감수성으로 수용될 수 있기 위해서는 당연히 뛰어난 번역가가 요구됩니다. 이에 대한 문제의 환기는 숱하게 이루어져왔기에 여기서 새삼 반복할 필요는 없을 듯합니다. 다만 저로서는 한국 문학의 번역가가 한국인과 한국 문화와의 접촉을 더 생생하고 진정하게 육화할 수 있는 방법, 가령 직접적인 한국 생활 경험이나, 유학, 강의, 레지던트 작업을 적극적으로 실행해야 한다는 오래전부터의 권고를 다시 강조할 뿐입니다. 근래 한국 문학의 번역 작품이 한국인과 외국인의 부부 합작인 경우를 자주 보게 되는데 이는 살아 있는 한국어의 문학적 표현을 위한 한 가지 좋은 방법일 것입니다.

저는 TV 드라마를 비롯하여 영화, 가요, 음식, 의복에 이르기까지 광범하게 한국 스타일, 이른바 '한류'가 유행하고 있음을 크게 환영하고 있습니다. 그런데 그 한류의 확산이 가능하게 된 가장 큰 바탕은 경제력에 있다고 짐작하고 있습니다. 한국 산업의 선진국형으로의 발전, 한국 상품의 신뢰감 획득, 국제 무역량의 증가로 한국 경제가 세계 10위권에 오르며 유수한 기업들이 해외로 진출하고 한국 기업과 한국 제품에 대한 호감을 늘리게 되면서 동시에 한국 브랜드의 상품과 그 기업이 가능할 수 있는 한국의 문화로까지 관심이 넘쳐 불어난 결과가 이른바 한류 문화의 조성일 것입니다. 그렇기에 여기서 저는 당연히 한국 문학과 한국 경제의 제휴가 필요하다고 생각하지 않을 수 없습니다. 우리가 미국이나 유럽의 상품에 대한 호의적 평가를 갖는 데는 반드시 그 상품의 질에만 있는 것이 아니라 그 상품 속에 스며 있는 미국과 유럽의 문화에 대한 이해가 실려 있고 우리가 읽은 문학작품들이 그 제품에 대한 신뢰감을 높여주고 있기 때문입니다. 그런 인식이 우리 기업에도 차츰 확산되고 있음을 보고 있지만 이제 좀더 적극적으로 한국 기업이 한국 문학과 예술을 더불어 현지에서 소개하고 수용하여 시너지 효과를 일으키도록 방안을 만들고 실천적 작업을 해야 할 것입니다. 그것은 단순한 번역과 출판, 작품 낭독회, 문학 교류 행사, 한국 문화와 문학 교육 등 여러 문학 내적 사업만이 아니라 현지의 문화와 예술에의 후원, 교육과 의료의 지원 등 문학 외적 후원과 나눔으로 더욱 폭넓게 전개되어야 할 것입니다. 문학의 해외 진출은 경제력 없이 불가능하다는 것, 상품의 수출이 문화적 후원을 받을 때 더욱 신뢰감을 갖는다는 상생의 시너지 효과는 중국에서의 한국어문학과 학생 수의 폭증으로 그 분명한 예를 볼 수 있다는 데서 우리 문단과 경제계가 함께 고려해야 할 문제입니다.

저는 여기에 한국 문학의 해외 진출을 위한 전략이 필요하다는 점을 새삼 강조합니다. 우리나라가 서구의 문학작품을 자발적 수용의 형태로 수입해온 것처럼 우리 작품도 현지에서 자생적으로 관심과 흥미를 느끼고 스스로 번역·간행하는 과정을 밟는 것이 가장 자연스럽고 적절한 절차일 것입니다. 그러나 그러기에는 시간이 너무 걸리고 한국 문학이 저평가되고 있다는 판단으로 느긋하게 시기를 기다리지 못하고 조급한 마음으로 해외 진출을 도모해왔습니다. 그랬기에 그 노력이 비효율적이기 일쑤였고, 그 사태를 반전시키기 위해서는 새로운 기획과 정책이 추진되어야 할 것입니다. 작가와 작품 들을 산만하게 초점 없이 선정하여 '통역' 수준으로 간행하기보다는, '집중과 선택'의 전략으로 소수의 뛰어난 작가와 작품의 '번역' 진출을 유도하는 것이 보다 현명한 방향이 아닐까 생각됩니다. 1960년대 전반 저는 미국의 유수한 저널들이 이제 막 경제 대국으로 떠오르는 일본을 특집으로 다루는 여러 기사들에서 한결같이 서너 명의 특정 소설가를 집중해서 소개하는 것에 주목했습니다. 그러고서 얼마 안 되어 그중 한 작가였던 가와바타 야스나리가 노벨상을 수상하는 것을 보고 일본 언론계와 문화계 혹은 경제계가 암묵리에 이 선택과 집중의 전략을 활용하고 있다고 짐작했습니다. 이 선택과 집중의 전략에도 불구하고, 노벨문학상을 목표로 하여 살아 있는 현재 작가들의 작품 번역에 치중하기보다 먼저 한국 문학의 독자적인 전통에 대해 바른 인식을 갖도록 우리의 옛 작품들의 활발한 소개를 권하는 임마누엘 페스트라이쉬(이만열) 박사의 충고(「한국 문학의 세계화를 위한 대안」, 『한국인만 모르는 다른 대한민국』, 21세기북스, 2013)도 유념해두어야 할 것입니다. 무엇보다 중요한 것은 페스트라이쉬 박사가 권고하는 것처럼, 한국 문학 작품을 노벨상을 위한 상품화로 만들 것이 아니라 중국 문학이나 일본 문학처럼 연구와 분석의 대상으로, 학문적 접근 대상으로 만들어야 한다는 점입니다.

작품의 선정과 번역가 위탁, 해외 출판사의 작업은 공공 기관이든 문화재단이든 우리가 주도할 것이 아니라 상대국의 자발적 선택과 적극적 의지를 유도하는 전략적 방법으로 진행되어야 할 것입니다. 어느 나라 독자들이든 국가 기관이 문학작품을 선정하고 그것을 간행하는 유의 책들은 일종의 홍보물로 여기기 때문에 그리 신뢰하지 않습니다. 실제로 우리나라의 경우, 숱한 외국 문학의 도입과 번역·출판은 우리 출판사들과 연구-번역가들이 스스로 선택하고 교섭하고 번역하고 제작·보급해왔습니다. 그랬기에 그 외국 작품들을 한 나라의 홍보 책자가 아니라 세계문학의 한 부분으로 수용할 수 있었습니다. 그러기 위해서는 한국 문학 연구자, 번역가를 양성해야 하고 그들이 한국어와 한국 작품 번역으로 생활 방편을 삼을 정도로 직간접적인 지원이 필요하다는 사실은 반복하지 않겠습니다. 여기에 신뢰받는 에이전시와의 제휴도 절실하다는 사실을 첨가합니다. 국제 출판 에이전시는 국적 대신 작품을 제시하며 좋은 번역과 적극적인 시장 효과에 목적을 두기 때문에 출판사와 독자 획득, 그 작품 소개와 평가의 공신력을 확보하는 데 가장 좋은 매개체가 될 것입니다. 신경숙의 『엄마를 부탁해』도 좋은 에이전시를 만난 덕이 클 것으로 짐작되는데, 마리아 캠벨Maria Campbell 씨가 한국 문학의 국제적 호소력을 높이는 방안으로 에이전시의 매개 역할의 중요성을 강조하는바(한국문학번역원, 『~list Books from Korea』, 2013년 가을호) 이는 우리 문학이 그리 관심을 두지 않았던 문제이기에 신중히 경청해야 할 충고로 여겨집니다. 여기서 번역된 작품의 언론계 소개와 학자들의 분석 비평으로 여론 형성 및 본격 연구가 적극 뒤따라야 한다는 점을 저는 강조합니다. 우리 작품의 국제화는 아직 번역과 간행에 멈춰 있고 그 작품에 대한 서평과 연구가 거의 없다는, 그래서 해외 진출 작업의 성과를 확인·평가·수정하는 후속적인 노력에 아주 부실하다는 사실을 강하게 지적하는 것입니다. 관계자들은 번역·출판을 런칭만으로 멈출 것이 아니라 보다 실질적인 효과를 위해 점검하고 촉구하는 피드백 작업에 더욱 적극적이어야 한다고 생각합니다.

한국 문학 특히 소설계를 위해 참고의 의견을 드리고 싶습니다. 우리 소설 문학 전통은 그 시초부터 단편소설이 주류를 이루어왔습니다. 당초 우리 근대문학이 동인지에 발표한 단편소설들에서 시작되었고 식민지 시대에서부터 근래에 이르기까지 출판 기업이 영세했기에, 작가들은 상대적으로 활발한 잡지에 게재할 수 있을 단편 창작에 주력하였으며 장편소설은 신문이나 잡지 연재를 해야 했기 때문에 그 발표가 제한적이고 그 평가에도 작가 스스로 소극적이었습니다. 단편소설 문학은 구성에서나 문장에서 완성도가 높아 독자의 감동을 쉬 얻고 있지만, 그럼에도 세계에 대한 이해와 인간의 운명에 대한 총체적 인식에서는 장편의 서사문학이 보다 깊고 장엄하며, 그렇기에 세계문학의 주류는 장편소설에 압도적인 비중을 두고 있습니다. 우리 문학도 그 발표의 기초 역량이 단단해지고 작가적 자신감을 가지게 되면서 단편소설의 한계를 느끼기 시작했고, 근대사 이후 개인에게 가해진 기구한 민족사가 서사의식을 촉발하면서 우리 소설가들도 단편 위주의 문학에 반발하듯 1970년대부터 대하소설에 도전하기 시작했습니다. 박경리의 『토지』에 자극받은 이후 홍성원의 『남과 북』, 황석영의 『장길산』, 김주영의 『객주』, 김원일의 『불의 제전』, 조정래의 『태백산맥』, 혹은 고은의 연작시집 『만인보』와 황동규의 연시집 『풍장(風葬)』 등 거작들이 발표되기 시작했고, 이 대작들은 분명 한국 문학의 대표적인 성과로 평가될 만한 것이었습니다. 그러나 우리의 사정과 관계없이 여러 권으로 간행해야 할 이 대작들은 외국의 출판사나 독자들이 감당하기는 결코 쉬운 일이 아닐 것입니다. 작품의 소화 능력에서도 그렇지만 특히 시장성에서 낙관할 수 없기 때문입니다. 그러고서 둘러보니 외국 출판사가 번역·간행하기에 적절한 우리의 장편소설은 의외로 적었습니다. 우리가 진지한 문학작품으로 자평한 것은 단편소설들이고 한국 문학을 대표하는 소설로 자부한 것들은 대하소설이어서, 우리 문학의 성과로 자랑할 작품들은 외국에서는 수용하기 힘든 장르였습니다. 근년에 황석영이 한 권 규모의 장편들을 계속 발표하고 1990년대의 활발한 작가들의 작품들이 낱권 길이의 장편을 주조로 하고 있어 다행으로 여기고 있습니다만, 앞으로 더욱, 대작주의에서 벗어나 명품주의로 창작하기를 우리 작가들에게 권고하지 않을 수 없습니다. 더구나 문학작품의 문화적 위세가 약해지고 거대 서사의 소설을 피하는 오늘의 독자를 위해서 소설 작품의 규모화는 깊이 고려되어야 할 것입니다.

이미 우리 사회생활에 가장 중요한 일상의 기제로 활용되고 있는 컴퓨터와 새로운 갖가지 미디어들이 우리의 문학을 어떻게 변화시키는가, 그 현상에 어떻게 우리가 반응하고 있는가에 대한 관찰과 연구도 요청되고 있습니다. 가령 그것은 문체에 어떤 작용을 가하는가와 같은 문학 내적 문제, 유튜브, 태블릿 PC, 전자도서 등 새로운 미디어와 SNS를 통해 일반 독자는 물론 해외 문단과 독서 시장에 어떻게 소통할 것인가 하는 문학과 매체와의 새로운 관계 설정 문제, 그리고 이 기술 혁신 시대에 부닥칠 새로운, 저로서는 매우 비관적으로 보이는, 아날로그 전통의 문자 예술이 갖는 문학의 미래 운명에 대한 문제에 이르기까지 다각적인 접근을 통해 광범하고 진지하게 전망되고 논의해야 할 것입니다. 현재 작가 김영하 씨가 이런 변화에 적극적으로 대응하고 있다고 짐작되고 있지만, 한국 문학의 해외 진출에 긴밀하게 연관되기도 할 이 거대한 문제에 대해서는 아날로그의 구세대인 제가 제기하기보다는 다른 본격적인 아젠다로 설정해서 공동으로 연구해야 할 과제로 생각됩니다.

풀튼 교수를 비롯한 저명한 한국 문학 연구자와 번역가 들에게 빈약한 내용으로 한국 문학의 국제화란 주제로 말씀드리는 일이 다시 겸연쩍어집니다. 저는 한국 문학의 수준에 비해 세계문학 속에서의 그 위치는 상당히 미흡하다고 섭섭해해왔습니다. 그러나 다시 돌이켜 평가하자면 그 미흡함은 그럴 만한 이유를 충분히 가지고 있었습니다. 소수 단일민족 언어로서 그것이 국제적으로 통용되는 폭이 매우 좁다는 것, 짧은 근대문학의 전통과 문화·경제적 능력의 부족, 그리고 우리 자신의 고통스러우면서도 빈곤한 생애와 우리 민족과 역사의 무게에 눌려 언어예술로서의 문학성보다 삶의 현실을 재현하려는 무거운 서사주의 때문에 외국 독자들에게 공감을 일으키기에 부족하다는 점을 시인하지 않을 수 없습니다.
　그럼에도 우리 문학 속에 드러나 있는 인간에 대한 뜨거운 열정, 고통스러운 현실을 언어를 통해 극복하려는 진지한 고민, 그것들을 통해 드러나는 한국의 참담한 역사와 그 속에서 피어난 힘찬 문화적 창의성, 삶의 진정한 모습에 대한 섬세한 인식과 따뜻한 애정에 여러분들의 공감을 부탁드립니다. 이런 인간적인 애정은 세계 모든 시민들이 가지고 있는 보편적인 정서이지만, 고통이 많았기에 그만큼 구원에 대한 열망도 컸던 한국인의 내면과 거기서 솟아난 그 문학을 통해 더욱 생생하게 발견될 수 있으리라 믿습니다. 식민지 시대에서부터 해방과 분단, 전쟁과 쿠데타, 경제적 빈곤과 정치적 억압 속에서 근대화 과정의 두 세대 반을 살아온 한 한국인으로서, 한국 문학을 연구하는 외국인 학자와 연구자 여러분들에게 우리의 조국에 대한 뒤늦은 사랑을 고백함으로써 우리 문화의 정수인 한국 문학에 대한 간곡한 이해를 부탁드리는 것으로 제 감사의 인사를 대신합니다.

요약

극히 빈약했던 한국 문학의 해외 소개는 1990년대 이후 정부와 문화재단의 정책과 지원 속에서 적극 활성화되었다. 당초 우리에게도 독자적인 언어와 문학이 있다는 사실을 소개하는 데서 시작한 우리 문학의 국제화는 소설가·시인 들의 활동을 알리고 다시 그들의 작품을 보여주는 단계로 발전하면서 서구와 중국과 일본 등 많은 나라에 번역·출판되기 시작했고, 최근에는 국제적 베스트셀러의 목록에 오르기까지 했다. 그러나 그 역사가 짧고 고립적인 소수 언어의 문학이기에 한국 문학의 국제화는 상당히 제한적이었고 상대국의 자발적인 노력에 앞선 우리의 홍보 정책적인 노력이어서 그 효과가 예상보다 낙관적이지 않았다. 우리는 이제 우리 작품들이 세계문학으로 편입될 수 있도록 좋은 번역가를 양성하는 우선적인 작업을 전제로 하고, 새로운 단계의 다각적인 전략과 다양한 방법으로 수용국의 자발적인 한국 작품 출판을 유도하는 전략을 구사하며, 현지 언론인 및 전문가 들의 소개·비평·연구를 통한 적극적 피드백 작업을 유도해야 할 것이다.

장인 정신과 칠십대 문학의 가능성
—고희의 황순원 문학에 부쳐

　우리 소설 문학의 우뚝한 봉우리인 황순원 씨가 지난 3월 26일로 고희를 맞았다. 이를 위해 문단의 후배, 제자 문인 들이 고희 축하연을 마련한 한편, 1980년 말부터 단행본 형태로 기획해서 해마다 몇 권씩 간행되어오던 황순원 전집 12권의 마지막 두 권 시선집과 『황순원 연구』가 나오면서 그의 세번째이며 그리고 결정판이 될 전집이 완간되고, 역시 이와 더불어 그의 한 수필 제목을 표제로 한 기념 작품집 『말과 삶과 자유』가 동시에 발행되었다. 이 일련의 행사는 황순원 씨 개인으로나 한국 문학 전반으로나 커다란 경사였다고 하겠다.

　그가 이제 칠십대의 작가에 이르렀다는 것은, 물론 그를 통해 비로소 이루어진 것은 아니지만, 우리에게도 칠십대 문학이 가능하게 되었으며, 이십대부터 팔십대에 걸치는 문단 세대의 균형이 잡히기 시작했다는 생각을 갖게 한다. 가령 김팔봉, 박화성, 백철, 김동리, 최정희, 서정주 씨 등 칠팔십대 문인군이 우리 문단에 성립함으로써 정신적인 깊이나 폭이 완숙한 이른바 노년 문학이 가능하게 되었다는 것은, 근대문학이 이 땅에 나타난 지 70년밖에 안 된 우리에게 매우 의미심장한 일이다. 이광수, 김동인, 염상섭 씨에 의해 주도된 우리 신문학은, 그들의 연륜과 함께 나이의 축적이 이루어져오기는 했으나 해방과 분단 그리고 한국전쟁에 의해 단절되고 잘려나가거나 혹은 문인들의 조로에 의해 노년 문학으로 좀처럼 연장되지 못했다. 그래서 우리 문단에서 가장 나이 든 세대가 오십대로 끝나는 것이 상례였다. 그러나 제2기 문학 세대가 작품 활동을 끊지 않은 채 회갑을 지나고 종심(70세)의 고비를 넘김으로써 한 문학권 안에 비로소 한 인간의 수명과 같은 세대가 존재할 수 있게 된 것이다. 그것은 괴테나 톨스토이, 토마스 만처럼 나이 듦과 함께 연령에 맞는 인간과 세계에 대한 심오하고도 보편적인 지혜의 문학이 가능했다는 것을 상기시킨다. 물론 우리의 칠십대 작가에게도 사실상 절필 상태에 있거나, 작품을 발표하더라도 큰 의미가 없는 경우가 많지만, 그러나 그 노년 세대가 생겨났다는 것은 그러한 노년 문학의 가능성과 문학 세대적 분포망의 성립을 얻게 된 것이다.

문학적 집념이나 육체적 건강성으로 보아 칠십대 문학의 가장 큰 가능성을 가진 황순원 씨의 존재는 그래서 우리에게 더욱 돋보인다. 그는 우리나라 작가들의 대체적인 경향과는 달리, 문단이나 그밖의, 그러니까 창작 활동과는 무관한 일에는 전혀 참여하지 않고 문학 교수로 제자를 양성하는 일 외에는 오로지 창작 생활로만 일관해왔다. 그랬기 때문에, 고희를 넘긴 후에도 그의 문학적 집필에 대한 우리의 기대가 다른 노년 작가들에 비해 확실하게 이루어지는 것이다. '오로지 창작에만'이라는 그의 일관된 문학 생활은, 그것만이 유일한 미덕이라는 생각은 아니 든다 하더라도, 마땅히 존경받아야 할 덕성임에는 틀림없다는 판단이 내려진다. 그것은 오로지 창작에만 전념하는 것이 혼탁하고 타락한 문단 정치나 그와 비슷한 것들로 그가 빠져들어가는 것을 막았다는 것만이 아니라 예술 창조를 통해서만 자신의 사상과 감성, 정신과 삶의 태도를 드러낸다는 장인적 정신의 표현으로 바라볼 수 있기 때문이다.

이 장인 정신에로의 경사는 가령 신문소설을 쓰지 않으며 창작 이외의 수필이나 회상기, 논설 등에 일절 손대지 않고, 나아가 신문 인터뷰도 마다하는, 일종의 결벽증으로까지 발전했는데, 그것이 그의 행동 반경에 어떤 제한을 주는 것도 사실이지만 이 점에 대해서도 우리는 따뜻한 이해를 드려야 할 것이다. 그 스스로는, 자신의 생각이나 태도 모두를 창작 속에, 창작을 통해 수용·표현할 수 있다고 믿고 실제로 그래왔다고 이야기하고 있다. 인터뷰나 대담 같은 것은 자신이 그렇게 스스로를 내놓는 데 무능하기 때문이라고 변명하지만, 어찌 보면 답답하고 고집스러운 데가 있는 이 점이 그의 문학을 더 정결하고 그의 생애를 가장 고상하게 만드는 데 보탬이 된 것 같다.

그의 문학이 장인 정신의 탁마에 의한 소산이며 정결하고 순수하다는 일반적 비평에 대해 오해가 없기를 바란다. 순수문학의 대명사처럼 불리는 황순원 문학은, 그렇기 때문에, 그의 오염되지 않은 생애와 더불어, 현실을 외면하거나 역사와 사회에 대해 무관심하다는 비난도 받았지만, 그것이 작가의 관점에서 빚어진 것이라는 점을 바로 본다면 그에 대한 이 비난이 적절하다고만 보기 어렵다.

그는 이제까지 장편소설 일곱 권과 단편집 아홉 권, 그리고 초기의 시집 두 권을 비롯한 시 작품들을 발표해왔는데, 그것은 그의 십대, 그러니까 식민지 시대와 삼십대에서부터 시작되는 한국 현대사 속에 펼쳐진 개인사와의 밀접한 연관성을 드러내면서, 그가 사회적 상상력보다 개인적 혹은 내면적 관점을 형상화한 것으로 요약하여 설명할 수 있을 것이다. 이 말은, 그가 사회나 현실을 외면하거나 그것들에 무관심했던 것이 아니라, 비참하고 타락한 역사와 현실이 인간을 어떻게 파멸시키고 그들의 내면적 가치를 파괴시켰는가를 보여주기 위해 노력해왔다는, 그의 세계관적 관점을 밝혀주는 것이다. 그의 문학적 생애로 예를 들자면, 식민지 시대 말기에 한국어 말살 정책이 강행되자, 시에서 소설로 장르를 바꾼 황순원은 '발표할 길이 없는' 작품들을 써서 서랍 속에 챙겨두었고, 해방 후 서울로 월남하면서 그 작품들을 가장 소중히 붙안고 가져왔으며, 그래서 해방 후의 그의 발표들은 전에 씌어진 이 작품들로 이루어졌다. 식민지 당대에 지식인 작가가 행할 수 있는 저항으로는 노골적이고 직접적인 당대 비판의 길이 있었지만, 모국어로 글을 쓰며 언제 발표될지도 모를 작품을 쟁여두는 길도 있었다. 황순원은 소극적으로 보이지만 더욱 치열할 수 있고 값진 것으로 평가될 후자의 길을 선택했던 것이다. 그것은 순수하다는 것만으로밖에 표현되기 어렵지만, 그러나 순수함만으로는 포용될 수 없는 완강한 현실 대응의 태도를 읽게 만든다.

그의 작품들이 실제로 그러하다. 첫 장편소설 『별과 같이 살다』는 식민지 시대의 봉건 체제에 찢긴 한 소박한 여인이 일제 말기와 해방 후의 혼란기를 더불어 살면서 그 시대의 참담한 현실과 그것에 갇혀 절망과 소망을 체험하지 않을 수 없는 삶을 묘사함으로써 해방 후에서 6·25에 이르는 1940년대 후반의 가장 중요한 소설이 되고 있다. 이 소설에 이은 『카인의 후예』라는 장편소설은 남북 분단과 공산주의 정권의 비리 속에서 자유를 찾아 월남하는 지식인 청년의 좌절과 기대, 그의 사랑과 분노를 보여주고 있다. 또 그의 대표작 중의 하나인 「나무들 비탈에 서다」와 「인간접목」은 한국전쟁이 가져다준 커다란 상처와 절망, 거기에서 벗어나려는 열망이 직접적으로 다스려지고 있다. 1960년대 이후 그는 세 권의 주목할 만한 장편소설을 차근차근 발표했는데, 『일월』은 출세한 백정 일가가 그 신분이 밝혀짐으로써 파탄에 이르는 과정을 추적하여 해방―전쟁에 이르는 혼란기의 신분 이동과, 그럼에도 불구하고 끝내 자유로울 수 없었던 계급적 얽매임을 폭로하고 있다. 세 지식인 청년들이 주인공이 되는 『움직이는 성』은 정신의 지주를 상실한 전후 세대의 가치관적 혼란을 그리고 있으며, 1980년대에 완성된 그의 최근작 『신들의 주사위』는 경제개발로 말미암아 붕괴되는 농촌 중산층의 현실적·정신적 패퇴를 추적하고 있다.

이렇게 볼 때, 백여 편에 이르는 단편들과 함께, 장편들을 포함한 그의 문학 세계는 그와 더불어 살아온 우리 현대사의 맥락과 예민하게 대응하고 있음을 발견하게 된다. 다만, 그가 그의 작품을 통해 제시하고자 한 것은, 사회가 어떻게 변해갔으며 현실이 얼마나 잘못되고 있는가를 직접적으로 반영하는 데 있다기보다는, 그러한 변화와 타락 속에서 고결해야 할 인간이 어떻게 비천해지고 좌절되는가를 그려주려는 데 있었다. 따라서 그의 작품 세계의 주제는 사회나 현실 같은 집단 혹은 공동의 삶이 아니라 인간 그 자체 또는 인간의 사랑과 자유, 생명에의 경건성 같은 것이다. 이 때문에 그의 순수성이 지목되기도 하고 그의 작품이 정태적이며 혹은 수채화 같다는, 그리고 평면적이란 비판을 받기도 하지만, 그는 본질적으로 휴머니스트이며 때로는 낭만적이기도 하고, 그러한 문학적 색채는 우리 문학뿐 아니라 모든 문학에서도 중요한 한 줄기 흐름 또는 근원적 성격 중 한 갈래를 이루는 것이 사실이다. 그의 이 같은 문학적 성격을 더욱더 순수한 것으로 보이게 만든 것이 그의 섬세한 감수성과 더불어 나타나는 운문 정신이다. 오래전에 비평가 유종호 씨가 "황순원은 시에서 실패한 운문적 효과를 그의 산문 소설에서 획득하고 있다"는 아이러니를 날카롭게 지적한 바 있지만, 그 운문 정신이 장편소설에 도입될 때는 반드시 성공적이라고 볼 수 없어도 「별」이나 「소나기」 같은 시적인 단편에서는 가장 뛰어난 아름다움을 성취하게끔 만든 것이다.

이 아름다움을 만들어내는 문체의 구성이야말로 그가 한국 소설 문학에 커다랗게 기여한 것임은 우리 문학 연구자들 대다수가 동의하는 바이다. 우리의 문체는 개화기 이래 1세기 미만 동안에 급격하게 변천해왔는데, 그 중요한 고비로 고대소설에서 신소설로 넘어오는 1910년대, 그리고 서구 문학의 충격이 직접적으로 반영되는 1920년대를 거쳐 오늘날과 같은 지평의 문체가 형성된다. 황순원은 현대문학적 문체가 성립된 이후에 소설 창작을 시작했지만, 그가 문장을 쓰는 데 공들이는 섬세함(그는 자신의 책 교정지를 오케이 단계까지 직접 검토하면서 '교정은 창작의 연장'이라고 강조한다)이 후배 작가들에게(특히 조세희, 조해일 같은 경우) 준 영향은 젖혀놓더라도, 과거 시제와 현재 시제의 교묘한 혼용으로 드러내는 묘사의 효과, 자유 간접화법으로 심리적 기미를 표출하는 수법의 성과는 우리 문체의 폭을 크게 열어놓으면서 좋은 문장의 범례를 제시하고 있다.

고희에 이른 황순원과 그의 문학에 대한 고찰은 이상의 간략한 개괄로 멈추는 것이 아니라 앞으로 보다 새로운 눈으로 진행되어야 할 것이며, 그의 고희 기념으로 간행되는 황순원 전집과 작품집 『말과 삶과 자유』가 그 텍스트 또는 단서로 유용하게 활용될 수 있을 것이다. 단행본으로 기획될 그 '전집'은 판본으로 보자면 세번째이지만 이전의 것과 다른 몇 가지 텍스트상의 의미를 갖고 있다.

첫째는, 그가 조금씩 수정하거나 삭제, 첨가한 부분이 있으며 그 자신이 최종적인 교정 작업까지 맡음으로써, 그것을 자신의 결정판으로 삼고 있다는 점이다. 이것은 텍스트 분석을 거의 외면해온 우리 문학연구에 하나의 과제를 남겨준 것이다. 둘째는, 이 전집의 편성이 그가 상자한 단행본의 목차 구성을 그대로 살림으로써 작품의 서지를 원형 복원했다는 점이다. 셋째로, 각 권의 해설이 중견 이하의 젊은 비평가들에 의해 씌어져, 새로운 세대에 의한 황순원 문학에의 관점이 제시되고 있다는 점이다. 그것은 이 전집의 마지막 권인 『황순원 연구』가 그의 문학작품 이해에 필요한 자료들을 묶으면서 기왕의 황순원에 대한 작가론, 작품론의 대표적인 것들을 수록한 것과 대조되면서, 기념 작품집이 특집으로 다룬 '황순원과 나' '황순원 문학의 현재적 의미' '소설의 문체' 등에서 다루어진 것들과 다른 보기를 제시한다. 『말과 삶과 자유』에 수록된 후자의 특집들은 황순원의 개인적 면모를 보여주기도 하고 그의 문학이 새로이 인식되어야 할 측면을 거론하기도 한다. 특히 우리 문학연구에서 그 구체적 논증을 찾아보기 힘든 문체 연구의 방법론을 적용함으로써 황순원 문학, 나아가 한국 문학의 한 모습을 새로이 조명하고 있는 것이다.

황순원 문학의 크기가 어느 정도이며 시대에 따라 그것이 호소하는 문학적 감동이 어떻게 달라질 것인가는 물론 앞으로 더 두고 보아야 할 것이다. 그러나 그가 어떻게 평가되든 그 나름으로 구축한 독자적인 문학 세계는 분명히 존재하며, 다른 문학과 함께, 그 세계를 사랑하고 다듬으며 키워야 한다는 것은 문학과 문화를 사랑하고 존경하는 이들의 미덕이자 의무이기까지 한 작업이다. 이러한 작업이 그의 생전에 좋은 후배와 제자 들에 의해 이루어지고 있다는 사실은 아름답고 뜻있는 일이다. 이런 일이, 다른 작가들에게도 앞으로 계속 번지고 쌓이기를 바라는 것이, 이 흐뭇한 고희 기념의 정경을 바라보면서 느끼는 소박한 감회의 한 가지이기도 하다.

〔『마당』 44호, 1985〕

세상 앓기 그리고 화해

—이청준 소묘

  이청준은 젊어서부터 많은 약을 먹었다. 그 자신의 말에 의하면 머리에서부터 발끝까지 앓아보지 않은 병이 없었다. 자신을 주인공으로 내세운 작품 「귀향 연습」에는 자기가 앓았거나 앓고 있는 병명들이 나열되는데 그 수가 20가지였다. 그의 데뷔작은 「퇴원」이고 그의 대표작은 소록도의 나환자들을 이야기하는 『당신들의 천국』이며 문제작 「소문의 벽」과 연작 『씌어지지 않은 자서전』에는 '진술 공포증'이란 병까지 등장한다. 그는 그 병들이 자신이 고향을 떠난 이후에 생긴 병이라고 작품 속에서 탄식한다. 그런 이청준이 자신의 문학론을 편 강연을 소설이라고 발표한 작품 「지배와 해방」에서 문학은 복수심의 표현이라고 말하고 있다. '언어사회학 서설'이란 부제의 세번째 연작인 이 소설에서 그는 왜 쓰는가란 질문을 천착하면서 자신은 "자기 삶의 근거를 마련하려는 일종의 복수심"으로 글을 쓰며 "세계에 대한 그 복수심으로부터 자신을 해방시키는 길이 소설 쓰기"라고 고백한다.

이십대 후반에 처음 만난 그는 준수한 외모에 늘 넉넉한 표정으로 입가에 잔잔한 미소를 물었고 말씨도 남도 사람답게 다정해서, 나는 그에게서 유복한 집안의 내향적이면서 뛰어난 문학적 재능을 가진 귀공자 인상을 받았다. 그렇기에 젊은 이청준이 이처럼 많은 약을 복용해야 했고 글쓰기를 '복수'란 살벌한 말로 규정하는 데 적지 않은 의외의 느낌을 받았다. 그 느낌은 그 자신의 체험이 우러난 작품들을 더 많이 대하면서 그 아픔과 원한이 그의 성장기의 고통에서 발원되고 있다는 짐작으로 확인되어갔다. 그렇게 깨우쳐준 것이 한국전쟁기 때 초등학생으로 겪은 '전짓불' 모티프였고 어머니의 회상에서 속눈물을 흘리던 「눈길」의 장면이었다. 「소문의 벽」을 비롯한 여러 편에 나오는 '전짓불' 모티프는 전쟁 중 경찰과 빨치산이 낮과 밤으로 번갈아 장악하는 남도의 시골에서 한밤중 집 안으로 쳐들어온 무장병이 가족들에게 전짓불을 비추며 당신은 어느 쪽이냐고 질문하는 데에서 나온다. 그 전짓불 앞에 자신들은 환히 드러나지만 그 전지를 비추는 사람이 경찰인지 빨치산인지 알 수 없는 두 모자는 어둠으로 가려진 상대 앞에서 반동일지 부역자가 될지 생명을 건 대답을 해야 할 공포에 젖지 않을 수 없다. 하근찬의 「수난 이대」에서 태평양전쟁으로 한 팔을 잃은 아버지가 전투로 한 다리를 잃은 아들을 업고 가는 모습과 함께 나는 이 모티프를 한국전쟁의 가장 뜨거운 비극적 이미지로 꼽는다.

전쟁과 궁핍, 죽음과 공포에 시달린 한국인에게 그의 또 다른 작품 「눈길」은 끝내 어머니의 속 깊은 사랑에 그 아픔을 이겨내고 고향의 원한을 풀게 되는 한국 단편문학의 백미이다. 그는 빚 때문에 집을 잃은 어머니를 찾아왔다가 어머니가 마지막으로 차려준 저녁을 먹고 다시 떠나야 했지만, 훗날 도로 집으로 향하며 아들이 디딘 눈 발자국을 밟아 서러운 길을 걸어야 했던 어머니의 회상을 듣게 되면서 마침내 속눈물을 흘리게 된다. 아마 그즈음부터였을 것이다. 고향과의 불화를 이겨내고 마침내 이르게 된 그 화해는 자기를 몰아낸 고향과 고향 사람들과의 한풀이며 그것이 품은 아름다운 자연으로의 돌아감이고, 여기서 그는 우리 전통적 삶의 양식에 대한 부드러운 어울림을 보여주기 시작한 것이다. 중년기의 그는 자주 고향을 찾아 잊고 버렸던 고향과의 정을 되살리면서 그 자연의 다사로움에서 병을 다독거리게 되는데 이때부터 그의 이른바 '귀향 소설'이 시작된다.

이청준은 소설 중단편과 장편 및 연작 등의 30여 작품집과 산문집 및 아동문학 10여 권으로 50권 넘게 많은 글을 썼다. 그 자신은 매일 몇 쪽이든 글을 쓰는 것이 버릇이라고 말했지만 그 장인적인 글쓰기를 통해 자신이 겪고 보고 듣고 생각한 일들을 모두 소설과 수필로 담아냈다. 여기서 그의 작품이 갖는 두 가지 성격을 지적하고 싶다. 하나는 그가 그 숱한 작품들에서 리얼리즘을 버려가며 리얼리티를 드러내고 있다는 점이다. 그러기 위해 그는 사실적 수법만이 아니라 격자소설과 중층 구조로 주제를 심화시키기도 하고 우화나 사실을 왜곡시킨 알레고리로 바꾸기도 하면서 그가 발견한 이 세상의 진상을 밝혀낸다. 그에게 중요한 것은 이 세계와 삶의 진실이었고 거기에 숨은 아이러니를 보여주는 것이었다.

또 하나는 그의 문체 변화이다. 초기의 그의 작품들은 '그러나' '하지만'으로 끊임없는 되물음을 보내며 곡언적 문체를 활용하고 있지만 후기의 글에서는 '하여' '그래서'로 사건의 진행을 따르며 사태를 수용하는 태도를 보인다. 추리적 문체에서 서사적 문체로의 이 반전은 그가 고향을 용서하고 그리로 되돌아가는 변화 속에서 이루어지는데 그것은 젊은 시절의 지적이고 탐색적인 사유에서 중년 이후 관용과 화해의 정서로의 숙성을 보여준다. 초기 문체가 도시적이고 대화도 표준어법이라면 후기의 문체는 토착적인 문체에 지문까지 남도풍의 리듬으로 흐른다. 이런 변화는 초기에 작가, 화가, 전문직 등 도시적 지식인들과 전통적 장인-예인들과의 대치가 잦은 데 비해 후기에는 어린 시절, 정답게 회상되는 고전적 품위를 보여준 인물들에 대한 경의를 표하고 있음과 궤를 같이한다.

이청준 문학에 대한 이런 소견들은 그를 그의 시대적 표상으로 인식해야 할 것을 의미한다. 모국어로 교육받고 사유하며 글을 쓰기 시작한 첫 한글세대인 동시에 민주주의의 가치를 믿고 그 실현에 앞장선 4·19세대인 그는 전통 사회에서 문명사회로 근대화하는 와중에 문학을 시작했고, 농촌의 토착 정서에서 서울의 도시 문화적 공간으로 옮겨오며 상상력을 키웠으며, 궁핍한 시절에서 풍요의 시대로 성장하던 시기에 글쓰기를 이어갔고, 정치적 억압과 그로부터의 자유를 갈망하는 시대에 작품들을 발표했다. 이렇게, 1960년대부터 근 50년 동안의 그의 창작 생활은 우리 역사에 가장 극적인 변화가 진행되는 가운데 이루어졌다. 그것은 과거와 현대, 농촌과 도시, 가난과 풍요, 전통과 실험, 권력 독재와 자유민주주의가 교접되던 시기에 그의 문학이 전개되었고 두 세계의 접변기적 양상이 작품 속으로 수용되었음을 의미한다. 이 때문에 그는 정신적·육체적 진통을 감당해야 했고 그의 문학은 그 불화들을 감싸 안아야 했다. 그래서 그는 숱하게 몸이 아파야 했고 이 세계의 모순들을 끈질긴 소설 언어로 감당해야 했던 것이다. 마침내 고향과 자연으로 돌아가면서 그는 삶의 부조리를 용서하고 사람들과 화해한다. 그의 생애를 따라 그의 작품들을 짚어 읽으면 그의 작품적 의미, 소설사적 위치와 더불어 그가 살았던 시대적 성격을 짐작하게 되는 것이 이 때문이다.

폐암으로 투병하기까지 술과 담배를 즐기던 이청준을 단순한 그리움의 회상을 넘어 우리 역사의 한 문학적 증거로, 우리가 비판하면서 누리던 이 세계에 대한 처절한 증언으로 그 존재 의미를 반추해야 할 이유가 여기 있다. 그는 왜 글을 쓰는가에서 말한다: "그는 그 세계에 대해 복수를 수행하고 그럼으로써 그 복수심으로부터 자신의 삶을 해방시키는 길이 그 세계로 하여금 자신의 질서에 승복해오는 방법 외에는 다른 길이 없음을 알고 있다." 그는 복수의 방법으로 글을 선택했고 문학을 통해 이 고통스러운 세계와 삭막한 인간들과의 관계에 용서와 화해를 일군 것이다. 그러면서 "중생이 아프니 나도 아프다"는 유마(維摩)거사의 문학적 삶을 살았던 것이다.

〔『문학의집·서울』162호, 2015. 4〕

도저한 정신, 따뜻한 마음

―박경리 소묘

제가 작가 박경리 선생님을 처음 뵌 것은 아마 1966년 6월경이었을 듯합니다. 제가 근무하던 신문사에서 한국 펜클럽의 지방 순회 문학 강연회를 후원하는 행사에서 박 선생님은 연사로 모윤숙, 이호철 선생과 함께 강연을 하셨고 저는 문학 담당 기자로 취재차 수행했습니다. 박 선생님은 김동리 선생님의 추천으로 문단에 데뷔한 지 10년 남짓의, 당시로서는 중견 작가였고 저는 신문사에 입사한 지 1년 남짓의 신출내기 기자였습니다. 세 차례의 그 강연회에서 박 선생님이 어떤 말씀을 하셨는지, 저와 무슨 이야기를 나누었는지 기억에 남아 있는 것은 없습니다. 다만 처음 뵌 박 선생님이 단아한 미인이고 품위 있는 중년 여성이면서도 어딘가 운명에 옹골차게 매어 있는 듯한 소설가의 깊은 인상을 지녔다는 느낌을 받았습니다.

제가 차츰 문단에 익숙해지면서 저보다 열두 살 연상으로 띠동 갑인 박 선생님을 제대로, 그리고 자주 뵐 수 있었던 것은 1972년 『토지』 제1부를 상자한 이후였습니다. 그리하여 2008년 아산병 원에서 운명하시기까지, 서울 정릉의 댁과 원주로 이사하신 후에 는 단구동 자택에서 혹은 매지리 토지문화관과 그 부근의 식당에 서 가림없이 뵐 수 있었는데, 제 또래 친구가 아닌 분으로 제가 가 장 자주 뵐 수 있던 분이었습니다. 그리고 저 자신이 글과 말로 선 생님의 작품과 인품에 대해 이렇게 저렇게 소개하기도 했습니다. 그래서 피할 수 없이 부닥칠 중복 묘사를 감수하며, 오늘 저는 '제 가 뵌 박경리 선생님'이란 제목으로 선생님을 회상하면서 그분의 맨모습을 여러분 앞에서 드러내드리고자 합니다. 그분의 소설 작 품이나 가끔 쓰신 시, 특히 자신의 속을 가장 직설적으로 드러낸 수필마저 피하고 제가 직접 듣고 보고 나누었던 말과 일 들을 기억 하면서, 언어로써 분장된 글을 통해 스스로의 숨은 모습을 드러내 는 작가의 모습이 아니라 실제의 현장에서 혹은 평범한 일상의 자 리에서 직접 듣고 보며 그때 느낄 수 있었던 선생님을 점묘해봄으 로써 그분의 실재를 보여드리고 싶습니다. 그것은 글로써 분식된 소설가의 이미지를 벗어나 자연인이며 구체적인 인격으로서의 박 경리란 인물의 실제 인간상을 직설적으로 전해드리려는 의도에서 입니다. 저는 이런 제 소개로 작가로서 선생님의 속에 숨어 있다가 밖으로 드러나는 박경리란 인간에 대한 제 사심 없는 존경의 뜻을 다시 확인하고자 합니다.

매스컴을 거부한 도저한 작가

　박경리 선생님이 필생의 대작이자 한국 문학의 대표작일 『토지』를 발표하기 시작한 것이 1968년이었고 그 제1부가 책으로 출판된 것은 1972년이었습니다. 그 제1부의 다섯 권을 읽는 며칠 동안 저는 감동과 감격에 젖어 있었습니다. 우리에게도 이런 소설이 가능했다는 것이 먼저 저를 감격시켰고 하동의 평사리를 통해 전개되는 그의 치열한 문학 세계에 감동했습니다. 저는 물론 기자로서 신문에 실릴 인터뷰를 희망했지만, 박 선생님이 인터뷰를 완강히 거부해서 그 서문만을 신문 지면에 게재하고 말았다는 당시 『서울신문』 문화부 기자로 근무하던 시인 정현종의 말을 들은 바 있어 그분과 작품에 대한 대화를 나눈다는 것은 이미 포기하고 있었습니다. 그러나 선생님이 집필하시는 댁의 서재를 구경하며 글을 쓰던 책상이나마 훔쳐보고, 그래서 『토지』가 창작되는 현장의 분위기만이라도 느껴보고 싶은 마음이 저는 간절했습니다. 그래서 이른 아침 신문사 차를 타고 정릉의 선생님 자택에 이르러 대문의 벨을 눌렀습니다. 대문간으로 나온 분은 아직 인사가 없는 아마 따님일 듯했습니다. 식사를 하다 나오신 듯한 따님은 주춤하며 선생님이 외출하셨다고 했습니다. 저는 한눈으로 이른 아침의 외출이란 사실이 아닐 것으로 짐작했습니다. 그러나 기자의 인터뷰를 거절하신다는 말을 들었기에 순순히 그 핑계를 들어주는 예의를 차렸습니다. 다음 날 같은 시간에 또 선생님 댁을 방문했습니다. 제가 부린 일종의 오기였지만, 따님은 똑같은 말로 지금 계시지 않다고 하셨습니다. 하릴없이 신문사로 돌아오는 차 속에서 저는 속으로, 섭섭하기를 지나쳐 차라리 분노라고 말해도 좋을 정도로 참으로 섭섭했습니다. 두 차례의 문전박대란, 큰 신문사 문화부의 진지한 문학 담당 기자라고 자임하는 저에게 이 같은 대우란 도대체 예상할 수 없는 일이었습니다. 저는 어떤 방식으로 제 분노를 표현할지, 아니 보복할지, 아예 취급을 포기할지, 이런저런 궁리에 떠 있었습니다. 그리고 다음다음 날 신문으로서는 꽤 긴 서평으로 『토지』를 소개했습니다.

그때 저는 『토지』야말로 이미 존재한 '대하소설'의 규모란 말로는 부족하다는 생각으로 우리 문학에서 처음 보는 이른바 '총체소설'이라고 규정하고 60년 역사의 한국 현대문학에서 최고의 소설이라고 강조했습니다. 대하소설이라면 여러 대에 걸친 가족소설이지만 『토지』는 여러 가족 정도가 아니라 한 지방 농촌의 반가와 상민을 비롯한 모든 집안을 다루며 개인적이며 사회적이고, 객관적 관점과 주관적 정서 등 갖가지 인간들의 모습으로 모두의 삶 전부를 다루기 때문에 대하소설이란 말로도 좁아 '총체소설'이란 말을 사용했는데 실제로 그런 용어가 있는지 사전을 뒤져보기도 했습니다. '최고의the Best 소설'이란 말은 객관적인 평가를 담보해야 하는 기자의 글로서는 위험한 수식어였습니다. 비평이나 기사의 통념으로는 마땅히 '최고의 소설 중 하나one of the best'란 말을 써야 했는데 저는 그런 말로는 심이 차지 않았습니다. 그래서 스스로 '과감하게 의도적인 실수를 저지르자'는 결단을 내리며 '최고'란 말로 평가했습니다. 얼마 후 그 기사를 읽은 영문학자 친구가 바로 그 말을 짚어 그것은 피해야 할 말이라고 지적했고 저는 그의 말을 수궁하면서도, 일생에 한 번쯤 최고라고 장담할 수 있는 용기를 양해해달라고 부탁했습니다. 지금도 저는 그 말을 사용한 것에 대해 거리낌이 없고 삼십대의 제 용기에 스스로 대견스럽게 여기고 있습니다.

이 에피소드에서 드리고 싶은 말은 제 이야기가 아니라 그 후의 박 선생님이 제게 하신 말씀입니다. 제 기사가 나온 지 여러 날 후 박 선생님은 저를 불러내 식사를 함께했습니다. 그때 박 선생님은 『토지』에 관한 기사들 중 제 것이 가장 마음에 들었다는 인사와 함께, 제가 정릉 댁으로 갔을 때 저인 줄을 알고 일부러, 실례인 줄 알면서도 저와의 상면을 피하셨다는 것이었습니다. 박 선생님은, 작품을 위해 매스컴을 거부하며 고독과 자존을 선택해야 한다는 것, 지금 인사로라도 기자를 만난다면 자신의 결단적인 태도에 구멍 하나가 뚫리고 그래서 드디어 작가로서의 체통도 헐리고 말리라는 위기감까지 느꼈다는 것을 말씀하시며 제 이해를 구했습니다. 신문사에 근무하면서 매스컴의 장점과 함께 약점을 잘 알고 있는 저는 물론 박 선생님의 뜻이 더욱 존경스럽고 마땅히 작가의 도저함이란 이렇게 드러나는 것이구나 생각하며, 『토지』의 작가로부터 문전 축객당했음에도 그 작품에 최고의 찬사를 드린 제 관용에 스스로 자부심을 느꼈습니다. 그때 제가 가진 자부심은 이처럼 도저한 작가에게는 그 위상에 마땅한 대우를 드려야 한다는 생각에서 당연히 차려진 것이라 생각됩니다.

현실과 치열하게 대치한 운명

1974년에 박 선생님은 『토지』제1부를 출판한 후 제가 근무하던 신문에 장편소설 『단층』을 연재했습니다. 신문 연재 소설이란 며칠치씩 미리 써서 삽화가에 전달하면 화가가 그림을 덧붙여 신문사에 전해주게 되어 있습니다. 그런데 마땅히 그런 과정을 밟아야 할 『단층』은 자주 마감 날 아침까지 문화부에 도착하지 않았고 석간 신문 제작에 넣기 위해서는 담당자인 제가 그 원고를 받으러 신문사 차로 정릉 댁에 달려가곤 해야 했습니다. 삽화가는 박 선생님이 전화로 설명하는 이야기를 토대로 삽화를 그렸고 제가 급히 받아온 원고와 맞춰 제작에 가까스로 들어가는 일이 잦았습니다. 지금 그 급박한 사태를 회상하는 것은 저로서는 급박한 그 사태를 당하며 보이신 선생님의 처지를 돌이켜보는 것입니다. 제가 박 선생님 댁에 들어가면 박 선생님은 손자를 업고 포대기를 두른 채 원고를 썼고 마침표를 찍으면 제게 넘겨주었습니다. 그러면서 한없이 서러운 음성으로 오열을 짜내는 듯한 원망을 풀어놓으셨습니다. 따님 김영주 씨는 형무소에 들어가 있는 사위 김지하의 옥바라지를 위해 나가셨고 아직 젖먹이인 원보를 할머니인 박 선생님이 안아 미음을 먹이고 등에 둘러업고 어르며 원고를 쓰시던 것이었습니다. 사태는 그렇게만이 아니었습니다. 집 밖에는 기관원이 서성대며 감시하고 있었고 동네 사람들은 불령인 집이라 해서 위로하거나 편의를 보아주기는커녕 인사도, 알은체도 하지 않았다고 합니다. 장보기는 가끔 들르는 지인에게 부탁하신다고 했습니다. 그때 주변의 냉대와 일상의 억눌림, 가족들이 당하는 참담한 압박을 토로하시는 박 선생님의 눈물 어린 목소리는 이 세상과 그 현실에 대한 설움과 분노에 젖어 있었습니다.

그 숱한 항의와 애통, 세상에 대한 절망, 이웃에 대한 섭섭함, 그 시절의 유신 체제에 대한 항의가 쏟아져나오는 가운데, 저는 문득 그 많은 말씀 가운데 이런 사단의 원인이 될 사위에 대한 원망은 한 번도, 한마디도 없었다는 사실을 깨닫고 놀랐습니다. 딸만이 아니라 자신까지 피해를 입히는 사위, 거의 평생을 홀몸으로 살아와야 했던 선생님 자신도 전쟁의 커다란 피해자였는데 그 딸마저 고통스럽게 만드는 반체제분자 사위임에도, 선생님은 고생하는 딸의 어머니로서 당연히 나올 법한 사위 원망을 한 번도 하지 않았고 그 참담한 수난을 사위 탓으로 돌리지도 않았습니다. 저는 그렇다는 것을 뒤늦게 생각하는 순간, 자신을 억압하는 강퍅한 현실에 저항하는 운명적인 여인의 한없는 인고를 느끼며 전율하고 의롭지 못한 시대에 대항하는 사위에 대한 무한한 신뢰에 감동했습니다. 그랬습니다. 그는 타락한 세계, 불의한 권력에 비명에 가까운 울분을 외치셨지만 그런 고통의 직접적인 원인을 주는 사위에 대해서는 일절 비난이나 비판을 하지 않았습니다. 아마 사위 김지하 씨가 딸의 남편이란 가족 관념 때문만은 아니었을 것입니다. 그것은 정의를 위해 싸우고 자유에 목말라하며 저항하고 민주주의를 위해 대도를 걷는 데서 비롯된 수난임을 알고 그와 더불어 뜻을 함께하셨기 때문이었을 것입니다. 사위의 저항은 곧 장모인 자신의 이 세계에 대한 저항과 다름없다는 공감을 가지셨을 것입니다. 저는 공적인 관계와 상황에 대한 개인적 태도의 완강함이 같은 가치관을 지향하는 데서 이루어지는 처절한, 그러나 참으로 아름다운 저항의 태도를 본 것입니다.

자연 친화의 노동과 삶

박 선생님이 따님 내외와 손자가 살고 있는 원주로 이사 오신 뒤 저는 가끔 이곳으로 내려와 선생님을 뵈었습니다. 선생님 댁 앞으로 도로 계획이 생겨 선생님의 마당을 헐어야 하게 될 때 마침 개인적인 친분이 있던 당시 원주 시장에게 박 선생님 단구동 댁을 다치지 말도록 부탁했고 결과적으로 잘 처리되는 것을 보기도 했으며 많은 논의 가운데 건축이 결정된 매지리 토지문화관의 기공식과 숱한 어려움 끝에 성대하게 진행되는 준공식에 초대받아 참관하기도 했습니다. 그러나 그 많은 회상 가운데 댁에서 하신 박 선생님의 무심한 한마디가 오래 제 기억 속에 남아 있습니다. 선생님이 원주 시장에서 김칫거리 장을 보시는데, 한 젊은 부인이 깐 마늘 봉지를 사는 게 매우 못마땅하신 듯했습니다. 시장에서 으레 볼 수 있는 그 장면에 대해 선생님은 젊은 아낙이 그 작은 수고도 귀찮아해서 깐 마늘까지 사야 하느냐며 게으른 세태를 한탄하셨습니다. 그 말씀을 들을 때는 박 선생님도 무척 까다로우시구나 하고 속으로 그냥 웃고 말았지만, 다시 생각할수록, 선생님의 탄식은 그 '깐 마늘'에만 그칠 일이 아니었습니다. 선생님은 이 사소한 시비로 보이는 듯한 말에서 인간과 자연, 노동과 정신의 하나됨을 제게 일깨워주신 것입니다. 선생님은 단구동 넓은 마당에 무거운 돌을 날라 디딤길을 만들고 땅을 파 나무를 심고 연못을 파 물고기가 놀게 만들었습니다. 이 모든 일을 선생님의 손과 팔로 손수 하셨습니다. 연약한 노부인께서 어떻게 그 무겁고 힘든 일을 하셨느냐고, 게으르기 짝이 없는 저는 선생님께 놀라 여쭈어보았습니다. 선생님은 『토지』를 쓰다가 글이 막히거나 글쓰기에 진력을 빼면 마당에 나가 그렇게 힘든 일을 하신답니다. 그 노동에서 무념한 상태가 오고 돌 하나, 풀 한 무더기에서 숨결을 느끼면서 그것들의 존재감에 공감하고 이 세상의 하염없음을 깨달으며 다시 글을 쓰실 마음가짐이 준비된다는 것이었습니다. 노동은 그저 생계의 수단으로만 요구되는 것이 아니라 글 쓰는 지식인에게 이 세계의 존재성을 깨우치는 구체적인 계기가 된다는 것을 저는 그때 깨달았습니다. 박 선생님은 서울 청계천 복원을 이명박 시장에게 권고했는데 그걸 시멘트로 짓발라 자연스러운 상태와 어긋나게 만든 데 대해 무척 언짢아하셨습니다. 제가 단구동 선생님 저택을 토지 공원으로 리모델링한 것을 보고 참으로 섭섭했던 것도 그래서였습니다. 선생님이 손수 손으로 돌을 옮기고 마당을 가꾸어 구석구석 돌 하나 풀 포기 하나 모두가 선생님의 손길에 저려 있는데, 그것들을 왜 마구 지우고 휘저어 새로 파고 바꾸고 지워 당초의 박 선생님 댁의 손맛을 그처럼 훼손했는지 정말 안타깝고 서운했습니다.

깐 마늘 에피소드에서 더 중요한 한 가지를 이어둘 게 있습니다. 선생님은 요즘 사람들의 얄팍한 잇속 차리기를 무척 못마땅해하셨습니다. 손수 마늘 까기를 싫어하는 젊은 주부의 게으름도 그런 일 중 하나로 보셨던 거겠지만, 앞서 말씀드린 손수 정원을 가꾸는 마음과 청계천 복원에서 자연에의 친화감을 벗겨낸 그 실례들도 그런 게으름과 잇속 차리기의 한통속으로 자연스러운 생명력을 훼손하는 모습이라 보셨던 것입니다. 뿐만 아니라, 저는 오래 선생님의 일을 보거나 돕는 가운데 선생님이 돈 문제에 대해 지나치게 염결하다는 사실을 깨닫고 두려움을 느낄 정도였습니다. 선생님은 사사로운 대인 관계에서나 토지문화관 운영 같은 큰일에 있어서나, 투명하지 못한 일에 대해서는 가혹할 정도로 응대하셨습니다. 제가 김영주 선생께 한 시간에 걸쳐 토지문화관의 운영을 맡아달라고 부탁한 것도 그 때문이었습니다. 따님에게는 야단을 치더라도 불신하지는 않으실 테니까요. 하찮은 음식 재료든 큰 재단 운영에서든 박 선생님은 결백하고 투명하기를 원하신 것이고 그 점에서 조금이라도 분명치 않은 것을 용서하지 않는 것은 마늘 까기를 싫어하는 게으른 사람들에 대한 질타와 그리 먼 거리에 있는 것은 아닐 것입니다. 사람은 자연과 사물들에서 그 진솔한 존재감을 느낄 때 친화하는 생명에의 율동감을 느낄 것이며 그 관계에 친애하여 의연한 공감과 연대감을 가지게 될 것입니다. 저는 이 사소한 일화에서 박 선생님의 자연에 대한 따뜻한 정분, 그리고 사회생활과 인간관계에서의 투명한 정돈 관계를 발견했습니다. 그것은 박 선생님의 품위가 얼마나 높은 경지에 다다라 있는가를 깨우쳐주었습니다.

그럼에도 지금 제게는 또 다른 다정한 박경리 선생님의 모습이 떠오릅니다. 마치 자상한 이웃 아주머니 같고 정 많은 이모처럼 환하고 따뜻한 선생님의 일상적인 얼굴입니다. 단구동 선생님의 댁에 놀러 가면 선생님은 손수 차를 끓여 내오시면서 넓은 마당을 바라보며 일상의 자잘한 안부며 고된 세상살이에 대한 소식을 나누곤 하셨습니다. 그중에는 후배 작가들의 어려운 사정 이야기도 잦았는데, 생활이 어렵거나 병으로 고생하는 젊은 문학인들에게 적지 않은 돈을 보내 도와주시곤 하셨다는 말은 그 후에 풍편으로 듣고 선생님다운 일을 숨어 하시는구나 하며 감탄했습니다. 작가들의 글 쓰는 자리가 어려운 현실을 안타까워하시며 토지문화관에 숙식을 무료로 제공하는 시설을 만들어주신 것이 그 공적인 일이지만 선생님은 그 일을 문화관의 가장 중요한 사업으로 생각하셨습니다. 저는 개인적으로 선생님으로부터 받은 따뜻한 선물을 결코 잊지 못합니다. 사위는 옥에 갇히고 딸은 지아비의 옥바라지로 여념 없어 젖먹이 손자를 돌보며 소설을 쓰시던 그 고난의 어느 날, 선생님은 선생님의 손자보다 몇 달 먼저 태어난 제 아들에게 코르덴 겨울 점퍼를 선물하셨습니다. 그 옷도 참 쓸모 있게 좋고 감사한 일이지만, 선생님 당신께서 그처럼 진퇴유곡의 고통스러운 일상을 보내실 때 어떻게 그런 따뜻한 마음을 보여주실 수 있었는지 지금 돌이켜보아도 오직 감동스러울 뿐입니다. 이 일 덕분에, 저는 선생님의 어떤 말씀에도 이의를 달지 못했고 어떤 경우에도 선생님에 대한 제 감사의 마음을 지우지 못했습니다. 그것은 제가 작은 선물을 받았다는 감사의 마음이나 그 옷의 효용 때문이 아니라, 그처럼 신산스러운 시절임에도 그리 가깝다고 말할 수 없는 저의 사소한 데까지 따뜻한 정을 나누어주실 만큼 선생님의 한평생에 걸친 사람들에게 보이신 애정 어린 태도 때문입니다.

의연한 삶과 고결한 품위

2008년 5월 5일 오후 3시 반경 저는 아산병원 특실에서 가족들의 임종에 이어 영면하신 박 선생님을 뵈었습니다. 육신의 고통은 사라지고 마음의 고뇌도 지워진, 편안하고 깨끗한, 그리고 이 세상의 갖가지 풍파를 이겨낸, 정결하고 아름다운 모습이었습니다. 저는 그때 한 주검 앞에서 애통하고 슬퍼하기보다 엄숙하고 운명적인 어떤 것을 느꼈습니다. 저는 제가 모르는 어렸을 적부터 시작해서 그분을 처음 뵙게 된 40여 년 전 이후, 그분이 겪고 치르고 인고하며 이겨낸 삶의 이력을 생각했습니다. 그때 그분에게서 가엾고 추한 죽음의 그림자가 드리워진 얼굴이 아니라 이 세상이 무언가 뜻있는 것으로 채워진 듯한 충만감, 저항하고 극복하며 창조해낼 수 있었던 한 정신의 창조적 충일감으로 무언가 높은 보람을 성취한 모습을 보았다면 제가 너무 과잉된 감정에 사로잡혀 있었을까요? 그분은 우리 문학의 거대한 자산으로 평가된 문학작품 『토지』를 갈아 일구어주셨고 후배들을 위한 글쓰기 자리로 토지문화관을 마련해주셨지만, 무엇보다 작가라는 특별한 존재와 인간이라는 보편적인 존재는 어떠해야 하는지, 예술가란, 사람됨이란 어떤 모습을 가져야 할 것인지, 운명이란, 시대란, 세계란 어떻게 감당해내야 할 것인지의 아름다운 본을 우리에게 보여주셨습니다. 그것은 소설가로서의 그의 작품을 평가하는 것과 다른 자리에서 성찰되어야 할 것입니다.

『토지』가 방송국의 텔레비전 연속극으로 제작된다고 했을 때, 박 선생님이 제가 깜짝 놀랄 정도의 원작료를 요구했다는 말을 들었습니다. 저는 선생님이 원작료가 깎일 것을 예상하고 먼저 그 액수를 높였거나, 선생님이 돈이 많이 필요하신가 보다고 세속적인 눈으로 가볍게 생각했습니다. 그러나 선생님은 난색을 표하는 방송국과 흥정하지도 않았고 그 돈이 특별한 용도로 필요한 것도 아니었습니다. 선생님의 당당한 요구에 방송국이 굴복해서 당시 거액으로 원작료를 받으신 후 선생님은 제게 말했습니다. 문학이 대중매체에 굴복하고 끌려가서는 안 될 일이어서 방송국의 갑질에 조금도 굴하지 않고 고집을 세웠다는 것이었습니다. 그때서야 저는 원고료의 액수만 생각해온 제 약삭빠른 소심함을 부끄럽게 생각했습니다. 그렇습니다. 선생님은 문학인으로서의 위엄, 작가로서의 의연함, 인간으로서의 당당함을 생각하셨던 것이고 우리 사회의 속물적인 세태와 관계를 제압하고 싶어 했던 것입니다. 저는 이제야 작가란 존재의 그 도저함에 생각이 미쳤습니다. 그 후 그 방송국이 다른 분들의 문학작품 원작료를 대폭 올려주었다는 말을 들었는데 그렇다면 그것은 전적으로 선생님의 덕분일 것입니다.

선생님의 『토지』 3부가 출판될 때 그 책 권말에 붙은 해설을 제가 썼습니다. 책이 나온 후 선생님은 제게 점심을 내시면서 "서술과 묘사는 냉철한 사실주의적 수법이지만 그 뒤에 숨은 것은 아름답고 한스러운 낭만주의적 정신과 정서"란 요지의 구절을 들어 당신의 바라는 바를 바로 썼다고 고마움의 뜻을 비추셨습니다. 그 말씀을 들으며, 선생님은 어쩔 수 없이 아름답고 한스러운 낭만에 운명적으로 젖어 있는 분이란 느낌을 다시 다지지 않을 수 없었습니다. 선생님의 작품만이 아니라 일상의 생활과 한 생애에 걸친 운명과의 대결에서도 선생님의 이런 모습이 진하게 배어 있음을 확인할 수 있을 것입니다.

2008년은 우리 문학의 그 도저한 정신에 슬픔을 안겨준 해였습니다. 박 선생님보다 닷새 앞서 소설가 홍성원 씨가 운명했고 박 선생님이 작고하신 지 약 석 달 후 이청준 씨도 그 뒤를 따랐습니다. 우리 문학의 대표적인 작가들, 이 험난한 세계와 맞서 부딪치며 당당하게 저항하고 자신의 문학으로 이 세상의 고통을 증언하심으로써 작가로서의 고상한 위상을 드높인 선생님과 그 후배 두 사람이 잇달아 세상을 떠났습니다. 그분들 모두 부위는 달랐지만 암으로 투병하셨습니다. 그것은 우리 문학하는 분들의 운명을 암시하는 한 대목일지도 모르겠습니다. 그 운명을 어떻게 해석하든, 이제 우리는 소설이 우리 인간 정신의 가장 뜨겁고 고상한 열정을 드러내는 세계라는 확신이 조금씩 흔들리는 자리로 후퇴하고 있는지도 모릅니다. 그렇다 하더라도, 다른 두 작가들과 함께 이 세상을 떠나신 박경리 선생님이 더불어 치러주신 치열한 운명들, 그 운명들과의 싸움에서 마침내 이겨내신 위대한 아름다움, 그리고 그 고귀한 모습을 남겨주신 박경리 선생님의 존귀한 생애와 그 의연한 인간다움이야말로 우리가 영원히 간직하며 보듬어야 할 우리 후배들의 자랑스러운 자산이 될 것입니다.

〔'박경리 문학제', 2013〕

'비단길'을 향해 꿈꾸는 아린 소망

―김원일의 『비단길』

　　김원일이 자신의 문단 데뷔 50년을 맞아 창작집을 엮는다. 『비
단길』―75세의 두터이 쌓인 나이, 그리고 한 주에 세 번씩 투석을
받아야 하는 병중에도, 아니 보다 정직하게 말하면, 그러하기 때문
에, 그는 '비단길'의 아름다운 환상을 품는다. 보드랍고 포근하고
호사스러운 '비단', 그 비단결처럼 화사한, 그러나 거기에 '길'이
붙어 '실크로드'의 낙타를 떠올려주는 비단길을 걸어가는 거칠고
고독한 한 삶의 모습을 그린다. 환상적인 비단을 찾아, 외롭고 지
루하고, 목마르고 힘든 길을 타박타박 걸어 몇천 리 뜨거운 사막을
걸어야 하는 피로의 여로. 그 고단한 모습에 어울리는 이야기들을
그는 일곱 편의 이야기로 모으고 있다. 그 제목은 아름답고 포근
한 '비단'이지만 그리로 향하는 '길'은, 그리고 그 길을 걷는 그 이
야기들은 한없이 너른 사막 모래밭에 끈질기게 남겨가는 발자국들

처럼 단조롭고 또렷하면서도 아득하다. 그래서 어떤 장식도, 아무런 과장이나 비유도 바라지 않는다. 그가 '작가의 말'에서 밝힌 것처럼, "근래에 와서는 상상력 대신 내가 겪었던 지난날"을 떠올리며 그대로 검소한 마음으로 회상하고 있을 뿐이다. 그래, 그래서 그글들은 그가 살아온 한평생에 걸친 기록이고 그때마다 느껴 밝히고 싶은 고백이며 이야기 뒤로 숨기고 싶은 깊은 심중이기도 하다.

그 일곱 가지 이야기는 자신이 몸소 겪은 것이기도 하고 그 근처에서 보고 건져 얻은 남의 일이기도 하며 그것들이 서로 엉겨 새로 만든 '상상'의, 그러나 그런 자리라면 마땅히 그럼 직한 사건이기도 하다. 그럼에도 이 모두는 '가족'이라는 가장 작고 그래서 진한 전통적 사회 단위인 혈연 공동체 속에서 이루어진다. 그리고 그가족은 우리가 '한국전쟁'이란 무감각한 이름으로보다는 '6·25'라는 가슴 아리고 더운 숨결로 돌이켜 다시 느끼는 그 안타까운 삶을 살아야 했던, 60여 년을 넘겨도 지울 수 없는 아픔으로 되돌아보아야 하는 전쟁과 피란과 배고픔과 헤어짐이라는 사람 사회에서 가장 절절한 서러움으로 접힌 시절을 치러내야 했던 사람들이다. 그래서 이 이야기들은 무덤덤한 것으로 보이는 그 글체에도 불구하고 그 안에 도사린 슬픔을 안타까이 바라보게 하고 별스러운 치장 없이 맨입으로 뱉는 무심한 말투에도 그 깊이 서린 안쓰러운 정서로 젖어들게 한다. 그것은 이른바 '리얼리즘'이라고 까다롭게 부르기보다 그저 아무런 가식 없이 무뚝뚝하고 무심하게 늘어놓는 회포를 듣는 일상의 담화로 서술되고 있지만, 그 뒤에는 우리 민족사에 가장 고통스러웠던, 현대 세계사에서도 그 보기를 찾기 힘들게 착잡했던 우리 자신의 쓰라린 서사적 비극과 정서적 비애가 도사려 있다. 작가 김원일이 그럴 수 있었던 것은 그가 겪어야 했던 어린 시절부터의 고생, 그럼에도 결코 놓치지 않은 글쓰기에의 집념, 그리고 고희를 넘기도록 한결같이 창작에 몰두하는 장인 정신 덕분일 것이다. 그래, 한없는 이야기는 그 줄거리의 줄기로 단순화되고 그 이야기들을 속 깊이 쟁여둔 나이의 두께는 섬세하지만 잔소리로 그 뜻을 탕진하지 않는 관록을 지니고 있다. 그것이 "칠순 중반에" 들어 "앞으로 몇 편의 글을 더 보태게 될지 알 수 없으나, 여기에 이르기까지가 다행스럽다"는 '작가의 말'로 안타깝게 귓가에 맴돈다. 우리는 결국 작가의 이 자위의 말을 듣는 것으로나마 그의 풍요로운 문학적 존재성을 다행과 감사의 표지로 받아들여야 할 것인가.

이번 이야기들의 여러 것은 이미 그의 숱한 다른 작품에서 보거나 들은 것이기도 하다. 가령 「기다린 세월」의 두 고부 모습은 앙숙처럼 서로 미워하고 욕하는, 그러나 결국 같은 한의 설움을 견뎌내야 하는 아픔으로 손을 맞잡는 「미망」(1982)의 되새김이고, 「울산댁」의 노부부는 내가 한국 근대사의 소설적 형상화에서 성공한 대표작 중 하나로 꼽는 장편 『바람과 강』(1985)을 비롯한 그의 소년기를 주제로 한 단편들의 이곳저곳에 출몰한 바 있으며, 학생 시절에는 수재였고 젊을 때는 바람둥이였다가 해방되면서 좌익 운동가가 된 「비단길」 「난민」 그리고 「아버지의 나라」의 '아버지'는 그의 문학 세계를 확보해준 「어둠의 혼」(1973) 이후 장편 『노을』 (1978), 『불의 제전』(1997)에서 소설적으로 변주되었다가 『아들의 아버지』(2013)에서는 아예 논픽션의 실제 인물 모습으로 추적된다. 그런 문제적 아버지 때문에 고난과 궁핍에 단련된 거친 세상 살아가기와 자식 기르기를 힘들여 감당해야 했던 어머니의 이야기는 이전의 『마당깊은 집』(1988)과 「미망」에서 드러났다가 다시 여기의 「난민」 「비단길」 「아버지의 나라」에서 젊어지기도 하고 변형되기도 하며 여전히 강인한 여인상으로 등장한다. 그러니까 6·25와 분단, 그 고난의 역사를 겪어야 했던 가족 이야기들은 그의 평생의 주제가 되어 작은 단편과 큰 장편, 옛날의 회상과 현재 진행의 서사, 이런 주제와 저런 주제로 끊임없이 거미줄처럼 얽히며 되풀이 묘사되고 새로이 변형되어 이어져온 것이다. 「어둠의 혼」을 『문학과지성』에 재수록하기 위해 그와 처음 만나면서부터 사귀기 시작한 이후 40여 년 동안 나는 집요하게 그와 그의 작품들을 따르며 익혔고 그런 작품들에 대한 내 나름의 글을 여러 편 쓰기도 했다. 그 곁가지 많은 전날의 이야기들은 대체로 대하소설 『불의 제전』에 같은 인물, 비슷한 이야기로 자상하게 형상화되어 있어 내게는 꽤 낯이 익다. 그는 숱한 장·단편 작품들을 거쳐 마침내 참지 못하고 드디어 전기적 구성으로 재현하여 그에게 뒤늦은 대산문학상을 안긴 『아들의 아버지』에서 자신의 아버지의 생애가 조서처럼 차분히 기록되기까지에 이르는데, 마침 거기 소개되는 것처럼 그와 내가 같은 함창 김씨로 본이 같다는 것도 속임 없이 밝혀야겠다. 그렇다는 건 좀 늦게 안 것이지만 계파가 다른 대로 따져보면 그는 내 조부 항렬인데, 몇 해 위인 내게 그는 늘 '형'이라고 불렀다. 또한 우리는, 매주의 모임에서 만나 자리를 함께하며 여행길에는 룸메이트가 되어 바둑도 참 많이 두었고, 그의 신상에 얽힌 이런저런 이야기도 무심한 듯 툭 뱉는 말로 자주 들었다. 거기엔 전방의 졸병으로 사역 중 우연히 발견하여 실컷 먹은 물 밴 더덕 덕분에 자신의 건강이 유지되는 것 같다는 이야기도 꺼었던바, 그 사연이 이번 「일등병 시절」에 회고되고 있다. 나도 내 중학 시절, 전방의 보병 장교로 참전 중이던 큰형이 처음 나온 휴가의 짧은 참에 아우 둘을 데리고 멀리 고향에 내려가 달 환하고 눈 덮인 들판을, 참으로 아름다운 눈길을 걸으며 조부모님을 뵙고 일선으로 귀대한 후 두 달도 못 되어 전사한 이야기를 해주며 '자신도 알 수 없었던 운명의 예감' 운운했는데, 나의 그 회고가 서두의 단편 「형과 함께 간 길」로 형상화되고 있다. 그런저런 탓들로 이 글이 비평적 해설보다 감상적 에세이풍으로 이끌리고 있는 듯하다.

『비단길』에 수록된 일곱 편의 작품 중 나는 그 표제작과 마지막 수록작 「아버지의 나라」 두 편에 특히 생각이 깊이 당긴다. 둘 다 '후일담'이라고 불러 어울릴 것이지만, 그럼에도 이 두 긴 단편 속에서 그의 한 많은 어머니의 간곡한 소망과, 기일조차 알 수 없는 아버지의 행적을 찾는 작가의 추적이 사실적으로 서술되고 있어 오늘의 김원일 작가의 소행을 볼 수 있기 때문이다. 사실적인 서술이란 말을 썼거니와 「아버지의 나라」는 그 자신이 북한에서 열린 세미나 참석차 평양을 방문하며 보고 겪은 실제의 기행문으로 여겨진다. 「비단길」도 그 못지않게, 나 자신도 속을 정도로 철저한 실제 상황으로 읽혔지만 거기 그려진 이야기들은 실제가 아니라 그의 취재와 상상이 얽힌 픽션이다. 그 출원이 어디 있든 이 두 편은 아버지의 행적을 찾는 북행길에서 발견한 '아버지의 나라'에 대한 작가의 관찰과 지아비를 그리로 떠나보내고 평생을 서럽게 살아야 했던 어머니가 영원한 남편과 사흘간의 눈 깜박할 잠시 동안 뜻밖의 재회를 하는 애틋한 장면으로 오늘날 남북한 인민의 삶을 실상으로 그려주고 있다. 남북의 그 모습은 물론 대조적이다. 식탐을 하는 아버지에게서 "조금은 미련해 보여 내 상상 속의 수줍음 많이 탔다던 마음 여린 샌님과는 다른" 모습을 보고 "북녘에서 보낸 60년 세월이 음식 맛만 아니라 사람의 형상까지 저렇게 바뀌게 했을까"(「비단길」, p. 170) 가슴 아프게 생각해야 할 정도이다. 작가는 아버지의 만년의 행적과 기일을 알기 위해 연줄을 타고 평양의 세미나에 참석해 닷새 동안 북쪽의 안내에 따라 학술 회의와 회식에 참석하고 '세계가 놀라야 할' 서해갑문 현장과 '미군의 대학살을 추념하는' 신천박물관을 관람하면서도, 아버지가 '이상향'으로 찾았던 북한의 실상에 실망을 감추지 못한다. 북의 안내원은 호텔 밖의 산책을 금했고, 거리는 한산하고 가난했으며, 박물관에서는 증거 없이 미군의 만행을 폭로하고 있었고, 작가동맹의 여성 소설가는 입이 굳어 있었다. 그곳은 결코 이상향일 수 없는 삭막한, 아마도 사막보다 더 비인간적이고 모래바람이 사나운 나라였을 것이다. 그는 아버지가 살던 곳을 가볼 생념도 갖지 못했을뿐더러 선친의 기일조차 끝내 알아내지 못하고 돌아와야 했다. 북쪽 나라가 많은 이상주의자들이 꿈꾸던 나라가 아니라 가난하고 억압되고 천박한 나라라는 관찰은 남북 교류 이전부터 짐작되어왔지만, 한 작가의 냉철한 시선 속에서 그 실상들은 맨모습으로 드러나고 있다. 작가는 '나'의 방북 목적이 "부친이 별세한 날짜라도 알았으면 하는 거기에 있는 만큼 힘주어 말"하면서, "속으로, 내게 아버지란 어떤 존재이기에 이렇게 그분의 생사 문제에 매달릴까를 되짚어보자, 목울대로 무엇인가 울컥 치받혔다. 나는 문단 나온 초기부터 아버지의 험난한 생애를 유추하며 당신의 곡진한 삶을 다루어보겠다고 애면글면 애써온 셈이었다. 한마디로 아버지야말로 내 문학의 풀리지 않는 화두였다"(「아버지의 나라」, p. 245)라고 고백하고 있다. 하지만 그는 결국 그 궁금함을 풀지 못하는 것으로 자신의 문학적 화두를 매듭지어야 할 것이다. 그와 함께 아버지의 생애와 그 가족들의 삶을 규정해준 그의 존재론적 문제성, 도대체 아버지란 어떤 존재인가란 질문의 탐색도 유예되어야 할 것이다. 그것은 김원일의 문제이기도 하지만 문학 전반의 문제이기도 하고 삶을 사유하며 세계를 음미하는 모든 이들의 문제로 여겨야 할 것이기도 하다. 김원일은 자신의 문제성을 뜻밖에 내게까지, 이산가족도, 6·25의 비극도 그리 실감하지 못하는 나까지 끌어들여, 결국 인간의 근원적인 문제로, 한없이 유예하며 그 회답을 밀어내야 할 삶의 영원한 아포리아로 환치시킨다. 그 유예되고 있는 고민은 아프고 아리다. 그리고 인간과 세계에 대한 끝없는 회의의 늪으로 빠져들게 한다.

그런데 내 안으로 스며든 그 회의는 그보다 앞서 읽은 「비단길」로 다시 눈길을 돌리자, 부드러운 위로를 받는다. 「아버지의 나라」에서, 그 막히고 비정한 분위기에서 겪은 실제의 걸음에서 이루지 못한 소망을 허구의 소설에서 다사롭고 풍성한 상면의 모습으로 맞아들인 덕분이리라. 이 아름다운 작품 속의 아들은 어느 날 문득 대한적십자사로부터 북의 아버지가 그의 가족을 이산가족 만남의 형태로 초청해왔다는 연락을 받는다. 두 모자는 놀라면서도 반가움에 젖어 선산에 성묘하고, 고향 친척들을 만나고, 아버지에게 드릴 선물을 준비한다. 그러면서 아들은 "20세 청상과부가 된 후 어머니가 거쳐온 그 길고 길었던 밤의 고적을 암암하게 되짚어"(p. 123) 보고 "아버지를 기다려온 어머니의 60년 세월이 감나무 가지에 매달려 간동대는 잎이듯 그렇게 달려 있는"(p. 139) 모습을 떠올린다. 그 어머니는, 기구한 한국전쟁의 사태를 요약해주듯, "장자인 아버지를 대신해 의용군으로 입대한 첫째 삼촌의 전사, 잠시 몸을 피해야겠다며 어느 날 밤중에 집을 떠나버린 아버지, 좌익 집안이란 혐의를 대갚음하겠다며 국군으로 입대해 상이군인이 되어

돌아온 막내 삼촌, 그런 집안의 액운을 맏며느리로서 숨죽이며 지켜보아야 했던 애젊은 새댁"(p. 139)이었다. 그런 어머니를 견결하게 지탱시켜준 것이 "어느 날 니 아부지가 읍내 장에서 사다준"(p. 128) '옥비녀'다. 정갈한 한복의 어머니 머리칼을 단정하게 빗겨 묶어준, "어떤 의미에서 이제 골동품이 된 값진 그 옥비녀야말로 지아비를 떠나보내고 아들 하나 키우며 60년을 수절해온 어머니 정절의 표징이기도"(p. 128) 했고, "전쟁으 엄청시런 한 시절을 그렇게 넘"(p. 140)길 수 있는 힘이 되어준 것이다. 열여섯 어린 나이에 시집와 겨우 네 해를 살고 아버지와 헤어져 60년을 홀몸으로 살아야 했던 어머니에게는 "폣병에 좋다는 개장국을 한 그릇 장복 못 시킨 게, [……] 가실에 햇곡으로 쌀밥을 한 그릇 못 올린" 게 평생 후회되는 일이었다. 또한 어머니는 "겨울 춥던 밤 곳감을 숨카놓았다가 내게 불쑥 내밀었던 기 생각나고 [……] 너거 아부지가 살째기 햇밤을 소복히 가져와 [……] 아궁이 불에 같이 꾸버먹던 어느 가실밤이 떠오르고"(p. 141)라고 아버지를 깊이 회상하기도 했다. 앞서 내가 작가 김원일과 함께 가졌던 아버지란, 그러니까 인간이란 어떤 존재인가라는 추상적인 질문은 삶의 구체성 앞에서 대수로운 것이 아니었다. 그저 따뜻한 국 한 사발 올려드리는 아주 사소한 정성으로 이어질 인간관계의 한 매듭일 뿐이리라.

그러나 그 국 한 사발 드릴 수 있는 소박한 소망을 허락하지 않는 것이 오늘의 우리 상황이다. 6·25와 그 이후의 길고 험악했던 분단 60년, 그것은 그 가늘고 섬세한 인간관계의 끈을 이어주지 않았다. 금강산에서의 단 사흘 동안의 재회, "좁고 꾸부정한 어깨에, 온갖 고초를 이겨내며 그 나이에 이르렀다는 듯 뺨에까지 잡힌 굵은 주름, 〔……〕 여태 내가 상상해온 아버지와는 영 다른 모습"(p. 156)에서 세월이 안겨준 거리감과 다른 세계에서의 다른 삶의 양상으로 일그러진 어색함이 부자 사이에 웅크리고 끼어든다. 어머니마저 "임자가 내가 그리도 그렸던 그이가 정말 맞소 하고 묻듯 타는 눈길로 아버지를 바라보기만 할 뿐"(p. 157)이었다. 그 낯섦, 그 거리감은 크고 작은 선물을 나눠 가진 후 손자가 마련해준 금가락지를 서로 끼워주는 일로 해소되고, 유행가 「봄날은 간다」의 테이프를 전달하는 것으로 세월의 흐름에 대한 공감을 이루고서야 다시 이별의 절차를 밟는 것으로 새삼스러워진다. "여생을 당신과 함께, 조석으로 따뜻한 밥 대접하며 보내고 싶심더. 제발 날 거기로 데려가주이소"라는 어머니의 "미친 듯 울부짖음"(p. 175)에도 한 번 헤어졌던 두 부부의 거듭된 이별은 피할 수 없었다. 이쯤에 이르면 우리의 닦달은 '아버지란 존재'에서 이별을 강요하는 '분단' 혹은 '체제'란 무엇인가란 문제에 이르러야 할 것이다. 그러나 현학적인 해결의 도모를 외면하지 않을 수 없는 한 소심한 개인으로서는, 어머니처럼 "털썩 주저앉더니 그길로 실신하고"(p. 175)마는 것밖에 달리 길이 없으리라. 그것이 인간적이고 또 그런 모습이야말로 문학이 가할 수 있는 부조리한 세상에 대한 쓰라린 증언일 것이다. 어머니는 아버지와의 60년 만의 상봉을 이룬 후 "알아들을 수 없는 헛소리를 중언부언 읊"(p. 175)다가 치매 상태로 들어간다. 아들을 남편으로 잘못 알아보기까지 하면서 유일하게 "어리광을 부리며 애원"하는 것은 "이 길로 임자 따라나서서 쌀밥에 고기반찬으로 모시고 싶습니더"(p. 176)였다. 문제는 여전히 상존하고 있고 그 해소는 불가능한 것이었다. 삶의 그런 운명은 인간의 피할 수 없는 부조리의 구체적 모습으로 드러날 것이다.

김원일은 1966년 단편 「1961년 · 알제리」로 문단에 등장했다. 그의 이후의 초기 소설들은 좀 공소하면서 당시 젊은 의식들에 편만한 실존주의적 한계상황에 대한 카뮈적 항의가 깔려 있었다. 그런 그가 빨치산 아버지의 죽음을 만나는 「어둠의 혼」에서부터 자신의 창작 세계를 6 · 25와 분단 상태 속에서 한 가족이 피할 수 없이 당해야 할 고통으로 정착시켰다. 그리고 관념적인 부조리의 현장을 전쟁과 죽음, 일상의 고통과 대결의 비극을 현실화시켜주는 한국의 분단 상황으로 구체화했다. 그럼으로써 그는 한국의 대표적인 6 · 25 작가로서의 입지를 굳히고 넓혔다. 더러 『늘푸른소나무』(1990)와 『아우라지로 가는 길』(1996)의 장편소설을 통해 순진한 영혼의 성장기를 추적하기도 하고, 『환멸을 찾아서』(1984)로써 환경 문제를 제기하기도 했으며, 『바람과 강』에서 일제 식민사로 말미암은 민족사적 비애로 작품 공간을 확산시키기도 했다. 그러나 「어둠의 혼」에서 출발하여 『노을』(1978), 『겨울골짜기』(1987), 『마당깊은 집』(1988), 그리고 대하적 구조를 가진 『불의 제전』에 이르기까지 끈질기게 천착한 소설적 주제는 한국전쟁이었고 거기에 휩쓸려 수난받는 한 가족사의 운명이었다. 그리고 드디어 『아들의 아버지』와 그에 이은 『비단길』을 통해 그 비극의 전쟁을 몸소 겪고 그 사태의 희생자가 된 아버지와 어머니의 생애를 구체적으로 그림으로써 자신의 평생을 다한 문학적 과제를 매듭짓고 있는 것이다. 그 매듭은 멀리서 보면 그가 당초에 전율한 실존적 부조리의 문제에 대한 현장적인 부닥침이지만, 그것의 구체적인 모습은 오늘의 우리가 있기까지 겪고 피할 수 없이 치르게 된 한국적 존재상의 원천적 상황이었다. 그는 지금도 그 그림을 재현하여 그리고 있는 중인 것이다.

반세기의 문학적 이력을 다해 그려온 그의 한계상황적 실존의 사태와 그 실상으로서의 전쟁과 분단에 대한 작가적 사유는 물론 낙관적인 쪽으로 가는 길은 아닐 것이다. 「일등병 시절」에서 커다란 물 밴 더덕을 먹고 건강을 얻었다는 믿음에도 불구하고 「형과 함께 간 길」에서 피할 수 없이 감지하는 운명의 예감, 드물게 적치하(赤治下)의 당혹한 서울의 부역(附逆) 시민들이 「난민」으로 치러야 했던 혼란과 떠돌이 소년을 손자처럼 기른 후덕한 「울산댁」 부부의 어이없는 죽음, 그리고 "전생부터 살이 끼어 있는"(p. 179) 할머니와 어머니가 「기다린 세월」의 덧없음이 「아버지의 나라」가 안겨준 실망과 「비단길」의 어머니가 품은 소망 속으로 녹아들며 한 시대의 잔영으로 서늘하게 젖어든다. 우리는 여기서 굳이 김원일이 청년 시절에 탐닉했던 실존적 감수성을 운위할 필요는 없을 것이다. 그러나 우리는 어디서든, 어떤 형태로든, 항거할 수 없는 존재론적 운명에 조종당해야 하고, 사회적·역사적 상황에 구속되지 않을 수 없다. 문제는 그런 운명과 상황을 인식하고 그 상실의 비극과 비애를 감당해야 할 일이 가난한 우리에게 짐지워졌다는 점이다. 유한한 생명을 가진 우리는 그러면 어떻게 할 것인가. 이런 뜻밖의 질문을 다시 생각하며 그 후의 일을 막막한 심정으로, 마치 사막을 걷는 낙타처럼, 그리고 비단길로 여긴 그 아름다운 이름의 땅을 꿈으로밖에 여밀 수 없는 우리 자신의 초라한 삶의 소망을 짚어보는 것은, 작가 김원일 스스로 고백하는 "병고에 시달리는 칠십대 중반에 접어든" 나이의 피로와, 작자와 발문자의 합산한 154세 나이의 엄청 노쇠한 품앗이가 안쓰러워졌기 때문일 것이다. 이제 다만 서로 건강하기를, 그래서 노추에 들지 않기를 바라는 마음을 얹어, 새 창작집 『비단길』의 상자를 축하드릴 뿐이다.

〔『비단길』해설, 2016. 2〕

마지막을 향한 소설가의 산책과 그 의연한 사유
— 복거일 장편소설 『한가로운 걱정들을 직업적으로 하는 사내의 하루』에
댓글 달기

복거일의 최근 소설 『한가로운 걱정들을 직업적으로 하는 사내
의 하루』는, 제목이 이례적으로 길지만 작품은 장편이라고 하기에
도 짧고 그 속의 소설적 시간도 하루의 한나절에 그치는 작은 소설
이다. 그러나 여기에 담긴 사유와 정서는 참으로 넓고 깊다. 오랜
만에 만나는 작가의 이 책을 받은 다음 날, 그가 내게 걸어온 전화
에서 자신이 2년 반 전에 말기 간암 진단을 받고 글을 쓰기 위해 일
체의 치료나 시술 요양을 거부하고 글쓰기에 집념하는 이야기를
쓴 것이라고 말해와서 더욱 급하게 읽어야 했다.

소설은 아내가 출타한 어느 하루, 수색의 집에서 홍제천을 따라
한강 노을공원까지 산책하며 자신의 생각과 느낌, 속말과 사유를
자유로이 풀어놓은 것이다. 여기에 역사에 대한 성찰, 문화에 대한
인식, 인간에 대한 이해, 그리고 자신의 다가오는 죽음에 대한 태

도를 담담하고 진술하며 차분하게 보여준다. 거기서 그는 자기 생애를 되돌아보면서 사람들에 대한 따뜻한 인정, 그리고 오늘의 문화와 앞으로의 세계에 대한 다정스러운 배려를 드러낸다. 그래서 이 작품은 소설이라기보다 스스로를 향한 단상이고 지적 산책이다. 제임스 조이스의 『율리시즈』나 박태원, 최인훈의 '구보씨의 하루'와 구조는 같지만 그 안에 실린 작가의 내면은 다르다. 그에게는, 적어도 그들에게는 없는 죽음에 대한 따뜻한 받아들임이 있다. 이 때문에 작가 복거일은 '성자'처럼, 지식의 끝 간 데에서 이를 수 있는 초극의 태도로 다가오고 그의 생각과 말은 깊은 울림으로 들려온다. 그렇기에 더욱 안타까이 다가오는 작가의 의연함, 그 바닥에 깔린 운명을 바라보는 처연함, 그래서 이 삼엄한 장면을 감싸는 숙연함에 마음이 저려온다. 때문에 이 짧은 장편소설에서 옮겨두어야 할 대목은 많았다.

　*아내가 처가의 혼사 때문에 일찍 외출하자 그는 모처럼 혼자 산책하기 위해 집을 나선다. "물론 산에 오르는 것은 현명한 일이 못 된다. 간암 말기 환자가 혼자 꽤 가파른 산줄기를 타는 것이 무리이기도 하지만, 나중에 아내가 알게 되면 얘기가 길어질 터이다. 살이 빠지기 시작한 뒤로, 그녀는 한강에 나갔다 돌아오는 짧은 산책길에서도 그의 보호자 노릇을 했다"(p. 12). 죽음을 눈앞으로 예고받은 사람이 이렇게 선선할 수 있을까. 그 모습은 자신의 병 앞에 매우 괴로워하던 김현과 대조적이다. 그가 그처럼 치명적인 병

이 들었다는 것은 물론 얼굴이나 몸에서 아무런 병색을 눈치채지 못한 내 둔감이 어이없다.

＊ "간암이라는 진단이 나온 날 저녁 거실 마루에 세 식구가 앉았다. '치료 받기엔 좀 늦은 것 같다.' 마음은 담담한 것 같았는데 목소리가 떨려 나왔다. '남은 날이 얼마나 될진 모르지만, 글쓰는 데 쓸란다. 한번 입원하면, 다시 책을 쓰긴 어려울 거다'"(p. 14). 어떤 치료도 거절하고 나머지 주어진 시간을 글 쓰는 데 바치겠다는 그의 담담한 결연(決然). 그는 그 이후 글 쓰는 데 시간을 바쳤기에 병으로 육체가 졸아드는 것을 좀더 유예시킬 수 있었던 것이 아닐까. 그 초연함, '호모 스크립투스'의 열정에 대한 나의 감동과 경의.

＊ "구멍가게가 편의점으로 바뀌는 작은 개선에도 많은 것을 잃는 사람이 나오게 마련이다. 삶이 원래 그렇다. 환경에 보다 잘 적응한 종(種)들과 개체들이 적응을 제대로 하지 못한 종들과 개체들이 비워놓은 틈새로 빠져나가는 것이다"(p. 18). 동네의 작은 변화와 그 결과에 대해 그는 과학적 진화론까지 적용시키고 있다.

＊ "사라진 것들을 기억하고 아쉬워하는 것은 이 험한 세상을 살아가는 데 도움이 되지 않는 일이다. 그러나 그는 자신이 그렇게 삶에 도움이 되지 않는 일을 직업적으로 하는 작가라는 사실이 뿌듯하다. 태어날 뻔했으나 끝내 태어나지 못한 것들, 사라진 것들, 사라질 것들—경쟁에서 진 그들을 기억하고 아쉬워하는 것은 따지고 보면, 대단한 일이다. 오직 사람만이 그 일을 할 수 있다. 그래서 그것은 더할 나위 없이 인간적이다./ 이제 그도 곧 사라질 것

들에 속한다. 자신에게 고개를 끄덕여 보이고서, 그는 성큼 길을 건넌다"(p. 19). 작가로서의 자부심, 그것이 인간만이 할 수 있는 '기억'의 일이라는 데 대한 의식. 그 겸손한 자부심이 아름답다.

  * "살날이 얼마 남지 않았다는 것을 알게 된 뒤로, 그는 작은 친절에 더욱 마음 쓰게 되었다. 저절로 그렇게 되었다. 길거리에서 만나는 아이들에게 말을 걸고 손짓하고, 개들에게도 손짓을 하고, 가게에서 점원들의 이름을 불러주고. 반응은 언제나 좋았다. 그때마다 그는 작지만 밝고 따스한 무엇이 자신 둘레에 퍼지는 것을 느꼈다"(pp. 20~21). 사랑이며 도덕이라는 큰 이야기는 큰 추상성에서 드러나는 것이 아니라 아주 근소한 짓들, 조용한 미소, 따스한 말, 조용한 표정 등의 작은 구체성에서 살아난다. 작가의 삶과 죽음에 대한 이 초극의 정신도 바로 그 사소한 모습에서 피어난다.

  * "그는 그 풍경들을 이룬 모든 것들을 하나하나 눈에 담고 가슴에 품으려 애쓴다. 작은 풀꽃들에서 큰 가로수들에 이르기까지, 흐린 시냇물 속의 물고기들에서 산책 나온 사람들에 이르기까지, 모든 생명체들이 악기이다"(p. 26). 이 세상과의 이별을 앞둔 사람의 시선은 이 세계의 모두를 쓸어담고 싶은 사랑스러운 욕망을 가질 만하고 그것은 이별하는 사람의 촘촘히 싸안고 싶어 하는 시선으로 마땅히 허락되어야 할 따뜻한 욕심이다.

  * "대부분의 종들은 나타난 지 몇천만 년은 되었고 성공적인 종들은 몇억 년 동안 거의 바뀌지 않았다. 인류는 막 태어난 셈이고, 자연히, 아주 역동적인 종이다. [……] 이처럼 빠르게 퍼져나간 종

은 40억 년이나 되는 지구 생명의 역사에서 인류뿐이다. 인류를 인류로 만든 특질은 활력, 적응성, 모험심, 창조성과 같은 '젊은' 모습이다"(p. 39). 지구가 탄생한 것이 40억 년 전이고 거기서 생명이 태어난 것이 그로부터 5억 년 후이다. 인류가 지구상에 나타난 가장 젊은 생명의 종이고 그 때문에 지구를 정복하고 우주를 인식할 수 있는 존재가 되었다는 작가의 인식에 전적으로 동의한다.

＊"그의 마음에 옅은 그늘이 어린다. 물길을 관리하고 산책로를 손보는 일이지만, 사람들이 너무 자주, 너무 깊이 자연 속으로 들어가는 느낌이 든다"(p. 48). 나는 얼마 전 『한겨레』에 「자연 그대로의 자연 공원으로」란 에세이를 발표했다. 내가 이 소설의 이 대목을 일찍 보았다면 마땅히 인용하며 인간이 너무 깊이 지구를 파고 흔드는 문제에 대한 안타까움을 더 키웠을 것이다.

＊"그는 자신에게 이른다. 그렇게 막연한 걱정을 하는 것은 내 일이 아니라고, 내 일은 남들이 하지 않는 '한가로운' 걱정을 하는 것이라고"(pp. 51~52). '한가로운 걱정'을 하는 사람들이 지식인이고 인문주의자이고 그 맨 위에 작가가 있다. 여기에서 그는, 문학에서 무용(無用)의 용(用)을 발견하는 김현의 인식과 맥을 같이하고 있다.

＊"문득 앙천대소(仰天大笑)하고 싶은 충동이 몸을 채운다. 걸음을 멈추고 고개 들어 하늘을 올려다본다. 곱다. 목숨이 얼마 남지 않은 사람에겐 억울하도록 곱다. 대소하는 대신 호곡(號哭)하고 싶어진다. '하긴 대소나 호곡이나 그게 그거지'"(pp. 52~53). 평행하

는 철로는 멀리서 결국 하나로 합쳐지는 것이 아니던가. 이별할 이 세계에 대한 크나큰 설움과 그걸 넘어서는 거대한 허허로운 웃음.

 * 젊어서 비아프라로 가고 싶어 한 마음이 현실적으로 불가능해짐을 확인하면서 작가는 "몸을 던지는 마지막 기회"로 "그에게 허여된 것은 지적 모험들뿐"(p. 57)이었음을 깨닫는다. 그리고 그의 모험이 시작되었다. 시로, 소설로, 경제로, 과학으로, 그래서 현실의 인식으로, 이해를 위한 사유로, 그리고 과거의 역사로, 미래의 우주로…… 내가 아는 한 우리와 함께 살아온 사람으로 복거일처럼 모험심 강하고 지적 탐험을 하며, 그의 말대로 전방위적인 지식의 세계지도를 그린 사람은 없었다.

 * "이 흐리고 냄새나는 시내에 얼마나 많은 목숨들이 사는가. 모든 목숨들이 있어야 할 곳에 있다는 것이 얼마나 신기한가. 얼마나 고마운가"(p. 62). 죽음 앞에서 이 세계를 투시할 때 세계는 아무리 비천한 것이라 하더라도 거기에 경이가 숨어 있음을 깨달을 수 있다는 것. 그 지혜로움, 그 섬세함, 그 아름다움, 그 따뜻하고 관용스러움. 그래, 세계는 얼마나 고마운가. 그러나 이 같은 자연과의 친화는 죽음에 당면하는 모든 사람들에게가 아니라, 아주 소수의 견자(見者), 세계를 투시하는 시인이나 삶의 일상에서 초탈한 지성에게나 허락되는 것이리라.

 * "한 줄기 깨달음이, 거의 통찰에 가까운 깨달음이, 그의 마음에 산뜻한 기운으로 흐른다. 그렇다, 무리는 아름답다. 개체들이 지닌 아름다움을 훌쩍 뛰어넘는 '창발적 아름다움'을 무리는 지녔

다. 그리고 무리는 개체들의 개별적 중요성을 본질적으로 초월하는 생물적 중요성을 지녔다"(p. 71). 무리는 단순히 개인의 순진한 집합이 아니다. 그것은 또 하나의 총체성integrity의 특성을 지닌 새로운 존재로 위상 변화를 일으킨다. 작가는 여기서 개별성을 뛰어넘는 '무리'의 '창발적 아름다움'을 개안(開眼)의 통찰로 발견한다. 그럴 수 있는 것은 그의 능력이기도 하겠지만, 죽음을 투시하면서 얻어낸 능력일 수도 있다. 이른바 랭보적 투명한 시선.

* 작가는 한 인간의 존재론적 의미에 대한 회의에서 나타날 두 가지 태도를 점지한다. 하나는 "개인의 삶이 특별한 뜻을 지닌다는 주관적 현실에 몰입하는 길"(p. 74)이다. 종교가 이 길을 가르쳐준다. 다른 하나는 "그 절벽 앞에서 그냥 절망하는 길"(p. 74)이다. 과학의 냉혹한 선언 앞에서 종교에도 귀의할 수 없는 절망이다. 작가는 뒤의 길을 '절망으로 절망'하지 않고 너그러운 수용을 선택함으로써 무의미한 세계에 의미 있는 태도를 취하는 듯하다. 그것은 참으로 내가 바라는 길이기도 하다.

* 작가는 길에서 만난 아이에게 손을 흔들어 인사를 보낸다. "그의 얼굴에 어린 웃음이 짙어진다. 그는 세상을 향해 외친다. '삶을 마감하는 노인과 삶을 시작하는 아이가 서로 손을 흔드는 이 장면보다 더 서정적인 풍경이 어디 있으랴'"(pp. 87~88). 이 장면은 서정적이지만, 그것을 서술하는 정신은 탈속적이다. 어디 이보다, 삶과 생명의 교류를 생생한 심상으로 드러낼 수 있는 비유가 잦게 나올 수 있을까.

＊"가슴에 미안함이 다시 인다. 이상하게도, 세월이 지날수록, 얻지 못한 여인들에 대한 감정은 삭아지는데, 자신이 받아들이지 못한 여인들에 대한 감정은 점점 무거운 빛으로 자리잡는다"(p. 95). 이 감정이야말로 서정적이다. 자기가 받아들이지 못한 여인에 대한 자책이야말로 누구도 대신해줄 수 없는, 달리 처리될 수 없는 정서적 빛이다. 그것은 도저히 지워버릴 수 없는 막막한 안쓰러움, 안타까운 내적 흔적이다.

＊그래서 작가의 다음 말이 실감 있게 다가온다: "늙은 시인들의 비애는 눈앞의 젊은 여인에게 사랑을 구하는 시를 쓰지 못하고 아득해진 젊은 날에 사랑했던 여인들을 떠올리고 추억하는 시들을 쓰는 것이 고작이라는 사실이다"(p. 110). 시인이 아니더라도, 그야말로 늙은이에게 연시가 어렵고 추억의 한탄만이 남발된다는 작가의 탄식은 우리 또래 모두가 실감하는 '늙음의 비애'일 것이다.

＊"두려움과 고통에 압도된 자신이 종교에 귀의하는 모습을 떠올린다. 실감이 나지 않는다. 그가 뒤늦게 죽음의 문턱에서 종교에 귀의하는 일은 없을 것이다"(p. 134). 그럴 수 있기를! 아마 복거일이라면 그럴 수 있으리라고 믿는다. 나 스스로, 종교에 기대지 않고 나의 죽음을 담담히 받아들이겠다고, 그러고 싶다고 다짐해왔지만 정말 그 지경에 이르러 그럴 수 있을까. 내게는 어려울 그 태도가 그에게만이라도 가능하기를. 안식의 표정을 지으며 그 고독한 죽음을 넉넉한 마음으로 맞아들이는 것이야말로 처연한 정경이다. 그러나 그것은 참으로 결코 교만하지 않으면서도 굳건한 자기

신뢰이다. 『페스트』에서 보이는 '신 없는 시대의 성자' 카뮈……

 * 지구가 멸망하면서 어쩌면 인류는 다른 행성으로 이전할 수 있을지도 모른다. 인공지능 혹은 로봇으로. "그런 전망이야 많은 과학소설가들이 내놓았으니 새로울 것은 없었다. 그가 보탠 것은 '그렇게 디지털 정보로 재현된 인간들은 우리 지구인들과 같은 종인가?'라는 물음이었다"(p. 144). 아득한 미래의, 그것도 그 가능성을 보장할 수 없는 상태에 대한 질문이다. 그러나 지금 내가 자문하고 있는, 스스로 창조주임을 자임하며 이 디지털 시대의 사이버 문화를 만들고 있는 인간들이, 아날로그 시대에 스스로 창조받은 자임을 수긍하며 세계와의 실제적 관계를 지속하며 지난 역사의 인간들과 같은 지평에 놓일 수 있는가 하는 문제이다. 이 물음을 돌이켜보면, 복거일의 이 질문은 결코 허황한 것이 아니다. 복거일은 또 생각한다: "지구 생태계의 모든 종들의 유전자들에 관한 정보들이 들어 있고, 먼 별에 닿으면, 로봇들이 그 디지털 정보들을 처리해서 지구 생태계를 복원한다는 얘기다. 비록 지구에서 실존했던 생명체들의 후예들은 아니지만, 그래도 지구 생태계가 아예 없어지는 것보다는 사뭇 나을 터이다. 생명이 본질적으로 지식이라는 관점에서 보면, 지구 생명체들과 복원된 생명체들 사이에 본질적인 차이는 없다"(p. 156). 너무나 아득한, 우주적, 아니 초우주적 상상력. 실감하기는 어렵지만 그 사유의 진폭에 압도당하는 아득함.

 * "고마운 것은 그렇게 지식을 얻고 지도로 그려내는 과정에서

그가 겸허를 배웠다는 사실이다"(p. 146). 복거일은 글로나 말로써 자신의 한없이 넓은 지적 관심과 면밀한 이해, 다양한 정보 들을 보여왔다. 그의 그런 어조에는 자신감이 어려 있었지만, 그럼에도 결코 자만하거나 자랑하지 않았다. 아마도 그는, 고집을 쉬 굽히지 않는 당당함을 지키고 있었지만, 그럼에도 자신의 지식에 대한 신뢰 때문에 겸허해질 수 있었을 것이다. 그리고 지식의 가장 아름다운 형태는 그 겸허이다.

＊지나면서 마주친 젊은 연인들에게 그는 거수경례를 한다. "옷깃을 스쳐도 인연이라는 이 세상에서 거수경례를 주고받은 것은, 따지고 보면, 대단한 일이다. 우리는 모두 전우들이다. 냉혹한 우주의 질서를 거스르는, 결코 물러서지 않는 열역학 제2법칙의 군대에게 유격 전술로 대항하는 '생명의 군대'다. 〔……〕 게다가 그들은 막 싸움에 투입된, 아직 전쟁에 지치지 않은, 젊은 보충병들이다"(p. 149). 이때 모든 인류는 지구의 생태 속에서 자기 존재를 지키는 병사들로 연합하고 있다는 것. 그 범우주적 동료애의 새삼스러운 확인.

＊앞에서 끌어들인 인간의 아득한 미래에 관한 작가의 사유는 계속된다: "그의 생각에 인공지능은 '에덴 동산의 뱀'이다. 인류는 이미 인공지능 없이는 사회를 유지할 수 없고, 먼 미래엔 먼 별에서 복원될 수 있다. 그러나 그렇게 신처럼 우수한 인공지능은 인류의 우월적 지위를 용인하지 않을 것이다. 그것이 그의 '한가로운 걱정'이다. 인류의 앞날이 걸린 일이고 예상보다 가까운 미래에 나

올 상황이므로, '한가로운 걱정들 가운데 가장 덜 한가로운' 걱정이다"(p. 160). 그 아득함이 그의 사유를 따라가려는 나의 이해 능력을 허물어버린다. 오직, 무한한 것에서 더 이상 기대할 수 없는 우주의 무의미성을 이 눈에 보이는 세계에서 의미화할 수 있을까 하는 문제만이 떠오른다.

* "최인훈은 그가 나갈 길을 가르친 스승이었다. 학문은 자신의 근본적 문제를 인식했을 때 비로소 원숙해지고, 예술은 자신이 자라난 사회의 근본적 조건을 주제로 삼을 때 비로소 원숙해진다. 최인훈은 문명의 수준에서 한국 역사를 살피고 주제로 삼은 첫 작가다. 그 점에서 최인훈은 위대하고 행복한 작가다"(p. 176). 학문과 예술은 그 근원에서 출발해야 한다는 것, 관념적이라고 비난당한 최인훈이 정작 이 점에서 가장 뛰어난 행운의 작가라는 것은 그를 이해하는 새로운 단초가 될 듯하다.

* 그는 러시아의 위협에 대응하는 '핀란드화'를 동아시아 분단 국가로서의 우리의 대응책으로 고려할 것을 제안했다. 그는 이 때문에 "거센 비난을 받았"지만 "이제 적지 않은 사람들이 그의 제안이 현실적이었다고 말한다. 그런 얘기를 들을 때마다 마음이 야릇해진다. 자신의 불길한 예언이 맞았으니, 지적으로는 만족스럽지만 현실적으로는 씁쓸할 수밖에 없다. 그것이 카산드라의 비극이다"(p. 183). 그의 영어의 공용어화론도 그랬다. 불길한 사태에 대한 경고 혹은 얄팍한 포퓰리즘에 반하는 예언을 해야 하는 사람은 구약시대의 예언자들처럼 비난당하고 외로워질 수밖에 없다. 그

예언이 맞아떨어질 때의 자기 신뢰감과 그럼에도 악화된 현실의 인정으로 말미암은 스스로에 대한 쓸쓸함의 배리적 감정. 그는 그것을 너무 자주 겪어왔을 것이다.

　* "문득 이 세상 것이 아닌 무엇의 기척을 느낀 듯 몸이 떨린다. '일어남의 지평' 너머에서 새로운 몸으로 실현될 질서가 조바심을 내면서 기다리는 듯하다. 그래서 넋이 나간 것들은 세월의 손길에 몸을 맡겨야 하리라"(p. 196). 그는 저세상에서 보내는 어떤 기척을 벌써 느끼고 있는가. 안타깝다. 처연한 영원감이 다가온다. 그가 "방부제에 넣어져서 썩지 않는 독재자의 시신처럼 음란한 것도 드물다"며 자연에로의 젖어듦을 거부하는 오만한 인간들의 '음란' 한 욕망에 냉소를 보내기에 더욱 그렇다.

　* "돌이켜보면, 그도 알게 모르게 오디세우스의 행적으로 따르려 했던 셈이다. 쓸모없는 지식들을 추구하고 '한가로운' 걱정들을 하고. 하긴 그것이 그가 누린 특권이었다. 스스로 지식인이 되기를 열망한 사람들만이, 이 우주의 지도 제작자들만이, 누리는, 누구도 물려주거나 건네줄 수 없는 특권이었다"(pp. 200~01). 복거일 자신이 스스로에게 내리는 이 세상에서의 자기 평가. 정말 그는, 내가 아는 한, 가장 집요하고 철저한 지식인이었고 그 지식인다움은, 겸손과 선의로 진하게 적셔져, 앎에서만이 아니라 그 태도에서도, 그 정서에서도, 그리고 그 운명에 대해서까지도 스며 있다. 내가 그를 알고 그의 글과 말을 읽고 들을 수 있었던 것은 내가 이 세상에서 받아 지닐 수 있었던 하나의 따뜻한 혜택이었다.

덧붙임: 나는 이 댓글을 작가 복거일에게 보내면서 어딘가에든 발표하고 싶다는 뜻과 작가가 그 발표에 동의해줄 수 있는지 메일을 보냈다. 복거일은 내 청에 동의를 주면서 다음의 '답신'을 이 댓글에 덧붙여주기를 희망했다.

〔2014. 4. 2〕

김병익 선생님께:

산만하옵고.

보내주신 글 잘 받아서 감격하면서 읽었습니다.

저와 제 글을 칭찬만 하시려고 댓글이라 하신 것으로 짐작했습니다.

선생님 글을 읽다가 문득 상황이 낯익다는 느낌이 들어 가만히 생각해보니, 이용휴가 요절한 제자 이언진을 「이우상만(李虞裳輓)」으로 애도한 일화였습니다. 저는 우상보다 훨씬 오래 살았고 아직 움직이고 글을 쓸 수 있지만, 그래도 스승보다 먼저 삶을 끝내게 된 점이 그런 느낌을 들게 한 듯합니다.

'문학과지성사'에서 제 작품을 출간하고 싶다고 하신 선생님의 서한을 대전에서 받은 때가 스물일곱 해 전입니다. 이제 제가 살던 아파트는 이십 년 전에 헐렸고 서울로 올라온 지도 십 년이 훌쩍 넘었습니다만, 선생님 서한을 안식구에게 보여주던 당시의 들뜬 마음과 첫 졸작을 서점에서 보았을 때의 느낌은 지금도 생생합니다.

그 뒤로 문지 동인 선생님들의 배려와 격려 덕분에 문단에 연이 없는 제가 별다른 어려움 없이 작가의 길을 걸었습니다. 작가 한 사람이 제대로 활동하려면, 둘레에 얼마나 많은 분들의 배려와 도움이 있어야 하는가, 새삼 깨닫게 된 지금, 당연한 것으로 여겨왔던 '문지'라는 이름이 붙은 언저리를 고마운 마음으로 돌아보게 됩니다.

며칠 전 정현종 선생님께서 전화하셔서 젖은 목소리로 '우선 만나서 한잔하세'라고 하셨을 때도 그런 생각이 떠올랐습니다. 언제라도 문지에 나가면 반겨주실 분들이 계시다는 생각에 덜 외로웠고 그래서 오히려 문지에 자주 들르지 않은 것이 아닌가 하는 생각까지 들었습니다.

발병한 뒤로 더욱 자주 김현 선생님 생각이 납니다. 문단이나 시장이나 본질적으로 생태계라는 뜻에서, 동인 선생님들께서 마련해주신 제 자리를 새삼 살핍니다.

이번 작품으로 〈현이립 3부작〉이 완성되어서, 저로선 무척 흡족하고 홀가분합니다. 주변부 지식인의 내면 풍경을 그린다는 생각이었는데, 지식이나 지식인에 그리 호의적이지 않은 우리 사회의 풍토에서 장기적으로 어떤 반응을 얻을지 모르겠습니다.

선생님과 사모님 늘 강녕하시기를 기원하면서,

복거일 올립니다.

추신: 선생님께 답신을 쓰다가 갑자기 저녁 약속이 생겨서 나갔다 오느라 답신이 늦었습니다. 제 작품에 관한 선생님 글을 받은 것은 큰 영예이므로, 『문학과사회』에 실리는 것이 당연하고, 선생님 글에 제 답신이 따르지 않는 것도 이상하므로, 선생님 글 밑에 제 글이 실리도록 해달라고 말씀드리고 싶습니다.

　　―복거일 배상

〔『문학과사회』 2014년 여름호〕

오늘, 새로 스며오는 어제의 묵향 속에서

―이근배 형의 시집 『추사를 훔치다』

나는 사천(沙泉) 이근배 형에게 빚이 크고 많다. 근 40년 전, 세상이 모질고 가난할 때 그가 선뜻 내 글 모음을 내주겠다고 먼저 제의해와 나는 내 이름의 첫 단독 비평집을 낼 수 있었고 이후 글빚, 책빚에 바둑빚까지 숱한 빚을 지어왔는데, 그럼에도 내 팔이 짧아 그의 청 한 가지를 들어주지 못한 것이 이자가 겹으로 붙은 빚이 되어왔다. 이번 자신의 시집을 내겠다며 그 발문을 부탁해와 그 빚의 아주 조금이나마 갚을 기회를 준 것에 감지덕지했지만 그 청탁의 글과 작품을 읽으면서 이건 빚갚이가 아니라 새로운 빚지기라고 할 수밖에 없었다. 그만큼, 칠십대의 중반에 이르러 그 나이에야 다다를 수 있을 품위가 내 글을 이끌어가며 고아한 전통의 새로운 훈향 속으로 나를 감싸고 있었던 것이다. 우선 그 부탁을 하는 전화 목소리는 전혀 빚쟁이 같지 않게 여전히 밝고 경쾌했는데 정작 원고와 함께 온 편지와 덤으로 보낸 책을 보면서 나는 그 정중하고 고전적인 품위에 그만 압도되고 말았다. 한지로 음전하게 만든 봉투에서부터 책에까지 그가 쓴 글자는 요즘 도통 볼 수 없는 달필의 붓글씨들로만 되어 있어 기껏 볼펜으로만 서명해오던 나를 바짝 긴장시켰다. 우선 그가 '同封(동봉)'한다며 보낸 시집 『살다가 보면』(시인생각, 2013)의 표지를 열자 훌륭한 필체로 '淸覽(청람)'이라고 쓴 서명의 위와 옆에 낙관이 세 개나 찍혀 한문 서예전의 멋진 휘호 글씨가 풍기는 위엄에 움츠러들지 않을 수 없었다. '惠照(혜조)'하라고 연 편지의 첫 구절에서 나는 마침내 '删蔓'이란 한자어를 만났다. 아아, '删蔓'이라니! 60년 전 중3 때 같은 학교 반우로부터 겨울방학 때 받은 엽서의 첫머리에 쓰인 한자였다. 아마 '제번(除煩)'이란 뜻으로 쓰지 않았을까 짐작하면서도 여직 뭐라고 읽는지 모를 어휘였다. 그제야 새삼 옥편을 찾아보니 '删'은 깎는다는 뜻의 '산'이고 '蔓'은 덩굴을 가리키는 '만'이었다. 그 용법에 대한 내 짐작은 요행 맞았지만 서당은 구경도 못 했고 학교에서 한문을 조금 가르치던 그 시절에 어찌 편지의 서두에 쓴 '删蔓'을 내가 읽어낼 수 있었을까. 그때 그 유식한 문자를 쓴 친구는 훗날 서울대 교수와 성균관장을 역임한 최창규 군이었는데 대마도에서 굶어 자결한 최익현 선생의 증손이었다. 이근배 형이 자신의 내력을 밝힌 「자화상」에서 외조부가 "스승 면암의 뒤를 이어/ 조선 유림을 이끌던" '장후재 학사'였음을 밝히는 데 이르러서야 '산만'이란 이제는 구경할 수 없는 인사로 면암의 후손과 그 후학의 자손을 한꺼번에 만나는 듯한 기연에 스스로 놀라고 기꺼워했다.

그 뜻밖의 인연을 신기해하며, 다변이고 활달하며 다재한 이근배 형의 모습 속에 감춰진 그의 선비다움을 다시 떠올렸다. 나는 그가 나눠준 부채에서 그의 아름다운 글씨를 보았고, 아마 경주에서 본 한 표지석에서 그의 육당 시대 문체를 회상시키는 문장을 읽었을 것이다. 그리고 스스로 재주 없다고 겸양하는 '비재'의 한자어가 '菲才'임을 그의 편지에서 배웠고, 스스로 종으로 파는 '自賣(자매)', 벼루, 그래서 선비를 뜻하는 '硯田(연전)', 몽당붓을 가리키는 '禿筆(독필)', 말을 알아듣는 꽃 '解語花(해어화)'가 곧 양귀비라는 것, 똥 오줌을 가리는 '견마'란 말 등등을 이 시집에서 처음 보았으며, 시행 속에 나오는 '사랑아웃'(「自賣」) '아기답'(「아기답」) '싯늪'(「낮꿈」)이란 사전에도 나오지 않는 말들은 끝내 그 뜻을 모르는 채 슬쩍 넘겨 읽어야 했다. 그런데, 바로 그렇기에, 그러니까 옛것에 대한 내 무지함, 이제는 까맣게 사라져버린 전통의 부재와 그 아름다움에 대한 우리의 망각으로 경박해 있어왔기에, 내가 처음 보는 문자, 그 뜻을 모르는 채 눈치로 짐작하는 말, 그리고 그것들을 적은, 이제는 아무도 실용하지 않는 먹글씨, 그것들을 담은 결 좋은 한지, 그래서 거기에 담긴 그 모든 것들을 대하는 동안, 거기서 스며 나오는 전 시대의 전아한 향기, 한지에 진한 먹으로 쓰이고 몇 세대를 넘겨도 여전히 오히려 더욱 은근하게 풍겨오는 선비 시절의 문향이 더욱 도탑게 살아 나왔다. 이제는 잃어버린 것들, 사라져버린 것들, 그럼에도 우리의 어딘가에 꺼지지 않는 씨

앗으로 숨어 있어 문득 살만 건드리면 생생한 향기로 감싸 안아 산뜻이 되살아나는 품격 높은 정서로 솟아나는 말들, 연필-만년필-볼펜 시절을 훌쩍 뛰어넘어 모니터로 읽고 타자로 글씨를 치는 오늘의 새로운 문명 속에서 그 경망스러움을 다잡듯, 오랜 세월 내공으로 다지고 묵혀 은근한 묵향(墨香)으로 스며드는 한지 책자의 문화에 감싸이며 새내기 같은 나의 마음을 한 세기 전의 유연한 기품 속으로 돌려놓는 듯 속마음이 흐뭇해진다.

이렇게 나는 칠십대 중반에 이른 오랜 문우의, 그러나 컴퓨터의 한글로 프린트된 그의 시들을 우선 그 향훈으로 먼저 맞이하였다.

그와는 오래 사귀어왔지만 그의 활발한 어투가 자신의 속내를 내 짐작으로부터 멀찍이 떼어놓고 있었고, 그의 요란하게 능통한 여러 잡기들은 그의 진짜 신원에 대한 정보들을 내게 가려두고 있었다. 그래서 가까우면서도 먼 그의 생애를 멀리 두고 바라만 보아왔는데 이번의 시집 한구석에 자리한 시 「자화상」에 이르러서야 비로소 그의 영예로운 가문과 그 때문에 고통스러워야 했던 생애를 짐작할 수 있었다. "장학사(張學士)의 외손자요/ 이학자(李學者)의 손자"로 태어난 그는 아버지는 "나라 찾는 일 하겠다고/ 감옥을 드나들더니 광복이 되어서도 못 돌아"오다가 그의 나이 열 살 때 비로소 첫 얼굴을 뵌 후 "한 해 남짓 뒤에 삼팔선이 터져/ 바삐 떠난 후 오늘토록 소식이 끊겨" 시대의 불귀의 객이 되었고, 어머니는 "지아비 옥바라지에 한숨 마를 날 없는" 생애를 치러야 했다.

같은 충청도에서 비슷한 운명을 당해야 했던 이문구나 김성동처럼 사상가를 아버지로 두어 겪어야 했을, "어머니와 남겨진 삼남매를/ 모진 비바람의 거친 들판으로 내몰게 할 줄을 어림짐작"(「그해 그날」)도 못 한 갖가지 신산을 겪어야 했던 그는, 그러나 그 아픔을 뒤로 감추고 오히려 그런 아버지를 "돌팔매와 가난의 족쇄를 물려받아야만 했었다/ 그렇지만 아니지,/ 어느 권력 어느 재산과도 바꾸지 않을 내게는 값진 유산"(「폐족(廢族)」)으로 떠받든다. 조부의 환갑날 할아버지의 소실댁에서 "황룡이 달려드는 태몽을 꾸시고" 태어난 그는 가족들로부터 당연히 큰 기대를 받으며, 할아버지로부터 율곡의 「격몽요결(擊蒙要訣)」의 훈육 속에서 자랐다. 이근배 자신은 "춘향전의 주인공도 이몽룡이고/ 사임당이 율곡을 낳은 오죽헌에도 몽룡실이 있는데/ 이몽룡인 나는 암행어사도 못 되고/ 율곡처럼 아홉 번 장원급제도 못하고/ 글은커녕 붓도 잡을 줄 모르니/ 외할아버지의 용꿈 값을 어떻게 갚는다?"(「태몽」)라고 자괴하고 있지만 '한국 대표 명시선 100'의 『살다가 보면』에 게재된 연보에 의하면 1961년 경향, 서울, 조선의 세 신문 신춘문예에 시조가 당선되는 등 3년 동안 시조, 시, 동시로 신춘문예, 문공부 신인예술상 등 그가 부러워하는 율곡처럼 모두 9차례 당선함으로써 1960년대 한국 시단의 기린아가 된다.

"저놈은 즈이 애비를 꼭 닮았어!"라고 할아버지의 '고마운 꾸지람'을 듣지만, 시인은 "아니지요 저는 애비가 까마득히 올려다보이거든요"(「자화상」)라고 아버지를 높이 우러러보고, 또 그처럼 그의 시들은 우리의 숱한 선비들을 다시 올려다보고 경의를 드린다. 그가 시 속으로 불러들이는 옛 인물들은 "크지도 않고 작지도 않으며/ 있지도 않고 없지도 않은/ 대승의 길을 열어/ 비로소 무명을 깨우쳤거니/ 마음이 곧 우주"(「원효」)를 터득한 원효와 "고운이 비워둔 자리/ 새겨둘 대구가 아직은 없"는 대문장가 최치원에서부터 우리 정신사를 꿰뚫는 거승과 대유로 즐비하다. 그 반열에는 "마르지 않는 신명으로 〔……〕/ 피리를 들면/ 하늘엔 노을이 타고/ 거문고를 안으면/ 소나무에 불을 붙이던 바람/ 이백의 달로 이 뜰에 내려앉을 때는/ 옷깃을 여미었을"(「정철」) 송강, "살아서 못 이룬 꿈/ 죽어서 묻힐 땅에 심었느니/ 그 누구도 가져가지 못할 꿈/ 뜨거운 목숨을 노래"(「부용동에 와서」)한 윤선도, "산 같은 설음을 비로 쏟아라/ 〔……〕/ 범람하라/ 마침내 산도 들도 하나가 되는/ 해일 같은 웃음을 웃어라"(「회진에 와서」)라고 호소하는 임제 등의 시인들이 올라 있고 이근배는 그들에게 북을 치며 신명을 낸다.

그리고 유학자의 후손인 시인은 민족사의 지사들에게 가장 뜨거운 헌사를 바친다. 『삼국유사』의 일연에게는 "날 선 유사(遺事)의 빗돌/ 세월에도 씻기지 않는/ 사시(史詩)의 먹물이 배어나와/ 시퍼렇게 혼을 갈고 있다"(「일연」)라고 외치고, 정몽주에게는 "하늘을 떠받치는 기둥이듯/ 펄펄 끓는 넋이 보입니다/ 단심가에 모두 담으셨지요"(「정몽주」)라며 그 뜨거운 뜻을 기리고, 사육신의 성삼문에게는 "내 살아서 임금을 못 섬겼으니/ 죽어서 허리 굽은 소나무가 되어/ 장릉의 비바람을 막으리라"(「성삼문」)라며 그의 충절을 높이고, 마침내 일본군의 포로가 되어 유수에 잡힌 면암에게는 "부끄럽고 부끄럽다/ 다만 내 여윈 뼈를 바쳐/ 한 자루 척화의 도끼가 되리라"(「최익현」)라는 비장한 결의를 토로한다. 우리의 역사는 이렇게, 선인들의 당찬 기개 속에서 "아버지의 아버지의 아버지의/ 어머니의 어머니의 어머니의 어머니의"(「전설」) 대를 잇는 민족적 '탯줄'의 전설로 일구어지는 것이 아닐까. 그리고 그 강토는 "한 뼘 남짓 돌들이 무등을 타고 있는 위에/ 돌 하나가 얹혀"져 "무럭무럭 키가 자라고 있을"(「돌 위에 돌을 얹다」) 금강산 돌탑처럼 세워지는 것이 아닐까.

그 선비들의 정신이 구체적인 사물로 손길에 잡혀 쓰다듬도록 하는 것, 그 물화(物化)된 문화 전승의 유산이 이 시인에게는 벼루이다. 그는 귀하고 중한 벼루의 대단한 수집가로 알려져 있거니와 여러 편의 '벼루 읽기' 연작시는 그가 이 문방(文房)을 얼마나 사랑하고 아끼는지를 실감시켜준다. 그는 "밭이 없어/ 벼루를 먹고 산다"며 연전(硯田) 갈이[耕]꾼임을 오히려 자랑스레 여겨 자신처럼 "한 뼘 돌에서/ 천만 석도 더한" 완당과 "손수 필경사를 짓고/ 온 땅 가득 상록수"를 심은 심훈의 "담 없는 그 작은 집이 왜 그리 높이 보이는지"(「필경(筆耕)」) 부러워하는데, 그것은 "아흐, 차오르는 초아흐레 상현달/ 내 평생 머슴살이로는 못 지을 높디높은 다락의 한 채,/ 사랑이로라"(「조선백자 반월형연적」)라고 연적을 보며 탄성을 부르짖을 정도였다. 그것이 어느만큼인가 하면, "옛벼루를 들고 와서는/ 얼굴이며 몸뚱이를 씻기는 일에는 시간을 물 쓰듯 하며" 자신의 몸과 마음을 이처럼 부지런히 씻겼으면 "사람값도 하고 글도 잘 풀릴 것"(「세연(洗硯)」)이라고 탄식하고, 국립박물관에 갔다가 추사가 쓰던 벼루를 보고 "그 돌덩이가 내 눈을 얼리고/ 내 숨을 멎게"(「내 안의 도둑」) 하는 전율을 느끼며 "유리창을 부수고 벼루를 슬쩍?"하고 싶은 욕망에 젖기도 했다고 고백한다. 그럴 때의 그에게 벼루는 "백두대간의 힘줄이 내 몸속에서 솟아 둥둥 북소리를 내며 고려 조선 쪽으로 데리고 가는"(「신연(神硯)」) "세상살이들이 살아 움직이는 조각!"에 이름하는 것들이며, 신라 토기 벼루를 선물받고 "웬 UFO?"라고 놀라며 "돌처럼 구워진 흙에 아직도 숨쉬는 먹내음/ 코로 벌름대고 뺨도 대보고 손으로/ 문질러보는 느낌이 알싸한"(「신라 토기 벼루에 대한 생각」), 마치 애인을 애무하는 듯한 모습을 짓는다. 그러나 이근배가 벼루를 사랑하는 것은 물화된 필구여서만이 아니었다. 그것은 "선경에서 노닐던 꿈 얘기를 듣고/ 제 것인 양 신들린 듯 붓과 놀아난" 꿈과 같은 세계와의 조우를 이루는 예술이기 때문이다. 그것은 일본에 가 있는 안견의 「몽유도원도」가 잠시 국립박물관에 전시된다는 소식을 듣고 새벽같이 달려왔다가 두 차례 만에 "겨우 꿈결같이 그림을 만난 후", "피는 기름으로 촛불을 피우고 있음이여/ 문득 내가 자주 들여다보는/ 신의 솜씨로 깎은 조선 초기 벼루들이/ 저 그림과 글씨를 거둔 논밭?"(「남의 꿈속에 들어가 붓과 놀다」)이라고 말한 것처럼 가장 뜨겁고 높고 아스라한 예술 세계가 이루어지는 터전인 것이다. 이 현저한 벼루 연작시 앞에

옹달샘 새벽달을
물동이에 길어와서

장독대 정화수 올려
띄우시던 어머니

꽃산에 오르실 때에도
달은 두고 가셨다

　　　　　　　　　—「어머니, 물동이에 달을 길어오셨다」

며 달항아리를 보고 그 달항아리처럼 환한 모습의 어머니를 회상하
고, 세상 잘못 만나 평생을 고생하신 어머니가 이제 별이 되어 좋
은 세상에 사시기를 비는 바람이 내게 못지않게 따뜻이 다가오는
것은 가신 지 오래되신 어머니의 나이로 나도 다가가기 때문일까?

텃밭에 목화를 심어
그 솜으로 실을 뽑고 배틀에 짜고
바래고 물들이고 다듬고 마르고
제 몸에 꼭 맞게 손바느질로
저고리, 바지, 조끼까지
밤새워 지어 입히셨지요.

밭고랑 흙에 패이고

눈바람 청솔가지에 꺾이던

어머니의 마디 굵은 손이 만들어낸

잡히지도 만져지지도 않는

크고 큰 것 제가 어찌 어림하겠어요

— 「핸드 메이드」

에서 우리 모두의 어머니가 힘들게 살며 자식들에게 들이는 그 큰
사랑을 돌이켜보고, 그 어머니들이 자식들인 우리 모두에게 남긴
사랑을 그리워하며 그 '달항아리'에서 어머니를 추억하여,

세월 잘못 만나서

아흔 해 있는 속 다 태우시고

삽다리 꽃산으로 가신 어머니

여기 오셔서

외씨버선 흰 고무신 신으신

깨금발로 사방치기 하듯

일곱 별 밟아보세요.

혹시 아세요.

일곱 별 두둥실 어머니 태우고

칠성님 나라에 가서

좋은 세상 구경시켜드릴는지요.

어머니, 별이 되시어

사람들 소원 다 들어주실는지요.

—「별」

라고 간곡하게 기원하는 시인의 마음을 통해 우리의 고난스러운 전래의 삶에 대한 아픈 승화를 바라본다. 선비스러움에도, 그 인식의 틀을 뛰어넘어 승화의 경지로 보여주면서, 이즈음의 이근배는 장석남에게 선승의 주련을 읽어준다. "눈으로 듣고 코로 보고 귀로 말한다(眼聽鼻觀耳能語)"(「눈으로 듣는다?」). 후배 시인은 이 설명을 듣고 "시론 백 권 읽어 뭐합니까?/ 여기 다 들어 있는걸요"라고 대답하는데, 정말 침묵으로 이 세계를 듣고 눈을 감고 보며 말 없음으로 들려주는 선승의 경지를 우리는 새삼 느껴야 하지 않을까. 그것이 이근배 시인 세대가 선시(禪詩)로 혹은 공초나 미당의 풍(風)으로 이 세계의 본 모습을, 그리하여 결국엔 소멸할 수밖에 없는 세상의 운명을 시로 드러내려는 것이 아닐까.

눈멀고 귀먹은

돌이라 살자 해도

티끌 목숨 끝에

매달리는 헛된 생각

풋 열매 익히지 못하고
이슬로나 지는 것.

—「적멸(寂滅)」

에서 들이닥치는 소멸에의 의지, 그리고

내가 오르는 것은 산이 아니라
한 덩어리의 큰 울음 속이다
울음 속이 아니라
하늘 밖에 길을 열어오는
가을의 바람 속이다
보우가 여기저기 뿌려둔
무자화두(無子話頭)들이다

—「북한산」

에서 젖어드는 세상과 사물과 풍경과 말이 하나의 공허로 화(化)
하는 그 크낙한 존재의 설움. 참으로 잘 '익은 배'의 향기는 세계와
인간의 텅 빔으로 사라짐을 채워주는 것인가. 이렇게, 시인 이근배
는 지난날의 선비다운 묵향으로 오늘 이 마음 바쁜 시대를, 새삼스
레 감싸오는가.

〔『추사를 훔치다』해설, 2013. 12〕

먼저 간 아내를 향한 그리움의 아가
—이철호 시집 『홀로 견디기』

　많은 작품을 이미 발표했는데도 읽어본 적 없고, 이리저리 만날 기회도 숱할 터인데 대화는커녕 대면해본 적도 없는, 그래서 개인적 신상이며 성품을 전혀 짐작할 수 없는 분의 글을 읽는 데는 아무런 선입견이 없어 편하지만, 그 때문에 그 작품들에 대한 해설을 쓰는 일이 민망해질 것은 피할 수 없으리라. 간절한 독촉으로 대하는 그의 시집 원고를 그런 선입견 아닌 선입견으로 읽어가는 동안 나는 굳이 까다롭게 생각하지 않아도 좋겠다 싶어졌다. 먼저 본 서문에서 나는 이 시집이 그가 아내의 3년상을 맞으며 그 영전에 바치는 만가라는 것을 알았고, 시편들을 읽어가면서 그것들은 그녀를 회상하고 그리워하며 그녀와의 헤어짐을 슬퍼하고, 그리고 마침내 홀로 사는 법을 터득해가는 내면적 과정을 허튼수작 없이, 일상의 언어로, 순진한 마음에서, 그리고 자유로운 상상력을 통해 드러내고 있고 이런 시적 전개라면 나도 두려움 없이 그러나 공감하는 마음으로 접속할 수 있으리라 여겨졌기 때문이다. 그리고 정확히 70편의 시를, 여전한 얼굴로 내 주변을 수선스레 훔치는 아내를 옆에 두고, 담담히 읽어 내려갔다. 그 시들은 그러니까 아가서였다. 구약성경에 나오는 것 같은, 그러나 주고받는 사랑 노래이기보다 먼저 간 아내를 이리 불러내며 저리 그려보고 그리움의 상대로 호명하면서 한쪽만의 사랑을 되풀이해 읊고 속삭이는 노래였고, 그 짝사랑 같은 노래에서 아내의 눈물을 되살리고 그녀의 향기를 다시 맡고 그녀의 몸을 새로이 떠올리며 영혼의 대화를 나누는 언어들이었다.

그래서 이 시집은 순서는 가지런하지 않지만 한 편의 서사를 보는 느낌이다. 10개월을 병상에서 투병하는 아내가 결국 숨을 거두고, 그녀를 땅에 묻고 돌아와서는 내내 텅 빈 집 안을 서성이며 작은 기척에도 아내의 발소리가 아닐까 귀 기울이며 혼자 시간을 누려야 하는 속아픔을 치르면서 몇 해를 지내고, 이제는 그녀와의 이별을 인정하고 앞으로의 나머지 삶을 지탱해야 하는 다짐을 해야 하는 한 남자의 내면의 걸음걸이를 우리는 여기서 발견한다. 그래서 이 시집 전편이 아내를 잃은 남자 혼자만의 애상임을 우리는 살펴두어야 한다. 그것은 사랑하는 마음을 함께하고 나누는 것이 아니라, 짝 잃은 남편의 먼저 간 아내를 향한 안타까운 사랑을 호소하는 고백으로 가득 차 있다. 가령 이 시집의 1부 제목을 이루는

3편의 연작시 「아내의 눈물」은 자칫 아내가 흘리는 눈물을 바라보는 남자인 나의 감상으로 읽힐 뻔했지만, 그것은 자기를 잃고 고독에 빠질 남편을 바라보며 흐르는 눈물을 주체하지 못하는 아내의 소망을 읽고 있는 것이며, 그 다정한 말들은 그녀가 눈물을 흘리게 만드는 남편인 나를 향하고 있음을 깨닫게 된다. "애처럽게 우는 당신"을 위해 "푸른 기둥 꼿꼿한 나무로/ 벌떡 일어서고 싶은" 마음은 투병하는 자기를 바라보며 울음을 보이는 남편을 향해 "두 손 합장하고/ 당신을 보듬고 있는"(「아내의 눈물 1」) 아내의 다독거림이며, "촉촉한 오월의 대지에/ 푸른 보리를 키우는 농부"로, "미루나무로 푸르게 씩씩하게" "열정적이고 충만한 삶을 살기"(「아내의 눈물 2」)를 바라는 아내의 기도이고, "당신이 내 곁으로 가까이 오셔야/ [……]/ 숨겨둔 나의 향기 당신의 것"이며 "바람 부는 날에도 향기를 뿌리겠습니다"(「아내의 눈물 3」)라고 아내는 향내 가득한 사랑의 말을 유언으로 감싸준다. 거의 유일하게 화자가 아내임에도 그 속말이 남편을 향한 것이라면 나머지 거의 모든 시들은 남편이 화자가 되어 아내를 부르고 되살리고 그리움으로 당겨 안고 그 혼자만의 시간을 아내와 함께 누리는 서정의 언어들이다. 시인은 먼저 아내와의 당초의 맺음을 기적으로 회상한다.

사랑이 시작될 때면
찬란한 빛으로 떠오르는
붉은 가슴이 되어

순간이 영원처럼
느껴지는 것은 놀라운 일입니다.

어제와 다른 세상이
단 한 사람의 생각으로 가득하고
상상도 현실이 되는 기적에
마음이 떨려오고 두렵기마저 합니다

당신의 눈물마저
이렇게 설레게 하는
놀라운 힘을 가질 줄은 미처 몰랐습니다
　　　　　　　　　　　　　　　　　—「기적」

　사랑을 해본 사람은 알리라, 이 "상상도 현실이 되는 기적"을.
그의 아내는 "천 개의 눈과 천 개의 손마다/ 자줏빛 향낭을 움켜
쥐고 나와/ 천지를 물들이는"(「수줍은 미소」) '천수관음보살'처럼
"수줍게", "불안하고 어린 나에게/ 선뜻 손을 뻗어주는" 마음 설
레게 하는 '기적'의 여인이면서 "그 옷 속에/ 보드라운 가슴과 체
온/ 세상에서 가장 작은 산"을 가지고 있어 내가 "거침없이 당신
의 옷을 풀어헤친다/ 보인다 보고 말았다"(「화려한 옷」)라고 할 정
도로 귀여운 사랑의 여인이었다. 그 여인은 "중환자실에서 열 달
을" "고통으로 괴로워"하다가 "나를 중환자실에 두고"(「중환자

실」) 이승을 떠나버리고 만다. 사랑하는 이와 사랑을 주는 이의 이별은 이렇게 헤어짐을 고비로 하여 서로를 중환자로 만든다. 그리고 아내를 묻고 나서야 나는 "나 혼자 세상의 외톨이가 되었"음을 실감하는데, 안타까워라, 떠난 "해맑은 아이의 〔……〕 당신의 얼굴은 문수보살의 평화"였고 나는 "외톨이가 되어/ 두 눈 가득 피눈물 맺"(「이별식」)히고 만다. 그러고서 시의 화자는 끊임없이 그녀를 부르고 그녀 없는 세상을 무의미한 세상으로 삭인다. "아침부터 비가 오는 날이면/ 〔……〕 울적하기 그지없는 허무한 마음"이 되어 "무엇을 위하여 살고 있는가/ 산다는 의미는 어떤 것인가/ 정녕 당신을 그리워하는 것이 전부인," 말 그대로의 「바보 사내」가 되고, "다시 사랑이 살아온다면/ 더 뜨겁게,/ 더 안쓰럽게 시간을 아끼며 사랑하겠는데// 내 몸이 벼랑 끝에 서 있다면/ 당신과 함께 민들레 씨가 되어/ 함께 날아갈 수 있겠는데"라고 애통해하며 그대가 없는 이제, "후회하고 또 후회하지만// 〔……〕 이제사 무슨 소용이리오" 하고 탄식하며 "이제는 오직 당신 안으로 가고 싶다"고 되돌릴 수 없는 「늦은 후회」를 한다. 그는 「밤바다」를 바라보며 "오늘 밤도 나는 당신 생각/ 뜨겁게 타는 용광로로 가슴을 굿고서/타는 심지는 끝내 나를 무너지게 하고 있어/ 차라리 밤바다에 떨어져버리고 싶어" 할 만큼 절망적으로 그녀를 열망하며, 「떠도는 영혼」이 되어 "어쩌면 그리 많은 사람들이/ 스쳐지나가는"데 "이 사람도 당신 같고 저 사람도 당신 같"아 옷자락을 잡으려고 하니 사람들이 "나를 보고 미쳤다고 할 것만 같"아지는 혼망에 빠지기도 한다. 때로는 「무료한 오후」, 문득 초인종 소리가 들리는 듯해 나가 문을 열어보면 "현관문 저쪽에서는 아무도 없는지 인기척이 없"고 "어제보다 더 진하게 초록색이 된" 앞산에 "아내의 웃음 같은 흰 햇살이 눈부시게 맑"은 빈 하늘을 바라보며 아내와의 "숨바꼭질을" 하고 있다는 착각을 일으키기도 하고, "책을 읽다가/ 시를 쓰다가/ 하늘을 보다가/ 산을 보다가/ 갑자기 미치도록 당신을 찾고 있"는 자신의 「강박증」을 깨닫는다.

이제 다시 볼 수 없는 아내를 향한 그의 열애에 약이 되어준 것은 시간만이 아니었다. 서문에서도 "명산대천 기도행군을 다니며 작은 수첩과 펜을 들고서 시를" 쓰도록 아내는 "'영감'이라는 생수를 부어주"며 "삶이 다하는 날까지 진정한 가치를 위해 열정적으로" 살아주기를 바라는 바람을 안겨주고 있었다고 고백하고 있지만, 시인은 그러고서 3년 동안 혼자된 마음의 외로움과 그리움으로 범벅이 되는 사랑의 시 70편을 쓰게 된다. 그리고 바로 그 연시(戀詩)들로 이어지는 아가(雅歌)에서 상실의 아픔을 "헤어짐의 찬란한 시간을 창조"로 고양하는 뛰어난 서정에 이르게 된다. 만해의 풍으로 이루어진 그 시에서 그는 헤어짐에서 이미 만남을 바라보고 있는 것이다.

헤어짐은 만남의 시작입니다
헤어짐이 끝이 아닌 것은
다시 만남으로 가기 때문입니다

봄은 여름을 만나기 위해

여름은 가을을 만나기 위해

가을은 겨울을 만나기 위해

겨울은 다시 봄을 만나기 위해

기꺼이 서로 손을 흔들어줍니다

나는 당신을 다시 만나기 위해

헤어짐의 찬란한 시간을 창조할 수 있습니다

―「찬란한 시간」

　그녀와의 만남에서부터 헤어지기까지의 깊은 인연은 이 '다시 만남'을 위한 것이 아니었던가. 그녀의 죽음은 분명 이 '찬란한 순간'을 위해서였을 것이 아닌가. 시인은 오히려 그녀와의 이별을 찬란한 축복으로 승화시켜야 할 것이다. 그것이 「아내의 눈물」이 자아낸 '찬란한 창조의 시간'이리라. 나는 얼굴도 모르는 이철호와 그의 아내를 향해 멀리서 시복(諡福)의 축도를 보낸다. 그리고 "우리 서로 비구름으로 떠돌다가/ 해변가로 쏟아지는/ 한 줄기 빛으로 만나자/ 백사장 모래를 적셔오는/ 흰 파도로 만나자// 우리 서로 한 떨기 꽃으로 피어나자/ 수만 저쪽의 우담바라로 만나자"며 「다시 만나자」는 깊은 영혼의 서약이 이루어지기를 더불어 기원한다. 그것은 아름답고 승화된 소망이고 서약이다. 아마도, 이럼으로써, 이 치열한 순수의 열애의 함정을 벗어나게 되면서 그 끈질긴 운명으로부터의 자유로움도 얻게 될 것이다. 이제 지난 사랑에의 그리움을 사랑의 깊은 언어로 여며둠으로써 시인도 그 아픈 인연의 줄에서 풀려나 마음의 해방을 얻어낼 수 있기를, 바란다.

〔『홀로 견디기』 해설, 2014. 11〕

문학작품으로 한국을 이해하기

　일본의 독자들에게 한국에 대한 앎[知]을 전하기 위해 나는 한국 문학작품 몇을 추천한다. 그것은 내가 문학을 공부해왔기 때문이기도 하지만 한 나라의 사유와 감성을 이해하기 위해서는 소설이든 시든 문학을 통해 접근하는 것이 가장 부드럽고 따뜻할 것으로 여기기 때문이다. 문학은 그 정서적 소통을 통해, 앎을 지식에서 지혜로, 인식에서 공감으로 발전시키면서 서로가 갖는 근원적인 심성과 생생한 감성, 그리고 지금의 우리가 갖는 사유와 이해를 공유할 수 있게 한다.

　한국인에게 일본인이란 그동안 언급하기 매우 착잡한 대상이었다. 식민/피식민의 근대사의 관계, 이웃하고 있기에 더욱 민감한 현실 감각을 피하지 못하기 때문이다. 그럼에도 다행스러운 것은 한국의 작가들이 과거의 역사와 현재의 경쟁에도 불구하고, 한국인 스스로 후진 국민이라는 열등감을 극복하면서 일본에 대한 피해 의식에서도 벗어나고 있는 양상을 보이고 있다는 점이다. 아마도 한국인의 삶이 상당히 성숙했고 글로벌화에 따라 대타 관계에서 스스로에 대한 자부심을 많이 키운 덕분일 것이다.

욕심스레 떠오르는 많은 책 중 편집자가 제시한 제한 때문에 다음 다섯 권만을 소개한다.

1) 박경리 대하소설『토지』: 25년 동안의 집필로 1994년에 완성된 한국 문학의 가장 방대하고 거대한 성취를 이룬 총체소설이다. 19세기 말부터 한국이 해방되는 1945년에 이르기까지 반세기에 걸친 한국의 근대사를 배경으로 양반과 농민, 중인과 노비에 이르기까지의 30여 가문, 그리고 동학혁명과 개화, 항일과 진보 이념 운동, 문화와 사상, 삶과 풍속 등 모든 부문의 역사와 그 변화, 전통과 개화의 과정이 뛰어난 서정과 지적 관점으로 묘사되고 있는데, 이 작품 배경의 상당 부분이 식민지 시대이기 때문에 일본과의 관계, 두 나라의 문화에 대한 작가의 섬세한 비교 감각도 주목된다. 한국 문학의 최고의 성취로 평가될 이 소설은 1994년 초간 이후 드라마와 영화로, 소년소설판과 만화로 많은 버전을 가지며 여러 출판사에서 개판되어 간행되었는데 최근의 것은 전 5부 20권으로 간행되었다. (마로니에북스, 2012)

2) 신경숙 장편소설『엄마를 부탁해』: 한국 문학의 해외 진출의 가장 성공적인 예를 이룬 이 소설은 한국에서 한 권의 소설로 가장 많은 부수로 판매되었고 영어, 프랑스어 등 10여 개 국어로 번역되

었으며 작가에게 한국에서 최고의 상금으로 시상되는 '호암상'과 영국 맨그룹이 제정한 '맨 아시아 문학상' 등 국내외의 화려한 명성을 안겨주었다. 어느 날 갑자기 엄마가 실종됨으로써 일어난 가족들의 상실감과 엄마에 대한 회상을 통해 새로이 각인되는 엄마의 존재감이 아름답게 조형된 이 소설을 통해 전통적인 한국인의 어머니 상(像)을 돌이켜보며 현대인의 보편적인 가족 관계에 얽힌 본질을 반성케 한 것이 이 작품의 세계화에 준 호소력일 것이다. (창비, 2008)

3) 홍성원 장편소설 『그러나』: 대작소설 『남과 북』에서 한국전쟁을 정면으로 다루며 한민족사에 가장 처참했던 시대를 보여주고 대하소설 『먼동』으로 개화기 한국의 사회적 변동과 삶의 양상 변화를 그린 후 1995년에 발표된 그의 장편소설 『그러나』는 항일투사에서 일본 스파이로 전락한 인물을 통해 역사적 인간에게 참된 진실이란 무엇인가를 질문하며 현대 한국인의 기구한 삶을 추적하고 있다. 그러나 이 소설에서 진실의 문제와 곁들여 돋보이는 것은 주인공의 후손이 한국과 중국, 일본에 살아남아 그 나라의 전통과 체제에 어울리는 삶을 살면서 3국 간의 새로운 공영 관계의 가능성을 시사하고 있어 극동 3개국의 새로운 미래상을 주목케 하는 점이다. (문학과지성사, 1996; 일본판—安宇植 譯 『さわど』, 本の泉社, 2010)

4) 황동규 연작시집 『풍장(風葬)』: 14년 동안 죽음이란 하나의 주제로 집요한 사유를 시적 작업으로 완성하여 1995년에 간행된

시집으로, 식민지 시대 한용운의 『님의 침묵』 이후 한국 시문학사에서 가장 성공적인 연작 시집의 성과를 이룬다. 여기서 시인은 전통적인 삶과 죽음의 의식, 불교적 사유와 현대적 인식, 시간과 영원, 육체와 영혼의 세계를 편력하며 한국인의 근원적인 사생관과 인간에 대한 이해와 초월의 정신을 표출한다. 70편의 연작시들은 한국인으로서만이 아니라 인간이란 보편적인 존재와 그 종말에 대한 깊은 우주적 성찰을 보여준다. (문학과지성사, 1995)

5) 김현, 『한국 문학의 위상』: 한국 문학사를 공동 집필하기도 한 저자의 에세이풍 한국 문학론이다. 프랑스 문학가로 활동하면서도 한국 문학 비평에 가장 뛰어난 활동을 해온 김현은 1970년대 근대화의 열기 속에서 한글세대로서 문학에 대한 새로운 이해를 제기하고 고대 향가로부터 발원하는 한국 문학사의 전통을 추적하면서 한국 문학의 근원적인 서정을 발견하고 그 특성을 평가하며 당대에 부닥친 한국 문학의 쟁점들을 검토한다. 여기서 그는 "문학은 억압하지 않되 억압에 대해 생각하게 만든다"는 명제를 제시한다. (〈김현문학전집〉 제1권, 문학과지성사, 1991 (개정판 1996): 문고판 〈문지스펙트럼〉 4-001, 문학과지성사, 1977)

표현의 자유를 찾아서

출판 편집인의 위상*
―그 어제와 내일

나는 초등학교에 입학한 첫 학기에 일본어 교과서로 배웠고 여름방학을 지나 가을 학기에 들면서 한글로 공부했습니다. 70년 전의 이 돌연한 언어 전환은 어린 내게 당혹스러운 것이었지만, 우리는 해방과 더불어 우리말을 되찾았다는 사실을 알게 되었습니다. 우리가 전래의 우리말로 일상 언어생활을 하게 되며 모국어로 공부하며 사유하고 우리 문자로 글을 쓸 수 있게 된 사실의 의미는 좀더 자라서 언어의 역사적 의미를 깨우치면서 더욱 깊이 인식되었습니다. 우리 한민족의 역사를 수십 세기로 자랑하고 있어왔지만, 진정 기표(記標, signifiant)와 기의(記意, signifié)가 일치하는 모

* 제10회 파주북시티 국제출판포럼 '시대의 편집, 편집의 시대'(2015. 10. 5) 기조 강연. 이 글은 일본어, 중국어로도 번역되어 자료집에 수록되었다.

국어 생활을 할 수 있게 된 것은 바로 저의 시대부터였습니다. 우리는 할아버지 세대의 한문과 아버지 세대의 일본 어문으로부터 비로소 벗어나 한국인의 사유와 정서, 생활과 대화에 적절한 자기 언어와 그 문자의 표현 체계를 소유하게 된 것이고 어문일치의 주체적 언어 공동사회를 이룬 것입니다. 한국에서는 이 세대를 '한글 세대'라고 특별하게 따옴표로 이름 붙여 부르고 있습니다만, 이 근대적 문화 세대가 그 후의 4·19 학생혁명의 민주주의 세대와 산업화 세대에 겹치고 있음은 매우 주목할 양상으로 인정되어야 할 것입니다. 정치적 민주화와 경제적 근대화가 한글세대에 의해 한 묶음이 될 수 있었던 행운은 우연이 아니었습니다. 그들은 한글을 통해 민주주의를 배웠고 중국이나 일본을 통하지 않고 직접 서구와 세계를 공부하고 경험할 수 있었으며 그럼으로써 한국의 근대화를 성취할 수 있었던 것입니다.

한글세대의 무리 속에 들 수 있었던 행운 속에서 저는 50년 전인 1965년에 신문 기자가 되어 문화부에서 학술과 문학, 그리고 출판을 담당했습니다. 그리고 5년 후 문학 계간지의 공동 편집자로 참여했고 또 그로부터 5년 후 문학과 인문학의 출판사를 동인들과 창업했습니다. 25년 동안 작지만 의미 있는 출판사의 경영자로서 많은 저자와 필자 들을 접촉했고 그들의 원고를 읽고 편집했으며 그 모든 책의 거의를 제 눈으로 직접 교정을 보았습니다. 그러면서 저는 미숙한 문학비평가로 활동하기도 했습니다. 그러니까 저는 무척 미흡한 대로나마, 저자와 번역가, 편집자와 교정자, 발행인과 서평가로, 책에 관련된 거의 모든 일들을 맡아보았고, 2000년 출판계 현장에서 은퇴한 후 지금까지도 이런저런 책을 읽고 글을 쓰는 자유지식인의 일상을 계속하고 있습니다. 흥미로운 것은 제 이력의 대부분은 아날로그 문화 속에서 진행되었지만 현장에서 물러난 이후는 디지털 문명에 적응해야 하는 부담을 지지 않을 수 없었다는 점입니다. 저는 이 두 문화 체계가 교접하는 지점에서 한편에 미련을, 다른 한편에는 두려움을 가지고 현역으로부터 자유로운 입장에서 어제'와' 내일을 잇는 오늘의 자리에서 그 착잡한 출판 편집에 대한 소감을 편하게 밝히고 싶습니다.

해방 70년 동안의 우리 한국사는 매우 어지러웠습니다. 독립과 동시에 분단이 되었고, 그것은 전쟁을 일으켰으며, 전후의 빈곤과 혼란을 치르면서 4·19의 학생혁명과 5·16의 군사정변을 잇달아 만났고, 비로소 경제성장이 진행되는 가운데 유신 권력의 억압 체제를 견뎌내며 사상과 표현의 자유를 촉구해야 했습니다. 그랬기에, 출판은 한편으로 활발해지면서 한편으로는 박해를 피할 수 없었고, 그럼에도 그것은 종국적으로 한국의 민주화와 근대화, 곧 교육의 성공적인 효과를 일구었고, 마침내 사상과 출판의 자유를 획득하는 데 성공했으며, 한국 사회의 모더니티 구축에 주도적인 역할을 감당했습니다. 저는 이 과정을 여러 측면에서 접근하고 싶습니다.

우선 한국 어문의 성숙입니다. 세종대왕이 한글을 반포한 것은

1446년으로 670년 전이지만 일본학자도 감탄한 그 문자는 '언문'으로 아녀자나 하층민의 문자로 머물러왔습니다. 20세기에 들어 한국이 일본의 식민지가 되면서 한글에 대한 연구와 보급이 오히려 활발했는데, 문자가 단순히 언어기호로 그치지 않고 민족적 정체성과 문화 전통을 함축하는 정치적 의미를 내포하고 있음을 여기서 발견하게 됩니다. 그랬기에 해방과 동시에 한글은 우리의 공용 문자가 되었고 한자 병용 과정을 거쳐 1960년대부터 가로쓰기가 겹쳐 진행되었고 1980년대는 거의 모든 도서, 그리고 1990년대는 기존의 신문 잡지까지 모두 한글 가로쓰기로 문자 사용의 거대한 체제 변화를 이루게 됩니다. 한자를 제거하고 표음문자인 한글로 글을 쓰고 읽으면서 한국어 문체도 표음화되었습니다. 이 변화가 때마침 보급된 컴퓨터 기기에 가장 시의적이고 효율적으로 적응할 수 있게 했지만, 그러나 그것은 강요된 것도 아니었고 반드시 편의적인 데 이유가 있었던 것도 아니었습니다. 독점적 권력에 대한 저항과 정치적 민주주의의 정착 과정의 진행과 동시에 도서의 한글 전용이 이루어졌다는 점은 우연한 상동관계homologie일 뿐 필연적인 것이 아닐 수도 있겠지만, 한글과 동시에 민주주의 교육이 이루어졌다는 점, 한국전쟁으로 한국인의 시야가 세계로 넓혀졌다는 점, 그들이 이제 서구와 세계의 문화에 직접 접촉할 수 있었다는 시의성은 주목되어야 할 것입니다.

한글세대가 우리 문화와 사회에 입사한 것은 4·19의 정치적 혁명이 성공한 후였습니다. 이들을 가르친 세대가 일본어 세대였음에도 한글 교육과 조국의 역사 교육을 통해 이 세대는 자신들의 민족적·문화적 정체성을 구성하기 시작했습니다. 이른바 '한류' 문화가 해외로 진출하기 한 세대 전에 우리나라의 학계는 한국학을 제창하기 시작했습니다. 한국의 근대사를 식민 통치한 일본 학자들에 의해 구성된 식민 사관과 역사적 정태론을 극복하는 데 일제 말기에 대학 교육을 받은 세대와 한글세대가 힘을 모았던 것입니다. 1960년대의 한국 출판계는 한국과 세계의 문학과 문화를 수용하는 한편 대중문화와 더불어 한국학 열기에 젖어들기 시작합니다. 그것은 한국의 근대화를 위해 절실하게 요구되는 지적 정지 작업이었고 한국의 출판 도서는 학계와 독자들의 요청에 충실히 부응했던 것입니다.

그러나 한국에서의 그 후의 도서 출판이 지닌 정치적 의미는 보다 넓고 뜨겁게 강조되어야 할 것입니다. 분단된 우리나라는 해방 후 강력한 반공주의 교육과 정책을 시행했고 오랫동안 독재 권력이 자행되었습니다. 당연히 진보적 사유는 억제당하고 정치적 비판과 정신의 자유가 억압되었습니다. 그러니까 한국에서는 좌파 이론과 언론 자유가 동시에 금기가 되었고 신문·잡지·도서 들에는 비판의 소리는 물론 사회주의적 이념의 소개조차 통제되었습니다. 그럼에도 한국의 지식인들과 대학생들은 할 수 있는 여러 방법으로 독점 권력과 성급한 경제성장의 문제, 집권자들의 부패에 대한 비판과 폭로, 정치적 반항을 서슴치 않았습니다. 이 지적인 현실 비판은 자연스레 진보적 이론들에 연계되어 현실 극복의 대안으로 제시되며 많은 독자들은 금기시되는 마르크시즘 논리에 접근하게 됩니다. 이 지적 저항은 권력 지침들과 충돌하지 않을 수 없었고, 이 때문에 많은 이념서들이 판매 금지되었고 잡지와 도서 들은 검열을 받고 삭제되기도 했으며 저자와 필자 들 혹은 발행자와 편집자 들은 가혹한 처벌을 당해야 했습니다. 지식층에 가장 영향력이 컸던 『사상계』가 1960년대 말에 고사당하고 가장 유력한 공론장인 『창작과비평』과 『문학과지성』이 1980년 신군부에 의해 강제 폐간되었으며 적어도 3백 종 이상의 도서가 판금당했습니다. 그러나 그럴수록 금서는 더 넓게 발간되고 지하망으로 유통되었으며 금기를 넘어서는 그 수위도 더욱 높아지고 있었습니다. 이 흐름에 견디지 못한 정부는 마침내 금지해왔던 이념 도서들 간행을 제한적으로나마 허용할 수밖에 없게 되었고, 그리고 그 작은 틈새는 곧 큰 흐름으로 커지면서 드디어 금서 체제가 붕괴되지 않을 수 없었습니다. 1990년으로 들어서면서 군사정권에서 민간 정부로 넘어갈 즈음 도서 출판에 대한 금기는 거의 완벽하게 제거되었고 도서의 발행자와 편집자는 한국 지식사회사에서 처음으로 사상과 표현의 자유를 유보 없이 누릴 수 있게 되었습니다. 18세기 프랑스 계몽주의자들의 '철학책'들이 마침내 프랑스 대혁명의 정신적 기저를 이룬 것처럼 우리에게 '사회과학 도서'로 불리던 책과 잡지 들의 간행이 1980년대 후반 한국의 민주화를 성취하고 사상과 표현의 전방위적 자유를 성취하게 된 것입니다.

도서의 정치적 자유가 진행되고 그 표기가 한글 전용으로 변모하는 동안 그리 눈에 띄지 않지만 한국 문화와 출판 현황을 이해하는 데 중요한 한 가지 현상을 평가하고 싶습니다. 반세기 전의 1960년대만 하더라도 한국의 도서들은 저자의 고급한 연구서 아니면 대중적인 읽을거리가 문학과 함께 주종을 이루었습니다. 그러니까 책은 문학을 제외하고는 어렵거나 저속한 것으로 양극화되었습니다. 그것은 저자가 학자거나 대중작가로 구성되었음을 가리킵니다. 그러나 1970년대 후반 이후 단행본 출판 작업으로 이행해 온 한국 출판계는 다양해지기 시작하며 편집자들의 의식적인 작업이 활발해집니다. 언론계와 대학교수, 운동권 학생들 등 정치적 비판 집단들이 출판 작업으로 몰려들면서 전통적인 편집과 제작에 전념하던 출판인들은 도서의 기획과 간행 목적을 다목적화하고 다변화하는 매우 적극적인 작업으로 출판의 영역 확산과 역할 다양화를 시작했습니다. 그들은 전업적으로 혹은 상업적으로 책을 만드는 데 그치는 것이 아니라 독자들의 비판 의식을 키우고 새로운 진보적 사유로 이끌어가면서 이와 더불어 교양과 취향의 다변화로 세련된 시민 생활의 향유에도 노력했습니다. 그러니까 출판업이란 단순한 상업 행위가 아니라 정치적 저항과 사상의 자유 전사인 동시에 교양인의 내면적 세련을 위한 안내자도 되었던 것입니다. 이 사실은 경제적 중산층의 성장과 함께 문화적 중간층이 두터워진 데서 가능해진 것입니다. 둘째로, 한국의 저자들 못지않게 번역가들을 양산하여 출판계에 투입하였다는 점입니다. 한문, 일어 세대는 이미 멀리 밀려나 있는 상태에서 영어는 물론 여러 서구어를 통해 원전을 직역하는 역자들이 동양과 서양, 선진과 후진 사회의 다양한 저서들을 매우 유창한 한국어 문장으로 옮겨 지적 세계화를 향한 큰 걸음을 만들어주기 시작했습니다. 그것은 이른바 경제적 세계화와 더불어 외국 언어가 아카데미의 문밖으로 확산되었으며 문화적 세계화가 진행되고 있음을 의미할 것입니다. 이럼으로써 전문적 연구와 대중문화의 저자들 사이에 중간 문화 저자들이 대폭 증가했고 번역가들의 수준이 크게 향상되는 가운데 사상과 문화, 예술과 과학의 고급한 영역들도 일반 독자들이 이해할 수 있는 문체로 서술되면서 여행, 패션, 요리에 이르기까지 다양한 지적·일상적 이해와 접근을 안내하는 교양 도서의 저-역자들의 활동들이 활발해졌습니다. 한국의 도서는 모더니티를 향유할 수 있게 된 지금 매우 다양하고 다변적이며 다채로워졌습니다.

1970년대 1년 동안 간행된 신간의 도서는 2천 종 안팎이었습니다만 40년이 지난 오늘날에는 4만 종으로 20배가량 늘었습니다. 그것은 매우 역동적이었던 경제성장률에 못지않은 증가였고 그 규모는 세계 10위 안에 올라 있습니다. 한국의 불우한 근대사와 빈곤의 경제 상태, 억제된 정치적 상황과 대조하면 이는 매우 놀라운 수준입니다. 독서 인구가 크게 늘어난 것도 아니고 도서 출판에 대한 특별한 지원 정책이 있었던 것도 아닌데 이처럼 출판 선진국 대열에 한국이 올라선 것을 매우 특이한 현상으로 나는 생각하지 않을 수 없습니다. 한국전쟁 중 야외에서나마 학교 수업은 계속되었고 피란지에서도 책은 출판되었으며 전후의 혼란 속에서도 베스트셀러가 회자되었고 수익금으로 장학금을 지급한 잡지도 있었습니다. 나는 이 현상을 가져온 것이 바로 출판 편집인들의 열정과 능력 덕분임을 거듭 강조하고 싶습니다. 상당히 많은 출판 편집인들은 정치적 수난을 당해야 했고 많은 출판사들은 이익 없는 책을 간행했으며 그럼에도 숱한 인재들이 도서 발행자로, 그 편집자로, 그리고 영업자로 모였고 그래서 손해 보는 일에도 책 만드는 즐거움으로 출판계의 작업들을 감당했습니다. 책 읽는 것을 보람으로 여기고 글을 쓰는 것을 당연한 임무로 여겨온 전통적인 선비 정신의 문화와 20세기 초 신문화 시절의 '문장보국(文章報國)'의 충정이 이제 열매를 얻은 것입니다.

그러나 새로운 세기를 맞아들이면서 책과 그 문화는 거대한 변화에 직면하게 됩니다. 가장 문명적이었던 20세기에 정치적·종교적·인종적·윤리적 이유로 현대판 '분서갱유'의 엄청난 도서 학살 행위가 독일과 러시아, 이슬람과 중국에서 벌어졌고 한국도 앞서 돌아본 것처럼 이념 문제와 정치적 억압으로 도서의 금기 정책이 자행되었지만, 21세기의 도서들은 전혀 다른 측면으로부터 위기의식 혹은 반전해서 새로운 기회에의 조급성에 부닥친 것입니다. 전 시대의 출판이 사상적·종교적·윤리적 전횡으로 책의 콘텐츠가 피할 수 없이 수난을 당해야 했다면, 이제는 의외로 책을 둘러싼 과학기술의 비약적인 발전으로 말미암은 책의 형태와 그 존재론적 위상 등의 외적 생태 문제에 봉착하고 있는 것입니다. 컴퓨터와 스마트폰, 이메일과 카카오톡, 블로그와 유튜브 등 갖가지 뉴미디어와 잇따른 소프트웨어의 개발, 그리고 태블릿 PC의 보급과 비종이책의 활기, 아마존 같은 거대 유통 기구의 출현이 기존의 '책'에 대한 인식과 존재감, 제작과 보급, 보존과 활용 등등 출판의 갖가지 양상들을 그 근원에서부터 흔들고 있습니다. 이미 전자책이나 오디오북 등 새로운 도서 형태들이 종이와 인쇄의 틀을 벗어나 출판되고 있고 그것들은 기존의 책 형태를 일부는 유지시켜주면서 다른 일부는 혁신을 통해 책을 대행하는 작업과 효과를 발휘해왔습니다. 이제 우리는 원고지에 펜대를 잡은 손으로 글을 쓰는 것이 아니라 타자를 쳐서 모니터에 문자가 튀어나오도록 글쓰기의 형태가 바뀌었고, 컴퓨터와 이메일, 트위터, 카카오톡 등의 새로운 디지털 미디어와 인터넷, SNS 등의 새로운 수단들이 나타나면서 21세기의 글쓰기와 글 읽기라는 문자 행위가 급격한 성격 변화를 일으키고 그 변화들을 매우 적극적으로 받아들이면서 책의 개념 자체가 동요하고 있습니다. 이 변화는 앞으로 시간이 흐르면서 그 이용 인구가 보다 전폭적으로 늘어날 것이고, 기술과 재료 들이 예상을 넘어 진화하면서 보다 친근하고 효과적인 형태로 변모하고, 이어령 선생의 표현을 빌리면 아날로그 문화와 디지털 문명을 교합한 '디질로그' 시스템으로의 발전을 이룰 것이며, 이에 따라 책의 형태와 개념, 그 프로토콜과 실제 작업에 현저한 변화가 일어날 것이 분명하게 예상됩니다.

저는 20년 전 컴퓨터로 글쓰기를 자습으로 익히며 종이에 손가락으로 펜을 움직이는 육체적 노동을 통해 만드는 문장과 자판을 쳐서 화면에 튀어나오는 무의식적 손놀림으로 이루어지는 문장 간에 어떤 차이가 있을까 골똘히 생각해본 적이 있습니다. 저는 글 '쓰기'와 글 '치기'의 그 차이에서 작가가 창조자에서 영화나 전자 게임의 '이야기 구성자'라는 모험 서사의 스태프로 그 위상이 변하지 않을까 추측했습니다. 거기서 언젠가 닥칠지도 모를 문학의 몰락까지를 예상하는 비관적 전망을 버리지 못한 채 저는 새로운 혁신적 기술이 인간의 사고와 행태를 어떻게 바꾸는가에 대한 사례를 많이 찾게 되었습니다. 가령 우리가 책이라고 부르는 것을 처음으로 근대적인 형태로 성형시킨 구텐베르크의 인쇄기 발명이 그랬습니다. 문자 개발에 대해 소크라테스가 비판적으로 경멸했던 것처럼 15세기의 많은 지식인들과 종교인들은 인쇄기와 인쇄된 책을 비난했습니다. 성스러운 지식을 세속화시킨다든가, 믿을 수 없고 혹은 나쁜 내용을 유포시킨다든가, 무지한 민중들에게 과도한 지식을 가르치는 것은 잘못이라는 비난을 교회와 학자들은 퍼부었습니다. 한국에서도 한글을 처음 창제하고 반포할 때 그 비슷한 논리로 한글 사용을 반대한 분들이 적지 않았습니다. 그런데 아이러니하게 교회를 강화시키기 위해 맨 먼저 면죄부 인쇄를 주문받았던 활판인쇄기는 루터의 종교개혁을 확산시키는 데 결정적인 기여를 하고 마침내 16세기의 르네상스를 불러오고 18세기의 프랑스혁명을 이끌어옵니다. 앞으로의 기술혁신이 우리 인류의 삶에서 어떤 효과를 초래할지, 비관론자가 걱정하듯이 '가장 멍청한 세대'를 만들어낼지 반대로 '생각은 결코 죽지 않는다'며 오히려 인류의 적극적인 진화를 일으킬지 쉽게 예단하기는 어렵습니다. 그러나 어떤 창조적 파괴든 반대는 있게 마련이고 그 창조적 파괴와 우려 속에서 새로운 문명적 혁신이 이루어온 역사를 본다면 디지털 문명이 초래할 새로운 도서의 출현을 문화적 러다이트로 거부하는 것은 물론 그것에 대한 비판적 저항이나 회의적 외면도 실효를 거두기 어려울 것으로 생각됩니다. 거대한 문명의 획기는 그렇게 진행되어왔습니다.

더구나 근대적인 책의 출현이 그 자체의 발전을 거듭했다는 사실을 여기서 환기해야겠습니다. 책이 성직자나 귀족의 손을 넘어 부르주아, 그리고 드디어는 보편 교육을 통해 모든 서민층에게까지 보급되면서 글쓰기와 책 만들기는 스스로 진화해왔습니다. 우선 모두가 읽어 소통할 수 있도록 표준어가 정립되어야 했고 이에 따라 문법이 구성되어야 했으며 글쓴이의 저자 개념이 성립되었고 그의 독자적인 문체가 인정받으며 저작권이 보호되어야 했습니다. 이와 함께 각종 구두 부호가 개발되었고 활자도 이탤릭과 고딕체 등 다양하게 구분해서 사용되고 두루마리에서 코덱스의 제본 도서로 바뀌면서 페이지가 매겨지고 장과 절을 구분하고 목차와 색인이 요구되었으며 각주와 서지가 있어야 했고 도서관 관리를 위해 듀이의 10진법이 보급되었고 밑줄 치기와 댓글 달기도 나타났습니다. 양피지의 필사에서부터 종이로의 인쇄술 개발은 몇 세기에 걸친 작업과 그 필요에 따르면서 오늘의 책의 모습을 갖추게 된 것입니다. 앞으로의 전자책이나 모니터가 글쓰기의 방식과 내용에서 어떤 변화를 요구할지, 또 어떤 새로운 기기와 서비스와 소프트웨어의 출현을 창안할지 그 무궁한 예상을 짚어내기는 어렵습니다. 아마도 우선, 하이퍼텍스트로 글쓰기와 책 읽기가 중층화함으로써 거기에 적절한 프로토콜이 요구될 것이고 표절이나 짜깁기를 방지할 툴도 개발되어야 할 것입니다. 전자책에서 이미 실현되고 있는 글자의 모양, 크기 등의 자재로운 변형이 독자에게 독서의 편의성을 더욱 키워주는 동시에, 오늘날 자행되는 단어나 구절의 무분별한 축약이 초래할 언어와 문법의 혼란, 번역기로 말미암은 문체의 획일화는 극복되어야 할 것입니다. 제가 예상하지 못하고 있는 앞으로의 갖가지 도서 간행의 문제들은 권력에 대한 저항과 보호를 위한 대책보다 이 같은 기술적 개선과 진취를 위한, 또 그로 말미암은, 출판 편집인들의 수고와 연구를 더욱 적극적으로 요구할 것입니다. 앞으로의 책은 정치적·종교적 투쟁을 벌이기보다 기술적·효용적 개선을 선도하면서 글쓰기와 글 읽기의 변화에 대한 대응에 보다 적극 노력해야 할 것입니다. 그것은 책의 형태와 활용 방법의 변화만이 아니라 저자와 출판사의 위상과 역할, 따라서 편집자의 직분과 그 성격의 변모에 대한 수용과 대응, 그 성과와 의미의 변모에 대한 고려와 수고를 요청할 것입니다.

저는 책의 기술적 진화 문제보다 존재론적 위상에 더 큰 관심을 갖습니다. 벽돌이나 대나무 혹은 파피루스나 양피지로 만들었던 고대의 책들은 구텐베르크 이후 종이에 문자로 인쇄됨으로써 대량 보급될 수 있었습니다. 그러나 디지털 문명 속에서 책의 존재는 스크린에 불러낸 가상적·탈물질적 존재가 되고 있습니다. 디지털 도서는 위키피디아처럼 거듭 다시 추가하고 시간이 가면 지우기도 하고 고치기도 하는 매우 탄력적인 버튜얼리티가 되었습니다. 그것은 손가락 마디만 한 크기로 수만 권의 책을 수용할 수 있을 정도로 압축되기도 하며 그 한계 생산 비용은 거의 제로에 가까울 정도로 싸고 그 문자들은 지구의 반대편에서도 전자파의 초고속으로 달려옵니다. 작가가 인터넷으로 직접 독자와 상대할 수 있으며 유튜브에서 보듯이 저술업도 다른 예술과 마찬가지로 전 세계인들을 독자로 상정할 수 있습니다. 제한된 길이로 유통될 트위터며 카톡은 문체의 변화와 소통의 편이성으로 새로운 혁신을 이루고 인터넷을 통한 문자 행위는 기존의 엄숙하고 복잡한 출판 절차를 생략하고 있습니다. 이른바 새로운 책들과 그를 대신할 SNS들이 이처럼 역동적이고 탄력적이며 그 제작과 유통, 보존과 활용, 따라서 소재와 양상이 달라지는 시대에서 전래의 책은 어떤가요. 중세의 필사 시대에는 한 권의 성경을 만드는 데 집 한 채 값이 들었지만 오늘날은 한 끼 식대에 불과할 만큼 지식의 가격은 현저하게 싸졌음에도 그 한계 생산 비용은 전자 미디어에 비해 많이 들고 유통은 여전히 불편하며 보존은 더욱 힘듭니다. 그런 탓에 『대영백과사전』은 마침내 그 늠름하게 장정한 종이책이기를 버리고 전자화되었으며 곳곳을 누비던 시사 주간지 『뉴스위크』도 종이책에서 인터넷으로 바뀌었습니다. 지금 우리의 인터넷에는 갖가지 웹진이 활발하게 간행되고 사용자들은 태블릿 PC와 스마트폰을 통해 독서하고 만화를 보고 뉴스를 읽습니다. 아무리 인기 있는 베스트셀러도 블로그의 전파력을 따를 수 없고 재미있는 소설도 쌍방향의 카톡만큼 유용하지 않습니다. 이렇게 본다면 '책'이란 개념 자체도 변하지 않을 수 없습니다. 인류사에서 축(軸)의 시대에는 문자가 아니라 말로써 '지혜'를 가르쳤지만 베이컨 시대에는 책으로 '지식'이 전달되었고 지금은 '클릭'으로 '정보'를 불러내고 있는데 그 검색 행위는 물고기를 주기보다 물고기를 잡는 방법을 가르치는 것이 더욱 현명하다는 사실과 마찬가지의 성격으로 보입니다. 이것은 '앎'의 본의가 달라졌고, 따라서 그것에 접근하고 내장하며 전달하는 방법도 달라지고 있음을 가리킵니다.

그렇다면, 우리 출판 편집인은 어떻게 해야 할까요? 이 거대한 변화, 종래의 우리가 책이라고 부르던 것이 이제 슘페터가 말한 '창조적 파괴'를 당해야 할 즈음에 부닥쳐 전통적인 도서 출판에 종사하는 우리 출판인들과 편집인들은 무엇을 할 수 있고 어떤 일을 해야 할까요? 정직하게 말해 제게는 그 해답이 없습니다. 앞으로의 과학, 우리의 경우 책을 둘러싼 기술 개발의 전도가 어떻게 전개될지 제 무력한 아날로그적 지식으로는 예상할 수도 없거니와 물질적 세계의 변화와 더불어 인간의 사고와 그 전개도 함께 진화하기에 지금 우리의 인식 기준으로는 어떤 전망과 판단도 결코 쉬울 수 없기 때문입니다. 다만 책임 없이 이런 말은 할 수 있을지 모르겠습니다. 자동차가 보급되면서 자전거는 사라질 것으로 예상되었지만 얼마 후 오히려 더욱 활발하게 생산되었습니다. 그러나 이때의 자전거는 그 용도를 달리하여 교통 운반용에서 스포츠용으로 바뀌었습니다. TV 때문에 음악용으로 전환된 라디오나, CD가 나오면서 오히려 레코드가 고전적인 취향으로 인기를 되살리고 있는 것에서도 이런 예는 발견될 수 있을 것입니다. 디지털 기기에 대해 "이제 누가 방대한 톨스토이의 『전쟁과 평화』 같은 대서사를 읽을 것인가"라는 한탄은, 뒤집으면, 바로 그 방대한, 한없이 느리면서도 세상과 인생을 거듭 생각하기를 유도하는 종이책 읽기에서 그 활로를 찾을 수 있을지 모르겠습니다. 문화는 진보하면서 새것을 끊임없이 만들어내지만 다행히 값진 것은 '오래된 미래'처럼 여전히 품속 깊이 감추어 보관해두기도 합니다.

이렇다는 것은 오늘의 출판 편집인들이 종래의 정치적 저항을 위해 투입했던 용기를 새로운 과학 시대, 이 디지털 문명 시대에 맡아야 할 이중적 과정을 떠올려줍니다. 우선, 새로운 IT 문명의 발전과 함께 그 체제 속에 적응·수용하면서 디지털 체계와 공진화하고 그 안으로 젖어드는 디지털적 글쓰기의 프로토콜과 방법들을 다시 설정하고 재규정하는 것이 그 하나입니다. 여기서 우리가 '책'이라고 호명하는 것들을 어디까지 허용하고 그것을 출판 편집인의 권리로 소구하면서 다양한 비종이책과 제휴하는 태도를 취할 것인가 하는 진지한 성찰이 요구될 것입니다. 다른 한편 종이책의 미덕과 비종이책의 편의를 교합 혹은 호환할 방안을 모색하며 재료와 구성 및 형태에서 가장 강한 잡식성을 가진 책의 물질성과 그 다양 다층적인 콘텐츠의 결합을 안출해내야 할 것입니다. 여기에서 출판 편집인들은 무거운 작업과 창조적인 개발의 과제를 새로이 지게 될 것입니다. 이를 위해 과학기술자들과 다투며 협력하고 독자 혹은 사용자 들을 유혹하면서 설득하며 그 유통과 소장 곧 서점과 도서관 등 인접 부문의 작업과 홍정하며 제휴해야 할 것입니다. 더 빠른 속도로, 그리고 더욱 예상할 수 없는 갖가지 방향으로 끊임없이 새로이 발명되고 고안되는 기기와 서비스 들 속에서 출판과 편집은 본연의 업무를 키우면서 적응하고 새로 만들면서 과거의 것들을 유지해야 하는 착잡한 작업들 때문에 전과는 더 큰 열정과 끊임없는 상상력, 과감한 용기가 필요할 것입니다. 그것은 어제와 내일 사이의 문명 접변을 이루고 있는 오늘날의 거대한 전환기에서, 종이에서 모니터로, 펜에서 자판으로, 그리고 '저자'라는 신분의 엘리트적 저술과 연구에서 숱한 익명과 무명의 잡스러운 글쓰기까지로, 리얼리티에서 사이버로, 문자에서 이미지로, 읽는 데서 보고 듣는 비문자적 책 읽기로, 그래서 전통의 책에서 버튜얼 리얼리티의 책으로 가는 인류 문명의 획기적 변화를 직시하고 출판 편집인으로서 자신의 새로운 위상과 그 정체성을 성찰하며 디지털 시대의 창조적 역할을 감당해야 한다는 것을 뜻합니다. 그것은 물론 한없이 어렵고 힘든 일이지만 숱한 위키피디언적 참여자들 덕분에 그 사회적 협업은 의외로 순조로울 수도 있을 수 있으리라 생각됩니다. 그러므로 아날로그의 마지막 세대로서 나는 디지털 문명의 책을 즐겁게 향유하지 못하지만 안타까운 비관에 빠지지도 못하고 있습니다.

감사합니다.

사상과 표현의 자유를 찾아서*
―전환 시대의 문화 공론장 풍경

    미국에서 영문학을 전공하고 귀국한 백낙청 교수가 계간『창작과비평』을 창간한 것이 1966년이었고 한국 문단의 소란스러운 이른바 '문학의 순수-참여 논쟁'을 거친 후 젊은 비평가 네 명이『문학과지성』을 편집동인 체제로 간행하기 시작한 것이 1970년이었다. 그리고 이 두 그룹의 비평가들보다 좀더 연상의 평론가 두 분이 편집위원으로 참여한『세계의 문학』이 역시 계간지로 창간된 것이 1974년으로 이로써 한국 문학과 문화의 중심 미디어는 월간지에서부터 계간지로 옮겨가게 된다. 주목할 필자들이 이 계간지들을 중심으로 활동하기 시작하고 시 소설 비평의 문제작들 대부

  * 대한민국 역사박물관, Journal of Contemporary Korean Studies, vol. 2, No. 1 (June. 2015), "In search of the Rignt to Thirk and Speals Freely Cultural randscape of public sphere in an Era of Transition"으로 번역 발표된 영문 논문의 한국어 원고.

분이 이 세 잡지에 발표된 것들이며 이 잡지에 발표된 글들이 한국 지식사회의 논의에 초점을 이룬 것이다. 이 계간지 시대는 1980년 군부 정권에 의해 앞의 두 잡지가 강제 폐간되면서 사라질 듯했지만 오히려 7년 동안의 무크지 시대를 거쳐 1980년대 후반부터 한국 문학의 주류 미디어로 보다 강력하게 자리 잡는다. 나는 이 글에서 10년 동안 『동아일보』 문화부의 문학-학술 담당 기자로, 그리고 다른 세 비평가들과 함께 편집동인으로, 그리고 도서출판 문학과지성사 대표로 보고 겪고 치른 일들을 체험적 관점에서 돌이켜보며 한국 문학과 지식사회가 힘들게 싸우며 얻어내고 지키며 키우려 애써온 노력들을 가능한 한 객관적으로 회고, 정리해보고 싶다.

계간지의 공론 참여가 가장 활발했던 반세기 전의 『창작과비평』과 『문학과지성』은 그 차이 이상으로 공통점을 가지고 있었다. 그것은 두 잡지가 한국 문학과 사회에 대한 견해와 지향의 다름에도 불구하고 전환기에 처한 한국의 역사적 현실에 대응하는 시대적 요청에 대해 서로 대안적 인식과 대응 방향의 상관적 관계 모색에 노력했음을 보여준다.

이 두 잡지가 문학에서 학문으로, 그리고 현실 문제에 대해 경쟁적으로 기획 편집하고 창작자와 연구자 들의 글들을 발표하며 계간지 시대를 열게 된 시기는 한민족이 국권을 회복하면서 분단의 비극을 안은 지 20여 년이 지날 즈음이었다. 두 잡지의 편집자들은 아직 이십대의 젊은 문학비평가들로서 한문이나 일본 교육으로 오염되지 않은 이른바 순수한 '한글세대'였고 대학 시절 민주화를 외친 '4·19세대'였다. 이들은 백낙청이 외국 유학 중 자유롭게 좌우의 문학이론들을 섭렵할 수 있었음에 비해 프랑스 문학과 독일 문학을 전공한 다른 세 비평가와 함께, 정치학을 공부했고 일간지 신문기자였던 나를 포함한 문학과지성 창간 멤버들은 한국에서 문학을 공부한 배경의 차이에도, 매우 자연스럽게 동시대적 문제의식을 가지고 현실에 대응할 방향을 모색한다. 그들은 한 시대의 고민을 함께하면서 그 지향을 달리함으로써 우리의 사회와 미래에 대한 상반된 방향으로, 현실에 대한 두 가지 상대적 태도로, 후에 보면 그럼으로써 지적 균형을 얻을 수 있을 논리로 의견을 전개, 교환한 것이다.

우선 그 두 잡지의 형태가 그랬다. 월간지가 압도한 잡지 문화의 전통을 거부하고 간기(刊期)가 여유 있는 계간지를 선택했고 그것은 대중성과 상업성을 배제한다는 태도를 선언하는 것이었다. 더구나 이 계간지 편집자들은 종래 대부분의 간행물들이 취한 세로쓰기로부터 가로쓰기로 전환했고 가능한 한 한글 표기를 선택함으로써 '한글세대'로서의 글쓰기 태도와 자의식을 스스럼없이 드러냈다. 이들은 상업 광고와 의례적인 편집 태도를 거부했다. 특히 주목할 것은 그 편집 방향에서 기왕의 우리 월간지가 전통적으로 감당했던 월간 『사상계』의 계몽주의적 지도와 그에 이은 월간 『신동아』의 현장 취재 기록을 피하고, 문학지임에도 현재적 인식을 자유롭게 토로하는 지식인과 비평가의 주관적인 글들을 집중 게재했다.

두 계간지의 창간이 4년 차이임에도 잡지 간행과 편집 의도가 상통하고 있었다는 것은 그들이 처한 우리의 시대적 상황에 대한 인식이 비슷한 문제의식에서 출발하고 있음을 말해준다. 그것은 곧 식민 체제의 극복과 6·25 전후 체제의 해소였고 한국 사회의 미래 전망을 위한 모색이었다. 그것은 우선 일본의 통치 시대에 개발된 한국사의 숙명론과 한국 문화의 정체론에 대한 이른바 식민 사관의 극복 문제를 끈질기게 제기하면서 한국 민족의 정체성과 주체적 관점을 요구하고, 한국전쟁과 분단으로 말미암은 수난 의식과 일방적인 반공주의를 불식하는 일이었다. 이 같은 과거의 그 부정적 인식을 극복하는 노력 속에서 그들은 정치적 민주화와 경제적 성장이란 미래를 향한 전망을 요청했고 그 실제적 표현은 근대화라는 사회 단계의 업그레이드를 지향하는 문제의식으로 연결되는 것이었다. 식민 상태와 한국전쟁의 부정적 인식 체계를 지양하려는 징조는 이미 1960년의 학생 혁명과 이듬해 1961년의 군부 쿠데타에 의해 정치적으로 나타난 바 있었고 여기서 제기된 근대화의 방향과 그 수행의 문제가 1960년대 우리 학계와 정치계의 집요한 과제를 이루고 있었다. 과거의 극복과 미래 지향의 설정은 경제 발전과 정치적 민주화를 위한 과제로 발전하면서 반세기 전의 우리 공론장에 가장 뜨거운 지적 화두가 된 것이다. 그것은 민족주의에 대한 높아진 열정과, 냉전 체제의 피해 의식 탈피와 더불어 후진국 콤플렉스로부터의 벗어남이란 착잡한 모색 주제를 안겨준다.

한국사의 여러 사태에서 비롯한, 그럼에도 더불어 상통하는 그 과제들은 요컨대 식민 통치와 한국전쟁의 부정적 역사를 어떻게 극복하며 미래의 한국을 위해 지양할 바를 무엇으로 어떻게 설정할 것인가 하는 매우 중요한 '전환기적 시대 고민'을 당시의 지식사회에 제기해준 것이다.

두 계간지는 이를 의식·무의식 사태로 수용했고 각각의 관점에 따라 이 주제에 대한 집요한 주장과 토론을 제기했다. 그리고 4·19와 5·16이 대척했던 것처럼 두 잡지는 문학과 문화 및 현실에 대한 상반된 인식과 논의로 토론했다. 대체적으로 보자면,『창작과비평』은 가령 한국의 남북 관계의 모순과 현재 드러나고 있는 사회경제적 문제성, 경제적 발전과 사회적 재편성에 따른 도농 간, 빈부 간의 격차와 그 현실에 대한 직접적인 고찰에 깊은 관심을 표했고『문학과지성』은 역사와 현실의 사유에 대한 방법론적 성찰과 현실의 지적 인식에 주력하며 사회 발전과 문학의 자율적 존재 의미를 제창했다. 구체적으로『창작과비평』은 평등 문제와 통일 과제에 주력하면서 문학에서도 참여와 고발, 리얼리즘과 민중 주체의 문화를 적극 주장한 반면『문학과지성』은 자유를 우선시하면서 문학적 순수성과 미학적 성취를 강조하고 지식인의 고민을 표출하고 있었다. 김현의 설명에 따르면『창작과비평』은 '실천적 이론'에 치중했고『문학과지성』은 '이론적 실천'에 노력했던 것이다. 당시에는 매우 격렬했던 이 상반된 이론과 그 실천의 경쟁은, 지금 돌이켜보면, 빈곤한 전통 사회가 새로운 근대적 사회로 지향하기 위해 취해야 할 두 개의 태도와 방향을 동시에 표명하는 역동적인 토론을 진행한 것으로 평가될 수 있을 것이다.

두 계간지의 상반된 성향과 잡지 편집의 관점 차이에도 불구하고 그 두 지식인 집단의 주장들이 당시의 권력 집단에게는 결코 환영받을 수 있는 것은 아니었다. 평등의 주장과 현실 모순의 지적은 경제성장과 산업화의 추세에 비판적이고, 통일 문제에 대한 진보적 사유가 불편하게 보였으며, 사상의 자유와 민주화의 제창은 경제 발전을 위해 동원된 권력의 독재에 은근한 반론을 제기하고, 문화와 정신의 주체적인 성찰이 현실 권력의 횡포에 반항한 것으로 여겨진 것이다. 이 두 잡지가 1980년 신군부 통치하에 납득할 수 없는 이유로 동시에 강제 폐간된 데에는 이런 배경이 숨어 있었다. 그리고 두 잡지를 발행한 두 출판사에 이런저런 사유로 간섭하여 창작과비평사는 출판사 등록을 취소당하는 사태로까지 발전했다. 그 과정에서 정부가 두 매체를 비롯한 신문 잡지와 도서 들에 대한 억압과 통제를 위해 가장 손쉬운 수단으로 사용한 것이 검열과 그 '위반'에 대한 조처였다. 게재된 글들의 심사를 거쳐 반정부적, 반체제적 내용과 구절을 찾아 그 필자와 편집자 혹은 발행자에게까지 갖가지의 압력과 제재를 가하고 잡지와 도서의 발매와 발행을 금지하기까지 하는 가혹한 처벌이었다.

물론 한국에서 신문과 도서의 검열은 전혀 새로운 것이 아니었고 물론 사상과 그 표현의 언론으로만 한정되는 것도 아니었다. 이미 1900년대 초에 계몽주의적 신소설이 금서 조처를 당한 이후 일제 식민지 시대와 6·25전쟁 후의 반공주의 시대에 이르기까지 한국 문자 문화사는 신문·잡지·도서에 대한 검열과 탄압으로 점철된 역사로 보아도 과언이 아닐 것이다. 곧 한국의 근대적 사상과 표현의 이력들을 탄압의 역사로 이해해도 좋을 만큼 우리 문학작품과 신문 기사, 잡지 논설의 글들은 숱하게 가지가지의 수난을 당해온 것이다. 그러나 계간지 시대의 그 수난은 전근대적, 식민 통치적 혹은 한국전쟁과 같은 상황에서가 아닌 1970년대의 민주주의를 표방하는 사회에서 일어났다는 점이 달랐다. 이 시대의 공론장은 특정 통치 권력의 남용과 오용에 비판을 가했고 언론의 통제와 탄압은 근대사회로의 그 비판적 의식과 사상 및 창작의 자유로운 표현으로 집중되었다는 점 때문에, 그리고 그 처벌과 탄압이 겉으로 드러나지 않는 음험한 억지와 폭력의 반인권적 상황 속에서 진행되었다는 점에서 더욱 수치스럽게 회고되어야 할 것이다. 1960년대 후반으로부터 가속화된 군부 정권의 독점적 권력은 1970년대 초의 유신 체제와 중반대의 긴급조치를 통해 완전한 언론 통제를 가하면서 그 폭력적인 탄압을 통치자에 대한 비판, 그 정책에 대한 반론, 그 권력의 기반이 되고 있는 군부 세력에 대한 비난에서부터 관과 기업 들의 부정부패 폭로, 그리고 진보적 이론과 북한 중공의 소개까지 당시 통치 권력자들의 자의적인 판단에 따라 정치·경제·문화·사상에 전방위적으로 행사되었다. 그 수난자들은 신문 방송의 간부와 기자, 제작자 등의 언론계와, 잡지·도서 발행자와 편집자 등의 미디어 종사자들, 작가, 학자 등의 지식인들만이 아니라 학생들, 공장 공원들, 평범한 시민들까지 확산되었으며 억압자들은 정부의 부처와 언론 담당자, 군의 정보-사찰 기관, 경찰 등 매우 폭넓게 산재해 있었다.

그 제재도 다양했다. 가장 가벼운 것이 기사와 글의 필자에 대한 주의 경고였고, 이어 문제 글의 수정 삭제에서부터 정보기관에서의 협박과 고문, 그리고 정부 지원의 취소에서부터 납본 필증의 발부 거부를 통한 잡지와 도서의 판매 금지, 그리고 그 발행과 출판사의 등록 취소 등, 일본 총독부로부터 우리 언론기관들이 당한 수난과 거의 다름없는 수준이었다. 아니, 그 실제는 결코 식민지 시대에 못지않았을 것이다. 그 대표적인 경우가 작가 남정현의 단편 「분지」의 반공법 위반 조처(1965), '신동아 필화 사건'(1968), 시인 김지하의 「오적」 사건(1970), 「비어」 사건(1972), 인혁당 사건을 폭로한 「고행, 1974년」 사건(1975), 한수산의 신문 연재 소설 「욕망의 거리」 사건(1981) 등 크게 보도된 탄압의 사례들이고, 『다리』지 사건, 『한양』지 사건, 『피바다』 금서 사건 등 알려지거나 감춰진, 그리고 재판으로 공개되거나 위협과 고문으로 협박한 경우들이 숱하게 이어졌다. 고문받은 작가가 해외로 이주하기도 했고 그 고통으로 죽음을 당해야 하기도 했으며 오랜 후유증으로 시달린 지식인들이 숱했다. 그러면서 당시 금서로 인정되어 서점에서 판매할 수 없는 책들이 적어도 3백 여 종으로 추산되고 있다. 그럼에도 주목해야 할 것은 정부와 정보기관의 이러한 억압과 위협 속

에서도 권력에 대한 비판이 수그러들지도 않았고 오히려 마르크
시즘과 북한에 대한 서적들과 금서 조처를 당한 도서들이 더욱 활
기 있게 발행되고 지하 유통 거래를 통해 서점 판매가 활성화되고
있었다는 점이다. 저자와 발행자 들은 더욱 뜨겁게 검열과 그 탄압
에 대항했고 독자들도 이 자유를 향한 열정들에 동조하였으며 지
하 출판과 복사기 등 새로운 전자 기구가 금서의 효과를 기술적으
로 삭감했다. 그랬기에 금서가 오히려 베스트셀러가 되고 수난받
는 문학인과 저자 들이 대중의 격려를 받았으며 한 언론인이 지적
한 것처럼 '좌파 상업주의'라고 지적할 정도로 반체제적 출판은 기
승했다. 18세기 프랑스 백과전서파들의 이른바 '철학 도서'가 일으
킨 대혁명으로의 계몽처럼 우리에게도 이 진보주의적, 비판 이론
적 서적들의 간행으로 민주화와 인권의 정신을 증폭시킨 '사회과
학도서'가 1980년대 후반의 자유화 운동을 촉발시켰을 것으로 자
부해도 좋을 것이다.

나는 신문사 문화부의 기자로, 잡지 편집자로, 도서 발행자로 이
런 장면을 숱하게 보아왔고 함께 분개하고 슬퍼하지 않을 수 없
었으며 그 희생을 줄이고자 동료들과 무척 애를 많이 써야 했다.
그러면서도 나는 다행히 내 나름으로 익숙해진 수사법으로 이런
직접적인 수난을 피할 수 있었다. 가령 유신 권력을 비판하는 시
를 신문에 게재할 때 시인과 협의해서 권력의 탄압을 현재적 상
황으로 깨닫게 하면서도 일제 시대로 설정해서 모면한다거나, 정

문길 교수의 『소외론 연구』 첫 장의 제목 '마르크스의 소외론'을 '1840년대의 소외론'이란 '눈가림의 수법'으로 바꾸어 검열자의 눈길을 지나치게 만들거나 골드만의 번역서에서 '위대한 마르크스의 저서'를 '문제적인 마르크스의 저서'로 '의도적 오류'를 범한 것이 그런 예이다. 그럼에도 내 자신의 책 『지성과 반지성』은 3쇄 간행 때 김지하 시인의 「오적」에 당치않은 폭언을 한 한 신문 사설의 인용과 그 비판 때문에 금서가 되고 말았다. 그리고 분명한 사유도 밝히지 않고 '발행 목적 위반'이란 막연한 사유로 계간 『문학과지성』이 『창작과비평』과 함께 1980년에 등록 취소를 당했다. 그래도 후에 출판사 등록 취소를 당하고 새 이름으로 등록 절차를 밟아야 했던 『창작과비평』보다는 다행스러운 경우였다. 당시 소문으로는 조세희의 소설집 『난장이가 쏘아올린 작은 공』에도 금서 조처를 내릴 작정이었는데, 이미 문학상을 받고 영화화되고 연극 공연도 된 이 작품에 이런 조처가 오히려 반작용이 더 크리라는 판단 때문에 보류했다는 말을 들었다. 최인훈의 대표 소설 『광장』도 재판 간행 중이던 1980년의 계엄 사태 때 군의 검열에서 금서로 판정되고 있는 것을 개인적 인맥으로 설득해서 그 판정을 보류할 수 있었던 것도 수확이었다. 마르크스며 혁명이란 말을 입에 담을 수 없었던 그 당시에, 정문길 교수의 『소외론 연구』와 김학준 교수의 『러시아혁명사』 등, 우리에게 금기였던 마르크스와 러시아혁명을 주제로 한 책들을 문학과지성사에서 간행하고 판매 허가도 받을 수 있었던 것은 나의 노력이라기보다 이 책들이 가진 요행이라고 보아야 할 것이다.

내가 '요행'이라고 말한 것은 검열 당국의 독서 수준과 그 검열 수준의 자의성 덕분이기 때문이다. 일반 도서와 잡지의 검열은 당시의 문공부 산하의 민간 기구에서 맡았고 앞서 말한 『광장』의 경우처럼 계엄 시절에는 군에서 담당했다. 그러니까 가령 소련의 작가동맹처럼 문학과 문장 이해의 치밀한 수준에 이르지 못한, 지적으로 수준 미달의 무지한 독자 수준이었을 것이다. 그러니까 직설적인 권력 비판이 아닌 은유나 비유는 그냥 넘어갈 수 있었을 것이다. 『광장』의 이명준이 아버지를 찾아 북으로 월북하여 남한을 비판하는 구절은 금방 눈에 띄어 문제 삼을 수 있었지만, 『난장이가 쏘아올린 작은 공』에서처럼 아름다운 서사적 구조 속에 녹아든 가혹한 노동 현실에 대한 고발은 무심코 지나쳐 판매 허가를 받을 수 있었으리라. 하긴, 당시 출판계가 의도적으로든 몰라서든 '쇄 printing'와 '판edition'을 가리지 않은 것처럼 문공부도 이를 구별할 줄 몰라 모든 중쇄판까지 납본을 요구했다. 그래서 쇄만 다를 뿐 그 내용과 자구까지 같은 책도 납본을 요구해 어떤 경우에는 그 필증을 내주고 어떤 경우에는 판매 불가 딱지를 매기기도 했다. 초판 2쇄도 판매 허가를 받은 내 책 『지성과 반지성』이 3쇄에서 판매 불가를 받은 일도 그런 검열관의 자의성이 남긴 예의 하나일 것이다.

그럴 정도였기에 검열 당국의 담당자는 책의 내용보다는 사용된 자구로만 판단하기 일쑤이며 그 문장들이 품은 함의와 의도는 그리 고려하지 못하는 듯했다. 앞서 소개한 내 경우『소외론 연구』와『러시아 혁명사』의 판매 허가가 그런 덕을 보았을 것이다. 더구나 우리나라 정부나 사찰 기관은 정치권력은 폐쇄적이고 정권 안보에는 세심했지만 경제는 개방 체제로 외국과의 교류가 자유로웠고 종교나 도덕 분야에 대해서는 무관심했다. 남미의 진보적인 기독교 사상인 해방신학이 국내에 도입되었을 때는 무관심했음에도 그 신학이 우리의 산업 선교에 도입되어 공장 현장에서 기업인들의 노동 학대에 저항하기에 이르자 비로소 이에 대한 탄압이 가해진 일은 검열 당국의 이 같은 무식한 억압을 잘 설명해준다. 그들은 네오마르크시즘의 프랑크푸르트학파가 제시한 비판 이론에는 무지했으며 그 번역 소개 글 저서들을 통해 들어온 좌파 이론과 마르크시즘을 알아보지 못했다. 그러니까 권력 당국이나 정보기관이 책이나 잡지보다 신문에 더욱 적극적으로 가한 언론의 검열과 억압책이 결국 실패할 수밖에 없었던 것도 자연스럽게 이해된다. 그들은 좀 어렵거나 낯설게 포장된 이념과 비판의 내용을 알아보지 못했고 관심도 두지 않았다. 1980년대 후반의 이른바 금서의 벽 허물기가 초래되고 이념과 사유의 자유가 더불어 확장된 것은 그들이 표출된 글의 겉만 훑고 그 속을 들여다보지 못한 '맹목의 검열'이 초래한 결과였다.

정보기관원은 매일 신문사에 들러 편집국을 돌며 기사 체크를 하고 그 내용과 신문 보도의 크기를 조정하려 들고 논설위원실에 들락거리며 사설과 칼럼의 내용을 검토했다. 거기서 기사의 게재

여부, 그 크기, 보도의 방향 등이 조정되고 혹은 조율되었다. 이런 횡포에 기자와 편집자, 논설위원 들이 불평하면서도 수용했지만 그 허용 중에도 은근히 비판과 부정의 어감을 끼워넣는 수법이 발전하게 되고 독자들도 그 숨겨진 맥락을 기사의 행간을 통해 알아보는 방법에 익숙해졌다. 그럼에도 편집국과 논설위원실을 마음대로 들락거리며 간섭하는 기관원들이 결코 고운 눈으로 받아들여질 수 있는 것은 아니었다. 1971년 이후 여러 차례 반복된 기자들의 언론 자유 선언 때마다 기관원의 출입 금지를 먼저 외치게 된 것은 이런 사연 때문이었다. 문화부는 상대적으로 이런 기관원의 눈길에서 자유스러웠으나 『동아일보』의 경우에는 그리 방심하지 않았다는 소문이 돌기도 했다. 불온성이 느껴지는 문화계 동향에 대한 문화면의 보도 탓이었다. 그리고 정작 언론 자유가 『동아일보』에서 선언되자 그 때문에 퇴직당한 기자들의 앞자리에 문화부 기자들이 서 있었고 그 후의 활동가들 상당수가 문화부 출신 기자들이었다. 이렇다는 것은 당시의 우리 권력 독점 사회에는 정치가 없었고 권력에 대한 비판도 야당 정치인이나 신문의 몫이기보다 오히려 비정치 분야의 기자들과 계간지가 맡아야 했음을 가리킨다. 문화가 정치의 영역에 참여하여 현실 저항적 발언을 해야 하는 기이한 사태가 이루어진 것이다.

이 때문에 여기서 더욱 주목되는 것은 사상의 자유 운동과 그에 대한 가혹한 검열 작업이 오히려 한국 문화와 정신에 각성의 효과를 일으켜주었다는 점이다. 우선 작가들이나 기자들은 자기 검열을 하면서 작품과 기사를 쓰기 때문에 권력에 대한 직접적인 비판을 피하는 대신 은유적으로 혹은 우회해서 글을 쓰게 되었다는 점이다. 조세희의 노동자를 위한 아름다운 작품집이 가능했던 것, 최인훈의 착란 속에서 무질서한 현실을 방황하는 내면을 보여주는 작품이 가능했던 것은 검열이 작가와 기자 들의 상상의 세계, 은유의 수법에 몰이해적이었기 때문일 것이다. 참여론이며 민중론, 혹은 지식인들의 내면적 괴로움에 대한 고백이 당시의 문화 사회와 지적 독자층에 뜨겁게 호응받을 수 있었던 것도 이런 상황에서였다. 글 쓰는 이들과 그 글을 읽는 이들 간에 상호 조응이 일어난 것이다.

이에 못지않게 크게 평가할 것은 기자든 출판사 편집자든 검열과 거기서 비롯되는 탄압에 굴복하지 않았다는 점이다. 기자들의 강경한 언론 자유 선언과 그 운동이 그렇고 그 때문에 해직당하는 고통 속에서도 운동권이나 출판계로 진입하여 사상의 자유와 그 실천에 오히려 자유롭게 참여할 수 있었던 점이 그렇다. 그들은 쉽게 좌절하지 않았고, 그 숫자가 많고 활동이 개별적이었기에 사찰 당국이나 정보기관의 억압도 지치지 않고 수색했음에도 그 한계를 피할 수는 없었다. 그리고 서점들이 금서의 보급을 도와, 책 전시대 아래 숨겨 그 책들을 판매함으로써 스테디셀러의 효과를 얻어내기도 했다. 그것이 앞서 인용한 '좌파 상업주의'를 불러온 것인데, 그것은 검열과 탄압이 오히려 좌파와 진보주의 서적의 보급을 조장해준 결과이다. 게다가 해직된 기자들과 혹은 교수들은 권력에 대한 비판 세력에 참여함으로써 그 힘을 보다 크고 수준 높고 힘있게 이끌어준 효과를 일구었다. 이 아이러니를 설명할 수 있는 것은 강요된 억압이 반드시 그 의도된 성과를 낼 수 없을 뿐 아니라 오히려 대항 세력을 더욱 강화시켜주고 언론과 사상의 자유에 대한 열망을 더욱 뜨겁게 달구었다는 역사 진행의 일반론적 역설 밖에 없을 듯하다.

실제로 1980년대 후반 군부 정권과 보수 세력에 대한 학생들의 저항이 가열해질 때 출판계의 반체제 도서도 더욱 급진화하여 정부의 검열과 탄압 정책이 완전 무색해지는 결과를 낳았다. 사상의 자유를 민주주의적 신념으로 실천하는 출판계가 꾸준히 좌파 이념서들을 간행하는 데 대해 정부는 어떤 강력한 조처로도 그 격렬한 흐름을 막을 수 없었다는 것을 드디어 깨닫지 않을 수 없게 되었다. 처벌로도 탄압으로도 막을 수 없는 이 자유 출판 운동 앞에서 문공부는 결국 이 흐름에 타협하기로 했고, 그래서 마르크시즘 관련 도서들은 그 이념을 비판하는 책들을 선정해서 간행토록 하며 북한의 문학들에 대해서도 몇몇 중요한 작가들을 제외한 월북 작가들의 작품 출판을 허용했다. 거대한 방어의 벽은 그러나 작은 틈으로 무너지기 시작했다. 좌파 서적들이 마르크시즘을 비판하기 위해 마르크스-레닌주의 관련서들을 잇달아 내게 되자 그것은 이어 M-L 노선의 중심을 본격적으로 소개하는 책으로 확산되었고 드디어 마르크스와 레닌의 저서, 모택동 어록과 김일성 선집의 출판으로까지 확장되었다. 월북 작가의 작품들 경우도 비슷했다. 금지에서 풀린 작가만이 아니라 홍명희를 비롯한 핵심 월북 작가들과, 재북 작가들의 작품도 간행되었고 드디어 김일성의 창작으로 알려진 작품까지 서점에 진열되기에 이르렀다. 몇 년 동안의 승강이를 거쳐 마침내, 근 50년 동안의 금기였던 마르크스와 엥겔스의 책들, 월북-재북 작가들의 작품이 아무런 억압 없이 자유롭게 제작·판매될 수 있었다. 이로써 1990년대의 한국은 사상적·지적 금기는 없어지고 상상력의 제한이나 표현의 억압도 사라졌다. 오히려 금서였던 책들이 자유롭게 풀려나면서 그에 대한 독자들의 관심이나 호기심도 더불어 줄어들었다. 이제 아무도 쓰고 만들고 혹은 사고 읽는 정신의 표현물로서의 도서의 금기는 볼 수 없게 되었고 이와 함께 반체제적이란 이유로 매혹된 도서에 대한 관심과 애호도 줄어들었다. 사상의 자유가 출판의 자유, 언론의 자유로부터 비롯된 것이며 이로부터 민주주의의 이념이 우리 사회에 정착되고 '민중운동'이 '시민운동'으로 전환되고 있음을 확인시켜주는 과정을 우리는 이 실제의 역사에서 보게 된 것이다. 우리의 이 언론과 출판의 자유가 곧 민주주의와 근대화의 동력이 되고 있음을, 우리 시대에 그 역사의 장중한 면모를 확인할 수 있게 됨을 참으로 자랑스레 여기지 않을 수 없다.

나는 1971년 『지성과 반지성』을 쓰면서 그 글을 발표할 계간 『문학과지성』 편집동인들과 이 글이 검열과 탄압의 대상이 될지 어떨지 세심하게 논의하던 일을 기억한다. 그때 친구들은 이런 유의 글이라면 그 의도에 혐의를 피할 수는 없겠지만 표현이 제지당하지는 않을 것 같다고 판단했다. 그 예상대로 나는 그 글로 필화를 입지 않았다. 그만큼 현실 비판을 우회적으로, 권력의 힘에 대한 항의를 그에 굴복하는 지식인 문제로 환원하는 방법으로 당시의 억압을 피하도록 자기 검열을 하며 글을 썼던 것이다. 그것은 그만큼 글쓰기에 신중했다는 뜻이기도 하고 비겁했지만 용렬하지는 않았다는 자부심을 느끼게도 한다. 그러고서 45년이 지난 이제 유신 체제와 군부 정권의 정치적 억압 아래서도 사상의 자유를 위해 노력하고 그 때문에 숱한 고통과 어려움을 겪어야 했던 많은 언론인, 출판인, 편집자 들 그리고 숱한 작가와 지식인 들에게 감사를 드리지 않을 수 없다. 이 자부심과 감사는 역사란 끊임없는 자유를 향한 지향과 그것을 위한 노력들에 대한 나의 존경을 표하는 것이기도 하다. 나는 내가 참여한 계간지의 발행 편집 경우를 회고하고 있지만, 보이게 혹은 안 보이게 언론의 자유를 위해 투쟁한 분들, 그 때문에 핍박과 희생을 감수한 1970~80년대의 편집자, 저자, 언론인 들의 수고에 한없는 경의를 드린다. 그것은 곧 오늘의 젊은 잡지 도서 편집자들, 기자들과 지식인들도 불과 반 세대 전의 한국 지성 사회가 젖어 있던 어둡고 막힌 현실에서 벗어나고자 싸운 노력과 수고 들을 기억하여 가장 아름다운 사상과 표현의 자유를 아름답게 누릴 수 있기를 바라는 마음일 것이다.

〔2015. 6〕

해제를 위한 회고

—『문학과지성』 10주년 기념호 복각본에 대하여

본문

이 책은 1980년 8월 창간 10주년을 기념하여 기획 편집하던 중 신군부 정권에 의해 뜻밖의 정기간행물 등록 취소 처분으로 강제 폐간되고 제작 발행을 중단하면서 교정쇄로 출력하여 약간의 부수를 표지와 목차 없이 가제본하고 한정된 관계자들과 나눠 본 '계간『문학과지성』 1980년 가을 · 제11권 제3호 · 통권 41호'의 복각본(復刻本)이다.『문학과지성』 창간 35주년, 도서출판 문학과지성사 창사 40주년을 맞으며 의미 있는 기념을 기획하고 있는 문학과지성사의 청을 받고 창간 동인과 문학과지성사 측이 협의하여 공간되지 못한 채 숨어 박혀 있던『문학과지성』 제41호를 다시 원형대로 간행하기로 한 것이다. 우리는 이 복각본을 만들기 전에 몇 가

지 점을 논의하여 다음과 같이 정했다:

1) 1980년 초, 『문학과지성』 창간 10주년 기념호로 제작한 원형을 그대로 살려 본문과 차례 등 모든 형태와 내용을 본래 모습대로 복각한다. 다만 원서에 차리지 못한 표지만은 기왕의 표지 형태로 재현한다.

2) 따라서 이 당시 아직 혼용되던 본면의 한자를 그대로 사용하고 서평란의 2단 조판과 본문의 순서와 쪽수도 원형을 유지한다.

3) 여기에 이 기념호의 내용과 폐간 당시의 일들을 '해제'로써 보고하고, 몇몇 분들의 좌담으로 발행 10년 동안 발간되어온 계간 『문학과지성』의 성격과 성과, 의미와 의의를 회고·평가토록 한다.

이 뜻에 따라 나는 이 잡지의 폐간 당시와 그 후의 전말을 정리하는 것으로 해제를 대신한다.

『문학과지성』 창간 동인(창간 편집동인 김병익, 김현, 김주연, 김치수와 후에 영입된 김종철, 오생근)은 창간 9주년을 맞던 1979년 여름 춘천 성심여대에서 '산업사회와 문화'를 주제로 소흥렬, 박영신, 김우창이 주제 보고를 맡은 세미나를 열었고 이듬해의 10주년 기념호는 현장 토론 대신 지상 세미나를 기획했을 것이다. 내가 이처럼 어정쩡하게 회고하는 것은 분명 특집 기획을 했을 것인데 이 복각본에는 그 실적이 보이지 않기 때문이다. 아마 내가 썼을 「창간 10주년 기념호를 내면서」에 이 사태는 이렇게 보고되고 있다: "창간 10주년 기념호가 이처럼 초라하게 만들어졌음에 대해 깊은 자괴감으로 사과한다"면서 "우리는 당초 '80년대의 이념적 지향'이란 표제로 지난 10년 동안을 검토하고 앞으로의 10년에 어떤 바람직한 지표를 탐구해보려고 했었다. 그러나 그것은 보류되었고, 그 탓을 필자들에게 돌릴 수 없었다"라고 밝힌 것으로 보아, 여러 필자들에게 앞뒤의 10년을 점검하고 전망하는 특집의 글을 청탁했을 것은 분명하다. 그러나 이 잡지는 8월 18일의 발간을 앞두고 그 준비가 한창이던 7월 31일에 돌연 등록 취소되었고 그 때문에 특집은 단념하고 이미 입수되어 제작 과정에 얽힌 글들과 투고의 글들에 대한 심사를 거쳐 수록기로 한 글들만으로 '특별호'를 만들었다. '특별호'란 공개되지 못할 잡지이기에 특별할 수밖에 없어 붙인 것이다. 우리는 한없이 섭섭하고 혹은 훗날의 어떤 부활을 위한 마음을 가다듬기 위한 기념으로 교정지 50부를 제작하고 가제본하여 공간되지 못할 잡지를 만들었다. 그랬기에 이런 사태에 이른 데에서 느낀 원죄적 자괴감을 느끼면서 "자기에의 성찰, 명징한 진실에의 탐구에도 막다른 골목이 있으며 그 막다름은 존재론적, 혹은 우리식으로 표현하자면 한계상황적 부딪침이 될 것"으로 인식하면서도 "우리는 희망을 갖지 못하는 사람들을 위해 희망한다"고, "희망하기 위해 희망한다"는 과감한 동어반복으로 절망을 극복하고자 했을 것이다.

이렇게 해서 암흑기의 비밀문서처럼 제작된 이 책은 문지 편집팀과 몇몇 필자들, 서지적 호사가들이 나누어 가지게 되었지만 공식적인 목록으로 등재되거나 시장에 암매되지도 않은, 잉태는 했지만 출산은 못 한 불운한 책이 되고 말았다. 35년 만에 이 책을 다시 들춰보며 우리가 느끼는 소회도 각별하지만, 이름만 듣고 실제를 보지 못한 젊은 독자들에게도 따뜻한 기대감을 채워드릴 수 있기를 바란다.

　'『문학과지성』 1980년 가을호(제11권 제3호 · 통권 41호)'는 공간되지 못한, 그래서 호수와 간행기에 등재되지 못한, 그러나 실체를 가진 잡지이다. 한창 제작 중에 강제 폐간되었기에 우리는 기왕 청탁해서 입수한 원고와 이미 투고받아 쟁여두고 있던 원고를 몰아 교정쇄로 묶었고, 따라서 예정했던 원고를 못 넣기도 하고 계획되지 않은 원고를 끼어넣기도 해 그 목차가 어수선했다. 정연한 목차를 이루지 못하고 성급하고 부실하게 '창간 10주년 기념호'를 엮었지만 그래도 원래의 '문지'의 모습을 갖추고 있어 35년 전의 옛 모양을 그대로 독자들에게 보여주고 싶은 것이었다. 그 모습을 좀 훑는다.
　표지는 작가이며 그림을 잘 그린 김승옥이 그려 매호 가을 겨울 봄 여름의 철에 따라 계절 색깔을 입혔지만 원화의 구도는 여전히 태양처럼 커다란 원형에서 불꽃들이 살아 타오르는 발랄한 그림이었다. 속표지 역시 표지와 같은 그러나 장식도 색깔도 없는 동그라미를 가운데 앉히고 그 위에 한자로 '文學과知性'의 제호가 얹히며 그 아래에는 간행 연도와 계절, 호수가 적혀 있다. 이 잡지에는 목차를 만들지 않았지만, 내표지에 이어 차례 면이 나오고 「이번호를 내면서」로 본문이 시작되는데, 여기서 봄호부터 새 계절로 옮겨가면서도 쪽수를 이어 매겨 한 해 네 호의 페이지 숫자가 연속 표기된다. 이 복각본의 첫 페이지가 '656'에서 시작되는 이유다.

앞서 말한 것처럼 특집 없이 소설, 시, 비평의 작품들과 논문, 서평으로 지면이 계속된다. 이 10주년 기념호에 황순원, 이청준, 송욱, 오규원, 김현 등 이미 작고한 이름들이 보여 그동안의 세월을 실감케 한다. 신인으로 정인섭, 박덕규, 박시언 등의 시 작품이 처음 발표되고 32권의 책이 7편의 서평 대상이 되고 있다. 본문 350쪽에 서평으로만 70쪽이 할당되고 있는 것을 보며 퀄리티 페이퍼일수록 서평에 집중하는 선진 문화의 성향을 상기하면서 요즘의 계간지들이 서평에 소홀해진 경향을 되돌아보게 된다.

문지 편집에 특유한 시 소설의 재수록 작품이 이 호에는 보이지 않는다. 우리는 매호 지난 석 달 동안 발표된 문학작품 혹은 산문을 골라 수록하고 그에 대한 리뷰를 수록해 왜 이 글을 재수록하는지 그 글의 의미하는 바가 무엇인지를 밝혀왔었다. 김현의 아이디어로 창간호부터 시행된 이 '재수록'은 그간의 우리 문학 동향을 살피면서 우리가 어떤 작품을 왜 좋은 성과로 평가하는지를 밝힘으로써 우리 동인들의 문학관에 대한 그 실제를 밝힐 수 있었고 재수록의 기회를 얻은 작가와 시인은 그 리뷰를 통해 자신의 창작에 대한 가능성을 확인받으며 보다 높은 단계의 문단 데뷔로 자부할 수 있었다. 우리는 그 재수록 작업을 통해 좋은 작가, 시인 들을 사귀게 되는 망외의 소득도 얻었다.

권말의 '본지 색인'은 으레 지난 10개 호의 글들을 장르별로 목록화해왔는데, 이 41호에는 창간호부터 40개 호를 호별 목차대로 정리했다. 10년간의 실적을 마지막으로 보고한 것이다.

속말

7월 말의 아침부터 달구는 더위를 선풍기로 밀어내며 통의동 골목길의 사무실에서 바쁘게 일하고 있을 때였다. 10시 반이 좀 넘어서였을 것이다. 문득 온 전화를 받으니 아마 소설가 이문구였으리라. "『문학과지성』이 『창작과비평』과 함께 등록 취소되었대요. 라디오 뉴스를 들어보세요." 아닌 밤중에 무슨 홍두깨인가. 나는 곧 라디오를 켰다. 11시 뉴스였는지에서 바로 방송이 되었다. "문공부는 오늘……"로 시작하여 정부가 백 몇십 종의 정기간행물을 등록 취소했는데 주간, 월간, 계간지 들의 이름들이 몇 나열되는 명단에 분명 『문학과지성』이 『창작과비평』과 함께 들어 있었다. 여기서, 그때로부터 10년 후에 작고한 김현을 회상하며 이 잡지의 폐간 당시를 회상한 대목을 옮긴다.

1980년 7월 말일, 창간 10주년 기념호 제작에 한창 매달리고 있는 참에 난데없는 『문학과지성』의 '폐간' 소식이 날아들었다. 그것은 『창작과비평』 『뿌리깊은나무』 등과 함께, 지난 5월의 광주 사태

에 이은, 지식사회에 대한 대량 학살이었다. 우리는 뉴스로 먼저 알
았고 이틀 후엔가에 '발행 목적 위배'라는 사유로 등록 취소를 한다
는 공문을 받았다. 많은 사람들이 위로차 사무실을 찾아와주었는데
그들은 마치 빈소를 찾는 조문객처럼 엄숙한 표정들을 갖고 있었다.
우리는 기왕 교정을 보아온 지령 41호의 『문학과지성』을 교정쇄로
50부 복사해서 가제본하여 동인들과 가까운 문인들에 기념으로 나
누는 일로 더 이상 햇볕은 보지 못한 우리의 잡지를 전별했다. (「김
현과 '문지'」, 1990. 8 ; 『열림과 일굼』, 1991, 문학과지성사, p. 352)

35년 전의 일이 기억에서 무척 희미해진 나는 7월 말일이 혹 7월 30일이 아닌가 의심이 들어 굳이 확인해보고 싶었다. 당시의 신문을 찾아주기를 김예란 교수에게 부탁하여 받은 사이트에서 마침내 7월 31일자 『동아일보』를 볼 수 있었다. 목요일인 그날치 석간 신문의 1면 톱 기사로 "주·월간지 등 172개 등록 취소"란 제목으로 이 언론 학살이 보도되었다. 이 기사에 의하면 31일 문공부는 "부패 요인, 음란, 사회불안 조성"을 이유로 정기간행물 총 종수의 12퍼센트인 172종의 주간, 월간, 격월간, 계간, 반년간, 연간의 잡지들을 등록 취소했다는 것이다. 주간지에는 『기자협회보』, 월간지로는 『뿌리깊은나무』 『월간중앙』 『씨올의 소리』가 들어 있었고 계간으로 『창작과비평』 『문학과지성』이 있었다. 물론 부패 혹은 선정적이거나 실적 미달의 제호가 거의일는지 모르지만, 위의 제호들은 물론 여기에 해당될 간행물이 아니었다. 이틀 후에 송달된 8월 1일자의 '등록 취소 처분' 공문에 그저 '발행 목적 위반'이란 말만 적혀 있었다. 나는 이 신문 지면을 다시 보며, 문학지 『문학과지성』이 신문 1면 톱 기사의 표제로 나온 영예가 그 폐간 뉴스였다는 역설을 쓸쓸하게 되씹었다.

당시 『창작과비평』(이후 『창비』)과 그보다 4년 후에 창간된 『문학과지성』(이후 『문지』)은 1970년대의 문학계와 지식층에 가장 큰 영향력을 가지고 있었다. 물론 신문사에서 발행하는 여러 월간지와 『문지』보다 4년 늦게 간행되기 시작한 계간 『세계의 문학』 등 여러 잡지들이 활발하게 발행되고 있었지만 지식사회에서는 이 두 계간지가 주목의 대상이 되었던 것 같다. 그러나 같은 문학 종합 계간지라 하더라도『창비』와『문지』는 그 성격이 다르고 대조적이 었다.『창비』가 진보적인 자세로 평등 문제를 제기하며 현실에 대한 노골적인 비판을 가했다면『문지』는 자유 문제를 제시하며 지적 성찰을 현실 인식의 방법론으로 제기했다. 그렇기에 두 잡지가 상반된 입장을 취하고 있었지만, 그럼에도 당시의 권력과 사회·정치·경제에 비판적인 입장을 취하고 있는 점에서는 비슷했다. 나는 『창비』의 문제 제기적 용기에 감사했고『문지』의 대안 제시적 태도로 자족했다. 근대화로 전환하는 이 시기에 이런 공동의 태도와 대조적인 인식을 나는 상호 보완적인 관계로 보았고 그 경쟁이 현재의 점검과 미래의 선택에 시너지 효과를 일으키리라고 생각했다.

당시 많은 지식인들, 문인들은『창비』와『문지』의 상반된 입장 때문에『문지』의 폐간은『창비』의 유탄에 맞은 것이 아닌가라고까지 생각했고 억울한 마음이 든 나도 그렇겠다고 짐작했었다. 그러나 내 짐작이 틀렸다는 것은 머지않아 알게 되었다. 그해를 넘긴 다음해 초였는지,『서울신문』논설위원실에 근무하면서 문화계 행사와 정보에 아주 밝은 고 이중한이 내게 제목은 분명치 않지만 일종의 1980년 '통치 백서' 같은 보고서를 가져와 한 대목을 보여주었다. 거기에는 "문제의 정기 간행물들을 등록 취소함으로써 불온한 지식인들의 집단화를 해체했다"는 내용이 적혀 있었다. 그러니까『창비』와『문지』만이 아니라『뿌리깊은나무』나『씨올의 소리』

편집진도 권력층이 못마땅해하는 지식인들의 집단화를 이루고 있었던 것이고 신군부 권력은 지식인들의 의식적인 모임과 거기서 번질 공론을 싫어했던 것이다. 그제야, 글의 어떤 내용, 어떤 필자의 무슨 대목이 아니라 지식인들의 집산 자체를 권력은 바라지 않았고 그 공론의 집중적 매개가 되는 잡지들을 이참에 해체시킨 것임을 깨달았다.

그리고 1년쯤 지났을 때, 당시 청와대 비서였는지의 대학 1년 후배 이 아무개가 나를 만나자고 했다. 코리아나호텔 커피 숍으로 기억되는 자리에서 대좌하자 그는 내게 잡지를 새로 간행해보지 않겠느냐며 그 경비와 편의는 모두 맡아주겠다고 했다. 나는 이 의외의 제의에 달리 생각할 여지 없이, 『문지』를 복간하는 일 외에는 달리 내가 할 일이 없다고 거절했다. 『문지』를 폐간하고 새 잡지를 낸다는 것은 명분으로나 실제로나 의심받을 일일 뿐이었고 그 정권 아래서는 수락할 수 없는 제의였다. 물론 우리는 약속 없이 헤어졌고 그 후 다른 잡지에 그 혜택이 간 것 같다는 말을 소문으로만 들었다.

이은 말

우리는 10주년 기념호 제작을 중단하고, 아니 폐지당하고, 앞서 말한 것처럼 기념으로 교정쇄본 50부를 만들고 우리가 청탁한 원고에 대한 소정의 원고료를 지급하는 것으로 손을 털었을 것이다.

『문지』의 다른 동인들도 그랬겠지만, 나로서는, 우리가 의도하지 않았다 하더라도 권력에 의해서든 다른 사정 때문으로든, 폐간할 수밖에 없이 되었다면 우리의 『문지』는 그 10년으로 운을 다한 것이고 따라서 그것이 맡은 역할도 이것으로 끝내야 하며 굳이 미련 둘 일은 아니라고 생각했다. 모든 것은 본인의 의지와는 관계 없이 그 스스로의 필연 혹은 우연이란 얼굴의 운명을 가진 것이라고 생각했고 『문지』도 마땅히 그 운명을 수락할 수밖에 없다고 생각했다. 더구나 잡지의 폐간에 이어 출판사 등록도 취소한다는 흉흉한 소문이 돌고 있었지만 다행히 그런 최악의 사태는 일어나지 않았다. 그해 인천에서 가진 문지 동인 대책회의에서 이런저런 비관적인 의견들이 오간 끝에 다음 몇 가지 합의를 보았다:

1) 잡지는 일단 자신의 소임을 다한 것으로 간주하고, 다음 언젠가 우리가 새로운 계간지를 낼 수 있고 또 낼 필요가 있다면, 그 편집권은 우리가 아니라 다음 세대에게 위임할 것이고 그 점을 분명히 하기 위해 제호도 바꾸도록 한다.

2) 앞으로 단행본 출판에 집중하되, 군부 정권의 억압과 오늘의 현실에 대해 비판을 계속하면서 '판금' 조치를 피하기 위해 아직은 검열의 회피 여지가 많은 번역 이론서를 개발하며 우리의 편집 방향을 새로운 지적 계몽주의 운동으로 조용하게 전개한다.

3) 잡지 편집동인들은 단행본 간행의 편집위원으로 우리가 어떤 책, 어떤 작가의 작품을 간행할 것인지의 편집권을 발휘한다.

등의 합의를 이루었다. 그런 참담한 결론을 내리고 한없이 이어지는 소주잔과 유행가 가락. 다음 날 지하철 1호선으로 귀경하면서 찬 하늘이 우울하게 그러나 새로운 신선감으로 펼쳐지고 있는 풍경을 창밖으로 바라보던 기억이 생생해진다.

군부 정권도 출판사 등록 취소까지는 너무했다 싶었는지 더 이상의 조처를 유보해서 우리의 도서 발행은 여전히 계속할 수 있었다. 문지 사무실도 통의동에서 마포 경찰서 바로 뒤의 3층 건물에 창비, 한길사와 각각 한 층씩 나눠 쓰다가 마포 출판단지로 옮기게 된다. 여기서 우리는 1980년대에 새로운 미디어로 개발된 '무크지'를 우리 아랫세대가 편집해서『우리 시대의 문학』으로 내도록 주선하여 여섯 권을 발간했고 마침내 노태우 정권 아래서 잡지 등록이 가능해지자, 1987년 우리의 먼저의 약속대로 후배 비평가들이 제2세대 편집동인으로 구성되어 정기간행물 발간을 등록했다. 우리는 우리 문학 동아리의 지속적인 발전을 위해 후배들에게 문을 열고 새로운 편집동인들을 영입해왔기에 새 잡지의 방향과 실제 편집은 당연히 그들의 담당이었다. 이 새 계간지가 복간호가 아니라 창간호임을 분명히 하기 위해, '문학과지성'으로 제호를 하자는 일부 의견에도 불구하고 나는 새 이름을 만들기를 권했다. 나는 후배들이 그 '문학과지성'이란 이름으로 구속되기를 바라지 않았고,『문학과사회』란 좀 어색한 새 제호는 내가 제안한 것으로 기억된다.

마침내 새로운 세대에 의한 계간『문학과사회』가 1988년 봄에 창간되었다. 『창비』가 전의 이름을 고수한 데 비해 『문학과사회』
는 바뀐 제호, 바뀐 편집자 이름 때문에 많이 불리했다. 그럼에도
홍정선·권오룡·정과리·성민엽 등의 2대 편집동인들은 그들 나름
의 독자성을 가지고 출판사 명의에 개의치 않고 자유롭게 잡지를
편집했고 1세대 편집동인들과 매년 워크숍을 통해 서로 의견을 교
환했다. 그리고 애통스럽게도, 문지 창간 멤버 중 가장 큰 지도력
을 가진 김현이 1990년에, 창간 때부터 톡톡히 후원자 노릇을 하며
정신적 기둥이 되어온 인권변호사 황인철이 3년 후에 각각 다른 부
위의 암으로 작고했다. 나는 이제야말로 문학과지성사가 잡지 간
행과 출판 작업까지 다음 세대로 넘겨줄 준비를 해야 한다는 생각
을 하지 않을 수 없었다. 우리는 주식회사로 전환할 준비를 시작했
고 주식도 발행하여 우리가 믿을 수 있는 필자와 지식인 들에게만
할당해 발부토록 했다. 1994년 초에 드디어 개인회사에서 주식회
사로 등기를 바꾸고 6년 후 두 번의 임기를 마친 2000년 봄에 나는
퇴직했다. 다음의 대표는 문사 동인들의 추천을 받아 주간으로 일
해온 시인 채호기가 맡았다.

　나는 '문학과지성'이란 하나의 집단이 세대에서 세대로 승계되
기를 희망했고 우리의 다음 세대를 이끄는 소설가 이인성이 이 세
대 교체의 프로토콜을 세심하게 작성했다. 그리고 그 절차에 따라
대표는 채호기에 이어 홍정선-김수영을 거쳐 주일우로 승계되고
『문지』 편집위원과 별도로 『문학과사회』 편집동인이 이제 4대로
흘러내려왔다. 매년 정초에 이 4대가 함께 문지 그룹의 시인·소설

가·평론가 들과 MT를 가지며, 매주에는 요일을 달리하여 각 세대들이 따로 모여 편집을 상의하고 우정을 돋우고 있는 듯하다.

마치는 말

『문학과지성』 폐간호를 해제한다며 나는 『문지』의 폐간과 그 이후의 약사를 기술한 셈이다. 이상의 보고와 회고는 내 중심으로 기술했기에 내 몫의 역할이 과장되었다. 이 점을 감안하여 읽어주시기를 부탁드린다. 이제 마지막 덧붙이는 보고를 해야겠다.

작년 가을, 일조각 한만년 선생님 10주기를 맞는 행사에 나는 추념의 글을 썼다. 한국 출판계의 거대한 성취를 남기신 그분은 『창비』와 『문학과지성』을 창간토록 해준 은인이기도 했다. 그 글이 발표된 지면에서 여섯이 찍은 사진을 다시 만났다. 막 제작된 『문지』 창간호 몇 권씩을 들고 일조각이 있던 종로 어디선가 저녁을 함께하고 누군가의 제의에 따라 함께들 근처의 사진관에 들어가 기념 사진을 찍었다. 뒷줄에 김치수, 일조각 편집장으로 『문지』 간행의 실무를 맡았던 최재유, 그리고 김현이 서 있고 앞줄에 황인철을 가운데 두고 성민경 변호사와 나 등 세 고교 동창이 양쪽으로 앉아 있었다. 그 45년 전의 사진 속 인물들은 서른 안팎의 젊은, 아니 앳된 얼굴들이었다. 그런데 아뿔싸, 그 여섯 중 이제 다시 보니 아직 살아 있는 얼굴을 붙이고 있는 사람은 나 하나뿐이었다. 하나씩 하나씩 서로 다른 병으로 저세상으로 가고 마침내 김치수까지 작년에 세상을 뜸으로써 이제 나 혼자만 남은 것이다! 독자는 이 외로움을 짐작해주실는지. 아직, 창간 후 1년 뒤에 참여하여 문지와 함께 세월을 보낸 김주연과 김현의 추천으로 1976년인가에 동인으로 참여한 오생근이 남아 있고 매주 화요일마다 문지 친구들의 모임이 계속되고 있지만, 계간『문학과지성』이 드디어 창간되었다고, 마침내 우리의 잡지가 나왔다고 환성을 올리던 그 사진 속의 멤버중 나 혼자 오롯이 남았다는 것은 참으로 믿기지 않는 일이다. 이걸 시간의 가혹한 운명으로 견디어야 할 것인가, 체념할 삶의 쓸쓸한 길로 받아들여야 것인가. 폐간의 운명을 담은 잡지를 복각하여 출판하면서 새삼 추연한 마음으로 글 끝이 흐려지고 만다……

덧붙이는 말

작년 2월 연세대학교 국학연구원으로부터 대담 초대를 받았다.『창작과비평』과『문학과지성』을 중심으로 한 1970년대의 공론장에 대해 염무웅과 함께 대담을 한다는 것이었다.『창비』를 대표한 염무웅은 자세한 메모로 근 50년 전의 일을 상세하게 밝혔지만 나는 기억으로만 대충 얼버무리고 말았다. 그럼에도 그 대담은 국학연구원의『동방학지(東方學志)』제165집에 수록되었고 그 별쇄본 15부가 내게도 배달되었다. 이런 학회지와 별쇄본을 보고 난 후에야 나는 『문지』도 이제 아카데미의 연구 대상이 되고 있음을 비로소 실감했다. 잡지를 낼 수 없었던 1980년대에, 『창작과비평』이 영인본으로 간행되어 활발하게 독자들에게 접근하는 것을 보고서도, 그리고 『문학과지성』을 영인하여 시판하자는 업자들의 요청을 거절하면서 우리는 이 잡지의 재생과 유통을 피해왔다. 거기에는 이제 유명을 달리한 잡지에 대해 미련을 갖지 말자는 내 게으른 결벽 때문일 것이다. 그래서 연세대의 학술지에 그 긴 대담이 실린 것을 보는 내 마음은 착잡했다. 우리가 한 일이 후학들의 학문적 접근 대상이 된다? 이 자문은 생소하고 민망했다. 그럼에도, 아니 그렇기에, 잉태하고서 출산하지 못한 '10주년 기념'의 『문학과지성』 제41호의 35년 뒤늦은 발간은 반갑고 감회가 새롭다.

〔『문학과지성』 10주년 기념호 복각본, 2015. 12〕

너무 많아서 헐해진 문학상들

　존경하는 후배 문학인 두 분이 큼직한 상을 받는다는 보도를 보고 축하의 인사를 보낸 후 반갑고 흡족한 마음이 들면서 문득 우리나라의 문학상이 얼마나 있는지 궁금해졌다. 내가 찾아든 것은 한국문화예술위원회가 매년 발행하는『문예연감』2012년도판이었다. 그러고선 놀랐다. 정말 놀라지 않을 수 없었다. 문학계에 시상되는 문학상의 총수는 374개, 그러니까 매일 시상식을 열어도 날짜가 모자랄 숫자였다. 분야별로는 종합이 162개, 시문학상이 74개, 소설문학상이 42개로 전체의 84퍼센트를 넘는데, 문학의 주종이 시와 소설이고 종합까지 거기에 포함되니 그 분포는 자연스럽게 보였다. 아동문학(38개), 시조(24개), 수필(12개), 평론(11개) 외에 번역문학, 청소년문학 분야의 상이 적은 것까지 이해되는데 희곡상이 한 개뿐인 것은 의외였다. 연극이 그처럼 많이 공연되고 그 시장도 의외로 넓은 것으로 생각해왔기에 더욱 그랬다.

기왕 펼친 김에 문학상들을 좀더 훑어 도표에 나온 제정 연도를 살펴보았다. 가장 오래된 것이 1948년의 '서울시문화상'이고 그다음이 1954년 사상계가 제정한 '동인문학상', 현대문학사가 당초 신인상으로 만들었다가 '신인'을 뺀 '현대문학상'이 1955년, 그리고 기업체의 문화재단이 만든 '3·1문화상'과 한국 펜클럽에서 시상하는 '번역문학상'이 1960년에 제정되었다. 이렇게 한산하던 문학상 시장이 돌연 1990년대부터 폭증하기 시작해서 그 10년 동안에 115개, 2000년대 들어서 이 통계가 만들어진 2011년까지 150개가 새로 제정되어 한 해 열두어 개씩 새로 생겼다. 이 목록은 그 이름과 시상 기관, 제정 연도(몇몇은 기재되지 않았지만), 시상 분야로만 밝혀져 그 상금액은 어느 정도인지, 몇 명의 수상자가 나왔는지, 신인 등단상인지 기성작가상인지, 그 문학상이 작품상인지, 작가상 혹은 공로상인지 등 상의 규모와 성격을 짐작할 수 없기도 하고 기재된 것 중 내가 알기에 소멸된 것도 있어 유명무실한 것들도 적잖아 우리나라 문학상의 실상을 알아보기에는 미흡한 점도 있었다. 그럼에도 전반적인 추세는 짐작할 수도 있고 그동안에 보고 들은 것으로 추측할 수도 있었다. 나는 그 느낌, 너무 많아서 오히려 그 값이 떨어지는 '과여불급(過如不及)'이기도 하고, 아니 그렇다기보다 너무 많아서 오히려 잘못된 것도 있을 듯하다는 평소의 느낌을 이 한가로운 문학상 목록 헤집기에서 피하지 못하고 다시 만나고 만 것이다.

우선 그 숫자가 너무 많을 뿐 아니라 근래 폭증되었다는 점이 마음에 걸린다. 상이 많은 것은 문학인들에게도 그만큼 많은 영예와 그에 따른 사회적 경의가 두텁다는 점과 더불어 가난한 시인, 작가들에게 경제적으로도 적지 않은 도움을 줄 것이어서 굳이 못마땅해할 일은 아닐 것이다. 그럼에도, 우리나라의 그러지 않아도 많은 문학인, 그 정확한 숫자는 어디에서도 계산해본 적은 없지만 가령 『현대문학』의 신년호에 수록되는 문인주소록의 명단에 오른 숫자보다 몇 배는 넘는 2, 3만 명으로 짐작될 만큼 풍성한 숫자인데, 그 많은 문단 인구에도 374개의 문학상은 너무 많고 그중 70퍼센트가 넘는 265개가 지난 20년 동안 늘어났다는 것이 심상치 않아 보인다. 많다는 것은 그만큼 희귀성 상실로 말미암아 생길 '헐값'의 느낌을 지울 수 없게 만들 것이고 근년에 이처럼 많이 급조되었다는 것이 그 상들의 본의와 관련 없이 속사정을 의심하게 만들게도 하지만, 무엇보다 문학상의 과잉이 문학 자체와 그 종사자들에게 미칠 부정적인 영향을 떠올려주기 때문이다.

지난 20년이란 시대적 성격을 돌이켜보니 한편으로는 민주화를 수행하는 시기였고 다른 한편으로는 지자체를 활성화시켜온 시절이었다. 신문이나 방송을 통해 혹은 지방을 여행하며 지역마다 축제와 특산품 경진, 지역 문화의 시설과 행사의 개발이 왕성해왔음을 보아왔는데 우리의 많은 문학상도 그런 지자체의 실적 늘리기 작업에 요행스레 끼어 유명 작가-시인의 추모 작업의 하나로 제정된 듯하다. 이효석, 김유정, 동리-목월, 박용래, 정지용 등 숱한 작고 작가, 때로는 작품의 이름을 내세운 문학상의 상당수는 그들이 태어난 지역의 문화 사업을 위해 채택되었을 것이다. 그것은 물론 그 지역과 그 고장 출신의 문학적 성취를 기리기 위한 성과로 높이 평가되어야 한다. 거기에, 또 새로 숱하게 태어난 문예지들이나 단체들이 자신들의 이름과 더불어 거기에 얹은 문학인의 이름을 기리는 상을 제정함으로써 상생의 효과를 일으키는 경우도 끼어 있다. 가장 오랜 문학상인 '동인문학상'이나 '이상문학상', '김수영문학상'은 극히 고전적인 예로 그 수상에 부러움을 가져야 할 이름들이거니와, 근년에 숱하게 생긴 시인·작가 명의의 문학상이 족출한 것도 그 시인 작가를 위해서 매우 훌륭한 의례로 존중되어야 할 일이다.

모두가 좋은 의도였고, 훌륭한 선배 작가와 작품을 기리기 위해 제정된 아름다운 상이며 지역적·부문적 성격에 따라 제각각 독자적 효과를 기대할 수 있는 상들임에도, 그래서 그 개별적인 문학상들의 의미와 효과에 진한 동의를 표하지 않을 수 없음에도, 그럼에도, 결과적으로는 반드시 그렇지만은 않다는 것이 내게는 부인할 수 없는 반어로 다가오는 것이다. 그 탓을 곰곰이 따지면서 먼저 들어오는 이유가 앞서 느낀 대로 그 숫자가 너무 많다는 것이었다. 이미 몇 번이나 한, 그 '너무 많음'이 '상'이란 희소성의 가치에서 비롯될 경의를 희석시켜버리는 것이다. "또 상!" "이런 상도 있던가?" 하는 탄식과 회의가 그 상의 무게를 헐겁게 덜어내버리고 마는 것이다. 문학상이 이렇게 많으니 그 값어치도 떨어지고 상의 권위도 헐려버리며 그 상의 자랑할 만한 특성도 찾기 어려워진다. 그래서 그 결과로 나타난 대안이 상금의 고액화이다. '호암상' '인촌상' 등 몇억 원 되는 거액의 상금은 거대 기업에서 제정한 종합 경제-사회-문화상의 하나로 어쩌다 작가가 끼어든 예외적 고액 상금이겠지만, 몇몇의 문학상이 5천만 원, 7천만 원 이상인 것은 우리 경제가 많이 성장했다 하더라도 너무 많은 금액이고 그것도 한편의 단편급 규모에 시상되는 금액으로는 턱없이 많은 액수이다. 그 액수는 외국의 예, 가령 프랑스의 '공쿠르상'이나 일본의 '아쿠타가와상', 미국의 '퓰리처상' 등 우리보다 훨씬 돈이 많고 문화 예술에 대한 사회적 예우가 큰 나라의 상금보다 몇십 배 이상 많다. 내가 아는 한 우리나라의 큰 문학상의 금액보다 더 많은 것은 근년 140만 달러 수준인 '노벨상'뿐이다.

이른바 문학적 선진국의 권위 있는 문학상이 상금이 적음에도 뛰어난 작가들에게도 선망의 대상이 되는 것은 그 상이 지닌 전통의 명예와, 상금은 적지만 그 상의 수상자로서 누리는 작가적 영예와 거기서 얻을 수 있는 원고료-인세 수입의 고액화가 부연되기 때문이다. 우리의 엄청 많은 상금은 그 명예와 시장성을 갖지 못한 데 대한 보상일지도 모른다. 돈 액수로 상의 권위를 얻어보자는, 금전만능주의의 비루한 한 모습을 우리 문학상 운영에서 발견할 수 있지 않을까 싶은 것은 이뿐이 아니다. 수상작을 단행본으로 하여 그 상을 미끼로 상업주의 출판으로 내달리고 있다는 것, 수상작을 문학상 주관처가 출판하기 위해서는 단편을 대상으로 하고 그 단편 하나로는 책을 엮기가 어려워 '수상 후보작들'을 여럿 함께 묶어 단행본의 꼴을 갖추도록 한다는, 한국 문단에서만 볼 수 있는 이상한 현상도 그렇다. 그것들은 문학상 제정의 본의를 왜곡하고 그 효과를 일그러뜨리는 일이다.

문학상의 이름으로 주는 것이 대부분 단편들이라는 한계와 함께, 수상 대상이 작품에 치중되고 있다는 것이 못지않게 심각한, 잇닿은 문제로 떠오른다. 오늘날의 우리 문단이 운영하는 문학상은 대부분 작품상, 그것도 단편을 대상으로 하는 상이기에 소설 문학의 주류로 보아야 할 장편문학이 상대적으로 홀대당하고 있는 것, 이런 분위기 속에서 평생의 문학적 성취를 평가하는 작가상은 없이 단편 작품들로 치중하는 것은 일생을 작가다운 도저한 정신을 지키며 문학적 성취를 위해 노력을 다한 대작가·시인 들을 홀대하며 수상자들을 그때그때의 인기작으로 한정시킬 취약점을 피하기 어렵게 만든다. 내가 아는 한, 현재 '작가상'으로 온 생애에 걸친 문학적 정신과 성과를 평가하여 주는 상은 그 제정이 얼마 안 된 '박경리문학상' 정도다.

나는 우리 문단이 이처럼 활발하고 왕성한 문학상들을 운영하면서 그 부정적인 효과에 짜증을 내는 그 이상으로, 지자체든, 문학인 기념사업회든 왜 그 문학인들의 연구회나 저널 간행에는 그처럼 소홀하고 있는지 안타깝다. 몇몇 문학인 기념 자리는 뉴스레터를 발행해 배포하고 있지만 정작 그 작가들의 연구 성과를 지속적으로 간행하고 학문적 평가를 보이고 있는 것은 '상허문학연구회'

등 몇 안 되는 것으로 알고 있다. 많은 연구거리를 가진 춘원과 횡보는 그의 이름을 건 상조차 없어 쓸쓸한데, 몇십 억씩 들이며 관광지를 만들면서 문학을 위해, 작가의 연구와 기림을 위해 더 필요한 연구지도 없고, 아카이브나 컬렉션의 설치는 더욱 없으면서, 문학 상금만 부풀려 오히려 그 뛰어난 작가, 시인의 이름을 헐값으로 낮추고 있는 게 아닐까, 이런 일들은 그분들과 그분들을 태어나게 한 한국 문학을 위해 오히려 본말이 전도된 큰 실례가 되지 않을까 하는 생각이, 문학상 목록을 보며 한참 동안 생각에 젖던 내가 마지막에 이르는 스산한 결론이었다.

〔『시인수첩』 2013년 가을호〕

시대 속으로

압축된 모더니티, 그 경과 보고를 위한 적요

해방 이후의 '모더니티'?

초등학교 1학년 여름방학 중 새로운 국기를 든 한복의 어른들 행렬에서 느닷없는 "조선 독립 만세" 소리를 들었던 나는 이 '모더니티'란 말을 잘 이해 못 하고, 그래서 거의 쓰지 못한다. '현대성'으로 쉽게 번역할 수 있음에도 '모더니티'란 세련된 말이 함축하고 있을 문명화, 부유함, 양식성(樣式性), 통합성의 실질을 체감하지 못한 탓이리라. 유럽과 미국 혹은 일본을 이제까지도 '선진국'으로 불러야 하는 심리적 열등 의식에서 나는 전쟁과 쿠데타, 빈곤과 부패, 대결 혹은 갈등의 정치사를 견뎌내야 했기에 전세기의 후반부 지식인들이 입버릇만이 아니라 현상 분석과 이론으로 설명하는 '모더니티'는 실감할 수 없는 어휘였고, 그래서 그 모던한 이름을 감히 호명하지도 못했고, 그 시각으로 현재를 검토하는 호사스러움을 감당할 수 없었다. 그러나 이제, 내 생애의 기력지를 덮고 있는 '해방 70주년'에 이르러 돌이켜보면, 그 고난스러운 길과 걸음이 어느덧 '모더니티를 향한 도정'이란 멋진 말로 표현해도 좋을 때가 되었다고 스스로 자부하고 그 시간을 살아올 수 있었던 요행을 우리 시대의 자부로 전위시켜도 부끄러움 없겠다는 자위도 추슬러진다. 그러기에 나는 "언론인, 출판 편집인, 문학평론가로서 되돌아본"이란 청탁의 의도를 빌려, 외국 석학들의 번듯한 이론들을 새삼 공부하고 옮기는 수고를 피하고 내 자신이 보고 겪고 생각하고 느낀 것들을, 그 계기들을 잇고 늘여가며 돌이켜보는 것으로 우리 시대의 '모더니티' 전개 양상을 점검해보기로 한다.

8.15: 민족, 민주, 한글

지금 다시 돌아보아도, 1945년 어느날 '문득' 우리에게 당겨온 해방에서부터 3년 후의 '대한민국 정부 수립'에 이르는 동안 우리의 정체(政體)가 '민족' '민주' '한글'로 설정된 것은 당연하면서도 참으로 '기적적인 당연'이란 생각을 자주한다. 국가적 주체가 한민족이라는 것은 식민의 굴레로부터 벗어나 국민적 정체성을 회복하는 정신적 기저로서 '민족'을 되찾는 것은 당연한 일이었고, 봉건체제와 총독정치를 벗겨준 것이 한반도 남반부에 진주한 미국의 덕분이라 하더라도 이의 없이 곧장 '민주주의'로 설정한 것도 의당 이루어질 일이지만 그 요행들이 그럴수록 신기하며, 우리 백성들이 문자를 사용하고 문화를 일구어온 고대사부터 사용해온 한자에서 5세기 전에 창제되었지만 비문화적 문자로 비하해온 한글을 공용문으로 채택한 것은 참으로 '기적적인 선택'이었다. 새삼스러운 자문이기에 우리의 모더니티 지향의 기반을 이룰 이 세 키워드를 좀더 검토해보고 싶다.

해방 후부터 반 세대 이상 동안 정치적 구호나 시사적 해설 혹은 학문적 논리에서 가장 자주 활용된 어휘가 '민족'이었다. 우리의 정치적 통합을 위해서도 '민족'이 앞장섰고 일제하의 친일 활동을 재판할 때도 '반민족 행위'로 규정되었다. 내가 대학 시절을 보내던 1950년대 후반에 가장 인기 있는 아이템이 '민족주의'였고, 신채호의 "아(我)와 비아(非我)의 대결"로 역사를 설명할 때처럼 국민국가의 관계를 설명하는 이론으로도 한스 콘의 민족주의론이 열강되고 있었다. 그러나 1970년대의 중반 이후 비판적 지식인들과 학생들은 민족 혹은 국민 대신 김지하의 글에서 얻은 '민중'이란 단어를 채용하여 대중화하기 시작했다. 전근대적인 정치·사회·문화를 극복하기 위한 사유와 운동에서 민중이란 말은 참으로 큰 호소력과 동지애를 불러왔다. 봉건적 유제를 연상시키는 이 '민중'은 문학·학문·예술·종교 등 모든 분야의 지적 문화적 활동에 호명될 수 있었다. 따지고 보면, 한문투성이의 복고적 문체의 담시로써 우리의 당대적 모순을 비판하는 '모더니티'의 시대적 감수성을 드러내듯이 전통적 양식이 전위적 실험이 되는 아이러니가 이 민중의 시절에는 가능했다. 그러니까 전통문화, 민족정신의 부활이 '현대적인 것'의 인식 대상이 되었던 것이다. 나는 그때 '민중'이라는 학문적으로 정립되지 않았고 복고성이 짙은 단어보다 근대적인 의미, 이른바 모던한 사회로 미래 지향하는 말로서 '시민'이란 말을 사용하는 것이 어떨까 조심스레 제의한 바 있었다. 그러나 '시민'이란 모더니티의 주체적 어휘가 도입되는 것은 10여 년을 기다려야 했다. 군사정권에서 민간 정부로 권력 이동이 이루어지고 사회적·정치적 금기가 희석되면서 어느 사이 '민중'은 희미해지고 '시민'이 회자되기 시작했다. 시민정부, 시민사회, 시민단체, 시민운동…… 우리 사회의 주체는 1990년대 이후에야 민족에서 시민으로, 민중에서 대중으로 전이될 수 있었다. 그것은 군사정부에서부터 문민 정권으로 통치력이 이양됨으로써 우리 정치가 민주주의의 제도를 실효적으로 정착할 수 있게 되면서였다.

우리의 헌법이 북과 달리 민주주의를 택한 것은 소련이 지도한 북한과 달리 민주주의 국가 미국의 덕분이었을 것이다. 그러나 헌법 조항이나 사회 교과서에 씌어 있고 그렇게 가르친다는 것은 사회적 실제가 민주주의화된다는 것과는 다른 것이었다. 서구 '선진국'과 거의 시차 없이 우리나라는 1인 1표의 투표권이 수행되고 여성참정권을 보장받았지만 정치는 여전히 권위주의에서 독재주의로 악화되었고 사회적 질서에서도 그 형상이 양반과 하인 관계가 허물어졌음에도 관존민비, 권력과 경제-사회-문화가 야합하는 봉건 체제 근방에서 맴돌았다. 그러나 헌법이나 교과서에서 '민주주의''자유'가 빈말로라도 적혀 있는 것과 그렇지 않은 것 사이에는 큰 차이가 있었다. 학교에서, 사회적 공론에서 배우는 민주주의와 자유는 그 실제가 어휘와 다름으로써 현실 비판의 의지를 더욱 강화시켜주었고 언어와 실재의 괴리가 현재를 탄핵함으로써 현실 개혁의 의지에 거대한 동력이 되었다. 역대의 권력 담당자들의 통치가 교과서에서 배운 민주주의와 다를 때, 학생들은 권력의 잘못을 공격했고 책들과 선진국의 전례가 가르친 민주주의의 이념적 모델 지향이 지상의 과제가 되지 않을 수 없었던 것은 그러니까 서구식 교육의 힘이었다. '국부'인 초대 대통령에서부터 근 반세기 후의 통치자까지, 아니 광복 70년이 되는 오늘날까지 독재와 부패의 권력자를 비판하는 데 가장 큰 호소는 그렇게 해서 '민주주의'라는, 해석은 분분할 수 있지만 그 고귀한 가치에는 이의를 제기할 수 없는 언어였다. 이렇다는 것은, 북한이 봉건시대—식민 시대—공산 사회로 한 번도 민주주의를 실험은 물론 그 원칙조차 교육받을 기회가 없이 왕조 체제를 유지하는 것과 비교될 만하다. 우리의 민주화 과정은 학생 혁명과 쿠데타, 유신과 군사정권, 그리고 이에 대한 격렬한 항의와 반체제 운동의 고통스러운 수난을 거쳐야 했지만 그 대가로 얻은 자유민주주의는 이제 아마도 상당히 안정된 상태로 정착되었고, "피를 흘리며" 획득한 그 과정이야말로 우리의 정치적 모더니티를 기념하는 힘찬 역사 과정으로 기록되어야 할 것이다.

내가 가장 감탄하는 해방 후의 정치적 선택은 한글의 공용화이다. 한글은 내간문이나 언문의 형태로, 한자의 억압 속에서도 맥락을 유지해왔지만 해방 후의 교과서나 일반 도서, 행정 문서에서 공용어로 채택된 것은 민족적 아이덴티티의 설정을 위해서나 훗날의 한글 기계화라는 문명 체계의 변혁을 위해서 참으로 기적적인 다행으로 여겨진다. 우리의 초대 대통령은 한문으로 성장기의 교양을 익혔고 새로운 교육은 미국에서 박사학위를 받은 영어였음에도 해방 후의 준비 안 된 컬리큘럼에서 한글 전용을 실시했고 1950년 대에는 한글 전용을 요청했다. 그의 제의는 바로 받아들여지지 않았지만 제한 한자 시행으로 한글세대가 자라나기 시작했고 1960년 대 중반에는 그들이 사회와 문화에 진입하면서 한국 문화는 한글 체계로 성숙했다. 일본어 세대들의 문체를 벗어난 이른바 4·19세 대의 문학적 진입은 계간지들의 한글화를 이끌었고 이 변화는 독자들과 함께 1990년대의 일반 잡지와 신문까지 한글화와 가로쓰기로 전환함으로써 한국인은 비로소 시니피앙과 시니피에가 일치하는 문화를 생활할 수 있게 되었다. 그것은 분명 문화적 혁명이었다. 그 과정은 느리고 분명한 인식을 갖지 못한 채 진행되었지만, 한글 전용과 그 보편적 실용화는 한국 문화의 모더니티에 실체를 제공했다. 민족의 해방은 1945년에, 국가적 독립은 1948년에 이루어졌지만, 진정한 국민 문화의 독자성은 1980년대부터 시작되었다는 것은 지나친 말일 수도 있지만 우리의 모더니티가 우리 언어와 문자 생활의 독자성·독립성·보편성·공용성에서 시작되었다는 평가는 주목되어야 할 것이다.

6·25: 파괴, 생존, 변화

해방 5년 후에 발발한 한국전쟁은 우리 민족사의 가장 비극적이고 참담한 사태였고 55년이 지난 지금까지도 꿈틀대는 우리 국가와 사회의 역사에서도 가장 근본적인 모순 구조를 이룬다. 그 원인은 한국을 일본 식민 상태로부터 해방시켜준 4개의 강대국 협의에 있었지만 그로 말미암은 수난은 모조리 한국인의 것이었다. 그러나 역사는 성취의 대가를 요구하기도 하지만, 거기서 지혜를 얻는다면, 희생에 대한 보상도 허락한다. 내가 한국전쟁의 피해 의식을 극복할 수 있었던 것은 1970년대 중반 정치학자 민병태 교수가 6·25를 수난 의식으로부터 주체적 수용으로 적극화할 것을 권고한 글을 읽고서였다. 피할 수 없었던 희생이 우리의 몫이었다면 우리가 해야 할 것은 그 희생을 남의 탓으로 돌리는 데서 돌이켜, 우리 자신의 문제로 받아들이고 그것을 주체적으로 극복할 길을 모색해야 할 일이었다. 여기서 나는 6·25전쟁에서 비롯된 갖가지 부정적인 양상들을 우리 스스로가 극복해야 한다는 것을 깨우쳤고, 전쟁의 파괴, 생존의 문제, 그리고 사회적으로 전개된 이동의 문제를 긍정적인 시각으로 반전시켜 바라볼 수 있다는 것을 깨달았다.

우리 민족사에서 처음 보는 골육상쟁의 내란은 유사 이래 가장 처참한 파괴와 죽음을 저질렀다. 땅은 폐허가 되었고 사람들은 아귀처럼 변했으며 사회는 질서를 잃었다. 그러나 그 단말마적인 상황은 오히려 사태를 전환할 계기를 제공했다. 전쟁으로 인한 사회적 붕괴는 우리 삶에 끈질기게 남아 있던 봉건 체제를 무너뜨렸고 양반 보수 체제를 부정했다. 그 사회적·계급적 타성의 부정이 삶의 동력이 되어 어떻게든 생존을 향한 집요한 투쟁력을 길러주었다. 전후의 부흥과 한강의 기적은 이런 기아 상태를 경험함으로써 획득될 수 있는 강인한 생존력에서 태어난 것이었다. 더구나 분명한 '내전'이었음에도 남에는 미국을 비롯한 16개국의 '우방'이 참전했고 북도 '중공'과 소련이 참여한 국제전이었다. '조용한 나라 조선'의 폐쇄성에서 국제적·지정학적으로, 원하지 않았지만 개방적 위상으로 존재 전이를 일으킨 것이다. 그것은 한국으로 세계의 시선을 이끌면서 한국인의 시각도 세계로 넓히는 효과를 가져왔다. 1960년대 중반에 독일로 광부와 간호사가 파견되었고 군인들은 월남전에 참전했다. 그것은 건설업의 해외 진출을 유도했고 드디어 취업·이민·교육·업무로 한국인의 해외 진출 혹은 한국의 국제화가 시작된다. 이 이동의 전초가 한국전쟁이었다. 북에서 남으로의 대거 이주, 그리고 산업화가 이끈 농촌에서 도시화로의 인구 이동이 이루어졌고 그것이 국경을 넘어 기업으로, 교육을 위해, 그리고 마침내 삶의 터전 옮기기로 확산되었다. 이 이동의 자유화, 국경의 경계망 초월이 인식의 개방을 키우면서 문화적 시선 확대를 촉진했다. 일어 세대들의 일본 문화 혹은 그것을 통한 서구 문화의 수입을 벗어나 영어권과 서구권의 언어로 직접적인 문화 접촉을 시작했고 유학과 기업 업무를 통해 지적·정신적 서구화에 접근하기 시작했다. 1950년대의 『사상계』와 1960, 70년대의 계간지 등 많은 잡지와 서적은 서구의 교양과 사상을 도입했고 우리가 젖어왔던 전래의 동양적 사유와 의식을 서구화했다. 그 서구화는 반공주의 때문에 절반밖에 이루지 못한 불구 상태였지만 그럼에 도 전혀 없는 것보다 훌륭하게 우리 의식의 진화에 기여했고 여기 서 비롯된 그 확산의 효과는 끝내 금기로 여겨온 좌파 이념의 수용 까지 가능하게 했다. 삶의 터전과 사유의 기틀이 자유롭게 이동할 수 있게 된 것은 폐허에서 찾아낸 진보로의 오솔길이었지만 그 작 은 틈새와 움직임이 오늘의 한국으로 길을 터놓은 것이다. 남극에 서는 어떤 방향으로 가든 그 모두가 북쪽을 향한 걸음걸인 것처럼, 최후진의 우리는 어떤 길로 가든, 이동과 변화를 지향하는 한, 모 더니티로의 길로 가고 있었던 것이다.

4 · 19와 5 · 16: 변화 추구와 그 성취

나는 대학 4학년 때 4 · 19를 맞았고 이듬해 대학원에 들어가면 서 5 · 16에 맞닥뜨렸다. 1960년의 나는 문리대 캠퍼스에서 뜨거운 동료 대학생들의 열기를 우울하게 바라보았고 다음 해의 서울 거 리에서 도열한 탱크를 구경하며 절망하고 있었다. 4 · 19는 장난처 럼 시작되었기에 이건 아니다 싶었던 것이고 5 · 16은 그 전해에 감 동받았던 학생 혁명을 부정하는 반동의 승리여서 더 이상 정치학 이란 학문이 용서될 수 없다고 느꼈다. 그리고 한 시절이 흐르면서 나는 4·19가 정치적 혁명에는 실패일 수 있지만 그럴수록 그것이 문화적 혁명이란 집념은 더욱 강해졌고, 박정희 대통령이 시해되었다는 소식을 들은 첫 생각은 그 독재자는 언젠가 재평가될 것이며 우리 민주주의의 실현은 그의 독재적 경제성장 덕분으로 여겨져야 할 것이란 점이었다. 그리고 육십대의 낡은 세대가 되면서 1960년대 초에 이루어진 그 두 사태를 얽어 나는 그것을 '이인삼각'으로 평했다. 당대적 사태들에 대한 평가를 하는 데 있어 나는 변했던 것인가. 아마 나이가 나의 역사를 보는 눈을 관대함에 젖도록 하기도 했을 것이다. 그러나 그것만이 아니다. 나는 4·19와 5·16의 역사에서 근대화를 향한 움직임을 보았던 것이다.

4·19는 우리 모두가 인정하다시피 한국사에서 처음으로 '아래로부터의 혁명'을 이룬 사건이었다. 고려 시대의 만적이나 조선조 말의 동학은 모두 '난(亂)'으로 표기되었고 그랬던 것은 그 민중적 저항이 실패했기 때문이었다. 4·19는 반란이 아니라 저항이었고 학생들과 시민들의 비판적 시위로 집권자들 스스로 하야하거나 자결시킨 사건이었다. 그것은 민주주의의 의식이 팽만해왔음을 가리키는 것이었고 밑으로부터의 정권 교체가 가능하다는 최초의 국가사적 성공 사례를 보여준 사건이었다. 이 성과는, 권력자의 횡포에 대한 복종이 숙명적인 것이 아니고 대안적 선택을 추구할 수 있음을, 통치자의 선출은 국민의 권리라는 민주주의의 기본을 이론적으로 그리고 실천적으로 확인시켜주는 귀중한 경험을 심어주었다. 학생들과 시민들에 의해 이루어진 4·19 혁명의 의미는 저항의

정당성과 그 성공이 '변화에 대한 자신감'을 키워줌으로써 우리 민족의 역사에서 비로소 주체적이고 미래전망적인 인식을 깨우쳐준, 정말 대단한 혁명적 사유를 일구어주었다. 5·16은 4·19의 민주주의를 향한 의지와 열망을 배반한 것이지만 경제개발 5개년 '계획'이란 말에서 짐작할 수 있듯이 미래로의 진행은 수동적인 적응이 아니라 선택적인 추구에서 기획·수행될 수 있다는 의지의 표현이었다. 그 두 길항적인 어휘는 그럼에도 주체적 자부심과 미래를 향한 변화의 선택이란 점에서는 같은 길을 가고 있었다. 4·19가 대학생들에 의해 자유민주주의를 지향하고 있다는 점, 5·16이 군부에 의해 경제 성장주의를 추구하고 있다는 점에서 서로 달랐고 그 후의 우리 역사는 이 지향의 문제적 상충으로 숱한 질곡의 사태를 겪어야 했다. 4·19의 '혁명' 정신은 곧 5·16의 '반공주의'에 억압당하고 '유신'과 '긴급명령'으로 4·19의 자유민주주의 함성이 금지되었지만, 그럼에도 5·16이 이룬 경제 성장 정책의 성과는 또 다른 모더니티의 구성에 크게 기여한다. 5·16 군사정부의 경제개발 5개년 계획(이 계획은 4·19 후의 민주당 정부에서 입안되었다는 설이 있지만)의 추진은 세 가지 점에서 한국사의 전환에 거대한 자극을 가한다. 그 경제 계획이 이룬 성장의 효과가 국민들의 빈곤 상태를 개선하기 시작하면서 중산층을 구축하기 시작했다는 점, 중산층의 성장이 시민 의식을 성숙시켜 민주주의적 실제의 정착을 유도했다는 점, 그리고 '하면 된다'라는 구호로 압축되었지만, 우리 민족의 오랜 숙명론에서 자기 운명의 개척 의지를 함양했다는 점이 그

것이다. 우리는 조선조의 봉건 체제와 중화주의의 그늘 속에서 일
제 시대 관학자들의 사관에 의해 지정학적 숙명론에 젖어 있었고
정태적 식민 사관에 지배당하고 있었다. 우리 자신의 운명론과 타
율적 전망에서 비관하고 20세기의 우리 역사에서 새로이 다가오는
변화들마다 국권 상실, 남북 분단, 한국전쟁을 당해야 했기에 '변
화'의 사태에는 피할 수 없이 부정적 인식을 함의해야 했지만, 그
러나 4·19에서 그 가능성을 본 정치적 민주화, 5·16에서 제고된
경제성장을 통해 미래에 도전하고 그것을 기획하는 거대한 심리
적 변화를 키워주었다. 그럼으로써 우리는 근대적 의식과 현대적
사유를 담지하며 우리 스스로의 운명을 개척하고 관리하고 개혁할
수 있다는 자신감, 그 가능성을 깨닫게 된 것이다.

　그 의식 혹은 무의식 상태에서 1960년대의 정치적·경제적·문화
적 자기 정체성의 폭넓은 모험이 시작된다. 정치는 군사정권과 카
리스마적 통치자에 의해 민주화로의 길이 정체되고 자유주의는 억
압당하는 과정을 밟지만, 한일 수교 반대 운동에서부터 언론 자유
운동에 이르는 10년 동안, 그 억압이 강화될수록 지식인과 학생 들
의 비판은 강렬해졌고 자유와 민주주의를 향한 열망은 더욱 뜨거
워졌다. 이 치열한 대결은 반체제 세력의 지칠 줄 모르는 항의와
비판으로 유신을 넘고, 군부 정권의 계엄을 이겨 마침내 1980년의
5·18을 거쳐 그 시대 후반의 6·29로 폭발하며 우리 역사의 새로운
전환을 이룰 거대한 성취에 이른다. 고속도로의 건설에서부터 시
작된 경제 성장 드라이브는 농업 사회에서 공업 사회로, 경공업에

서 중공업으로 경제사회적 구조를 변화시키면서 수출 입국의 성공 사례를 만든다. 이 경제 성장 욕구는 민주주의를 위해 두 가지 기여를 한다. 하나는 권력의 유지를 위해 필요한 빈민 정책이 아니라 부민 정책을 추구하고 그 결과가 앞서 말한 민주주의의 담보 계층인 중산층을 육성했다는 것, 두번째는 정치적으로 권력의 폐쇄성을 강행했지만 경제적으로는 개방정책을 채용함으로서 정치적 억압에도 불구하고 그 폐쇄성으로 제한당한 자유민주주의적 열의가 경제성장을 위해 허용되지 않을 수 없는 대외 개방정책에 끼어들어 슬그머니 우리 지식사회와 산업화 사회로 묻혀 들어오게 되었다는 점이다. 정치적 민주주의의 현장 운동가들과 경제적 산업화 주체들이 4·19세대와 겹친다는 것이 우리 역사의 행운이었다. 그들은 김현이 힘주어 강조했듯이 모국어를 통해 읽고 쓰고 사유하는 한글세대였고 산업 현장에서는 토착 경제에서 벗어나 현대 공업과 과학 기술을 습득한 산업화 세대였다. 이들의 '이인삼각'의 효과는 이렇게 해서 가능해진 것이다.

1960년대 중반 우리 사회의 학계·언론계 등 공론장에서 가장 뜨거운 쟁점은 근대화론과 한국학 구축이었다. 우리 사회가 당면하고 혹은 지향하고 있는 '근대화'의 정체는 무엇인가, 그것은 우리보다 앞선 서구화를 의미하는가 아니면 우리 자신의 독자적인 길을 찾는 것인가 혹은 제3의 길이 있는가. 이 질문은 근본적이면서도 대답이 어려운 질문이었다. 당시의 권력자는 '한국적 민주주의' 혹은 '토착적 근대화'라는 구호로 후자의 길을 주장했지만 경제성장이 서구적 모델을 따르고 그들로부터 기술과 경영을 배우는 한 보편적 혹은 서구적 근대화의 패턴을 따르지 않을 수는 없었다. 한국사에 대한 반성은 해방 20년 후, 이기백·김철준·천관우 등 식민지 시대 전후에 대학 공부를 한 세대들의 자기반성에서 먼저 시작되어 한국의 정체성(停滯性)을 극복하고 한국사의 주체적 동태 사관을 확립하는 새로운 한국학의 성립으로 발전한다. 아카데미의 이 적극적인 움직임에 맞추어 '한글세대'임을 자부하는 젊은 4·19 주체들은 문학과 정치의 관계 설정에서부터 문학의 표현 방법과 그 효과에 대해 자신들이 열어놓은 계간지 시대의 잡지들을 통해 토론을 하기 시작한다. 이 역동적인 시대야말로 사회적·문화적, 혹은 지적·정치적 꿈틀거림이며 그것이 종내 한국 모더니티를 향한 고난스러우면서도 열정적인 과도기의 상황을 현시해주는 것이다.

5·18과 6·29: 그래도 모더니티로

내재적 발전과 변화에도 불구하고, 그러나 모더니티로의 행로는 결코 평탄할 수만은 없었고 그것이 지니는 가치를 확산시키기 위해서는 대가가 필요했다. 1979년의 대통령 시해와 그에 이은 잠시 동안의 '서울의 봄' 그리고 잔인한 5·18의 희생이 요구되었다. 그것은 우리 역사에서 새로운 사태는 아니었을 것이다. 우리 근대사에만도 식민지 시대의 제암리와 해방 후의 제주 4·3 사태, 6·25 중에도 거창 사건 등 대량 학살의 수난을 그것은 환기시켜주었다. 그러나 그 기억들과 광주의 5·18에는 근본적으로 다른 것이 있었다. 그것은 우리의 인식과 일상이 민주주의와 인권이 무엇인가를 알고 익히고 있을 때 자행된 사건이었다. 이 때문에 신군부 정권은 민심 달래기를 위해 여러 진정책을 써야 했고 그 가운데 하나가 통금 해제였다. 심야 거동을 못 하게 하는 정부의 조처는 내가 어렸을 때부터 겪은 일이었고 그래서 1980년대 통금이 해제되고 밤을 즐기는 일은 비로소 맛보는 해방감이었다. 해묵은 금기에 대한 해제 분위기는 문자 정책에서 더욱 적극적이었다. 유신 시대의 반체제적 인식과 운동은 반정부 비판을 넘어서 자연스레 진보주의 곧 좌경 이론으로 움직여갔고 그것은 마르크시즘과 혁명에 대한 논의를 이끌어왔다. 내가 관여하던 출판사에서 『난장이가 쏘아올린 작은 공』으로 노동자 계층에 대한 관심을 촉발하고 『광장』으로 우리의 현실을 남북 이념의 한자리로 모아 비판적으로 관찰하게끔 한 데 이어 『소외론 연구』로 마르크시즘을 소개하고 『러시아 혁명사』를 통해 계급 전복의 역사를 고찰시킨 것은 이런 변화의 선편을 보이는 것이었다. 이른바 '사회과학 도서'는 계몽주의 시대의 '철학 도서'가 프랑스혁명의 기반이 되었던 것처럼 우리 사회에 대한 구조적 관점과 그 변혁에의 의지를 북돋는 것이었다. 이 좌파와 혁명의 도서에 대한 출판권의 추구는 북한 작가의 작품과 김일성의 전집 간행으로까지 발전한다. 그것들은 당초 '금서'로 '판매 금지'의 조처를 당했지만 지하 유통망과 복사기 활용으로 그 조처가 실효를 거둘 수는 없었다. 정부는 마침내 금서 정책을 제한적으로 포기했다. 마르크시즘을 비판하는 연구서의 간행과 온건한 월북 작가의 작품 출판을 허용한다는 것이었다. 그러나 비판하기 위해서는 알아야 했고 조금 알면 더 알아야 했다. '좌파 상업주의'란 비판을 받기도 했지만 동구권만이 아니라 중공, 북한에서 간행된 좌파 이념 도서들과 홍명희의 『임꺽정』과 김일성의 작품으로 알려진 『피바다』까지 서점에 전시되었다. 부분적인 해제는 곧 전면적인 해제로 발전할 수밖에 없는 것이었다.

이 마르크시즘과 좌파 이론서, 작품 들이 간행되는 자유로의 과정과 더불어 좌파 사상까지 솟아나기 시작한다. 주변부자본주의론 등 운동권의 주장들과 논쟁들, 『노동의 새벽』같은 계급 갈등의 정치사회적 시문학들이 간행되고 노동자, 위장 취업생, 지식인 들의 운동들에서 인식과 사유의 변혁이 요구된다. 그 목소리와 효과는 그리 길지 않았지만 우리 사회에 비로소 독립적인 노동운동도 보장받았고 사회주의 정당도 여의도에 국회의원으로 진출시킬 수 있게 되었다. 나는 좌파의 진보적 사유와 운동이 불과 반 세대도 안 되어 그만큼 활발하게 활동하고 지지를 받기도 했다는 사실 못지않게 그럴 만큼 사상과 표현의 자유가 지식인들과 국민들에게 확보되었음을 평가하고 싶다. 그것은 1940년대 후반의 해방 공간기 이후 처음 보는 좌우익 도서와 정치 운동의 병존, 그러니까 사상과 출판의 자유를 성취시켜준 것이다. 그리고 아이러니하게도, 사상과 출판의 자유가 확보되면서 좌파 진보 이념 도서와 그 사상에 대한 인식은 서구 마르크시즘의 아카데믹한 저서들을 통해 여전히 영향력을 가지고 있었음에도 불구하고 그 현실 사회주의적 호소력들과 호기심은 흐릿해지고 만다. 금지당했기 때문에 그 이념 체계는 강렬할 수 있었지만, 한 세기 전의 마르크시즘이 물질적·정신적 체계가 현저히 달라지고 이미 상당한 정도로 자본주의적 체계로 산업화된 한국의 중산층에 여전한 효력을 발휘하기에는 한계를 갖지 않을 수 없었을 것이다. 군사정권에서 문민정부로 권력이 이양되면서 이 자유민주주의 체제에 대한 수용은 전폭적인 확산을 이루고 지식인들과 작가들의 의식이 달라진다. 그 표현이 6·29선언이다. 이에 앞선 부천 성고문 사건, 박종철 고문 사건, 이한열 피살 사건 등 민주주의와 비판의 자유를 외치며 당한 수난을 거쳐 마침내 1960년 이승만의 하야 성명으로부터 근 한 세대 만에, 시민들에게 권력의 투항 선언이 이루어지고 마침내 한국의 민주화는 그 성공을 자축할 수 있게 된다. 그것은 1987년이었고 우리가 해방된 지 한 세대를 넘어서였다.

그러면서 이른바 포스트모더니즘 혹은 여기서 표방하고 싶은 모더니티가 본격적으로 피어나기 시작한다. 우리의 국민소득은 내가 대학 다닐 때보다 2백 배 이상 올랐고 나라의 경제력 수준은 세계 10위권으로 상승했으며 2차 세계대전으로 해방된 나라로서 유일하게 원조 받던 나라에서 원조를 하는 나라로 비약했다. 그 경제적 성장 위에서 스포츠 산업과 관광 산업이 크게 발전했고 가령 삼성은 일본의 도요타보다 앞선 세계 7위의 브랜드 가치를 자랑하고 있다. 방송·신문·잡지는 내가 젊어 언론계와 출판계에서 거의 관심조차 보이지 않던 자동차, 패션, 요리, 가구, 장식품, 그리고 성형에 이르기까지 갖가지 '아름답고 품위 있는' 삶의 도구와 형식들을 광고하고 품평한다. 무엇보다 도서 출판이 한 해 신간 4만 종 이상으로 세계의 상위권에 올라 있고 도서관, 미술관, 박물관, 기념관, 음악관이 곳곳에 세워지며 뮤지컬을 비롯한 공연 예술과 전시회가 활발하게 이루어지고 영화도 최고의 국제상을 수상하며 노래와 음식, 드라마와 패션 등 갖가지에서 '한류 바람'을 타고 적극적으로 해외에 진출한다. 마이카 시대의 IT 최선진국으로 해외에 인기가 대단한 TV와 인터넷 블로그들을 타면서 국제적 판타지로 번지는 등등, 어느 사이 '고리타분한 전 세대'로 밀려난 나로서는 상상할 수 없으리만큼 문화적 활동들이 전개되고 있다. 우리의 의식도 '단일민족의 우수성'을 자랑하던 데서부터 '다문화 가정'의 조화를 예찬하고 반도덕적으로 혐오받아오던 성적 소수자들이 당당하게 커밍아웃하며 그 인권을 요구한다. 여성의 사회 진출이 모든 방향으로 확산되면서 싱글족 인구가 급상승하고 화제는 거대 담론을 기피하고 미세 권력의 중요성이 강조됨으로써 선진 사회의 모더니티에 밀리지 않는 고품위의 문화적 위상을 보여준다. 삶의 길이와 크기, 그 양과 질도 대폭 개선되었으며 그 삶의 방식은 더욱 현저하게 바뀌었다. 컴퓨터와 스마트폰이 생활의 중심이 되었고 사이버가 현실을 대체하기 시작했다. 이제 이만큼에 이르렀다면, 우리도 모던한 삶을 누리게 되었다고, 우리가 마침내 모더니즘의 문명 수준에 이르렀다고, 그리하여 모더니티의 세계를 살고 있다고 자부해도 되는 게 아닐까.

압축된 모더니티, 그 뒤틀림

나는 나보다 35년 아래인 내 아들과 토론을 하다가 문득 이야기들이 겉돈다는 느낌을 가진 적이 있었다. 그리고 그 겉돎이 나는 근 60년 전의 내 대학생 시절을 기준하여 대조하며 논리를 전개하고 있었고 아들은 자기가 공부한 미국의 오늘을 기준으로 삼아 비교하는 데서 비롯된 것임을 깨닫는 데 오래 걸리지 않았다. 나의 해방 후 70년은 아들에게는 여전히 모자라고 못난 모습일 수 있었지만 내게는 참으로 벽해상전의 변화였고 성장이었고 발전이었다. 그 기준의 차이 때문에 내게 좋은 점도 있었다. 아들은 한국의 상태에 대해 불만이었지만 나는 거의 예상할 수 없었던 진전을 이룬 사회를 살게 되었고 그 변화들을 즐기는 중인 것이었다. 내가 식민지 시대 말기에 태어나 전쟁과 독재의 험한 과정을 겪었다 하더라도 내가 살아온 시대에 대한 성취와 자부는 크게 자랑할 만한 것이었다. 그것이 어느 정도냐 하면, 우리의 정치사에서 연이어 실패한 대통령들의 통치 시대에 이루어진 성과들에 대해서도 매우 긍정적이었던 것이다. 가령 쿠데타로 집권해서 장기 독재를 감행한 시대에는 경제적 성장을 통해 오늘의 우리가 가능할 상태를 조성했고, 그 뒤를 이은 신군부 통치의 시대는 인플레가 진정되고 경제 발전의 기조가 정착되었으며, 그다음의 두번째 군부 통치는 민간 정부로의 연착륙을 이루면서 대내적으로는 신도시를 만들어 생활 영역을 넓혔고, 대외적으로는 중국과 러시아 등 이념을 넘어선 외교 관계를 수립했다. 다음의 민간 정부 시대는 금융 실명제를 시행해서 경제 거래를 현대화했고 군의 사적 조직을 해체하여 무력 쿠데타의 싹을 지웠으며 다음 시대에는 IMF 체제를 가장 빨리 극복하며 남북 간의 소통에 성공했고 다음 대통령은 권력의 시민화와 정치적 낭만주의를 보여주었다. 그 통치자들의 말기나 퇴임 후의 형편이 무척 난감했음에도, 나의 이 같은 호의적 평가는 내 나이가 가져다준 관대함 덕분만일까.

그럼에도 내 불안이 가시는 것은 아니다. 우리의 압축된 성장, 그 긴박하게 추진되어온 '모더니티'가 그 대가를 요구해올 것이고 그 예징이 보이기 때문이다. 삶의 편의가 가져다주는 안락이 진지해야 할 우리의 삶에 대한 태도를 휘발시키지 않을까, 생활의 풍요가 안겨주는 사치스러움이 우리의 물신주의를 조장하는 것은 아닐까, 장식적 아름다움의 추구가 인간의 본질을 왜곡시키는 것은 아닐까, 관계의 부도덕함이 자유로 오해되는 것은 아닐까, 자의적 주장이 민주주의로 왜곡되는 게 아닐까, 부적절한 다수가 정당한 소수를 압박하는 것은 아닐까, 길고 큰 것을 잘하는 것과 의미있는 것으로 착각하는 것은 아닐까, 후진국 지식인의 콤플렉스와 주변부 문화란 자의식을 모더니티적 상처로 안고 있는 것은 아닐까…… 아니 나는 지금, 나이가 많다는 이유로, 내 1960년대적 잣대로 반세기가 지난 오늘의 것들을 재며 기(杞)나라 사람처럼 어리석은 걱정을 하고 있는지도 모르겠다. 어느 시대의 어떤 세대나 자신들을 드러내고 혹은 누릴 수 있는 당대적 형상을, 이 자리의 방식으로 말하면, 그 각각의 '모더니티'를 소유하고 있을 터이고 우리는 당연한 그 권리를 승인해주어야 할 것이 분명한데, 그 형상이 압축된 과정을 통해 축적된 '비정상의 정상화' 혹은 '비동시적인 것의 공존 현상'임에도 그것을 '모더니티'로 착각하고 있는 것은 아닐까. 나는 이런 내 회의와 주저 들을 '모더니티 네이티브'로 성장한 후배들에게 맡겨야 하리라. 시대의 흐름 와중에 살아온 사람이 자기 시대를 평가하는 것은 분명 오만한 짓이니까.

〔『문학과사회』 2015년 가을호〕

6·25, 한국전쟁, 분단 체제, 그리고……*

—그 역사에 대한 우리 소설의 관점들

　칠십대 중반으로 들어서는 소설가 김원일은 지난해 장편『아들의 아버지』를 상자했고 올봄 단편「비단길」을 발표했다. 노익장의 작가 활동이라 하더라도 그의 이 잇따른 작품 활동이 새삼스럽지만, 내가 여기서 주목하는 것은 그 두 편의 장·단편 소설들이 오랫동안 잠적했던 한국전쟁을 다시 불러내는 6·25 소설이라는 점이었다. 1973년「어둠의 혼」으로 빨치산 아버지의 죽음에서 이 세계의 혼란을 깨닫게 된 이후 김원일의 집요한 주제는 한국전쟁과 거기서 빚어진 갖가지 숱한 고통들과 비극으로 집중되어,『노을』『겨울 골짜기』『마당깊은 집』의 뛰어난 작품들에 이어 20년 만에 완

---

* 이 원고는 2014년 6월 21일 고대에서 열린 국제비교한국학회의 '한국전쟁과 세계문학' 심포지엄의 기조 강연을 위해 작성되어 낭독으로 발표된 글이다.

218

성한 7권의 대작『불의 제전』을 1997년에 완성한 후 그의 소설들은 6·25를 떠나 있었다. 그런 그가 17년 만에 다시 6·25를 호명하고 있는 것이다. 이 두 작품은 장·단편의 장르적 구별과 함께 그 주제와 수법에서도 현저한 차이를 보이고 있어,『아들의 아버지』는 자료와 회고, 문건과 유추를 통해, '장편소설'이란 표기에도 불구하고 '전기적 실록'으로 적어야 마땅할 논픽션으로 작가의 아버지가 살아온 한 생애를 재구성하고 있는 데 반해,「비단길」은 한국전쟁 때 월북한 남편과, 남한에 남아 자식들을 기르며 고생스레 살아온 아내가 이산가족 재회의 기회에 60년 만에 만나는 이야기를 작가 특유의 섬세한 서술을 통해 수기처럼 재현한 사실주의적 픽션이다. 그 대조와 더불어 지금의 내게 중요하게 다가오는 것은 그 두 작품이 이르는 닫힌 결말들이다. 인편으로 아버지의 마지막을 알게 된 아들의 '소설'『아들의 아버지』는 "강원도 금강산 부근 요양소에서 마지막 생을 마친 당시 아버지의 연세는 62세였다. 어머니는 아버지와 생이별한 전쟁이 났던 해가 35세였는데, 당신은 아버지보다 4년을 더 살다 1980년 65세로 서울에서 별세했다"로 끝나고,「비단길」에서의 어머니는 "아버지를 상봉하고 돌아온 후" "60년 만에 아버지를 보았지만 이틀 만에 다시 생이별했고 이제 살아생전 다시는 만날 수 없으리라는 정신적 충격"으로 "서너 달을 통원치료를 받아야 할 정도로 심하게 앓"고서 "완전한 치매 상태로 들어간" 후 "사막의 비단길이 눈앞에 펼쳐지기라도 한 듯" 아버지로 잘못 알아본 아들에게 "이 길로 이제 따라나서서, 쌀밥에

고기반찬으로 모시고 싶습니더"라고 "어리광을 부리며 애원"하는 장면으로 마감된다. 하나는 죽음으로, 또 하나는 치매로 매듭짓는 김원일의 이 두 소설은 아마도 한국전쟁에 대한 오늘의 우리가 이르게 된 현재적 시선이 아닐까 싶어지면서, 40여 년 동안 씨름해온 작가가 이제 이 주제와의 결별을 시사해주는 듯해 다소 아쉬움에 찬 소회를 느낀다. 작가의 이 결론은 드디어 한국전쟁의 문학적 접근, 적어도 한국전쟁에 압도당했던 작가들이 우리 민족사에서 가장 뜨거웠던 6·25사변의 비극적 의식에서 물러나, 한 시대 우리 소설사의 대종을 이루었던 6·25의 문학적 작업이 역사학 도서관의 문건으로 이송되는 중이란 소감을 피할 수 없게 한다.

나는 김원일의 최근 소설이 드러내는 한국전쟁에의 결말이 주는 간섭을 피하면서도, 우리의 그 전쟁은 완결된 것인지, 우리 분단 상황이 새로운 미래로의 전개를 어떻게 정향시킬 것인지의 전망에 대해 때로는 긍정적, 또 때로는 부정적인 인식에서 낙관과 비관을 교차적으로 품으면서 60여 년 전의 그 피어린 골육상쟁의 비극을 회상하고 그 고난 때문에 더욱 풍부해진 한국 문학의 자산을 새로이 환기하며 오늘의 한국에 기여한 한국전쟁의 의미에 접근하고 싶다. 물론 이 작업은 잊고 싶어 하면서도 상기하지 않으면 안될 주제이며 방대하면서도 세심한 검토를 요구하는 동시에 여전히 미제 상태의 착잡한 사건이어서 대부분 판단을 유보시켜야 할 해석과 평가로 그쳐야 할 것이다. 나는 내 좁은 소견으로 바라본 바의 한국전쟁과 6·25 소설의 독서를 통해 내 나름의 관점에서 그것의 문학적 시각과 접근법을 정리하는 것으로 내 책임을 다할 수밖에 없을 것이다.

홍성원은 6·25전쟁을 본격적인 총체소설적 형태로 재구성한 대작 『남과 북』에서 8군사령관 워커 장군의 "한국전쟁은 잘못된 시기에 잘못된 장소에서 일어난 잘못된 전쟁"이란 언급을 인용하고 있지만, 나로서는 그 '잘못'이 무엇에 기대어 내린 질책인지 그 문맥을 이해하지 못한 채, 1950년 유라시아의 동부 지역 끝에 매달린 작고 조용한 반도에서 일어난 3년 동안의 전쟁이 세계사에서도 매우 이례적인 것이었다는 점은 분명히 강조하고 싶다. 그것은 다난한 역사를 지녀온 인류사에서도 참으로 예외적인 전쟁이었다. 다시 보면 이렇다: 1) 6·25사변은 국권의 상실과 이민족의 식민 통치, 그리고 해방과 함께 온 남북 분단의 잇따른 20세기 전반기의 비극적인 한국 근대사에 다시 어느 날 느닷없이 발발한 골육상쟁으로 그 이전의 역성혁명이나 임진·병자의 외침보다 더욱 가혹하고 처참한 전쟁이었다. 3년여에 걸친 이 전쟁은 한민족 전체의 삶의 기반을 전복하며 인간 존재의 위상까지 난타한, 같은 민족의 혈전, 한 마을과 같은 가문 안에서의 살육과 보복, 투쟁과 희생이 자행된, 우리 역사의 가장 참혹한 전쟁이었다. 2) 6·25는 분명한 내전이었음에도 유엔 16개국과 중국이 참여한 세계대전적 국제전이었다. 비슷한 예가 있다면 반 세대 전후의 스페인 내란과 월남전일 것인데 그 전쟁의 규모나 국제적 참여 수준에서 단순한

국내전으로 국지화할 수 없는 지구의 두 블록 간의 가혹한 열전이었다. 3) 같은 민족의 내란이었음에도 전면전이었고 전 국토의 총체전으로 민족과 국토의 전체를 담보로 한 전장이었다. 그 때문에 그 전쟁은 정치·사회·문화 전반에 걸쳐, 그리고 삶의 전반에서 국민성과 민족성까지 충격적인 변화를 가하며, 나와 우리, 그리고 모든 한국인에게 전폭적인 변혁을 요구했다. 그래서 그것은 그 이후의 한반도의 역사 전체를 변화시킨다. 4) 이 사변은 러시아혁명 이후 최초의 이념전인 동시에 우리 민족사 속에 전래되어온 역사와 당대사, 풍속사와 문화사의 전통들과 단절을 의미하는 역사 지층의 단층을 이루면서 통일이란 명분과 혁명 작업이란 이념 투쟁, 분립한 두 현실 권력의 대결이란 착잡한 상황 속에서 처칠이 이른 바의 '냉전'의 시대에 그 이념 기반인 사회 구조가 가장 미숙한 땅에서 전개된 '열전'이었다. 이런 점에서 서구의 종교전쟁이나 미국의 남북전쟁, 이탈리아 통일 전쟁, 그리고 19세기 서구 열강의 식민지 전쟁과 두 차례에 걸친 세계대전과 다르면서 보다 착잡한 양상을 지니고 있다. 5) 이 전쟁이 한 민족의 두 이념 정권 간의 통일을 위한 투쟁이란 점에서는 베트남전과 같은 양상이지만, 월맹은 마침내 월남을 접수하여 통일을 이룬 반면 한국은 '휴전'이란 이름의 전투 '중지'로 결론이 유예되고 있다. 그 때문에 오히려 분단 상태가 지속되고 그 체제가 공고화되었다는 점에서 월남전 등 다른 나라들의 결론을 획득한 내란들과 다르다. 종전이 통일 혹은 국가 분립으로 이룬 경우가 자주 보이지만 우리처럼 '분단 상태'의 체제화와 지속화는 쉽게 발견되지 않는다. 6) 사후적인 평가이지만, 이 전쟁과 분단 고착화 이후 남북 간의 대치는 여전히 지속되는 가운데 그 전쟁에서 연유한 진전 양상이 한쪽은 개방과 발전을 촉구로 진행된 반면 다른 한쪽은 더욱 폐쇄적이고 퇴행적인 길로 나아갔다는 점이다. 이는 남북의 상반된 노선과 경과를 통해 그 갈등과 대결을 심화시키는 방향으로 이끌었다.

이런 전쟁이었기에 그것이 그 전쟁의 당사자인 한국 민족에게 준 피해와 고통은 삶과 정신, 관계와 태도에서 엄청나면서도 그 근본에 전복적인 영향을 준 것은 당연했다. 그것은 한 형제가 총부리를 마주 겨누게 만들었고, 가족은 삶의 터전을 옮겨야 했으며, 숱한 목숨이 전장과 후방에서 뜻 없이 희생되고 피란과 굶주림의 극한을 겪게 한 것만으로 그치는 것이 아니었다. 이 전쟁은 한국사 5천 년에서 가장 고난스러운 아픔이었고 예상할 수 없는 재난이었으며 이해하기 어려운 부조리의 경험이었다. 이 전쟁이 왜 우리에게, 이처럼 가혹하게 엄습해왔는지 우리는 수용할 수도 없고 용납할 수도 없었다. 그것은 그러므로 이 제국주의 시대 혹은 냉전 체제의 세계에서 약소국이 당해야 했던 억울한 수난과 일방적인 희생의 역사로 인식되지 않을 수 없었다. 그런 의미에서 적어도 그것은 우리에게 '잘못된 전쟁'임이 분명했고 수난의 역사로 받아들이지 않을 수 없었다. 식민지 시대에 발아했고 일제의 통치하에 그 언어마저 잃어가던 어느 날 불시에 찾아온 행운으로 해방과 함께 우리 말과 글을 되찾으며 일구기 시작한 한국 문학이 정부 수립에 곧이어 닥쳐온 한국전쟁으로 더욱 거대한 충격에 경악하며 절망하지 않을 수 없었던 것도 그러므로 당연했다. 그럼에도, 그 가혹한 참담 속에서도 한국 문학은 지속되었고 오히려 거기서 더욱 커다란, 그리고 한없이 진지한 의식으로 새로운 한국 문학의 체통을 키워냈다. 그 전쟁과 피란, 전후의 혼란과 궁핍의 시대에 한국 문학은 여전히, 아니 더욱 쇄신하여 새로이 활발하게 출발할 수 있었다는 것, 그들에게 닥친 엄청난 시련과 힘든 조건이 오히려 빈약한 우리 문학에 큰 자산이 되고 절망에 빠진 작가들에게 열정의 대상이 될 수 있었던 것은, 역사가 짧은 현대 한국 문학을 위해서나 고통스러운 한국전쟁을 위해서 역설적인 행운으로 반전을 이룬, 매우 감동적 성과로 평가되어야 할 것이다. 나아가 그 비극적 현실을 언어적 사유로 극복할 수 있도록 자신을 바친 한국 작가들의 의지와 열망도 더불어 새로이, 그리고 거듭 인식되어야 할 것이다. 전쟁의 참혹함과 그 수난의 무의미성은 그것을 겪고 바라보고 문자로 형상화한 작가들에 의해 그 비극성과 무의미성을 더하게 되었고 그를 통해 우리 문학은 오히려 고통의 풍요로움과 수난의 유의미성을 더욱 풍성하게 누릴 수 있었던 것이다. 죄 많은 곳에 구원이 크다는 격언이 여기에 통용될 수 있을까. 반세기에도 이르지 못한 우리의 현대문학이 이 전쟁을 통해 한 세대 동안 '6·25 문학' '전쟁 문학' '분단 문학'으로 진전하며 삶과 시대, 인간과 역사의 지평을 확대하는 창조력의 기폭을 이룬 것이다. 1950년대 기성 작가 세대의 '6·25 문학'과 1960년대의 한글세대의 '한국전쟁 문학',

1970년대의 분단 문학, 그리고 1990년대의 대하 한국전쟁 소설에 이르기까지 그것은 한국 문학사의 주류를 이루어오면서, 6·25에서 남북 분단 체제에 이르는 우리의 한국전쟁 문학은 가령 혁명 후의 내란기를 재현한 숄로호프의 『조용한 돈강』의 러시아 내전이나 헤밍웨이의 『누구를 위하여 종은 울리나』와 말로의 『희망』의 스페인 내란, 혹은 마가렛 미첼의 『바람과 함께 사라지다』의 미국 남북전쟁에 못지않은, 아니 오히려 더 풍성하고 진지한 문학적 의미와 성취를 이룩해왔다고 나는 평가한다. 그것은 전쟁이란 고통의 어두운 사태 맞은편에서 불꽃처럼 타오르는 문학의 빛일 것이다. 수난의 대가를 문학에서 얻을 수 있다는 것은 슬픈 일이기도 하지만 정신사적 성과로서 가장 유효한 보람이 되기도 할 것이다. 이런 나의 여유 있는 발언도 그 처참한 전쟁으로부터 60년이 지난 시간으로 말미암은 거리감 덕분으로 가능해진 것일 것이다.

나는 30여 년 전 이 전쟁에서 생산된 이 같은 한국 문학의 성취들을 내 좁은 시선으로 정리를 시도해본 적이 있다. 「분단 의식의 문학적 전개」(1979)와 「6·25와 한국 소설의 관점」(1980), 「분단 문학의 새로운 시각」(1989)이 그것들이다. 그 관점은 때로 거시적인만큼 그 서술은 투박하고 접근은 도전적이지만 그 세부에서는 모호하면서도, 한국전쟁에 대한 여러 인식과 관점들을 그 나름대로의 정리를 시도한 것이었다. 한 세대 전의 오랜 접근이어서 잊혀가거나 적어도 시효가 상실될 수도 있게 된 이제, 그 관점들은 아마도 기록의 의미밖에 갖지 못하겠지만 그것을 돌이켜 음미해보는 일은 연면한 의식의 역사가 지니는 사유의 축적이란 효과를 전해 줄지도 모른다. 한 세대 전에 씌어진 내 자신의 글로 요약하는 옹색함에 대한 양해를 구하면서, 한국전쟁에 대한 우리 소설 문학의 다양한 현실적 반응과 그 극복을 위한 집요한 언어적 탐구를 정리해보고 싶다.

「분단 의식의 문학적 전개」는 6·25전쟁을 당한 연령대에 따라 그 수난의 수용 양상이 달라질 수밖에 없다는 점에 착목해서 세대에 따른 6·25사변에의 반응을 검토한다. 나는 1950년의 전쟁 때 이미 기성세대로 입사한 이른바 전전(戰前) 세대, 전쟁과 전투 중에 문단에 입성한 전중(戰中) 세대, 그리고 전쟁 당시에 성인에 이르는 나이에 겪는 전후(戰後) 세대로, 엄격하지 않지만 전쟁을 만난 연령대에 따라 그 수용 태도를 대체적으로 어떻게 달리 하는가를 살펴보았다. 거기서 나는 염상섭, 김동리, 황순원 등 아방-게르의 작품들에서 '생존의 위기감'으로 공포와 전율에 젖은 태도를 관찰했고 손창섭, 장용학 등 미디-게르 세대에게서 '실존주의적 존재론의 불안과 불구 의식'을 보았으며 서기원, 하근찬, 이호철 등 아프레-게르에서 전쟁의 소용돌이 속에서 야기된 '윤리적 파탄과 역사적 수난 의식'을 발견했다. 그리고 전쟁 당시에는 소년기여서 직접 전투에 참가하지 못하고 생활의 무게에 책임을 질 수 없었지만 그 전쟁에서 거대한 역사적 트라우마를 느껴야 했던 1960년대 세대에게서는 최인훈의 『광장』이란 돌올한 출현으로 나타나고 후에 김원일, 조정래에서 제기되는 '분단의 이념적 인식'을 발견했고, 김승옥, 이청준, 이문구, 윤흥길의 작품들에서 전쟁이 빚어준 '성장기적 각성과 그것의 내면화 과정'에 주목했으며, 홍성원의 본격적인 6·25 장편소설 『남과 북』 뒷부분에서 희미하게 발언되는 '비극의 자기화'라는 명제를 통해 비로소 '국제성 내란'이 우리에게 안겨준 비극적 희생자란 수동적 태도에서 전환하여 그것을 우리 스스로 감당해야 할 주체적 비극으로 지양하는 '수난 의식의 극복 가능성'에 주목했다. 전쟁에 당면한 연령층에 따른 이 분류는 도식화의 우려가 있음을 인정하면서도, 하나의 사태에 대해 체험 연령의 거리감에서 비롯될 세대적 공통 반응을 찾아본 것이다.

이에 이어 발표한 「6·25와 한국 소설의 관점」은 한국전쟁이 한 세대를 넘기면서 어떤 심성 구조로 수용되었는가를 검토한 것이었다. 그 전쟁이 안겨준 당장의 공포와 위기감에 젖으면서도 남북 대치 상태가 여전히 존속하고 있던 시절, 그 전쟁을 바라보고 또는 회상하며, 혹은 미래를 전망하는 작가적 인식의 태도 역시 다양하게 전개될 수밖에 없을 것이었다. 1960년대에 문단에 진출한 젊은, 나와 비슷한 세대의 작가들을 중심으로 한 내 관찰은 다음 네 가지였다. 첫째로 윤흥길의 뛰어난 중편 「장마」에서 예시될 수 있는 '전통적 감수성'으로 분단의 극복이 같은 민족의 토속 정서적 화해를 통해 가능할 수 있다는 기대였다. 두번째는 김원일의 「어둠의 혼」과 이청준의 「소문의 벽」에서 발견되는 '자아의 각성'으로,

그 인식은 비극적이지만 거기서 획득되는 이 세계의 존재론적 의미 발견이 혼란스러운 이 세상의 삶에 대한 근대적 도전으로 각성되리라는 희망을 찾는 것이었다. 세번째 것은 홍성원의 『남과 북』, 김원일의 『불의 제전』에서 서술되고 있는 '사회사적 접근'으로 이 전쟁이 야기한 거대한 충격에 의해 우리 사회의 근본적인 변화가 도출될 수 있으리라는 전망을 품고 있는 것이다. 마지막이 이미 최인훈의 『광장』에서 제시되었고 나의 글 이후에 발표된 조정래의 『태백산맥』에서 발견될 것으로, 이미 홍성원의 『남과 북』에서 수난의 적극적 주체화의 기대로 예시된 '역사의식적 접근'이었다. 첫째의 관점에는 김주영, 이문구, 전상국, 둘째의 관점에는 김승옥, 조해일, 세번째 관점에는 유재용, 이문열, 네번째에는 좀더 후에 등장하는 임철우 등 전후 출생 작가들의 중·단편 작품들로 더 보충될 수 있을 것이다.

「분단 문학의 새로운 시각」(1987)은 좀 특이하게 남과 북에서 모두 사생아처럼 버림받는 전쟁과 전쟁 전후의 빨치산이란 특이한 소수 투쟁자들에 대한 소설적 인식을 통해 작가 의식의 '진화'를 모색한다. 김승옥의 「건」과 이청준의 「소문의 벽」 등 1970년 앞뒤의 소설들에 빨치산의 출몰이 나타나고 있지만, 그 빨치산은 '뿔 달린 괴물' 같은 존재라는 소문이나 유년기의 기억으로 등장할 뿐이었다. 그리고 그 비슷한 시기에 윤흥길의 「장마」와 김원일의 「어둠의 혼」에서는 바로 우리 가족들이 빨치산이 되는, 실제 사람다운 체취를 풍기는 인간으로 출현한다. 그리고 곧이어 김원일의 『노을』에서의 아버지는 빨치산 폭동의 주모자로, 그의 또 다른 장편 소설 『겨울 골짜기』에서는 형제가 국군과 빨치산으로 교차 출현 하며 6·25의 한 단면을 재현하고 있고, 마침내 조정래의 대작 『태백산맥』에서는 많은 인물들이 전쟁 중에 입산하여 빨치산으로 국군에 대항하는 인물들로 그려진다. 소설 안에서 빨치산들이 이르는 이 존재론적 '진화'에서 특기할 일은 그 '뿔 달린 괴물' 같은 부정적 인상에서 어쩔 수 없는 형편으로 입산하게 된 현실의 난감한 존재로 발전하고, 보다 이상주의적 꿈을 찾아 산으로 들어가는 이념적 인간형으로 진전하고 있다는 점이다. 더 나아가, 『불의 제전』과 『태백산맥』의 빨치산들은 남쪽의 자본주의 사회의 인물들이 타락하고 비속한 인간형들임에 비해 건강하고 보다 정의로운 세계를 소망하는 긍정적 인간형으로 묘사되고 있다. 여기서 우리는 기존의 인식에 저항하는 두 개의 시각을 발견한다. 하나는 '포악한 빨갱이' '잔학한 공산당'이라는 어릴 적부터 주입된 반공주의에 대한 전복적인 이미지이고, 또 하나는 그들의 긍정을 통해 이루어지는 현실 권력과 그 인식의 전환으로 1980년대까지 가장 강력하고 집요한 이데올로기로 강요되어온 남한의 자본주의 체제와 반공주의 일변도의 통치에 대해 비판하면서 공산주의자들에 대한 긍정과 수용이라는 심리적 이해 공감이다. 이 시각에 의해 해방 후 남북 간에 진행된 정권 수립과 토지 개혁 정책의 실제를 알게 되는 동시에 우리가 지녀왔던 공산당에 대한 고정관념을 서서히 깨뜨려가며 그들의 인간성에 공감하고 그들과의 화해 가능성을 기대하면서 남북

간의 통일을 꿈꾸게 된다. 나는 이즈음 윤흥길의 「무제」와 김원일의 『노을』에서 남한과 북한의 남녀 사이에서 잉태하여 출생한, 남북한 합성의 제3의 한국인 출현이란 미래를 바라보며 통일에 대한 의식을 밝게 전망하기도 했다. 이에 이르기까지 1980년대 운동권에 의해 점고된 좌파적 인식의 영향과 민권운동, 특히 민주화와 표현의 자유화가 신장되는 추세가 크게 작용했음을 강조하지 않을 수 없다.

나는 위의 내 글이 1980년 즈음, 그러니까 한국전쟁에서 30년이 지나는 때 씌어졌음을 환기하고 싶다. 그것은 초등학교 6학년 때 전쟁이란 거대한 사태를 겪은 지 한 세대가 지났고 나 자신도 사십대 중반의 기성인이 되었으며 그에 따라 유년기의 기억들이 의식의 후면으로 물러나면서 그 회상을 객관적으로 성찰할 수 있게 되었음을 뜻한다. 이때 이미 '육이오(사변)'란 일상적인 지칭은 '한국전쟁'으로 바뀌어지면서 정서적·현재적, 그래서 문학적인 어감에서 객관적·역사적, 그래서 사회과학적 분위기로 옮겨지고 있었다. 나는 여기서 '육이오'란 현재에도 지속되는 의식을 내포하고 있는 어휘와 '한국전쟁'이란 대타적 역사 기록으로 전이되는 어사로 옮겨가는 움직임을 감지하면서 그것의 문학적 형상화에 한계가 오고 있음을 예감하지 않을 수 없었다. 과연 1980년대의 '민중문학' 시대가 오고 '사회과학파'가 이념의 현실을 주도하기 시작했으며 그리고 1990년대로 넘어오면서 민주화가 이루어지고 해체주의며 포스트모더니즘이 주재하는 문화와 사회로 바뀌었다. 그것은 민주화와 산업화의 진행이 만들어낸 자연스러운 결과일 것이다. 우리 사회의 중추들은 이미 1950년대 이후의 출생자들로 구성되었고 전쟁에 대해서는 추체험이나 부모의 회고를 통해 실감 없이 들으면서 디지털 문화와 사이버 세계로의 급격한 전환을 이루고 있었다. 거대 서사는 사라지고 미시 권력에 대한 섬세한 지각이 압도하면서 디지털 문명의 옹호자인 셔키의 말대로 "이제 누가 『전쟁과 평화』를 읽을 것인가" 회의할 사이버 시대로 한국은 앞장서서 열어가고 있다.

그리고 이제 또 그로부터 30년이 지났다. 두 세대를 지나는 동안 그 반의 시간에 한국 문학의 주류를 이루었던 한국전쟁 문학은 이제 '분단 체제'란 또 다른 사회과학적 언어로 변모하는 단계에 이르렀다. 그 '분단 체제'에 대해 나는 아주 얇고 소극적인 이해로 그치고 있지만, 그 말이 주는 느낌은 '6·25'란 어휘의 현재적 감수성에서 지나간 역사의 주제로 발전한 '한국전쟁'의 객관화를 거쳐 이제 구조적·생태적으로 고착된 정치학 혹은 현실학의 개념으로 다가온다. 말하자면 한 민족이 분단된 상태로 조건화되고 있다는, 그래서 우리의 의식과 태도도 그 주어진 구조 안에서 다듬어질 수밖에 없다는 일종의 생태론 같은 고착되고 폐쇄적인 상태로 연상되는 것이다. 물론 우리는 이 분단 체제를 극복의 상대로, 그래서 통일의 '대박'을 꿈꾸게 만드는 소망으로 전환할 수 있고 그러기 위해 많은 노력을 기울이고 있는 중이다. 그 '분단 체제의 극복'이 민족 통일이란 거대한 열망을 일구면서 미래지향적인 정치적 의제를 이루고 있는 것은 분명하지만 그럼에도 그 같은 담대한 의지에 대해 쉽게 낙관하지 못하는, 때로는 그 통일이 가져올 새로운 사회적·정치적·이념적 갈등과 혼란을 두려워하는 내게 그 '분단 체제'는 오히려 우리의 의식과 상상력을 제한할 수도 있다는 회의를 불러온다.

나의 이런 소심한 회의에도 불구하고 '6·25(사변)'든 '한국전쟁'이든, '분단 체제'든 우리 역사의 가장 처참한 사건에 대한 문학적 관심은 오히려 더 긴박해지기를 바라지 않을 수 없다. 그것은 우선 '1950년 남북한의 내전'이란 규정에도 불구하고 그 전쟁과 그것이 야기한 갖가지 삶의 모습이 어쩌면 인간 사회의 보편적인 갈등과 충돌의 본연일 수 있다는 점에서이다. 그것이 구체적인 현장으로 나타난 것은 6·25이고 한국전쟁이지만, 고대 열국 시대의 중국에서나 20세기의 히틀러나 스탈린 치하, 근래의 중동 지역과 발칸반도 혹은 아프리카에서의 무자비한 인간 학살과 혼란, 빈곤의 악다구니처럼 참혹한 보편적 인간세계의 현상으로 유추될 수 있을 것이다. 또 다른 관심은 오늘의 한국의 성장이 바로 이 한국전쟁의 경험과 그 극복에서 비롯된 것이 아닌가 하는 내 자신의 생각 때문이다. 제2차 세계대전에서 유일하게 선진사회로 비약할 수 있었던 힘, 혹은 식민 통치에서 해방, 이에 이은 분단과 골육상쟁의 전쟁, 그리고 4·19를 거쳐 쿠데타와 농촌 해체, 군사정부와 강요된 산업화를 통해 민주화와 선진화를 동시에 일군 희대의 압축적

국가 발전의 동인이 어디에 있는 것인지 나는 자주 수수께끼처럼 문제 삼고 있는데 그 근원의 최종 심급으로 내가 끝내 떠올리는 것이 한국전쟁이다. 그것은 우리 민족에게 생존의 근원적이며 본능적인 힘을 촉발시켰고, 보수적이며 정착적인 우리 민족에게 무엇으로든, 어디로든 나아갈 자산을 키우며 삶의 역동적인 힘을 실어주는 '그라운드 제로'가 되었으리라는 것이다. 우리 한국전쟁 문학이 6·25의 그 참담한 삶의 이력을 문화적 힘으로 전환시켜주었듯이 남북 대치와 분단 체제의 모순도 앞으로의 우리 문학예술에서 적극적인 자산이 되어 그 유산 위에서 새로운 역동적 창조력과 자유로운 상상력을 키워낼 수 있을 것이다. 이에 대한 비평적 작업과 지적 모색들은 그 문학적 수행에 큰 보탬이 될 것이다.

그러나 이런 거대한 작업에 대한 문학적 기대와 더불어, 이제 한 세기가 되는 한국 현대문학사에서 한국전쟁 문학의 경과와 성과에 대해 마땅한 자리매김으로 평가해야 할 과제가 부여되고 있음도 인정해야 할 것이다. 그 문학과 그것을 이끌어내는 문제성은 식민지 시대의 향토적 정서에서 나온 민족문학 못지않게, 오늘의 도시적 감수성에서 나온 세련된 문체의 모더니즘적 작업들에 지지 않게, 보다 강렬한 주제 의식과 진지한 태도로 우리 소설의 역사에서 성과와 비중이 가장 큰 문학적 성취를 이룬다. 그것은 더욱 읽히고 분석되며 연구되고 평가되어 한국 문학의 가장 중요한 자산으로 고양되어야 할 것이다. 우리의 한국전쟁 혹은 분단 문학은 해방 이후 그리고 현길언과 현기영이 발굴한 제주 4·3 사태로 소급하며,

임철우의 『아버지의 땅』에서처럼 휴전 이후 한 세대 혹은 1980년의 광주 항쟁에 이르기까지로 연장시킬 수도 있을 것이며, 황석영·박영한·안정효의 월남전을 소재로 한 작품에서처럼 공간적 확대까지 도모할 수 있을 것이다. 여기에는 오늘의 한국인의 의식 중 무엇이 한국전쟁에서 발원된 것인지, 미래의 한국에 작용할 분단 체제의 방향이 어떻게 진행될 것인지, 더욱이 한국전쟁이 우리 역사에서 차지할 전날의, 그리고 앞으로의 문제를 어떻게 보아야 할지에 이르기까지, 사소한 그러나 놓치기에는 아쉬운 미시적 영역에서부터 여러 기술적·정서적·분석적·가치평가적·이념적인 거대 주제들이 함께해야 할 것이다. 이런 문제의 까다로움이 그러나 6·25 문학의 장대함을 훼손하지 않을 것이다. 6·25의 실제 체험이 없는 세대에게, 혹은 그 당시의 핍진한 정서적 설움에 다시 젖어들 수 없는 젊은 세대에게 6·25전쟁의 문학적 수용을 주문하는 것은 시대착오적이거나 효력 상실의 뒤늦은 기대일지도 모른다. 그럼에도 두 세대 전에 잠정적으로 중단된 전쟁은 '6·25'란 한정사를 지운, 인간세계와 그들의 삶에서 보편적인 양상으로 발견될 수 있는 갈등과 모순, 소외와 절망의 모습으로 발전시킬 주제가 될 것도 분명하다. 그러니까 그것은 '6·25 없는 6·25적 사태' 혹은 '전쟁 없는 전쟁의 수난'의 인간사를 가리키는 것이다. 혹은 '대박'의 통일이 이루어져 새로운 문학적 주제가 풍성하게 제공되거나, 설혹 그 꿈이 이루어지지 못하더라도 종식될 수 없는 남북 문제와 남한 국민-북한 인민 간에 새로이 맺어질 관계와 경험이 우리 소설의 또 다른 주제로 나타날 수 있으리란 기대를 안겨준다. 그것은 '6·25 소설' '한국전쟁 문학' '분단 체제 의식'에 이어 '그리고……'의 말 줄임표가 숨기고 있는 '말 없는 희망'의 기대가 우리 전쟁 문학의 새로운 장르가 될 수 있음을 시사하는 것이다. 그것은 다행히 가능할 수도 있을 '통일 문학', 혹은 불행히도 분단 상태가 지속되기에 어쩔 수 없을 '남-북한 문학'이란 이름의 새로운 서사가 될지도 모른다.

그렇기에 나는 여기서 한국전쟁의 문학이 더 신장되어야 한다거나 종결되어야 한다는 어떤 결론을 피하고 싶다. 그것이 오늘의 우리 시대적 상상력에서 기력을 잃고 우리 문학의 묵은 기록관 속으로 후퇴할 것인지, 혹은 새로운 역사적 인식으로 드러낼 뜨거운 '상징'으로 부활할 수 있을 것인지의 미래 역사는 나의 몫이 아니며 성급한 예상으로 강조할 것도 아니다. 가령, 지금 거대 서사를 회피하는 오늘의 한국 문학에 억지로 두 세대 전의 역사를 우겨 넣을 수도, 그럴 필요도 없는 것이기도 하고, 19세기 말의 동학혁명이 그로부터 두 세대가 지난 후 박경리와 서기원으로 새로이 태어난 예로 미루어 언젠가 한국 문학의 힘찬 주제로 재생될 수도 있는 것이기도 하다는 것을 알기 때문이다. 어떤 예상도 허락하지 않는 상태에서 내가 본 김원일의 최근의 두 소설은 하나의 암시가 되기도 한다. 그는 『아들의 아버지』에서 아버지 세대의 물러감을, 그래서 그가 살며 겪어야 했던 6·25의 전쟁이 시효를 다했음을 보여주면서 다른 한편 「비단길」에서 우리의 판단을 아직은 조금 유보시켜주고 있는 것이다. 어머니가 그 아들과 함께 아직 살아 있다는 사실과 더불어 치매에 걸렸다는 것은 그것을 문학적 비유로 볼 때, 언어의 종결이면서 동시에 영혼의 잠재적 정서는 여전히 꿈틀거리고 있음을 가리키고 있기 때문이다. 문학이란 이 거친 세상을 살아가면서 비단길을 꿈꾸는 무의식의 열망이 아닐까. 더구나 우리는 분단 상대국을 여전히 현재적인 문제성으로 의식하고 있고, 통일이 이루어지든, 여전한 대치 상태로 상대를 거북한 실체로 인정하든, 그래서 이산가족의 만남이 실현되든 두 정부 간의 협상 쟁점으로 논의되든, 남북 전쟁의 연장선에서 그것은 여전히 숱한 이야기를 만들어낼 것이다. 그렇다는 것은 아직 우리 문학에서 1950년대의 한국전쟁은, 잊지 않고 있는 역사적 주제, 잊을 수 없는 현재적 문제이며, '분단 체제'가 우리 의식의 한 부분을 차지하고 있는 한 결코 내버릴 수 없는 의제로 남을 것임을 뜻한다. 이런 점에서 우리는 또 다른 김원일, 어쩌면 '아들의 아버지'가 북에서 출산한 새로운 배다른 아들들이 그 6·25소설의 속편을 이어갈 수 있을지도 모르겠다는 희한한 생각을 하기도 한다. 전통은 러시아 형식주의자에 의하면, 아버지에서 조카로 전달된다. 그 희망을 버리지 않는 생각 속에는 한 회갑 전에 겪은 수난의 시대에 대한 나의 간곡한 미련이 아직도 숨어 있음을 고백하는 것일지도 모른다.

독립을 향한 한민족의 대하정치사

—『이승만과 김구』를 읽으며

I

손세일 선생의 방대한 거작『이승만과 김구』의 서평을 내가 끝내 사양하지 못한 것은 두 가지 큰 이유에서였다. 우선, 이 제목으로 간행된 그의 첫 저작인 일조각판『이승만과 김구』가 간행된 1970년에서 2015년의 조선뉴스프레스판『이승만과 김구』로 완결되는 데까지 근 50년에 걸친 저자의 필생의 노고에 대해, 후배로서, 아니 한국 지식사회와 진지한 독자를 대신하여, 마땅한 감사의 인사를 어떤 형태로나마 드려야 한다는 생각이 일었기 때문이었다. 저자는 정치학을 전공한 언론인이었고 정치인이었지만 그의 생애의 대부분을 우리 근대 정치사의 위대한 협조자이며 경쟁자로서 오늘의 한국을 가능하게 한 두 거인의 생애와 정신과 활동을 중심으로 한국 근대사와 독립운동사의 연구에 집요했고 그 결과를 5천5백 쪽의 거작으로 상자한 것이다.

이 저작은 대학에서는 명색 정치학을 공부했지만 사회생활 중에 문학 쪽으로 바뀐 내게 박경리의 소설 『토지』를 연상시켰다. 비교하자면 『토지』는 5부작 20권 총 8천5백여 쪽(2012년 마로니에북스 판: 46판 각권 420쪽 안팎)으로 동학농민운동이 종식된 1896년부터 하동과 서울, 간도와 일본 등을 무대로 1945년 해방을 맞기까지 10여 가족사를 중심으로 한 50년의 시대사로 전개되고 있고, 『이승만과 김구』는 3부작 7권(국판 각권 8백 쪽 안팎)으로 근대 한국사의 우이(牛耳)를 잡은 두 문제적 인물이 출생한 1870년대 중반에서 시작하여 중국과 미국의 이역에서 이들을 중심으로 한 치열한 독립운동을 추적하고 해방 4년 후 신생국가의 복잡한 정치적 상황 속에서 김구 선생이 암살당한 1949년으로 결말을 맺는다. 이 두 거작의 하나는 상상력이 창조한 문학적 소산이며 다른 하나는 사료 조사와 사실 연구의 엄격한 학문적 서술이란 성격의 차이와 구별에도 불구하고, 시대와 공간, 그 저자의 긴 노동과 끈질김, 충실한 구조와 치밀한 문체에서 아주 근사하다는 점과 더불어 그 비슷한 독후의 놀라운 감동을 안겨준다. 나는 『토지』의 문학적 의미와 그 평가에 대해 여러 편의 글을 썼고 그 작품의 완성을 축하하는 행사에 참여한 바 있지만, 『이승만과 김구』도 『토지』가 누렸던 주목과 경의와 축하를 받아야 한다는 생각을, 이 책을 읽는 동안 거듭 확인해야 했다. 그러기에 이 글이 저자의 노고에 대한 사의이며 앞으로 읽어야 할 숱한 독자들을 향한 소박한 소개이자 후생의 독자에게 권하는 민족운동의 뜨거운 의지와 방대한 기록을 위한 저자의 열정에 대한 감복의 추천사가 되길 바란다.

책의 겉모습에 대한 인사만이 아니라 『이승만과 김구』가 서술하고 있는 한말에서부터 건국기에 이르는 70년의 민족 항쟁의 역사와 독립운동에 대한 지식을 제대로 공부해야 한다는 것이 두번째 이유였다. 이 방면의 전문가가 아니면서도 어린 시절부터 익숙해온 이 시대사를 우리 모두 웬만큼 알고 있다고 믿지만 실제로는 그 앎이 대충의 흐릿한 소문으로 그치는 정도여서 이 시기의 우리 민족사에 대한 치밀한 추적과 실증적 연구를 통해 이루어진 텍스트를 통해 제대로 알고 바르게 인식해야 했다. 이승만 박사의 독립협회를 중심으로 한 개화운동, 미국에서 받은 한국인 최초의 철학박사로 표현되는 선각자적 정신, 외교를 통한 독립운동을 전개한 준비론자적 면모, 마침내 해방 후 대한민국의 초대 대통령으로 보여준 국부적 이미지, 그리고 명성황후 피살에 흥분해 일본 상인을 살해하고 옥살이한 김구 선생이 이후 상해 임정의 주도 인물로 자리 잡으며 이봉창·윤봉길의 의거를 주도한 의열 투쟁, 해방 후 분단을 막기 위해 남북협상을 주장했고 국군 장교에 의해 시해당한 또 한 분의 국부적 이미지는 초등학생 시절부터 되풀이해서 배우고 감동하며 익힌 이야기였다. 그러나 곳곳에서 여러 형태와 방법으로 전개된 그 방대한 역사의 맥락, 특히 그 운동들 간의 내부적 관계와 이를 둘러싼 세계사적·시대사적 착잡한 정세에는 무지했고 그런 가운데 두 국부가 전개한 독립운동사의 전개와 협력에 관련한 세세한 사정에 대해서는 상투적인 선입견이나 애매한 세평의 수준으로 멈춰버렸다. 비록 이 방면의 관심이 옅기는 하지만 나로서는 이 기회에 독립운동사와 두 국부의 실상을 구체적으로 알고 싶었고 그 둘의 관계사가 오늘의 우리에게 어떤 영향을 주었는지, 이승만이 생각보다 폄하되고 김구로 지평이 기울어진 오늘날의 일반적인 평가의 진실을 구체적으로 더듬어보고 싶었다. 더구나 나는 한 시대의 두 경쟁자에 대한 비교의 역사에 개인적인 호기심을 많이 가진 편이다. 가령 거의 같은 시대에 살았지만 한 번도 직접 대면하지 못한 19세기 후반 도스토옙스키와 톨스토이 두 러시아 문호에 대한 문학적 비교, 레지스탕스 동지였다가 전후의 이념적 대립으로 결렬한 사르트르와 카뮈의 관계에 대한 문단적 평가, 혹은 군부 정권에 공동 투쟁했고 대통령 선거에서는 대결한 김대중과 김영삼의 정치사적 대조는 한 시대사적 양상에 대한 고민과 그에 대한 상반된 지향을 비교하는 흥미로운 주제로 제기되는 비교사이기에 '이승만과 김구'의 관계 혹은 그 대결은 더욱 주목하여 검토해볼 주제가 아닐 수 없는 것이었다.

　이런저런 이유로 나는 두 달에 걸쳐 『이승만과 김구』를 읽었다. 그 읽기의 힘든 노동은 저자 손세일의 50년에 걸친 노고 앞에서 고개를 숙여야 했고, 그 착잡한 역사적 기록의 수용은 아마도 천 권은 넘었을 연구자의 자료 섭렵 앞에서 감탄을 연발해야 했다. 그럼에도, 아니 그래서, 나는 이 글에 '서평'이란 말을 감히 붙이지 못하고 '읽으며'라는 진행형의 보고를 통해 독서 중에 느끼는 소감들, 새로 배우는 지식들, 다시 깨닫지 않을 수 없는 인물들의 용기와 집념에 대한 감동을 고백하는 것으로 그칠 수밖에 없다. 이 자의식적인 태도는 아마도 내가 앞으로의 많은 진지한 독자들을 대신하여 먼저 드리는 저자에 대한 간곡한 치하의 인사가 될 것이며 이 방면의 숱한 연구자들에게 서'평'이기보다, 스스로를 위한 독후의 '감' 상으로 내 나름 겸손하지 않을 수 없는 예의를 차리게 만든다.

II

『월간조선』2001년 8월호부터 2013년 7월호까지 111회, 근 12년 동안 한 회 2백 자 원고지 2백 매 이상 장기 연재된 『이승만과 김구』는 총 5천5백 쪽의 전 7권을 3부로 나누고 있다. '양반도 깨어라 상놈도 깨어라'를 표제로 한 제1부는 두 인물이 출생하면서부터 5백 년 조선조가 쇠락하여 마침내 국권을 상실하고 그에 대한 저항으로 3·1만세 운동이 일어나기까지의 40여 년을 다루고 있다. 1875년에 출생하여 한말의 혼란기에 성장한 이승만은 배재학당에서 신교육을 받고, 영어와 토론에 출중한 실력을 배양하여 젊은 개화파로 독립협회 중심의 계몽운동을 주도하고, 옥살이를 한 후 미국으로 유학하여 한국 최초의 박사학위를 받고, 상해 임정이 수립되자 초대 대통령으로 선출된다. 이승만 휘하에서 임정의 경무부

장의 직무를 맡은 김구는 이승만보다 한 해 늦게 같은 황해도에서 태어나 과거에 실패한 후 동학에 투신하여 활동하다가 변장한 일본 상인을 일본군 장교로 오인하여 살해한 치하포 사건으로 투옥 당해 수감 생활을 하고, 감옥에서 탈출한 후 마곡사에서 스님으로 머리를 깎았지만 환속하여 그의 고향 이곳저곳에서 교편 생활을 하며 황해도에서 교육 계몽운동에 적극 활동하다가 105인 사건 연루로 다시 옥살이를 겪고, 3.1운동이 일어나자 중국 상해로 망명하여 임정에 참여한다. 저자는 이처럼 비슷한 이력을 가지면서도 두 걸출한 인물의 대조적인 인성을 '왕족의 후예'와 '상놈의 자식'이란 두 자의식을 통해 대조한다. 이승만이 "나와 이씨 왕족의 먼 관계는 나에게는 명예가 아니라 치욕이다"(1:81)라고 했지만 그를 옆에서 관찰해온 허정은 "미국에서 교육을 받고 독립운동을 하는 긴 세월 동안 미국에서 지내며 민주주의를 체험했음에도 불구하고 머릿속에는 이씨 왕가의 자손, 양녕대군의 후손이라는 의식이 뿌리박혀 있었다"(1:99)는 평으로 소개한다. 김구는 '신라의 마지막 임금 경순왕의 후예'(1:87)란 점을 자부하면서도 성장하는 동안 "상놈이라는 사실에 대하여 심한 콤플렉스를 느끼면서"(1:87) 신분 상승을 기대해 과거에도 응시해보기도 했다. 먼 왕손의 후손이란 같은 자부심에도 불구하고 양반 출신이란 선량 의식과 시골 상놈이란 자의식이 두 인물을 대조적인 인격으로 갈리게 만든 듯하다. 잡지 연재 때는 마지막 결론으로 발표했지만 책으로 엮을 때는 제1권의 맨 앞자리로 옮긴 「서설: 나라를 사랑하는 방법」에서 저자가 정치학자 콘웨이의 『평화와 전쟁기의 대중』에서 규정한 '대중강요자형' 지도자와 '대중표출자형' 지도자의 고전적 구분(1:67~68)으로 이승만과 김구의 지도자적 성품을 가르는 데서 이 대조적 성격의 형태를 짐작할 수 있다.

실제로 이 전질의 진행에서 발견되는 이승만과 김구의 행동 양식은 엘리트적 자질과 그 선도적 지도력, 혹은 개방적 태도와 포용적 지도력으로 서로 다르게 발휘되고 있음이 발견된다. 그럼에도 저자가 머리말에서 개관하듯 "정치적 인간형은 사적 동기를 공적 목적에 전위하여 공공의 이익의 이름으로 합리화한다"(1:9)는 정치학자 라스웰의 말처럼 서로 다른 자질과 성품에도 불구하고 국권을 상실했다는 설움과 나라를 되찾아야 한다는 우국적 열의, 그리고 우리나라를 바로 세워야 한다는 건국이라는 공통의 상황과 목표 앞에서 두 인물은 더불어 요(凹)와 철(凸)로 서로 채우고 끼우며 민족의 해방을 얻는 데 결정적인 기여를 했고 한민족 독립의 지도자로서 대한민국 건립의 국부적 존재로 추앙된다. 다른 비슷한 경쟁자들의 협력과 경쟁을 보면서 한 시대 상황에 대한 인식은 비슷하더라도 그것을 극복하는 방향에는 두 가지의 경쟁적 혹은 보완적 오리엔테이션이 존재하게 마련이라고 가져온 그동안의 내 생각을 이 두 국부의 세심한 전기적 궤적 추적과 그들을 둘러싼 독립운동사의 치밀한 재현 과정 연구를 통해 다시 굳히게 된다. 그들이 같은 목표로 움직이면서 서로 다른 길로 걸음하고, 함께 밀고 당기면서도 그 목표에의 도달이 보다 상보적이고 그래서 시너지 효과를 일으킨다는 사실을 여기서 다시 동의하게 된 것이다. 우리 근대사는 그러니까 이승만의 대중강요자형도 필요했고 김구의 대중표출자형도 요청되었으며, 대조적인 둘의 제휴로써 한국의 해방과 건립이 가능했다는 것을 나는 여기서 확인하는 것이다.

III

제2부 '임시정부를 짊어지고'의 세 권은 식민 통치를 당하는 조국의 땅을 벗어나 만리 이역에서 광복을 위해 투쟁하는 두 인물의 활동들을 치밀하고 상세하게 추적하고 있다. 이승만과 김구는 그 태생과 성격이 다르듯 민족 독립을 향한 운동의 자리와 건국의 방향의 실제에서도 서로 달랐다. 미국 프린스턴 대학에서 우드로 윌슨의 지도 아래 박사학위를 획득하고 하와이와 아메리카 대륙에서 정치 · 외교 · 언론 · 교회 활동을 통해 한민족의 독립운동을 전개한 이승만은 그의 학자적 풍모와 지적 교양, 생활양식을 통해 미국식 민주주의적 독립을 추구했고, 교육으로 독립의 힘을 기르자는 이른바 '준비론'으로 항일운동의 양식을 정립한다. 가령 윤치영에게 보낸 편지에서 "우리 회는 소규모의 폭력을 정지하고 안으로는 정예를 기르고 축적하야 후일을 준비하며 밖으로는 비폭력을 주장하야 3 · 1 정신을 발휘함이 양책일지라"(4:132)라고 강조한 것이 그런 의지의 표현이다. 그러나 김구는 치하포 사건에서 보인 젊은 의

기에서 성숙한 저항적 운동 전략을 세우며 이승만의 뒤를 이어 상해 임정 실력자가 된 후 보다 직접적인 항일 무력 운동을 벌여, 이봉창·윤봉길 등 독립투사들의 열정을 살려 일본 천황과 대륙을 정복하는 일본군 사령관에 폭탄을 던져 한국인의 독립을 향한 투쟁적 의거의 모범을 발휘토록 한 것이다. 이 투쟁론에 대해 이승만은 국제적인 여론, 특히 기독교적 평화주의를 모범으로 하는 미국에서 좋은 평을 줄 수 없었고 그래서 간디와 같은 비폭력주의를 주장하며 "조국광복을 위한다면서 무법한 개인 행동으로 원수 한두 사람이나 상해하려다가 수천 명의 생명과 무수한 재산손실을 당하는 일은 결코 하지 말았어야 한다"(4:208)고 설교하고 있지만, 김구는 이봉창에게 "천황을 죽이는 편이 훨씬 효과가 있고 또 세계 각국에도 강한 영향을 줄 것"(4:264)이라고 무력항쟁론을 적극 전개한다. 흔히 국제법과 서구의 평화주의의 영향 속에서 일구어진 준비론과 중국과 시베리아의 독립군을 중심으로 확대되는 투쟁론이 여기서 이승만과 김구의 대립된 주장으로 맞서고 있지만, 중요한 의거에서는 이승만도 이 투쟁론에 동조하고 있음이 드러난다. 3·1운동에 대한 예일대 교수 래드의 비판에 대해 치열한 반박을 가하면서(3:94~99) 그는 일본의 '비문명적인 억압 정책'을 열거하고 윤봉길 의사의 의거에 대해 "윤의사가 던진 폭탄 한 개는 단순히 테러사건이라고 하기에는 너무나 그 의의와 영향이 중대하니 김구 선생이 말씀하신 소위 '최소한의 희생으로써 최대한의 효과를' 얻고도 남음이 있다고 할 것"(4:347)이라고 적극 지지한다.

이즈음이 두 인물의 관계가 가장 돈독한 때이기도 하지만 "군사 공작을 못 한다면 테러 공작이라도 하는 것이 절대 필요하게 되었다"(4:270)는 김구의 투쟁 현장에서의 발언이 이승만을 설득한 예가 될 것이다. 그럼에도 김구의 테러리즘에 대한 이승만의 동의는 깊지 않은 것 같다. 김구가 이승만의 지론인 비폭력주의의 '부적절성'을 지적(4:704)하는 데 대해 이승만이 김구나 임시정부 인사들이 세계 대세에 "몽매하다"(4:709)고 비판한 것이 그렇다.

이 상대적인 인식과 전략에 대해 저자는 어느 편에도 기울어지지 않고 중립적이며 누가 옳고 그르다는 평가를 가하지 않고 있다. 이는 사실의 객관적 기술을 유지하려는 저자의 견고한 자세에서 비롯된 것이어서 이 준비/투쟁의 논쟁에서뿐 아니라 해방 후 이승만의 단독정부 수립 주장과 김구의 남북 협력을 위한 적극적인 활동이 대립하여 역사적 판단을 가해야 할 자리에 이르러서도 주관적 평가를 사양하는 문제적 대목에서도 여전히 견지된다. 그러나 저자의 숨은 심정까지 지울 수는 없었던 것 같다. 저자의 두 지도자형에 대한 정서적 호오는 저자가 무심결에 뱉는 수식에서 드러난다. 가령 해방 후의 정부 수립을 위한 쟁론을 요약하며 이승만에 대해 사용한, '대중선동가의 과장된 선동'(7:722), '마술적 위력'(7:154), '몽니부리는 태도'(7:640), '노련한 술수와 저돌적인 기질'(7:352)과 같은 부정적 어사, 그의 동지회 사업 추진에 대해 '오만'과 '횡포'(4:219)란 규정, 외교위원부 통신에서 보이는 '저돌적 기질의 남김없는 드러남'(5:303, 598), 그의 '자동차 난폭운

전의 오래된 습성'(5:364)이란 지적들에 반해, 김구에 대해서는 남북회담에 참석하기 위한 성명에서 '비현실적'이란 표현을 쓸 수 있음에도 '낭만적 수사'(7:261)라고 평하고 그의 남북협상론에 대해서도 '이상주의의 힘'을 강조한다는 긍정적인 어휘를 사용하는 데서 김구에 대한 호의적인 태도가 은근히 표출된다. 김구에 대한 저자의 이 호감 어린 정서는 특히 김구가 어렸을 때부터 "과묵한 성품과 대담성과 저항정신은 선천적인 강인한 체력과 함께 성장기의 생활환경에서 형성된 것"으로 "뒷날 사회활동 과정에서 [……] 복잡한 상황 속에서 지도자로 성장하는 데 오히려 강점이 되고 있다"(1:108~9)는 저자의 긍정적인 이해에 이미 잠겨 있긴 했다.

이 대조적인 성격과 태도는 그럼에도 김구의 중국 상해-중경의 임시정부 시절과 이승만의 하와이-워싱턴의 구미위원부 시절에는 호흡을 맞춰가며 서로 격려하고 지원하는 관계로 상당히 원활하게 협조하고 있었다. 독립운동의 양대 거점인 임정과 구미위원부는 함께 가난했고 그래서 서로 형편대로 지원하며 제휴했지만, 그럼에도 임정에는 이동휘와 김원봉을 비롯한 곳곳의 좌파 항일단체 간에, 미주와 하와이에는 전투론을 주장하는 강경론자 박용만혹은 이승만을 독재자로 공격하는 김현구와의 갈등으로 독립운동주체들 간에 내적 분열이 심각했다. 김구는 그런 정황 속에서 "주의가 같은 단체끼리는 '통합'하고 주의가 다른 단체와는 '연합'하자"(4:691)는 운동을 전개하지만 "설득은 쉽지 않았다"(4:698). 공산당에 대해 회의적이었음에도 김구가 이처럼 간곡한 노력을 기울이게 된 것은 그 자신의 인식처럼 "사회주의 방면의 한인공산당이 연해주 지경과 중국 관내외에 30여 개가 병립하여 암투하고 민족운동 단체는 국내는 헤아리지 않고 중국 관내외와 미주와 하와이를 합하면 근 20개가 되어 각립문호(各立門戶)하여가지고 명쟁암투(明爭暗鬪) 중에, 동족애의 말살과 세인의 멸시 모두가 원치 않는 선물만 차지하게 되고 어느 단체나 보암직한 단체는 한 개가 없으니 10년 염불에 도로아미타불 격"(4:491)으로 추락할 위기에 대한 깊은 의식 때문이었다. 이럴 정도로 "피란 생활 속에서 독립운동자들의 이데올로기에 대한 집착이 얼마나 완강했는지 짐작하게 된다"(4:699). 독립운동 단체가 같은 광복의 지상 목표에도 불구하고 이념에 따라 좌파와 우파로 대립하고 있고, 그 안팎으로 광복 단체들 혹은 복수의 임시정부들이 선포되고, 때로 협력하고 때로는 반목하면서 그 성과를 졸여왔음은 새삼 조선조 때부터 왕성했던 한국인의 전통적인 당파주의를 연상시킨다. 그럼에도 『이승만과 김구』의 치밀한 조사와 섬세한 추적을 들여다보면, 이 파당적 분열은 피할 수 없는 역사적 과정으로 말미암은 것이란 사실로 이해하지 않을 수 없다. 모국의 땅을 등지고 만주로 해삼위로, 상해로 북경으로, 하와이로 워싱턴으로, 혹은 한반도와 일본으로 디아스포라처럼 흩어져 민족의 국권을 되찾는 일은, 그들을 둘러싸고 혹은 영향이나 지원을 주는 인연과의 관계들과 거기서 젖어드는 사상과 이념의 피할 수 없는 연계로 제한되지 않을 수 없는 것이었다. 더구나 당시는 러시아혁명 이후 좌우파의 대결이 전 세계적으로 확산하며 갈등을 일으키고 있는 중이었다. 민족적 합의로 이루어졌다 하더라도 임시정부의 구성은 중국의 장개석에 의지하는 쪽도 있고 레닌의 지원을 바라는 쪽도 있었으며 윌슨의 국제연맹에 기대를 가지는 사람도 있게 마련이었고, 그 착잡한 관계와 이념 들의 갈등 속에서도 이승만처럼 외교와 교육으로 천천히 준비하자는 주장도 합당하고 즉각 무력 항쟁하자는 강경파의 외침도 당연한 것이었다. 제자리에서 쫓겨나 외방에서 뜨내기로 살아야 하는 사람들이 이처럼 속생각들이 다르고 연줄이 제각각인 상황에서 끼리끼리의 길을 통해 민족 해방을 도모해야 할 사정이니 이 분열과 분파는 안타깝지만 나로서는 충분히 이해될 수 있는 것이었다.

이렇게 사분오열하는 독립운동 단체와 투사들의 사정을 보면서 더욱 안쓰럽게 다가오는 것은 그들 모두의 가난이었다. 조직과 투쟁에는 어차피 자금이 요구된다. 물론 국권을 상실한 조국의 동포들이 보내는 성금도 있었지만 어림없는 액수였을 것이다. 임정은 장개석 정부에 기회 있을 때마다 지원과 차관을 요청했고, 일본의 항복으로 귀국을 앞두고서는 큰 액수의 융자를 요청했으며, 그럴 때마다 어느 정도의 도움을 받을 수 있었던 데에는 윤봉길 의사 등의 거사로 획득한 중국의 임정 인정과 호의 덕분이었다. 미주의 한인 노동자들도 이승만의 활동 비용과 교육 재정을 보태는 데 노력했으며, 공산당 등의 좌파도 레닌으로부터 자금을 받았다. 물론 그것으로 충당될 수 없는 것이어서 임정은 미주의 한인들에게 자주 지원을 요청했고 이승만도 임정을 도왔다. 이승만은 이승만대로 집요하게 자금을 요청하는 김현구에게 "지금 힘은 부치고 몸은 고단한데 옆에서 도와주는 이 하나 없으니 고장난명(孤掌難鳴)이라, 계획은 있으나 펴지 못하오이다.〔……〕오호라 금전은 본래 항하(恒河)의 모래가 아닐진대, 난들 어디서 얻어오리까"(4:138) 하고 탄식해야 했고, 그가 애써 간행하는 『태평양잡지』는 혼자서 글을 쓰고 삽화를 그리며 편집해서 판매하는데도 늘 적자였다. 김구의 가난은 차마 읽기 민망할 정도였다. "헝겊신의 바닥이 남아날 날이 없었다. 바닥은 다 닳아 너덜거리니 명색만 신발 바닥이고 신발목 부분만 성한 채로 매달려 있는 꼴이었다"(4:120). 나는 1995년 광복 50주년을 맞는 행사로 중경의 임시정부와 독립군 숙소였던 곳을 돌아볼 기회가 있었는데 비록 다른 나라에 의탁한 임시정부라 하더라도 한 나라의 주석인데 이처럼 철저하게 참담할 수 있는지 그 안타까운 모습에 억울을 금치 못한 바 있었는데, "이처럼 처절한 생활 속에서 일본 경찰에 체포되거나 변절하지 않고 생존하는 그 자체가 독립운동일 수 있었던"(4:120) 그들의 독립을 향한 절개와 거기서 비롯된 참담한 삶이야말로 저자 손세일의 말대로 아마도 '참혹한 실존적 선택'이었을 것이다. 오죽하면 김구의 어머니 곽낙원 여사가 굶주림을 못 이겨 손자 신과 함께 고향으로 돌아가기로 하면서 주석의 김치를 담가주기 위해 쓰레기 더미에서 성한 배춧잎을 거두려고 헤맸을까. 김구는 『백범일지』에서 "나는 거지 중의 상거지"(4:123)라고 탄식하듯이 썼다. 그럼에도 지금 내가 놀라는 것은 운동가들뿐 아니라 낯선 땅으로 이주하여 노동하

며 겨우겨우 살아가고 있는 미주 동포들이나 어떻게든 살 자리를
마련하려 애쓰는 중국 대륙의 교포들이 가능한 대로, 기회 있을 때
마다 독립과 교육 운동 자금으로 푼돈이라도 거들어 모아주는 데
노력을 다했다는 점이다. 나라는 해준 것 없이 망했지만 그들의 애
국심은 상하기는커녕 오히려 더 뜨겁게 달구어졌던 것이다.

IV

　제1부가 두 권으로 40여 년을, 제2부가 세 권으로 25년을 포용하
고 있는 데 비해 제3부는 두 권으로 광복 이후 불과 4년의 한국 정
치사를 추적하고 있다. 그것은 '어떤 나라를 세울까'란 제목이 가
리키듯, 한민족이 드디어 일제의 식민 통치를 벗어나 우리 새 나라
를 어떤 모습으로 만들 것인가의 문제에 대해 그만큼 크고 심각하
게 고민하며 갈등했음을 보여준다. 실제로 일본이 항복한 후 식민
지 조선을 어떻게 처리할 것인가란 문제는 미국과 소련 등 연합국
이 카이로, 얄타, 포츠담 등의 정상회담과 장관회의에서 여러 차
례 논의하였고 마침내 일본의 강제 통치를 받아야 했던 식민지를
해방시키는 결정에 이른다. 일본의 전승국인 연합국들이 우리나
라에 대해서 이런 합의에 이르게 된 데에는 워싱턴을 중심으로 문
서 외교를 한 이승만의 폭넓은 여론 형성과 정치인들에 대한 로비,
그리고 사적 신분임에도 미국 대통령과 면담하며 한국의 독자적

지위를 호소하고 1933년 국제연맹 총회에서 활발한 외교적 역량을 발휘(4:제53장)한 것 등이 크게 작용했고, 김구의 주도하에 전개한 임시정부의 활동과 윤봉길 등의 뜨거운 투쟁 및 쉼 없는 군사적 대응이 중국에서 크게 평가받음으로써 루즈벨트의 "일본이 침략에 의해 획득한 영토는 모두 원래의 상태로 되돌려놓게 해야 한다"(5:416)는 구상이 이루어지고 국제적 동의를 얻을 수 있게 되었을 것이다. 그러나 "왜적의 항복 소식을 들은" 김구가 그처럼 목메고 기다리다 맞게 된 '해방'을 "하늘이 무너지고 땅이 꺼질" "잔인하게 닥친"(5:630) 사태로 받아들인 것은 불안한 미래에 대한 정확한 예감이었다. 스스로의 힘으로 독립을 쟁취한 것이 아니라 이승만이 전망하며 기대한 것처럼 미/일의 태평양전쟁으로 얻은 해방이기에 우리 민족의 새 국가 건설이 자주적으로 성취되는 데에는 명분상으로나 실제적으로나 한계를 피할 수 없었고 그 수행 과정이 혼란스럽고 착잡하게 얽혀들 것이 분명히 보였기 때문이다.

과연 그랬다. 일본의 항복과 함께 연합국에 의한 한민족의 해방에는 이의가 없었으나, 남북으로 진주한 미군과 소련군에 의해 한반도가 38선으로 분단되었고 자주 정부 수립으로 주권이 이양될 '적당한 시기'(5:419, 이하 여러 곳)까지 신탁통치를 실시하겠다는 데서부터 갖가지 문제들이 노골적으로 드러나기 시작했다. 식민통치의 연장으로 보이는 신탁통치를 수락해야 할 것인가 저항해야 할 것인가; '적당한 시기'란 빠를수록 좋지만 그것은 언제가 될 것인가; 중국에서는 공인된 임시정부가 미군과 소련군이 진주한 한

반도에서 여전히 정통성을 부여받을 수 있을까; 아니면 새로운 정권 주체를 만들어야 할 것인가; 자주 정부를 수립한 이후의 주둔군은 언제 어떻게 철군할 것인가; 정부 수립 이전의 치안과 행정 업무는 어디서 무슨 권한으로 처리할 것인가 등등의 잇따른 문제들은 초기의 해방 공간기부터 제기되었고 이에 대한 복잡한 논의와 갈등 속에서 38선을 기선으로 남북의 분단이 각각 단독정부 수립으로 진행되고야 만다. 이승만과 김구가 미국과 중국에서 귀국하여 정부를 수립해가는 과정에서도 '어떤 나라를 세울까'의 논의는 원천적인 난제가 되어 여전히 거창한 상반된 주장들로 압박해 왔다. 남한만이라도 단독정부를 수립해야 한다는 이승만의 추동력과 분단을 극복할 남북 합작을 이루어야 한다는 김구의 반론이 쉬 합의될 수 없었고 여기서 기존의 이승만'과' 김구의 관계는 마침내 이승만 '대' 김구의 대결적 구도로 전환된다. 그리고 '국부' 이승만이 단독정부를 수립하는 방향으로 몰고 갈 때 또 한 사람의 '국부' 김구는 이에 맞서 좌우 합작을 주장하며 평양을 방문하여 김일성의 북측과 회담을 통해 통일 정부 수립을 추구한다. 다른 한편 단독정부를 수립하며 헌법기초위원회가 '대한민국'의 헌법을 제정하면서 규정한 서구식 내각책임제 초안을 이승만이 미국식 대통령책임제로 무리하게 수정하는 장면을 보이는 고비를 거쳐야 했고, 정부 수립을 선포한 후 친일파를 정리할 반민법을 제정했지만 그 폭과 처벌 정도를 어떻게 할 것인가의 당연하지만 기술적인 측면에서 오히려 더 까다로운 문제에 부닥쳐야 했다. 이때 더불어 난제로 제기된 토지개혁에 있어서 나는 북한의 무상몰수 무상경작권 배분이 성공한 정책으로 알아왔지만 유상몰수 유상분배로 토지문제를 정리하여 후에 "대부분의 노농(老農)들로부터 '이박사 덕분에 쌀밥을 먹게 되었다'는 말을 들을"(7:726) 정도라면 오히려 남한의 토지 정책이 보다 성공적이 아니었을까 싶어지며 조정래의 『태백산맥』에서 묘사된 토지개혁의 실패가 편향된 시각일 수 있음을 비로소 깨닫는다. 이승만이 '일민주의'를 제창하면서 신분 계급의 철폐, 농지개혁을 통한 이익 분배, 남녀평등, 지역 평등을 제시하고 (7:656~57) "헤어지면 죽고 뭉치면 산다"(7:660)는 유명한 구호를 외치고 있음도 깊이 고려하게 된다.

'어떤 나라를 세울 것인가'의 논의에서 가장 뜨거운 감자로 제기된 남북 합작 문제는 앞서 잠시 언급했지만 이후의 한반도 운명을 주도한 문제이고 '이승만과 김구'의 시대가 종언된 지 반세기가 지난 지금에도 여전한 숙제이기에 그 경위(제96, 97장)를 좀더 요약해 살펴볼 필요가 있겠다. 단독정부 수립에 우려를 가진 김구와 김규식은 1948년 2월 북의 김일성, 김두봉에게 "정치지도가들 사이의 정치협상"(7:151)을 제의하는 편지를 보내고 3월에 답장을 받는다. 이승만은 이 회의를 "소련의 목적을 성원하는 이외에 아무 희망도 없다"(7:224)라고 비판하며 북에게 이용당할 김구의 순진성에 우려를 표명(7:224)했고 하지도 김구와 김규식의 '반동 행위'(7:228)를 비꼬았다. 그러나 설의식이 작성한 학계-문화계 108명의 남북협상 지지 성명으로 "감성적인 민족주의의 호소에 부추김"(7:243)을 받으면서, 김구는 "삼팔선을 베고 쓰러질지언 정 일신에 구차한 안일을 취하여 단독정부를 세우는 데에는 협력 하지 아니하겠다"(7:148)는 처절한 언사로 유명한 성명서를 발표 하면서 "공수래 공수거가 아닐까 의구심"에도 불구하고 "자나깨 나 조국의 통일을 위하여, 사랑하는 동족을 위해서는 피차의 책임 전가보다도 냉엄한 현실을 직시하고 호양의 정신"(7:246)을 발휘 해줄 것에 기대를 건다. 마침내 김구와 김규식은 "동족상잔을 막 기 위해서는 어떻게든 만나서 얘기해봐야겠다"(7:251)는 결의를 가지고 38선을 넘는다. 그러나 북의 김일성 등에게서 받은 대우와 협력은 이승만 등이 우려한 대로였다. 몇 차례의 정치 지도자 회담 은 별 성과 없이, 후에 소련 문서 개방으로 알게 된 『레베데프 일 기』에서 밝혀지는 것처럼 대북 정책의 소련 지휘자 스티코프의 지 시대로 북이 만들어 강권한 공동성명서를 채택한다. 김구는 평양 의 메이데이 행사에서 "입을 꽉 다문 채 이 위협적인 시위를 지켜 보"(7:279)면서 김일성에게 거의 우롱당하는 듯한 대우를 받고 빈 손으로 남한에 돌아온다. 귀경해서 남북 협상파들은 새로운 통일 기구로 통일독립촉진회를 결성하고 제2차 남북회담 지도자협의 회를 위해 김일성과 김두봉에게 초청장을 발송하지만 스티코프와 레베데프의 지시 아래 공방을 주고받을 뿐 아무런 성과를 얻지 못 하고 중국 대사 유어만에게 암시한 것처럼 마침내 김구·김규식의 남북지도자협의회 공동 비판 성명을 계기로 그들과 "북한과의 관 계는 완전히 끝났다"(7:394). 저자 손세일은 이 회의가 소련의 사주와 지시에 의한 것임을 소련 측의 새로운 자료로 확인하면서도 김구의 '이상주의의 힘'을 인정할 뿐 이승만이 평한 김구의 '순진성'(7:224)을 부인하지 않는다. 김구의 "남북통일의 문호를 타개하기 위하여 남북회담이 실현되어야 한다"(7:631)는 통일 정부를 향한 집념을 높이 평가하면서도 그가 기자회견에서 스티코프의 통일안의 내용에 대해 "핵심을 비켜가는 선문답"(7:732)을 했다는 말로 얼버무린 일을 지적하고 있을 뿐이다. 이는 저자가 한반도의 통일은 이미 그의 손과 책임을 떠났음을 시사하며 현실에 대한 이승만의 추진력에 비해 김구의 이상주의가 좌절되고 있음을 인정하는 듯해 보인다. 그럼에도 김구가 끊임없이 "남과 북이 상호경쟁적으로 동족상잔의 길로 나아갈 것"(7:395)을 경고하는 점에서나 이승만이 미군 철수에 대한 불안으로 집단 안보 요청(7:637)과 자위를 위한 무기 공급을 미국에 요구(7:646)했다는 점에서 두 지도자는 마찬가지로 한국의 미래를 염려하고 있었다. 그리고 "죽었던 나라를 한편에서라도 살려놓아야 전체를 살릴 희망이 있을 것이다"(7:164)라는 이승만의 주장도 그 후의 역사에서 깊이 긍정적으로 음미해볼 여지를 갖는다.

V

『이승만과 김구』의 저자 손세일은 결론 부분 「나라를 사랑하는 방법」을 제1권의 '서설'로 옮기면서 두 국부에게 공통된 것으로 애국적 민족주의, 항일 정신, 반공주의, 기독교 신앙 등 네 가지 키워드를 들었다. 이 이념들 혹은 태도들은 독립투쟁기에도 물론 묘사되고 또 거기서 그 원천을 발견할 수 있지만, 그 주의 주장의 첨예하고 섬세한 전개와 간극은 오히려 '어떤 나라를 세울 것인가'의 고투 속에서 더 잘 드러난다. 우선 애국적 민족주의는 항일기에는 이의 없이, 다만 지역에 따른 방법론으로만 다를 뿐 모두에게 동의된 목표가 되었지만, 해방 후 그것은 자유주의적 민주공화국인가 계급주의적 인민민주주의국인가로 남북 분단의 이념적 기초로 설정되어 우리는 지금까지 그 실제적 대결에서 자유롭지 못하다. 항일운동도 그 목표에서는 중국, 미국의 독립운동가와 국내의 명망 높은 애국지사들에게 똑같은 지상의 과제가 되었지만 그 전략에서는 이승만의 준비론과 김구의 투쟁론으로 갈라졌다. 다행히 항일투쟁기에는 중국의 임정과 미주 외교부 간에 제휴와 협력이 이루어지고 있었지만 해방이 되면서 친일파의 처리 문제가 중요한 국론 분열의 요인이 되고 만다. 이승만 정부는 새로운 내각을 구성하고 행정·사법·치안을 담당하면서 그 실제에 활용할 인력은 지식과 경험을 가진 친일 관료 출신들을 중용하지 않을 수 없었지만 국민들의 감정은 그렇게 다소곳할 수 없었던 것이다. 반공주의 역시 평탄할 수 없었다. 이승만은 1923년 논설 「공산당의 당부당」을 통해 "한국에서 공산주의를 이론적으로 분석한 최초의 글"(3:567)을 발표할 정도로 일찍부터 적극적인 반공의 이론을 전개하고 있었고 김구도 임정 시절 자주 발목을 잡은 공산주의자들에게 분노를 표했지만, 해방이 되고 남북에 미군과 소련군이 주둔하며 서구식 민주주의와 소련식 소비에트 체제가 도입되면서 북의 봉건 체제 박해와 남의 강경한 반공주의 정책이 집행됨으로써 분단의 실상을 더욱 가혹하게 만들었다. 아마도 이를 극복하기 위한 김구의 남북협상론이 실현될 수 있었다면 한국의 현대사는 근본적으로 달라졌을 것이다. 같은 반공주의라 하더라도 이승만에게 공산당은 결코 수용할 수 없는 폐쇄적인 정치 이념이고 실제였지만 김구의 경우는 합작이 가능하고 통일 정부 아래 진정한 자주 국가의 체통을 이룰 수 있다는 유연한 반공주의였다. 오늘날 이승만의 존재감이 폄하되고 김구의 존재감이 더욱 무거워지게 된 데에는 김구가 우파 군인에 의해 피살당한 반면 그 배후 인물로 짐작되는 이승만은 장기 집권욕과 부정선거 등으로 4·19에 하야하고 하와이로 망명해서 거기서 운명한, 서로 갈라진 말년의 대조적인 생애 때문이기도 하겠지만, 분단 극복과 남북 통일 등 한반도의 운명에 대한 두 지도자의 대립된 의지가 여기서 상반된 대결로 부각됐기 때문이기도 할 것이다. 기독교주의는 "양반 출신으로는 거의 처음으로 기독교에 입교한"(1:599) 이승만에게 매우 돈독한 것이어서 한국을 동양 최초의 '기독교국가'(2:420)로 이루기를 그는 열망했고,

대통령으로 취임하면서 외래 종교의 예수 탄생일을 공휴일로 정한 데서 그의 신앙심을 노골적으로 발휘한다. 김구는 유학에서 동학운동에의 참여, 그리고 일시적이지만 스님 노릇도 한 종교적 편력 끝에 이십대 후반에 기독교에 입교하여 세례도 받았을 것으로 짐작됨에도 "동학과 불교에 입문하는 동기와 과정은 『백범일지』에 상세히 써놓았지만 자신의 일생에 훨씬 더 큰 영향을 끼친 기독교에 입교 동기와 과정에 대해서는 특별한 설명이 없"(2:63)는 것으로 보아 그 신심을 크게 드러내지는 않은 것 같고, 종교의 자유가 보장된 해방 후 그의 기독교적 활동은 이 책에서 거의 언급되지 않고 있다.

내가 손세일의 『이승만과 김구』에서 강하게 받은 메시지는 그가 키워드로는 제시하지 않았지만 서술에서는 어떤 활동 못지않게 강조한, '개화'를 향한 열망과 그것의 구체적인 수행 방법인 교육에 대한 두 선각자의 열정이다. 저자는 제1부의 제목으로 '양반도 깨어라 상놈도 깨어라'라는 개화주의적 외침을 내세웠거니와, 이승만과 김구의 유학적 교양에서 신교육으로 전환하는 과정에 대한 상세한 추적과 수감 중에도 결코 멈추지 않은 두 분의 계몽과 신학문을 향한 열정을 자상하게 자주 서술하고 있다. 이승만은 개화파의 가장 적극적인 단체인 독립협회 운동 주동자였고 미국에서의 그의 주된 사업도 계몽과 교육 사업이었다. 그는 독립운동을 계몽운동과 동일시했고 교육은 그 실천 작업이었다. 그는 한편으로 수감 생활 중에도 신문 논설 집필을 계속한 것을 비롯하여 미국 교포를 향한 잡지와 신문의 논설들을 왕성하게 써서 계몽 교양 운동을 적극 전개했고, 한인기독학원 등 여러 교육 시설들을 세우며 그 자금을 모금하기 위해 모국방문야구단까지 파견한 데서 그 간곡한 열정을 드러낸다. 김구 역시 치하포 사건 이후 황해도 그의 고향 일원에서 교육자 생활에 노력해왔거니와 해방 후 귀국해서 어머니와 아내, 아들의 이장(移葬)으로 들어온 조위금으로 백범학원과 창암학교를 설립한 데서도 그 교육열이 여전히 발휘되고 있음을 보여준다. 미국 유학에서 학위를 받고 돌아와 세태가 바뀌는 것을 보고 첫마디로, '세 가지 시원한 것'으로 "임금이 없어진 것, 양반이 없어진 것, 상투를 자른 것"(1:38)을 든 이승만이 한문 교육 속에서 성장했음에도 "일찍부터 한글전용주의자가 되어"(1:414) 한글로 논설을 쓰고 1950년대에 한글 전용을 시행하려고 한 것은 참으로 의미 깊은 계몽 교육 운동의 일환일 것이다. 그런 그가 4·19 민주혁명 세대에 의해 하야해야 했고 그의 한글 전용의 소망이 그를 내몬 그 한글세대에 의해 실현된 데서 역사의 미묘한 아이러니를 느끼지 않을 수 없다. 해방 70주년을 맞으며 기구한 그 역사를 회고하는 가운데 우리의 가장 강한 자부심으로 제시된 국가적 성장과 사회적 발전이 가능하게 된 것이 바로 교육의 덕분이라는 점을 더욱 실감하게 되면서, 이승만과 김구가 청년 시절부터 강하게 인식하는 신문명의 힘과 이를 향한 개화의 열정, 그것의 실천적 방법으로써의 열성스러운 교육 운동이 적극 수행되었기에 오늘의 한국이 가능해졌다는 것을 나는 결국 동의하는 것이다. '이승만과 김구'가 다른 방식으로 그러나 더불어 발휘한 교육 입국의 열정과 헌신을 새로이 발견하고 새삼 다시 평가하며 그 두 분께 나는 감사의 묵념을 드린다.

VI

나는 『이승만과 김구』에서 전개되는 두 위인의 생애와 그들이 주도한 정열과 의지, 고초와 수난으로 점철된 독립운동의 역사가 진행된 일대 서사에 압도당하며 이 방대한 정치사회사의 저작을 집념을 가지고 읽었다. 그 독서에서 내가 감동한 것은 그 뜨겁고 착잡한 독립운동사라는 한국 근대사의 가장 중요한 장면만이 아니었다. 나를 압도한 것은 앞서 처음에 밝힌 것처럼 50년에 걸친 저자의 집요한 집필 의지와 학자적 책임감이었다. 그는 아카데미에 갇힌 연구자가 아니었고 오히려 그 바깥의 언론과 정치 참여의 현실 활동을 매우 활발하게 수행해왔음에도 최근의 10여 년을 오로지 이 책을 쓰는 데 바쳤다. 그것도 나 같은 허술한 문필업자처럼 날림으로 무책임하게 저술한 것이 아니라 연재 후에도, 그리고 단행본으로 출판을 준비하면서도 끊임없이 수정하고 퇴고하고 편집했던 것이다. 가령 2008년에 나온 나남판 『이승만과 김구』 3권을 이번의 조선뉴스프레스판으로 개정하면서 두 권으로 개편하는 동시에 장절을 다시 정리하고 많은 부분을 수정하고 있다.

내가 이 일곱 권을 읽으며 감탄한 것은 저널리스트에게는 기대하기 힘든 그의 학문적 엄격함이었다. 그것을 증명해주는 한 가지 뚜렷한 예가 참으로 풍부한 각주였다. 내 지친 머리를 식히기 위해 헤아려본 각주의 숫자는 이 저작의 머리말과 서설을 포함한 본문 5,581쪽에 총 9,614개였다. 페이지 하나마다 평균 2개의 각주가 붙어 있는 셈인데, 대부분 당대의 신문·잡지·문서·자서전·회고록 등 1차 자료에서 그 출처로 밝힌 것이고 그중에는 여럿의 출전을 제공하여 대조 혹은 확인하도록 만들기도 하며, 가령 김구나 이승만의 문건에서 원전의 오문이나 사실의 오류를 상호 대조를 통해 수정하기도 한다. 그가 활용한 원전과 참고 자료는 제1권에서만 헤아려보니 연대기, 정부 기록, 지방지, 신문, 잡지 등 1차 자료가 90종; 개인 자료, 문집, 회고록, 전기 등 99종; 연구 논저 단행본 85권; 연구 논문 66편 등 340종이며 색인에서 짚어본 인명만 540명으로 미처 여기에 들지 못했지만 본문에 스치는 인물까지 치면 그 숫자는 훨씬 더 늘 것이다. 각권이 대충 이런 정도라면 1천종 이상의 자료가 저자의 눈을 거쳤을 것이며 등장인물은 2천 명에 이를 것이다. 이런 일련의 숫자들이 원전의 직접 접근을 통해 사건과 상황, 말과 생각을 책임 있게 재구성하는 저자의 노력과 책임을 증거해주고 있는 것이다. 이 1차 자료들의 풍부한 검증은 상반된 주장들을 객관적으로 검토하게 만들며, 가령 필사 출판된 『백범일지』의 여러 판본을 대조토록 하고 때로는 엇갈린 증언들을 대비하여 독자들의 판단에 맡기는 열린 태도를 보이기도 한다.

이 각주와 그것을 인용한 서술들을 보면서 짐작했던 것 이상으로 독립운동사와 그 인물들에 대한 연구가 상당히 폭넓게 진전·확산되어왔다는 점을 나는 뒤늦게 알았다. 임정의 불안정한 자리와 가난하고 또 피란 짐을 자주 싸야 했던 뜨내기 사정 속에서도 숱한 회의록이 간직되고, 혹은 해방 후 난무하는 정치적 혼란과 대중 선동의 어지러움 속에서도 예컨대 『애국삐라전집』 같은 것들이 간행되어 그 후의 한국전쟁과 그 앞뒤의 불안정한 정황 속에서도 보존되어 후생의 저자가 참조할 수 있도록 갖가지 1차 자료들이 수집·정리되었다는 데에 나는 탄복하지 않을 수 없었다. 우리 민족의 이처럼 왕성한 문자 행위의 자산 위에서 그 까다로운 한국 독립운동사의 탐색이 집요하게 진전되고 그 성과들이 생산된 것이었다. 이런 사정을 풍요롭게 만든 우리의 국사편찬위원회와 국가보훈처, 독립운동사편찬위원회, 독립기념관의 소장 자료들이 의외로 활발하게 출간 혹은 소장되어 연구자들에게 제공되었다는 점, 예상을 뛰어넘는 숱한 인사들의 회고록, 전기 들이 간행되어 한 세기 가까운 우리 역사의 면면을 복원할 수 있게 되었다는 점, 그리고 저자가 미국과 일본, 중국과 러시아 문서를 뒤지고 찾아 참조 인용하고 있다는 사실이 놀라웠다. 여기에 종전 반세기가 지나면서 '비밀 문건'으로 가두어두었던—가령 미 국무성의 문건들과 더불어 소련 문서들의 개방으로 우리에게도 보여진 레베데프와 스티코프의 일기—문서들이 크게 참조되고 있다는 사실도 주목하게 된다. 이들 자료의 공개와 저자의 섭렵 덕분에 북한에서 소련이

가한 정책과 가령 남한의 10월 폭동 주동자들에 대한 5백만 엔의 자금 지원과 투쟁 방법의 구체적인 지령(6:657~8) 등이 구체적으로 밝혀지고 이승만을 못마땅하게 여긴 하지 사령관과의 관계로 정부 수립에 이르기까지 한미 간의 갈등이 전개된 속사정을 알게 된다. 그리고 이 책을 통해 김구의 『백범일지』가 여러 본으로 필사되었다는 것, 이승만의 전기가 여러 저자들에 의해 집필되었다는 것도 뒤늦게 알게 된 것이지만, 이처럼 활발한 자료 간행과 연구 논저가 풍부해졌다는 것은 그 자체로 우리 독립운동과 이승만-김구의 활동이 왕성했다는 역사적 사실을 반증해주는 것이며 저자 손세일이 이 자료들을 매우 열성스럽고 자상하게 수집, 열독(閱讀), 참조함으로써 그 자료들의 가치가 풍요한 의미로 다가왔을 뿐 아니라, 무엇보다 이 거대하고 결정적인 저술 이후에도 이 주제에 대한 활발한 연구를 재촉할 자료가 우리의 후학들에게 여전한 연구 과제로 제시될 것임을 깨우쳐준다는 점에 유의하지 않을 수 없게 된다.

저자는 가능한 한 이 모든 자료들을 섭렵하고 "사실로써 증언" 하도록 랑케적인 객관적 역사 서술을 진행하면서 저널리스틱하게 요령 있는 문체와 전문가다운 책임으로 객관적 입장을 충실하게 유지하는 서술을 통해 어떤 가설을 허용하지 않고 독자 스스로 판단하도록 주관적 평가를 자제한다. 가령, 해방 후 '어떤 나라를 세울 것인가'로 고민해야 하는 당대의 숱한 사상과 행태와 인물 들의 기록을 소개하는 대목에서 으레 들었음 직한 삼상 회담이 제의

한 대로 신탁통치를 수용했더라면 분단은 모면했을까라든가, 김구의 남북협상이 성공했더라면 단일민족국가로 우리가 새 출발을 할수 있었을까, 김구가 경교장에서의 시해를 모면했더라면 6·25의비극은 어찌 되었을까와 같은 있을 수 있는 안타까운 가설에 대해 저자는 아무런 시사를 주지 않는다. 김구의 피살에 으레 붙는 이승만의 배후설에 대해서도 저자는 언급을 피함으로써 우리의 손쉬운 추측을 단속하기까지 한다. 그럼으로써 역사의 진행을 냉엄한 실재로 인식하고 그것들의 진행을 통해 오늘의 상황을 고민하도록독자의 심금을 진정시켜주는 것이다.

저널리스트로서의 의연한 태도와 사실이 스스로를 표명토록 하는 냉철한 사가로서의 객관적인 책임을 최대한으로 확보한 이 거작의 마지막 장을 덮으며 느끼는 감동과 감탄 속에서 나는 심술부리듯 욕심을 좀 내고 싶다. 비록 '이승만과 김구'를 중심으로 한 독립운동사라고 하더라도 가령 그 반대편에 선 이동휘나 혹은 김일성의 좌파 활동까지 좀더 소개되었더라면 전체적인 조망 속에 두국부의 공헌이 폭넓게 환히 드러나지 않았을까 하는 점, 그리고 경교장에서 흉한의 총탄에 김구 선생이 쓰러진 이후의 이승만의 정치 행태, 그러니까 6·25 한국전쟁에서 4·19에 이르러 하야하기까지의 과정도 에필로그로 기록되었더라면 두 분의 상이한 종말을대비해볼 수 있을 것이라는 게 그렇다. 이 주문은 당초 설정한 '이승만과 김구'가 아닌 '한국 독립운동사'로 확산될 일이고 혹은 두국부 간의 관계사란 당초의 의도를 벗어날 일이어서 오직 내 개인적 소망으로만 여길 일이지만, 독자의 이해와 기억을 위해 연표와 숱하게 등장하는 인물 가운데 중요 인사들의 편람을 첨부했더라면 본문의 이해와 관계의 수용에 좀더 편하겠다 싶었다. 나남판에는 부록으로 붙어 있던 연표가 여기서는 사라졌는데, 숱하게 착종하는 사건과 한없이 얽힌 인물과 단체 들의 동태의 연대적 연계와 주동 인사들의 이력은 이 기구한 역사의 진행 과정을 서술한 본문의 맥락을 수용하는 데 분명 큰 도움이 될 것이다. 박경리의 소설『토지』에는 등장인물들의 사전과 중요 가계(家系)의 도표가 연구자들에 의해 첨부되어 있는데『이승만과 김구』의 경우도 후학들이 감당할 숙제로 이어지기를 바란다.

이 풍성한 자료와 연구 들에 대한 감사는 결국 그 모두를 섭렵하고 재구성을 통해 재현한 이승만과 김구의 개인사와, 그 두 위대한 인물을 중심으로 수난의 시대와 싸워야 했던 선열들의 독립을 위한 투쟁의 뜨거운 삶에 대한 간곡한 추모를 곁들여 내 옷깃을 여미게 한다. 그 추모의 감정에, 그분들이 이 시대로 호명받아 새로이 우리 앞으로 나오시도록 안내한 이 거질(巨帙)의『이승만과 김구』의 저자 손세일 선생에 대한 치하도 함께해야 할 것이다. 산수에 이르러서도 젊은이 못잖은 정력으로, 전공 학자 이상의 수고로 대작을 완성함으로써 위대한 인물의 인격적·존재론적 가치를 새삼 다시 깨우쳐주면서 국민적 역사 교육으로서의 거대 민족적 서사를 뛰어난 모습으로 성취한 저자의 필생의 작업에 나는 더할 수 없는 정중한 감사의 인사를 드린다. 그는 오늘의 우리가 가능하도록 만든 역사를 두 거인의 존재를 통해 추적, 회고, 성찰하도록 만들었고, 그 힘든 작업과 과정 속에서 독립운동사의 한 결정판을 이루기까지 취한 견결한 열정과 엄청난 수고에 나는 압도되지 않을 수 없었다. 그는 저술가로서만이 아니라 현재의 삶을 고민하는 오늘의 지식인으로서 지금의 독자들만이 아니라 앞으로의 연구자들에게 새로운 목표와 가능성을 추구할 것을 독촉하며 그 스스로 고민하며 그 역할의 뛰어난 본을 보여주었다. 해방 70년, 주권 상실 110년을 맞으며 비로소 우리 근대의 민족사와 인간사를 되돌아보아야 할 계제에 반드시 거쳐야 할 이승만과 김구의 면목을 새로이 발견하면서, 140년 전에 태어난 두 거인의 기구했던 상실의 역사와 뜨거운 광복의 투쟁 과정, 그리고 건국에 이르기까지의 장엄한 국민적 서사를 재구성하여 그 문자화의 대미를 장식하는 거대한 성과를 마주하게 된, 참으로 아름다운 행운으로 나는 진정 복 받은 독자가 되었다.

〔『철학과현실』 2016년 봄호〕

돌아보는 글

성장통, 시대고, 운명론
—병으로 삶을 진맥하다

　내게 가장 어린 기억으로 남아 있는 장면은 어머니 등에 업혀 울음으로 투정 부리며 어딘가로 가는 모습이다. 아마 네댓 살쯤이었을 것이고 열에 떠 칭얼거리며 울고 있었던 것 같다. 그다음 기억은 이보다 한두 살 더 들어 고추를 붕대로 매고 두꺼운 방석 위에서 끙끙거리던 일이다. 후에 들은 이야기로는 벗고 다닌 그 어린 시절, 고추에 모래가 들어가 병원에서 수술을 받았다는 것이다. 그러니까 나도 모르는 사이 포경 수술을 받았던 셈이다. 아마 한의사를 뵌 것도 그즈음이었을 것이다. 진맥을 하고 한약을 처방하던, 허연 수염에 아주 맑은 얼굴로 다독거리시던 인자한 할아버지였다. 이제는 거의 잊은 내 유년 시절에 유독 남아 있는 기억들이 내가 아프고 수술하고 혹은 진료해주신 분으로 점철된다는 것이 돌이켜보는 내게 유별스레 여겨져온다. 나도 다른 아이들처럼 젖먹이를 넘어서면서도 여전히 자주 아팠고 약을 먹어야 했을 것이고 그 아픔의 기억이 가장 깊이 박혀 있었던가 보았다.

그 유년기의 병치레들이 성장통이라는 것을 나는 뒤늦게 깨달았다. 두 살 터울로 네 자식을 키우는데, 제 어미의 정성과 병원에서의 여러 예방약에도 불구하고 그 녀석들은 돌아가면서 여러 가지 작은 병들을 앓았다. 감기로, 천식으로, 수두로, 알레르기로 병원에 들락거려야 했지만 그렇다고 위험하게 여길 만큼은 아니었다. 그런데 신기한 것은 젖먹이에서부터 마당에서 뛰어놀고 혹은 학교에 입학해 다니게 될 때까지 고열이나 설사로 고생하고 나면 아이들이 한 단계 자란다는 것을 깨달았다. 가령 한번 앓고 나서는 문득 제 엄마 품에서 벗어나 몸을 움직여 엎치고 젖히기를 하고, 다시 한번 병원을 다녀와서는 몸을 겨우 일으키고 한 걸음씩 걸음마를 하고, 또 제 어미를 괴롭히고서는 '엄마'를 부르며 애기 말을 시작했다. 애기 키우는 재미가 이즈음부터 실감나거니와, 이렇게 병치레로 고생하다가 또 이처럼 아기들의 새 짓들을 바라보면서, 그것이 이른바 '성장통'이라는 것을 깨달았다. 자라기 위해 앓아야 하는 병들, 그 병들을 통해 조금씩, 그러나 불쑥, 몸도 커지고 지능도 새로워지는 단계를 거쳐 이른바 성장을 한다는 것이다. 그것은 아마도 인류의 역사나 민족의 흥성도 그럴지도 모른다는 거창한 생각까지 불러오는 것이지만, 자라기 위해 앓아야 한다는 사실은 내게 참으로 흥미로운 육체의 정-반-합이란 변증적 양상으로 여겨진다.

초등생 시절, 나는 어렸을 적 모범생이었지만 개근한 해가 없을 정도로 잔병이 잦았었다. 그게 대체로 고열로 신음하는 것이었는데 약을 먹든 저절로 나아가든 해열로 조금씩 회복되고 있을 때의 한순간은 지금의 내게까지 은근한 희열로 회상되곤 한다. 아직 열은 남아 있지만 몸은 조금씩 편해지고 사지는 노곤하지만 마음은 개운해지는 참이다. 이때의 내 머릿속은 투명하고 평정해지며 일종의 정신적 안도감과 쾌감을 느꼈던 것이다. 그것은 참으로 기분 좋은 내면 풍경이었다. 어딘가 밝아오는 듯한 분위기, 무언가 자유로워지는 듯한 마음, 어떻게인지 풍요로워지는 듯한 존재감. 이런 어려운 말은 어른이 되었을 때 회상하는 내 자신이 붙인 것이지만, 구체성은 없는 대로 내 감성의 정황은 이랬거나 이 비슷했다. 그것이 물론 나만의 경우가 아니었다는 것을 도스토옙스키의 『백치』엔가에 등장하는 소년의 고백에서 발견했다. 뮈시킨 공작에게 소년은 열병에서 벗어나 회복될 때의 그 투명하고 순결한 시간에 대해 설명하고 있었다. 그래, 이렇게 아픔을 통해, 고열로 시달리며 고생하다가 거기서 벗어나 열이 가라앉고 정신이 맑아지면서, 사람은 한 뼘 부쩍 자라는 것이구나…… 그러고 보니 소설에서든 현실에서든 큰 병을 앓고 나서 제 모습을 새로이 만들고 제 정신을 몇 걸음 앞으로 밀어나가며 자신의 삶을 바로 세운다는 이야기를 알 수 있었다. 이것이 이른바 성장통이란 것인가. 그렇다면, 병이란 나쁜 것이 아니라 오히려 필요한 것, 아픔이 무엇인지 그를 통해 삶과 세상을 성찰케 하고 정신을 새로이 하는 데 꼭 있어야 할 과

정일 것이다. 6·25전쟁을 치른 이후 나는 한 번도 병으로 결석하거나 앓아 누운 적이 없었다. 그러나 대학 1학년 때 홍콩 독감으로 7년 만에 처음 열에 들뜨는 병치레를 했다. 그러고는 번뇌가 심한 청년기를 맞아야 했다.

유신이 선포되고 정치와 사회가 얼어붙었을 때 내가 근무하던 신문사도 기가 죽어 있어야 했다. 비판적인 보도 대신 한가한 픽쳐 스토리로 지면을 채워야 했던 시절 나는 '한국 문단사'의 연재를 지시받았다. 문학사가 아니라 문단사였다. 문단(文壇)이란 으레 존재하는 것이지만 그것의 역사란 나로서도 처음 듣는 작업이었다. 어떻든 나는 해야 했고 그래서 1908년 우리나라의 신체시가 나오기 시작하던 때부터 서울에서 국제펜대회가 열리는 1970년까지 주마간산으로 우리 문단의 '역사'를 쓰기 시작했다. 그러기 위해 나는 이런저런, 영인본은 있었지만 아직은 태부족한 신문·잡지·도서 들의 각가지 자료들을 뒤지며 식민지 시대의 우리나라 문단 풍경들, 문인 사정들, 그들의 사건들을 헤매며 뒤졌다. 우선 1920년대 우리 근대문학사의 초기 시절에 내 노력은 집중되어 그들의 문단 활동과 개인사적 사건들을 정리하는 데 바쳤다. 그때 발견한 것이 당시의 작가들은 참으로 많은 병들을 앓고 있었고 그 때문에 젊은 나이로 요절한 문학인들이 많았다는 점이었다.

「문화병과 빈곤병」이란 제목으로 문사들의 병 이야기를 다루면서 나는 춘원 이광수가 1921년 「문사와 수양」이란 글에서 이 시절의 작가들이 보인 퇴폐적인 작태를 꾸짖는 가운데 "물론 술, 붉은 술에 탐닉할 것" "반드시 연해를 담(談)할 것" 등등에 이어 "신경쇠약성 빈혈성 용모를 가질 것"이란 말을 먼저 인용했다. 창백하고 쇠약한 몸을 신사의 멋으로 여기고 방자한 주색으로 든 병을 자랑삼아 치레하는 '식민지 지식인'의 면모를 중국에서 돌아온 우리 문학의 태두가 질타한 것이다. 그러나 이 당시의 문사들 사회에 '빈혈성 용모'가 유행했을 것이지만 그것이 반드시 '양풍(洋風) 든 지식인 척하기'로 말미암은 것은 아니었다. 김동인은 불면증으로 수면제를 장기 복용했고 아편을 썼다는 소문까지 떠돌았으며 최서해는 기아선상을 헤매는 오랜 굶주림 때문에 늘 위장병을 달고 다녀야 했고 나도향, 홍사용, 안석영, 이육사, 박용철, 채만식, 그리고 이상과 김유정이 폐결핵을 앓았고 그 때문에 요절했다. 그들의 '문화병'은 대부분 '빈곤병'이었다. 오죽하면 서른도 안 된 김유정이 "우선 닭을 한 30마리 고아 먹고 땅꾼들을 들여 살모사 구렁이를 10여 못 먹어야겠다"는 안타까운 소망을 말했을까. 정작 후배들의 '빈혈성 용모'를 야단친 이광수가 폐결핵과 척추카리에스, 폐렴 등 갖가지 병으로 고생한 종합병원형 환자였고 그 덕분에 우리나라 최초의 여의사인 허영숙과 인연을 맺을 수 있었다.

문학인들의 그 병들을 확인하면서 나는 그저 가난 때문에가 아니라 식민지 시대의 지식인들이 품지 않을 수 없는 광복에의 열망과, 전근대적 보수주의 윤리 속에서 서구 문화로 젖어들면서 피할 수 없었던 전통/신문화 간의 한계인적 갈등이 이들을 병으로 몰았

거나 키우지 않았을까 하며 매우 동정적이었다. 그렇게 나를 몰아
간 것이 바로 그 글을 쓰던 당시의 유신 체제가 가한 억압 체제와
고문 정치의 탓도 많았다. 그 시대적 압착이 감수성이 섬세하고 지
적으로 예민한 작가·시인·지식인 들의 내면만이 아니라 육체까지
괴로운 상태로 몰아가고 있었다. 그러니까 유신 시절이나 그보다
반세기 앞선 식민 통치 시대나 문학인들은 비슷한 모습으로 시대
고(時代苦)를 앓고 있었다고 나는 보고 있었던 것이다.

　이런 내 비관을 바로 내 주변에서 다시 확인시켜준 것이 1990년
의 비평가 김현과 3년 후의 인권변호사 황인철의 죽음이었다. 나
와 다른 두 친구와 함께 『문학과지성』의 창간 및 창사의 동인으로
어울린 김현과 황인철은 비슷한 때 암 진단을 받았고, 부위가 다른
암으로 그것에 대응하는 태도도 달랐지만 나는 '암'이란 말이 던져
주는 그 사태의 절망적인 분위기가 한 바닥에 깔려 있는 것으로 보
았다. 김현은 한글세대의 새로운 문학관을 세우는 데 분투하고 있
었고 황인철은 인권 변론을 위해 유신 정권, 군사정권과 대결하고
있었다. 나는 그 두 친구에게 드리는 조문에서 똑같이 "그것이 암
이었지, 이 세상을 옳게 보고 바르게 드러내려는 싸움, 그것이 암
이었지"라고 했다. 그래, 식민지 시대의 문사들이나 독재정권 시
대의 지식인들이나 그들이 진정 추구하는 것들이 이 험한 세상에
부딪쳐 암이 되고 이른 나이에 목숨을 잃게 되었으리라. 나는 이
때의 암 환자 비율이 일반인보다 지식인·문학인이 더 많았는지 어
땠는지 모르지만 적어도 사태에 대해 민감한 지식인·예술가 들이

걸려든 암은 시대고의 희생으로 해석하고 싶었고 또 그래야 했다.

그러고서 반 세대가 지나 우리 또래가 육십대 후반부터 칠십대 초반으로 걸쳐 있던 시절, 내가 존경하는 선배·친구 셋이 한꺼번에 세상을 버렸다. 2008년이었다. 나와 40년 넘게, 여행하면 으레 룸메이트가 되던 『남과 북』의 작가 홍성원이 5월 1일에, 존경심에 젖어 자주 뵙던 『토지』의 박경리 선생이 4일 후인 5일에 작고했고 근 석 달 후 『당신들의 천국』의 이청준이 운명했다. 그해는 한국 소설 문학의 참으로 치명적인 해였다. 나는 그 세 분의 빈소를 거의 매일 갔는데, 이들 모두가 이 세상에 대한 한을 품은 분들이었다. 왜 내 주변 친구들은 암에 그처럼 크게 노출되었는지, 많은 사람들이 암과 관계없이, 혹 재수 없게 걸렸다 하더라도 무사히 구명을 했는데 왜 그들은 그처럼 허망하게 먼저 세상을 떠야 했는지 이해할 수 없었다. 그들의 뒷일들을 처리하면서, 탈 없이 오래 잘 살고 있는 나 스스로가 부끄러웠다.

장년기에 든 나는 자주 이른 시간에 잠을 깼고 그 시간을 버리기 위해 20분쯤 걷는 동네 유원지 쪽으로 산책을 나갔었다. 늘 게으르게, 시간이 바쁘게 씻고 먹고 출근해야 했던 나로서는 나이 탓으로 돌릴 수밖에 없던 아침 산책을 비로소 해본 것이었다. 그리고 나는 그 첫날 놀라고 말았다. 조깅하는 젊은이들, 속보로 혹은 뒷걸음질로 걷는 운동을 하는 부녀들, 배드민턴 치는 부부들, 조기 축구 하는 남자들, 약수 뜨는 동네분들, 가까운 산에서 내려오는 등산파

들 등, 가다 앉다 하며 한가하게 움직이는 사람은 눈을 씻고 보아
도 보이지 않았다. 모두가 운동을 하거나 몸에 좋은 물을 마시거나
하는 사람들뿐이었다. 나처럼 커피를 주문해서 마시거나 한자리
에 앉아 담배 몇 대를 피우는 사람은 없었다. 그때 거의 절망적으
로 느껴지던 운동주의와 건강주의의 야만성! 이 풍경과 내 심보가
달라지지 않기에 나는 며칠 만에 내 아침 산책을 포기했다. 집에서
더 잠을 많이 자고 신문 보면서 진한 커피에 독한 담배를 피우며
더 많은 시간을 게으르게 보냈다. 그리고 내 스스로를 반운동주의
자, 운동혐오자로 낙인찍었다. 운동하는 사람들을 노골적으로 비
꼬는 말은 자제해야 했지만 그들을 그 이유로는 조금도 존경하지
않기로 했다. 운동을 모르고 가능한 한 몸을 움직거리지 않고 한가
하게 살기로 작정하기도 했다.

그런 중에 가진 한 여행 중에 내가 끼지 않은 술자리에서 나를 안
주 삼아 놓고 친구들이 토론을 벌였다 한다. 페루에서였는데, 건강
하고 체구가 크고 늘씬한 소설가 김주영 씨가 나를 두고, 독한 담
배를 쉼 없이 태우지, 진한 커피만 마시지, 그리고 운동은 전혀 하
지도 않지, 그런데 어떻게 3,300미터의 고지에 있는 잉카 문명의
고도시 쿠스코에 와서도 고산증 없이 건강한지, 우리 토론을 해보
자고 했다는 것이다. 실제로 이곳저곳 많은 도시를 다닌 김주영은
물론 매주 등산을 하는 김치수를 비롯한 일행 대부분이 쿠스코 공
항에 내려서는 처음 2, 3일 동안 머리가 휑뎅그렁해지고 속이 울렁
거려 꼼짝 못하는 고산증으로 괴로워했다. 내게 그 비의를 물어왔

지만 나도 알 수 없는 일이었다. 나와 동성동본인 김원일도 나처럼 별 탈이 없어 씨가 그런 모양이라고 웃으며 대답할 수밖에 없었다.

나도 정말 궁금했다. 내 스스로의 생각에도 알 수가 없는 일이었다. 먼저 간 친구들이나 식민지 시대의 문학인들처럼 시대와 삶에 대한 고민이 없어서일지도 모른다는 부끄러움까지 느꼈지만 그렇다고 나 자신을 그처럼, 그러니까 암도 안 걸린다고 스스로를 비하할 것까지는 없겠다고 생각해야 할 정도였다. 마침내 의사인 시인 마종기에게 그 궁금증을 물었다. 그는 서부의 고지대인 콜로라도에 간 적이 있었는데 숨이 차고 입술이 터지는 등 고산증으로 힘들었다며, 미국에서도 결정적인 해답은 없이, 아마 DNA 때문으로 결론내리는 것 같다고 대답해주었다. DNA라니! 나도 할 말이 있었다. 나는 술을 거의 못 마신다. 첫 모금은 어떤 술이라도 맛이 있는데 다음 잔부터는 숨이 차고 속이 거칠어지고 얼굴이 붉어지는 등 감당을 못한다. 그러고 보니 내 부모님도, 조부모님도 술잔을 드시는 것을 거의 본 적이 없고 우리 집에서 술 때문에 일어난 사고나 사건은 한 번도 기억되는 것이 없었다. 유전임이 분명했다. 그 유전은 내 자식들만이 아니라 사위들까지에도 흐르는지, 그렇게들 모이면 누구도 술을 주문하는 사람이 없었다. 내게 술을 소화하는 무슨 알코올 분해 효소가 없는 것이 분명한데, 대신 고산증에서 면역되는 효소는 있는 모양이었다. 의사인 마종기는 결론적으로 '피는 못 속인다'는 전래의 속담이 사실임은 DNA로 인정될 수 있다는 것이었다.

'피는 못 속인다'는 말이 진실이라면 나는 다행스러운 점도 있고 괴로운 점도 있다. 내가 고산증이 없다는 것, 친구들이 으레 양해해주는 술자리 2차 사양하기, 아마도 암이나 고혈압이나 당뇨 같은 노인병으로 괴로워하지 않아도 되리라는 것은 다행이다. 그러나 조부모님은 팔십대 후반에, 부모님은 구십대 중반에 큰 병 없이 조용하게 운명하셨다는 핏줄을 본다면 아마 나도 그처럼 긴 세월을 살지도 모른다는 것이 걱정이지 않을 수 없는 것이다. 이 풍진 세상을 그렇게 오래 살고 싶은 것도 아니거니와, 지금처럼 노부부나 홀로가 되어 지겨운 만년을 오래오래 보내야 한다면 참으로 참혹한 일이다. 93세에 가신 아버지는 만년에 거실에 겨우 앉아 움직이시다가 드러누우셔서는 "왜 안 데려가나" 하고 탄식하셨다. 내 보기에, 병은 없으시지만 육체 자체가, 몸을 자유로이 움직일 수도 없고 근육의 활기는 전혀 느껴지지 않고 뼈마디는 서걱거리는 그 육체의 무게 자체가 한없이 괴로우셨던 것 같았다. 요즘의 내가 그런 징조를 실감하면서 그처럼 몸의 존재성 자체가 괴로울 노후가 걱정되는 것이다. 그래, 이제 걱정은 일찍 가는 것이 아니라 오래 사는 것이 될지도 모른다. 신문은 '9988123'이라 해서 99세까지 팔팔하게 살다가 사흘 안으로 조용히 눈감을 수 있는 세상을 준비하라고 권고하고 있지만, 아무리 '팔팔'하더라도 구십대 노인네의 팔팔함이 오죽할 것이며 사흘이 아니라 그 잔명이 몇 달 아니 몇 해로 길어져 사회적 부담과 가족들의 수고는 물론 자신의 고생이 더할 수가 얼마든 있을 것이었다.

그래도 매주 화요일에 어울리는 모임에서 친구가 하나씩 줄어드는 것은 참으로 안타까운 일이다. 작년에 가장 '팔팔하던' 친구가 투병 20개월이 못 되어 운명했고 또 한 친구는 외출을 삼가야 할 만큼 조금씩 나빠지는 병에 걸려 참석을 자제하고 있다. 그래서 열 명이 넘던 모임이 요즘 후배들이 끼어 겨우 열 손가락을 채우기도 힘들어져 쓸쓸함을 지우지 못하고 있는데, 자연 이 자리의 많은 화제는 다른 누구의 병세거나 자신의 신체적 이상이다. 하긴 나도 10년 전 "아주 가벼운 경고로 받아들이라"는 의사의 말대로 뇌출혈 중에도 가장 가볍게 넘긴 사태를 겪고 어쩔 수 없이 50년 가까이 피워댄 담배를 느닷없이 섭섭하게 끊어야 했다. 그런 꼴이다 보니 나를 만나는 친구나 후배 들이 아직 내가 책도 읽고 잡문도 끄적거리는 걸 다행으로 반겨주면서도 예외 없이 내게 집 앞이 공원이고 광장이니 하루 30분씩만 걸으라고 충고한다. 하지만 그 권고가 집요하면 내 대답은 이렇다: "힘들여 걷고 그래서 좀더 오래 사는 것보다, 지금 더 오래 뒹굴며 편하게 지내다 일찍 가는 게 더 다행한 일이 아닐까." 그 대차대조표는 나도 마음에 든다. 걷고 운동하는 고생을 해가며 오래 사는 것보다 게으르고 편하게 한가로움을 즐기다가 좀 일찍 가자는 생각이다. 뛰어난 내 친구들 몇은 여전히 시와 소설 같은 창작 활동을 하고 전보다는 좀 덜하지만 그래도 여전히 술과 여행을 즐기고 사는 일에도 건강하다. 나는 어차피 그런 재주와 열성이 없으니, 내게 더 오래 사는 시간이란 쓸데없는, 아니 부담스러운 덤으로 여겨질 뿐이다.

그리고 생각한다: "이 나이에 암으로 아쉽게 죽든, 뇌졸중으로 부지중 숨을 거두든, 아니 뜻밖에 길을 건너다 차에 치여 곧바로 황천으로 향하든 그 모두가 이젠 자연사일 뿐이다. 이렇게 오래 살았다는 것 이상으로 더 많은 삶을 바란다는 것은 자연의 원칙에 위반하는 것이다. 어떤 모습으로 나의 마지막이 오든 그것을 내 운명으로 받아들여야 할 뿐이다." 성장통에서 시대고로 움직여가던 병과 죽음에 대한 생각이 드디어 운명으로 다가온 것이다. 그건 내가 오래 살았음을 자인하는 것이며 그래서 니체의 '운명애amor fati'를 내 것으로 조용히, 그리고 애틋한 마음으로 받아들이려는 작심이다. 오에 겐자부로는 노년의 그 파세틱하고 장중하며 고매한 모습을 '만년의 양식'이라고 불렀지만, 그 양식이야말로 내 자신의 운명으로 내 마지막을 수락하는 태도로 세우고 익혀두고 싶은 모습이다.

〔『문학과의학』 제10호, 2015. 12〕

에세이의 묘미와 정신의 깊이

―법정의 『무소유』

불교적 지성과 현대적 사랑

이른바 '직업적인 수필가'의 반열에 결코 끼지 않는 법정은, 그러나 오늘의 우리 수필 문학에서 다음 두 가지 점으로 주목받을 수 있을 것이다. 우선 그가 스님이면서 많은 작품을 발표하고 있다는 것이 그 첫째인데 이는 시에서 이제는 환속한 고은과 석지현 등 몇몇의 승려 시인이 있고 비평에도 김운학이 있지만 수필 문학에서는 그가 유일한 존재임을 상기시키는 것이다. 이것은 단순한 호사가의 관심이 아니다. 불승이 갖는 체험, 그들이 탐구하는 세계는 불교문화가 지배적인 전통으로 작용해온 우리에게 가장 깊고 오랜 정신의 편차를 이루어왔다. 하나의 사상, 그것의 인생관과 세계관을 가장 평이하고 명징하며 논리적으로 드러낼 수 있는 수필 문학에서 정작 그 불교인의 참여가 없었다는 것은 그 사상과 문학을 위해 커다란 손실이었다. 법정은 그 공백을 채워주고 있는 것이다. 그리고 그가 불승이라는 것 이상으로 더 중요한 둘째 점은 그의 작품에서 어렵지 않게 규지할 수 있는 그의 수필 정신이다. 아마 여기에는 세심한 주의가 필요할 것이다. '수필 문학'은 우리에게 있어 흔히 글자 뜻 그대로 청천(聽川)이 말한바 '붓 가는 대로'라는 것으로 규정되어왔다. 청천의 진의가 어디 있든 이 말이 '에세이 문학'을 상당히 무책임하게 만든 것은 사실이다. 환언하면 수필은, 붓 가는 대로, 생각이 떠오르는 대로, 말이 쓰여지는 대로 따르는 것이 본의라고 생각되어온 것이다. 그것은 우리의 수필 문학을 소녀적인 감상 어린 고백, 어쩌다 만나는 우연한 사건의 체험담, 혹은 전문적인 직종을 가진 사람의 산문적인 보고로 추락시킨 것이다. 물론 이런 글들이 '수필'이 아닌 것은 아니지만 데카르트의 『방법론 서설』에서부터 카뮈의 『시시포스의 신화』가 '에세이'라는 점에 상도할 때 이런 유의 글들이 그 사상이나 언어에서 얼마나 수필 정신을 배반하고 있는가를 짐작할 수 있을 것이다. 수필은 이 세계와 삶에 대한 고도로 세련된 지적 통찰의 한 표현인 것이다.

이 두 개의 관점은 결과적으로 법정의 불교적 지성을 존중하는 것이기도 하다. 사실 인간 법정을 아는 사람들은 그가 비록 삭발을 하고 가사를 입었지만 그의 얼굴이 선승의 모습이라기보다 예리한 지식인의 그것이라는 데 일치를 볼 것이다. 이는 또한 그의 인상만이 아니다. 그가 여러 차례 '참여하는 불교인'으로서, 불교계를 대표한 유일한 저항적 지식인으로서 활약했고 그 때문에 수난도 적지 않았다는 것은 잘 알려진 일이다. 그는 한국 불교 자체의 타락을 공격했고 나아가 한국 사회의 의롭지 못한 것들을 비판했다. 불교의 안과 밖에서 그는 비판자로서의 목소리를 낮추지 않았던 것이다. 이것은 우리의 불교사 1,600년 동안 호국 신앙을 제외한 현실 참여의 예가 극히 적었다는 사실을 고려할 때 불교적 현실관의 개조를 위해 매우 고무적인 징조다. 입산 속리하여 면벽 좌선한다는 것이 득도의 진수인가? 아마 그럴지도 모른다. 그러나 만해의 존재가 새삼 기억되어 압박해오는 이제, 불교인의 현실적 각성과 실천적 행동은 결코 도외할 수 없는 명제가 되고 있는 것이다. 법정 스스로 "함께 살고 있는 이 세계가 지금 어디로 어떻게 움직이고 있건 아랑곳없이 초연하려는 종교인이 있다면 그가 소속한 종교는 현장(現場) 밖에서 말라 죽게 될 것"이라고 경고하면서 "이 시대의 불교도들이 나무아미타불을 입으로만 외우고 몸소 행동하지 않을 때, 골목 안 꼬마들한테서만이 아니고 수많은 대중들로부터 날아오는 돌팔매를 어떻게 감당할 것인가"(「나무아미타불」)라고 외친다.

여기서 그는 '돌팔매'란 기독교 성서의 용어를 썼지만 그의 짧고 긴 많은 글들은 그 감수성과 사상의 근거가 불학에만 멈추지 않고 있음을 보여준다. 예컨대 카뮈가 인용되고 베토벤이 감상되며 간디에서 교훈을 얻고 워즈워스가 애송되며 막스 뮐러의 말이 회상되고 드디어는 성경을 통해 기독교와 불교의 진리는 서로 다르지 않다는 것을 입증한다. 이 지적은 그가 박학하다든가 서구 문명에 경도되어 있다는 것을 말하는 것도 아니며 불교 자체가 반지성이란 말은 더욱 아니다. 그것은 그가 하나의 사물 혹은 사건을 바라보고 그 의미를 추구하는 데 있어 불교라든가 기독교라든가 하는, 어떤 한쪽에 편집되지 않고 있다는 것을 뜻한다. 건강한 지성이란 아마 이런 사고 유형을 말할 것이다. 법정은 승복 차림으로 영화를 보는 데 조금도 부끄러워하지 않으며 인간이 달에 착륙했는데도 조금도 경이스럽게 느끼지 않는다. 그는 자유롭게 생각하고 명쾌하게 해부한다. 그의 수필집 『영혼의 모음』(1973) 전편을 훑어볼 때 나타나는 다음 두 가지 정신적 특징은 그가 서구적 의미에서의 지성인임을 방증한다. 즉 하나는 그가 승려임을 의식하면서도 '색즉시공(色卽是空)'이라든가 '허무'와 같은 불교 언어가 거의 보이지 않고 그 대신 '영원'이나 '근원'이란 어휘가 강한 설득력을 갖는다는 점이다. 또 다른 하나는 여래의 '자비'가 그에게 서구적인 '사랑'의 어감으로 윤색되고 있으며 그것은 생텍쥐페리의 『어린 왕자』에 대한 황홀한 경사를 초래한다는 것이다. 그가 이 책을 자기에게 소개해준 사람을 '한평생 잊을 수 없는 고마운 벗'이라고 감사하며 30여 권을 이웃에게 선사했고 이 책에 감응을 받지 않는 사람과는 더불어 상대할 수 없다고까지 열애한다는 것은 『어린 왕자』의 사랑이 기독교적 전통의 산물이라는 점과 연결시킬 때 결코 범상한 승려가 아님을 시사한다.

그의 지성이 어디서 발원했든 법정에게서 가장 탁월한 것은 가

령 서울의 불구적인 근대화를 꼬집은 「너무 일찍 나왔군」이나 도
시의 소음으로부터 탈출하기 위해 불국사행 고속버스를 탔으나 끊
임없이 틀어대는 카세트 유행가 때문에 오히려 「소음 기행」을 했
다는 탄식에서부터 꽃피는 모습에서 '일대 사건'을 발견하는 「순
수한 모순」에 이르기까지 사건과 사물의 대상을 반대편에서 재검
하는 아이러니 정신이다. 그는 방패를 보면서 그것을 뚫는 창을 생
각하고 창을 보며 그걸 막는 방패를 예상한다.

침묵을 배경으로 하지 않은 언어는 사실 소음이나 다름없다.
〔……〕 우리의 영혼을 뒤흔드는 말은 장엄한 음악처럼 침묵에서 나
와 침묵으로 사라져간다.

—「비가 내린다」

모진 비바람에도 끄떡 않던 아름드리 나무들이, 꿋꿋하게 고집스
럽기만 하던 그 소나무들이 눈이 내려 덮이면 꺾이게 된다. 가지 끝
에 사뿐사뿐 내려쌓이는 그 하얀 눈에 꺾이고 마는 것이다. 깊은 밤,
이 골짝 저 골짝에서 나무들이 꺾이는 메아리가 울려올 때 우리들은
잠을 이룰 수가 없다. 정정한 나무들이 부드러운 것에 넘어가는 그
의미 때문일까. 산은 한겨울이 지나면 앓고 난 얼굴처럼 수척하다.

—「설해목(雪害木)」

세계에 대한 모순적 인식은 변증적 사고의 출발일 것이며 가장

예리한 지성의 능력일 것이다. 그의 많은 현실적·종교적·언어적 비판은 이 모순의 파악에서 작용받는다. 그리하여 그가 「무소유」에서,

우리들이 필요에 의해서 물건을 갖게 되지만 때로는 그 물건 때문에 적잖이 마음이 쓰이게 된다. 그러니까 무엇인가를 갖는다는 것은 다른 한편 무엇엔가에 얽매인다는 것이다.

라고 말할 때 그것은 현실적인 교훈처럼 보이기도 한다. 그러나 난초에 얽매이며 그것에 편집(偏執)될 때, 마침내 애지중지 키워오던 그 난초를 친구에게 주어버리고 홀가분한 해방감을 누리게 되었을 때 "하루 한 가지씩 버려야겠다"고 결심하며

크게 버리는 사람만이 크게 얻을 수 있다는 말이 있다. [⋯⋯] 아무것도 갖지 않을 때 비로소 온 세상을 갖게 된다는 것은 무소유의 역리니까.

의 결론을 얻는데 이에 이르러 모순이 종교적 각성의 차원으로 상승하고 있음을 우리는 깨닫게 된다.

사실 그의 작품들은 불교 자체를 주제로 한 것이 많으며 그렇지 않다 하더라도 불교적 어휘가 빈번히 사용되고 있음을 발견한다. 그러나 더 주목할 것은 그에게 주요한 모티프로 사용되고 있

는 '모순' 또는 '역리'의 사상 근저에는 불교의 세계관이 깊이 깔려 있다는 점이다. 그의 사상이 서구 정신으로 상당히 침윤되어 있으며 '자비'보다 '사랑'을 더 아름답게 사랑하고 있음에도 불구하고 "용서란 타인에게 베푸는 자비심이기보다, 흐트러지는 나를 내 자신이 거두어들이는 일이 아닐까 싶다"(「탁상시계 이야기」)라고 자기반성 내지 확인을 부단히 재촉한다거나 "읽는다는 것은 [……] 다른 목소리를 통해 내 자신의 근원적인 음성을 듣는 일이 아닐까"(「그 여름에 읽은 책」)라며 내적 대화를 강조하는 것은 불교의 득도관을 현대 언어로 표현한 것임이 틀림없다. 더욱이 무더운 여름날 화엄경을 읽으며 변소에서 역겨운 냄새가 풍겨올 때 "내 몸 안에도 자가용 변소가 있지 않느냐, 사람의 양심이 썩는 냄새보다는 그래도 낫지 않느냐"며 견디어내고 "일체가 유심소조"라고 생각을 돌리는 것은 불교적 체관, 극도의 유심주의의 한 세속적 편견에 불과하다.

이렇게 볼 때 법정의 에세이 정신은 심산유곡의 불심, 고색창연한 불교 신앙을 오늘의 이 현실, 끊임없이 사랑과 증오의 사상으로 갈등을 일으키는 이 세계로 끌어내오는 것이다. 그는 전통 신앙으로부터 거의 절연된 현대의 사상 시장에 새로 옷 입힌 불교의 정신을 내놓는 포교사이기도 하다. 그의 수필은 대부분 짤막하며 일상의 단상 내지 세속 잡사에 대한 수감이지만 우리에게 소중한 것은 이 편린들을 통해 새로이 발견하는 불교의 현대적 모습이다. 그를 통해 나타나는 불교는 체념과 도피, 초속과 허무의 그것이 아니라 참여하고 괴로워하며 비판하고 사랑하는 불교의 모습이다. 그것은 이 세계를 포기하는 것이 아니라 경이롭게 바라보고 자기 삶의 확대로 체득하려는 적극적인 자세다. 절의 뜰에 핀 양귀비를 보았을 때 느낀 다음과 같은 정서는 이 세계의 가장 내밀한 부분과 통정하는 사랑을 보여주는 것이다.

　　그것은 경이였다. 그것은 하나의 발견이었다. 〔……〕 아름다움이란 떨림이요 기쁨이라는 사실을 실감했다.

　　　　　　　　　　　　　　　　　〔법정, 『무소유』 해설, 1976. 4〕

'3사(三士)'로서의 지성
—한승헌의 『어느 누가 묻거든』

한승헌은 「'사자' 직업」이란 유쾌한 수필에서 자신이 교사가 되기 위해 사범학교에 지원했다 떨어지고 '아나운사'가 되려고 했지만 실패했으며 대신에 합격하여 택하게 된 직업이 검사·변호사였다고 고백하고 있다. 그러나 이 수필이 씌어진 지 꼭 10년이 지난 이제 '사' 자에 얽힌 그의 사연은 더 복잡해진다. 변호사가 된 이후 버림받은 사람들을 위한 권리 옹호에 열심이었고 더욱이 민권의 확보에 앞장서 '투사'가 되었지만 변호사라는 원래의 '사' 자 직업이 6년 동안 정직되어버린 것이다. 그러면서 그는 발랄한 서정시로 주목받는 시인이며 재치 있는 문체의 수필가, 곧 '문사'라는 또 다른 직업에 대해서는 함구하고 있었다. 그러던 중에 나온 이 수필집은 휴직 중인 변호사, 휴면 중인 투사, 그리고 결코 쉬지 않는 문사로서의 건강한 개성들이 운명적으로, 아름답게 조화·연관되고 있음을 밝게 보여준다.

그의 수필들은 대부분 변호사로서 체험했거나 관찰·관조한 일들에 대해서 특유한 위트와 진지한 비판 정신으로 진술된 것이다. 따라서 그의 산문들은 직업 수필, 특히 우리나라에서는 매우 희귀한 법조 수필인 것이다. 근래 가령 의학인들의 동호 수필 같은 전문 분야인들의 직업 수필들이 나타나기 시작하거니와 우리가 유달리 주목해야 할 것이 이 법조 수필일 것이다. 왜냐하면 법은 현실적인 운영이라는 점에서 고도로 세련된 인간성과 인간의 정신이 노출되고(한승헌은 한 수필에서 법률가를 악보에 따라, 그러나 개성 있게 연주하는 연주가로 비유하고 있다) 있을 뿐 아니라 당대의 풍속에서부터 윤리에 이르기까지의 모든 가치관을 반영하고 있다는 점에서 법률가를 단순한 테크니션으로 홀대할 수 없기 때문이다. 텔레비전에서 보아온 법정 드라마—가령 「앨라배마에서 생긴 일」에서부터 「뉘른베르크 재판」 등 숱한 영화, 그리고 상황극 같은 외화에서 법의 의미와 실제의 그야말로 드라마틱한 인간극을 발견하게 되는 것이 그렇다. 그럼에도 불구하고 「검사와 여선생」 이후 법정에 관한 우리 문학작품은 거의 찾아보기 힘들다. 여기에는 우리에게 법(法)이 인정만큼 강한 호소력을 못 갖고 생활화·시민 의식화되지 못한 이유도 있을 것이며, 작가가 법 특히 그 실제에 무지한 까닭도 있을 것이다. 한승헌 수필의 힘과 뜻도 우선 이 같은 법조 수필의 개발과 호소력에 있을 것이다.

그러나 한승헌의 수필이 지니고 있는 정신은 물론 이에 멈추지 않는다. 아니, 오히려 그의 산문에서 우리가 주목하고 경청하는 것은 그것이 법률가 혹은 변호사라는 직업에서 나오는 기술적인 진술이 아니라 그 전문성에서 자아내는 직업 초월적인 정신의 표출이기 때문이다. 환언하면 변호사로서의 그의 정신은 법이 단순한 인간관계의 거래를 형평(衡平)으로 조절한다는 것이라기보다 학대받는 자, 버림받는 자, 빼앗기는 자 등 약한 사람들을 옹호하고 그들의 인간화를 유도하는 메커니즘으로 이해되기를 요구함으로써 법의 정신과 인간의 현실을 대결시킨다. 미국인을 살해한 영국군의 무죄를 주장하여 세론과 싸우며 변호를 맡은 존 아담스를 소개한 「세론과 맞선 변호」, 법의 맹점을 이용하여 '인간'을 승소시킨 이야기의 「명판결 속의 거짓말」과 같은 것이 그렇다. 그것은 일면 문학의 정신과 상통한다. 상상력의 자유가, 다시 말하면 사상과 언어의 자유가 보장되어야 하며 그것의 진실한 가치를 인식하기 위해서는 그 사회의 보편적인 가치관과 창조적인 가능성의 넓은 폭에서 이해되어야 한다는 것을 그의 수필들은 내포하고 있다. 「보바리 부인 재판의 음미」가 그런 예일 것이다. 이런 점에서 그가 '변호사'인 동시에 '문사'라는 점은 우리의 법을 위해서나 문학을 위해서 매우 다행한 점이며 그가 '「분지」 사건' '「오적」 사건' '『다리』지 사건' 등 필화 사건을 도맡아 변호한 것은 지극히 당연하다.

변호사로서의 그의 정신이 그렇고 문사로서의 그의 사상이 이렇다는 것은 한 인간, 한 시민으로서의 그의 가치관이 어디로 지향할 것인가를 '스스로' 드러낼 것이다. '스스로', 그렇다, 그가 한국 법

조사에서 필화로 인해 변호사 자격을 정지당하기까지의 사정을 웬만큼 아는 사람들이라면 한승헌의 그 인간 자체가 스스로 지향하는 가치관의 희생임을 누구나 수긍할 것이다. 요컨대 그의 가치관은 자유와 인간 옹호다. 그리고 우리의 현실이 권력의 힘에 의해 대부분 조종되는 만큼 그의 자유와 인간 옹호가 저항성을 띠게 되고 권력과의 대결에서 그 실현을 기도하게 된다. 그러나 그의 경력이 그러함에도 불구하고 그의 수필에는 정치성을 배제하고 법률가로서의 그것으로만 시종일관하고 있다. 그것은 역으로 생각하면 그의 사회적 참여는 법률가로서, 법의 옹호를 통한 참여임을 스스로 드러내는 것으로 해석될 수도 있을 것이며, 직접적으로 보자면 법의 올바른 이해와 운영이 정치적 자유의 목적이자 수단이 된다는 것을 입증해주는 것이기도 할 것이다. 다음의 인용이 그 예증이다.

위장된 술수에서, 매너리즘의 생리에서 직업상의 불친절에서, 우리 모두가 참된 전향을 하지 않는 한 진실이 거짓에 눌리고 양심은 술수에 짓밟히는 비극만이 남을 것이다. 그럴 때 법정은 거짓과 술수를 합법화시켜주는 저주의 전당으로 낙인찍고 우리의 주민들은 '어리석은 법률업자'로 규탄되어 서글픈 삐에로의 숙명 쪽으로 밀려갈지도 모른다. ―「삐에로와 독심술」

사법권의 독립이니 법관의 자유 입증이니 하는 명문만으로 도장하기엔 너무나 심각한 오류―이것을 경계하고 자책하는 양식이야말로 민주 사법의 첫장이요 종장이라 믿는다. —「명판결 속의 거짓말」

그러나 그의 수필이 이 같은 사상과 정열의 소산임에도 도덕 자연의 따분함이나 지사적인 고함으로 강요해오지 않는 것은 그의 산문에서 빛나는 위트 때문이다. 이것은 '문사'로서의 그의 능력이든 '변호사'로서의 그의 훈련이든(아마 둘 다일 것이다), '명판결' 속에서 거짓말을 발견하고 피고의 거짓말에서 본연의 진실을 이해하며 도산의 요령을 강의하기도 하고 법정의 '신성' 속에서 신성을 맛보고 고소를 짓게 만든다. 이 같은 역설은 현상에 속아 넘어가지 않는 깨어 있는 정신의 발로이며 현실에 순응하기를 거부하는 비판 정신의 한 표현일 것이다. 문체가 사고 양식과 연관된다는 점에 상도한다면 그의 실제적 삶의 태도가 그의 글에 배어 나오는 한승헌 수필의 진지성임에 우리는 동의하지 않을 수 없을 것이다. 그리고 그의 실제적 삶이 변호사의 '법의 정신' 속으로 수렴되고 있음을, 그 '법의 정신'이 억눌린 자에 편듦에 있음을 그의 수필들은 밝혀주는 것이다.

이 같은 한승헌의 오늘이 있게 된 데에 대해서 그의 「초동시절」은 매우 흥미 있는 자료를 제공한다. 소년 시절 나뭇짐을 지고 산을 내려오다가 폭풍우를 만나 나뭇짐째 쓰러져 빈 지게로 돌아온 이야기다. 그가 여기서 말하고자 하는 것은 그 또래 시골 소년이면 경험했음 직한 사건의 회상이 아니라, 그와 함께 나무를 하러 갔던 '노련한 친구'가 먼저 나뭇짐을 챙겨 어리고 미숙한 솜씨로 안간힘을 쓰는 그에게는 아랑곳없이 먼저 달아난 그 비정을 말하기 위해 서다.

그로부터 27년이란 세월이 흘렀다. 원석이는 산촌의 나무꾼에만 있는 것이 아니었다. 가는 곳마다 원석이는 너무도 많았다. 아니 모두가 원석이라 해도 좋을 만큼이었다. 그런 이기와 외면이 앞서야만 살 수 있는 세상이 되어버린 탓이다. 〔……〕 하필이면 나는 남의 불행과 수난에나 끼어드는 변호사가 되었다. 이런 직분 가진 사람에게는 세인의 기대는 폭풍우 속의 초동이던 내가 원석이에게 바랐던 것보다는 훨씬 농도가 짙은 것들이다.

여기서 아마 출발했을 변호사로서의 그의 양식은 법조계의 비리와 비굴에 대해 끊임없이 가하는 비판처럼 자기 자신에 대해서도 "어언간 원석이가 되어가고 있지 않은가" 하고 자기 성찰을 행하고 있다. 그러나 우리는 그의 이 같은 성찰에서 그가 이상으로 그리는 법조인상을 스스로 만들어가고 있음을 인식하게 된다.

크게는 사회정의와 민권수호의 일선에 나서는 일, 작게는 한 개인의 억울함을 풀어주는 일, 누구의 간섭도 받음이 없이 오직 법과 양심에 따라 파헤치고 싸우고 매듭 짓는 신념. ─「법조인의 멋」

〔『어느 누가 묻거든』해설, 1977. 8〕

찢겨진 동천사상의 회복

― 황순원의 『인간접목』

인간의 본성이 선한가 악한가라는 소박한 질문은 그러나 맹자와 순자의 쟁론 이후 끊임없는 윤리학의 기초 문제로 제기되어왔다. 그것은 특히 삶의 고통이 혹심해지고 인간의 존재 이유가 참담하게 느껴질수록, 그리하여 이 세계의 불의와 부조리가 사람에 대한 막연한 신뢰마저 몹쓸 것으로 거부될수록 되풀이하여 잔인함이 인간 본연의 성격으로 단죄되는가 하면, 그 혼란에도 불구하고 시대와 사회의 죄 속에 끝까지 부인할 수 없는, 맑고 따뜻한 선성이 자리 잡고 있을지도 모른다는 가능성에 대한 기대가 되살아나기도 한다.

이 화해하기 어려운 성선설과 성악설의 충돌은 인간학의 이원론을 지양하고 혹은 인간은 사회 환경에 의해 본성이 형성된다는 유물론적 결정론이 강하게 호소하는 오늘날에도 완전히 극복된 것은 아니다. 사회적 재앙이, 가령 세계대전이라든가 전 국토를 휩쓴 기근이라든가 하는 카타스트로피가 일어날 때 인간의 근원적인 성격에 대한 단언적인 선고와 절망의 저편에 도사린 인간성에 대한 차분한 변호는 다시 한 번 부닥치지 않을 수 없었다.

삶의 뿌리를 송두리째 뽑아버리고 이 시대에 태어났음을 통분케 하는 잔인한 한국전쟁이 종식된 지 1년여 만에 그 혼란과 피폐, 절망과 고통, 흉포와 죄악이 범람하는 가운데 발표되기 시작한 황순원 씨의 『인간접목』은 발표 때의 제목 '천사'가 시사하는 것처럼 인간의 근원적인 착함에 편들어 어떤 불의, 어떤 병균의 억압과 침윤에도 불구하고 사람은 결국 구제될 수 있다는 따뜻한 낙관의 견해를 표명하고 있다.

이유 없는 전쟁의 참담함에 대한 격렬한 고발의 외침을 울리며 패배와 좌절 속에 자신과 이웃의 파탄에 보다 극적인 비가를 울리던 이른바 전후 세대의 인간에 대한 증오감이 이 가난한 나라의 마음속을 휩쓸던 1955년대에 황순원 씨의 무모하리만큼 순진한 인간에의 밝은 기대는 오히려 그 때문에 실로 우리의 증오와 피로로 응어리진 영혼 속에 귀중한 기쁨의 체험을 제공해준다. 그것은 『인간접목』이 사회가 흔들리는 충격 속에서도 거기에 아랑곳하지 않는 구원의 윤리학을 견지한다는 고집에 있는 것도 아니며 인간은 숙명적으로 선하다는 그의 명제가 고단한 우리의 마음에 한 줄기 위로의 말이 된다는 자존의 심리에 있는 것도 아니다. 오히려 사정은 그와 반대다. 6·25로부터 침통한 피해를 입은 『인간접목』의 주인공들이 악행의, 혹은 불구의 병원(病原)과 싸워가면서 선의의 심성으로 회복되어가는 일련의 전말을 통해 우리는 우리의 죄악이 얼마나 위장된 것인가를 부끄러이 여기며, 위악의 삶이 얼마나 허황된 논리로 뒷받침되었는가를 깨달으면서 사회적인 악을 위압하는 순수의 심원을 발견하고 그 발견이 우리의 숨겨진 아름다움의 씨앗을 꽃으로 피어낼 용기를 얻는 것이다. 작가는 선함을 드러냄으로써 악함을 밀어내고 아름다움을 밝힘으로써 추함을 옹졸하게 만들며 순결함을 골라냄으로써 무책임한 영웅심을 진정시키는 고상한 설득력으로 우리의 퇴색된 영혼에 새로운 심기를 심어주는 것이다.

그것은 비난이 당연하고 경멸이 자랑스러운 시대에 발언되었기에 오히려 더 깊은 전율로 받아들여져야 할 것이며 비극적인 상황을 극복하려는 인간에게 마지막 남은 선의로 이해되어야 할 것이다.

―제가 생각하기에는 지금 소년원에 들어와 있는 애들이란 마치 전염병 환자를 어떤 특수병원에 격리시켜놓은 거나 마찬가지라고 봅니다……

갱생 소년원의 교사로 취임한 주인공 '종호'의 발언을 통해 작가는 어떤 지독한 우범이라 하더라도 원래의 악종의 범죄형으로 그렇게 타고난 것이 아니라 순결하고 건강한 본성에 악균이 침윤, 치유의 가능성이 충분한 전염병 환자에 불과하다는 것을 확신한다.

이것은 작가의 위선이나 억지로 구성된 논리적 귀결이 아니다. 그것은 작가 자신의 인간관이며 아마 그 자신의 움직일 수 없는 삶의 근거일 것이다.

그가 우리나라 작가 중 희귀하게 소년들을 등장시킨 상당수의 작품을 발표해왔다는 사실, 특히 그의 초기작 「산골 아이」에 나타나는 소년들의 소박한 건강성과 동화적인 내면에 대한 깊은 애정, 유명한 「소나기」에 드러나는 소년·소녀의 밝은 감수성과 낭만적인 꿈에 대한 끝없는 동경에서 정확하게 그의 그런 인간관이 발견된다. 그에게 있어 어린이는 인간의 원형이며 그들의 내향적인 관심 세계를 발견하려는 순수한 호기심, 그리고 풍부한 감성과 모든 것을 다 받아들이면서 거기에 구속되지 않는 순결성은 워즈워스의 시구 "어린이는 어른의 아버지"란 찬탄의 대상이 된다.

『인간접목』은 이 어린이들의 타락한 심경으로부터의 갱생기다. 소년 갱생원에 수용된 150여 명의 소년들은 모두 고아이거나 집을 뛰쳐나온 우범 소년들, 거리에서 '꽃잡이'(소매치기)를 하거나 구걸을 하며 폭력과 절도, 질서의 파기와 우정의 거부, 성격의 왜곡과 적개심·반발·저항으로 응어리진, "말하자면 벌써 온갖 물이 든 애들"이다. 이 소년들을 교육시키는 소년원 교사로 취직되어 간 '종호'가 처음 발견하는 것은 그러나 이 "세상에서 닦일대루 닦인 애들"의 잘못된 성향과 비뚤어진 기질이 그 소년들 자신의 잘못이 아니라 이 사회의 그리고 어른들의 악덕 때문이라는 점이다. 물론 그들은, 잘못을 혹은 사고를 저지르기도 했지만 그것은 소년다운 호기심 혹은 선의의 행동이 빚은 우발 사고였다.

그들이 극단적으로 악화하는 동기는 어른들의 세계에 있다. 부모를 일시에 앗아간 6·25의 비극적인 전쟁, 일찍 고아가 된 소년들에 대한 사회의 냉담과 무관심, 사랑과 먹을 것에 굶주린 소년들의 방황과 불평에 대한 기성 세계의 사시와 악용이 이들의 비행과 질환을 더욱 재촉하는 것이다. 『인간접목』 서두에 인용되는 몇 개의 기록은 이러한 과정의 단적인 예증을 보여준다.

13세의 '차돌이'는 어머니를 잃고 노름에 미친 미장이 아버지마저 작업장에서 추락하여 고아가 된 아이. "하두 심심해서 아궁이로 들어가 굴뚝으로 나와볼" 엉뚱한 생각까지 했던 그는 아버지가 사고를 일으키던 날의 '푸른 하늘'에 대한 무서움을 잊지 못한다.

13세의 '남준학'은 동생을 즐겁게 해주려고 한 불장난 때문에 동생을 불태워 죽인 죄에 괴로워하며 6·25 때 폭사한 부모와 함께 죽지 못한 것을 늘 한탄한다. "이렇게 혼자 남은 것은 제 잘못"이라는 처절한 죄의식에 빠진 그는 밤마다 형체는 보이지 않은 채 부모가 자기를 불러대는 악몽에 시달린다.

14세의 '김백석'은 평양서 1·4후퇴 때 남하 중 부모를 잃고 부산에서 다시 누이와 헤어져 고아가 되었다. 그의 유일한 염원은 어딘가에서 자기를 찾고 있을 누이를 만나 함께 사는 것이었다.

나이도 이름도 출생지도 전혀 모르는 '짱구대가리'는 거지, 양아치로 거리를 방황하며 강인하고 표독스레 자기 삶을 개척해온 독초의 전형. 그에게 가장 오랜 기억은 "하두 배가 고파 흙을 주워먹던 일뿐"이며 그 굶주림을 이겨내기 위해 생각해낸 지혜는 "밥덩이를 한꺼번에 먹지 않구 밥풀 한 알을 오래오래 꼭꼭 씹어먹는" 버릇이었다. 소매치기 왕초의 '똘마니'가 된 그가 유치장의 홈통같은 속에 갇혔다 나와도 제대로 걸음을 걸을 수 있는 '지독한 놈'이 될 수 있었던 것도 자기 나름으로 터득한 이 같은 생존 방법의 덕이었다. 이 불우한 아이들을 맡으러 온 종호의 첫 소감은 그들과의 공동의 입지점과 공감의 체험의 확인이었다.

그러나 종호는 거기 천막 주위에 서성거리고 있는 애들을 보자, 이미 자기는 지난날 소풍 오던 때의 자기가 아님을 느꼈다. [……] 그것은 자기와 동떨어진 세계의 일이 아니요, 그대로 자기 자신의 일로 느껴진 것이었다.

[……]

지금 눈앞에 보는 이 애들과 자기 사이에는 아무런 거리도 없다는 느낌이었다. 그것은 자기도 한낱 고아, 그것도 오른팔이 하나 없는 불구 고아에 지나지 않는다는 의식이 그렇게 만드는지도 몰랐다. 그러면서 그는 아까 이곳을 찾아나서며 자신이 어떤 갱생되는 듯함을 느낀 것과는 또 달리, 이제부터 정말 새로운 생활이 전개된다는 심정이었다. 어딘지 두렵기도 한 심정이었다.

'새 생활'에 대한 예감과 두려움을 동시에 느끼는 '종호' 자신도 숱한 원아들과 다름없는 6·25의 희생자였다. 전쟁 때 홀어머니를 잃고 의과대학에 재학 중 입대한 전투에서 한 팔을 잘라낸 불구로 제대하여, 고통스러운 좌절감 끝에 자기와 조금도 다름없는 처지로 내팽겨쳐진 고아들을 만났을 때 그들의 세계가 자신의 일로 받아들여지는 것은 어쩌면 당연한 일일는지도 모른다. 그러나 이것은 깊이 이해되어야 할 것이다. 동질의 불행이 만났을 때 그 불행은 세계를 인식하는 기초적인 감수성의 만남이란 극적인 계기를 제공하는 것이며 그 비극을 극복, 개인의 차원에서 사회의 혹은 인류의 차원으로 확대할 사랑의 힘을 획득할 단서가 되기 때문이다.

사회의 초년생인 '종호'가 이 부랑아들과의 만남에서 자신의 '새 생활' '갱생'의 가능성을 발견하고 그 깨달음에서 연원되어 발산하는 인간에의 사랑을 수행하는 것은 '종호'가 자신의 개인적 불행을 자기 것만으로 국한시키지 않고 이웃의 불행으로, 그리하여 함께 이겨나갈 힘의 동기로 확대시키고 있음을 의미한다.

그러나 '종호'와 고아들과의 해후는 오히려 참담한 현실의 음영을 재확인하는 것으로 출발한다. 그 하나는 천진한 소년들을 부랑아로 몰아버린 기성세대의 잘못과 같은 성격의, 고아들을 악용하고 혹은 무관심하게 대하는 어른들의 비행이다. 기독교 장로이자 재벌인 원장은 자선사업의 특수성보다 기업의 일종으로 소년원을 운영하면서 더 많은 원조 물자를 얻어내기 위해 미군 시찰 즈음 거리의 부랑아를 긁어모아 온다. 경리를 맡은 '홍 집사'는 전형적인 출세주의자, 금식 기도의 명분으로 일요일에는 원아들에게 급식을 중지하며, 마치 원장이 선교사의 면도 상처를 입으로 빨아주어 성공의 길을 얻듯이, 불구가 될지도 모를 원장의 딸에게 주사와 호신을 보여줌으로써 자신의 출세 기틀을 잡으려고 한다. 그에게 고아들 구제란 관심의 밖이다. 원아들의 일요일에도 점심을 달라는 정당한 요구에 대해 바리새교인다운 원칙론을 강조하면서 "그 짱구대가린가 뭔가 한 그 자식이 아마 제일 악질일 것 같은데 조금만 더 좋지 않은 태도루 나오면 그만 감화원으로 넘겨버리구 맙시다"라는 폭언을 발한다.

이러한 소년원 내부의 숨겨진 비밀에 대해 "미묘하다면 미묘하구 추하다면 추한 문제가 개재해 있다"고 주석을 가한 '유 선생'은 "고아 지도가 그 결과에 있어서 얼마만 한 성과를 거두게 될는지 의혹까지 품게" 된 의욕상실자. "한때는 남 못지않은 열성을 가지구 애들을 지도해본 적두" 있는 '유 선생'은 잔뜩 기대를 가졌던 한 고아 소년이 끝내 부랑 근성을 버리지 못하는 데서 충격적인 좌절감을 느끼고 인간이 구제될 수 있다는 가능성을 포기해버린다. 그리하여 그는 이제 자기가 "낳은 애놈들만이라도 고아를 만들지 말아야겠다"는 무관심한 직업인, 의욕을 잃은 생활인으로 떨어져버린 것이다.

그러나 '종호'가 기성층의 음흉한 비행보다 널리 발견한 것은 소년들의 고질적인 악습의 도전이었다. 그가 소년원 교사로 부임한 첫날 밤 한 명이 도주해버렸고 아이들은 소수를 제외한 대부분이 저항적이며 책임감이 없었다. 생활력은 강했지만 소유감이 없어 제 신발을 간수하지 못했고 임기응변이었을 뿐 먼눈으로 대책을 세우지 못했다. 그중 부랑아 기질을 대변하는 '짱구대가리'의 도전이 가장 완강했다. 일요일의 점심을 요구하는 그와 그 사실을 처음 안 '종호' 사이의 첫 대결 장면은 '종호'가 처한 상황과 원아들의 기질을 극히 사실적으로 전달해준다.

　—일요일날이라구 점심을 안 주면 우리두 생각이 있어요. 누가 이런 징역살일 해요.
　—징역살이?
　—징역살이 아니구 뭐예요? 선생은 간수구.
　—뭣이!
　종호는 저도 모르게 짱구대가리의 뺨을 한 대 때렸다. 바스러진 언동이 쾌씸하기 이를 데 없었다. 〔……〕 처음부터 의논조라고는 눈곱만큼도 없이 그저 날이 선 항의조로서 이편의 비위를 건드려놓는 것이 아닌가.
　그러나 다음 순간 종호는 자기 손찌검을 뉘우쳤다. 자리에서 벌떡 일어난 짱구대가리 소년의 얼굴에 이상한 빛이 떠오른 것이다. 입가에는 좀 전의 비웃음 대신 야릇한 미소가 지어져 있었다. 오히려 매를 기다리고 있는 듯한.

화해를 요청하는 '종호'의 태도를 이들은 자신의 승리로 해석한다.

　—야코죽었다! 선생 야코죽었다!

몸과 마음, 행동과 말이 다 함께 '바스러진' 이 원아들의 부랑 근성에 부채질하는 또 하나의 장벽이 이른바 '왕초'다. 그는 고아들의 친척으로 가장한 노인을, 이어 부인을 보내 원아를 꾀어 끌어내며 두번째에 실패하자 그 스스로 몸을 나타내 소년원에 아이들을 내놓을 것을 강압적으로 요구한다. 그는 소년원 운영자의 약점을 내걸었고 폭력에 의지하여 관철하려던 자신의 요구가 '종호'의 완강한 거부와 우연한 인물의 개입으로 실패하자 담뱃불로 '짱구대가리'와 연락, 탈출토록 계획한다. 사태를 악화시키는 사회악의 상징으로 해석될 수 있는 '왕초'의 힘은 강경하고 집요하여 마침내 집단 도주하도록 음모를 짜놓았으며 '짱구대가리'를 희생시키기까지 했다.

그리하여 "앞에만 있는 것이 아니고 옆에도 뒤에도 마냥 가로놓여 있는" 장벽들과 대결해야 할 입장에 처한 '종호'는 자신의 노력과 성과를 확인하는 결론에 이른다. 그는 우선 '왕초'가 개입된 요행을 틈타 홍 집사의 고집을 꺾고 원아들에게 일요일의 점심을 급식하는 데 성공하며 원아들의 치료비를 얻어내는 성과를 거두고 원장을 설득시켜 비록 조건부이긴 하지만 자신의 훈육 방침을 관철시키는 데 뜻을 이룬다. 그는 또한 왕초의 완력과 공갈에 버텨 원아의 탈출을 방지한다. 그러나 그의 가장 큰 성공은 역시 소년들을 자기편으로 이끌어 그들의 어떤 갱생의 가능성을 획득하는 데 있다.

그는 먼저 자치대를 구성, 야경을 시킴으로써 원아들의 탈출 또는 절도를 방지시키는 동시에 고아인 그들에게 일종의 소속감, 책임감을 양성시킨다. 무엇을 자기 것으로 가져본 적이 없는 동시에 '왕초' 이외에는 아무에게도 매여본 적이 없었고 또 매이는 것을 혐오하는 고아들에게 이러한 소속감과 책임감의 훈련은 극히 귀중한 것이다. 이 훈련을 통해서 그들은 이웃과의 연대감, 그리고 소년원 운영에의 참여 정신을 배운다. 이 같은 집단 훈련과 함께 바람직한 성과를 얻도록 작용한 것이 원아 개개인에 대한 성실한 배려다. 악몽에 시달리는 '남준학' 소년을 위해 그와 아침 산보를 하고 조금씩 운동을 시켜 선병질적인 자학감에서 구출하며, 착실하고 공부에 열심인 '장태운' 소년에게 개인 지도를 실시하고 '백석'이가 찾은 누이가 병든 창녀임을 알았을 때 그녀의 간호와 구재를 위해 은사인 '정 교수'와 공동으로 노력한다.

원아들을 성공적으로 설득하여 밝은 가능성을 제시하는 과정은 '종호'와 '짱구대가리' 간의 관계에서 웅변적으로 나타난다. 처음부터 도전적으로 교사에게 대항하며 동료들의 집단행동을 결정할 수 있었던 원아의 왕초인 '짱구대가리'를 휘어잡을 경우 소년원의 분위기는 180도로 전환된다는 것을 '종호'는 어렵지 않게 간파한다. 레이션 박스가 도적 맞았을 때 '짱구대가리'는 자신의 범행이라고 나서면서, '참는 게 손해'였다는 것을 명백히 선언하고 홍 집사에게 대들며 그를 설득하는 종호에게 소년원은 '가두어두는 곳'이라고 반발한다.

―사실은 야경대가 있기 땜에 더 달아나구 싶은 생각두 들구 뭣을 훔치구 싶은 생각두 들게 돼요. 어디 누가 못 견디나 보자구요.

―그게 또 무슨 소리야. 야경하는 애는 누구구 너희는 누구야. 이 소년원은 너희들의 것이야. 너 나 할 것 없이 모두가 지켜야 하는 거야.

종호는 '짱구대가리'가 소년원에서 확보하고 있는 지도적 위치를 거듭 확인시키면서 창고 열쇠를 맡아줄 것을 부탁한다. '짱구대가리'는 이를 거절하며 '외팔이의 수단'으로 생각하면서도 '마음속이 뒤숭숭한' 것을 느낀다. '왕초'가 되는 것이 유일한 꿈인 '짱구대가리'는 야경을 맡은 장태운 소년 측과 대결하며 더 악질로 변해 재입원한 '배선집'을 비호하면서도 "비웃음이나 빈정대는 것은 없어져"갔고 '종호'와의 약속은 분명하게 지켰다. 이즈음 그는 어떤 위기감을 느끼기 시작했다. '종호'와의 화해가 계속되는 한 자기가 바라는 '왕초'가 될 수 없다는 의구심이었다. 그래서 그는 이제 결판을 낼 것을 결심한다. 그러나 그는 '종호'의 만류를 거부하면서 탈출이 아닌 "정문으로 정정당당히" 퇴원시켜주겠다는 종호와의 약속을 지킨다. 이미 이것으로 그는 구원의 발판을 디딘 것이다. 배신당한 것으로 오해되어 '왕초'에게 칼로 허리를 찔린 '짱구대가리'는 이렇게 종호에게 말하는 것이다.

—선생님, 정말 고마워요. 그치만 난 이댐에 꼭 왕초가 될 테에요. 저런 비겁한 왕초 말구요……

'종호'가 '짱구대가리'를 승복시킬 수 있었던 것은 무엇일까. 아니, 그가 소년원 아이들을 본래의 선량하고 건강한 소년들로 길들이는 과정을 통해 우리에게 전해주는 감동은 무엇일까. 그것은 결국 작가의 은밀한 인간관과 맞부딪는 것이지만 '종호'로 대변되는 고전적 애정의 따뜻한 본보기를 발견하는 기쁨의 이유와 연결된다. "애정이란 그것이 한번 있었다는 그 사실만으로 영원한 것"이라고 확신하는 '종호'의 사랑관, "지금 이 애들은 때가 낀 거울과 마찬가지다. 닦기만 하면 안쪽은 성한 거울"이라고 생각하는 그의 인간관, 그 더럽혀진 거울을 닦기 위해 온몸, 온 영혼으로 정성을 다하는 그의 순수하고 순결한 행동과 의지는 "무릇 천국에 가려는 자는 이 아이처럼 되라"는 성서의 명제에서 발원되며 도스토옙스키의 『카라마조프의 형제들』 중 막내 '알로샤'와 연결되기도 하고 어떤 점에서 '길들임의 미학'으로 사랑을 승화시키는 생텍쥐페리의 『어린 왕자』와 통하고 있다.

　한국의 소년문학(소년들을 주제로 한 성인 문학)에서 백미를 이룰 『인간접목』의 주인공 어린이들이 악에서 못 벗어나거나, 악의 유혹을 이기지 못하는 것은 그들 원래의 순결함을 파괴한 사회의 잘못이라는 데 작가는 조금도 주저없이 확언한다. 그리하여 작가와 함께 종호가 '백석'의 누이가 자살했을 때 '백석'의 처참한 울부

짖음을 들으며 갖게 되는, "이 소년으로 하여금 이런 꼴을 만들게 한 눈에 보이지 않는 그 무엇에 대한 분노"에 깊은 공감을 느끼는 것이다. 그러나 다행히, "때 묻은 거울을 닦아내듯" 소년들은 새로운 정화(淨化)를 획득할 수 있었다. 그것은 그러나 '혼과 혼의 마주침'으로만 가능하다.

결국 애들 가슴속의 흐려진 거울을 닦어주기에는 자기의 손이 자라지 못하는 것이다. 그리고 그만큼 사람과 사람 사이의 혼의 교섭이란 거의 불가능하도록 힘이 드는가 보다.

이 '혼의 교섭'의 가장 전형적인 형태가 부모와 자식 간이다. 작가는 생텍쥐페리의 『어린 왕자』에서처럼 어버이와 소년들 간의 '길들임'에서 인간애의 원형을 발견, 제시한다. '정 교수'가 '백석'의 누이가 낳아놓고 버린 혼혈아를 기르며 귀여워하는 장면을 목격했을 때 '종호'는 "이것도 어린것의 궂은 것을 주무르고 매만진다는 것과 그렇지 않다는 데서 오는 차이임을" 깨달으며 '철수'와 식모 할머니 사이의 끊기 힘든 애정도 그 같은 길들임의 영감으로 이루어진 것임을 확인한다. '종호' 스스로 원장을 만나고 돌아오면서 "이번에야말로 정말 소년원이 네 생활의 전부인 것"임을 각성한다.

고전적인 사랑의 모습을 보여주는 것은 이른바 현대의 사랑의 부재를 묘사해주는 것보다 논리적 설득력이 적고 따라서 문제성이 덜 심각한 것으로 생각된다. 그러나 영혼의 아름다움과 착함을 스스럼없이 내보일 수 있는 작품들은 우리의 가장 깊은 상처를 쓰다듬으며 영원한 본질적 사랑에의 감응력으로 보다 커다란 부인할 수 없는 감동을 일으킨다. 그것은 우리가 극렬하고 처참함을 자인할 때일수록, 마치 우리의 태어난 고향에 대한 열망을 어쩔 수 없이 인정하게 되듯 우리의 가장 깊은 내부를 흔들어놓는 것이다. 황순원 씨의 『인간접목』이 지나치게 단순하고 동화적이라는 비판을 우리는 굳이 부인할 필요가 없다. 그러나 논리적으로 압박하기 쉬운 것은 당연히 사랑의 있음보다 없음 쪽이다. 훌륭한 사랑의 문학은 거의가 담백하고 명료하며 순진하고 때로는 19세기적인 낭만성을 보이기도 한다. 그러나 그것은 잘못 쓰여진 것이 아니라 사랑의 존재를 믿고 영혼의 교섭을 수행하여 정화된 내면의 빛을 발하는 자의 체질을 그대로 반영하는 것일 뿐이다. 오히려 그처럼 순결하고 명백한 것이기 때문에 우리에게 보다 생생한 감정의 파동으로 감싸오는 것이다.

『인간접목』의 다음과 같은 마지막 장면은 오늘의 비참과 슬픔을 초월하는 동천사상의 순결함만이 제공할 수 있는 거룩한 꿈을 발견하게 해준다.

—짜식 베란간 보긴 뭘 봐?

—아냐, 봤어. 하아얀 날개, 아주 눈같이 하아얀 날개야.

준학이는 천사의 그림이 붙었던 어두운 벽쪽을 가리키며,

—저기 있는 천사의 날개보다 더 희었어. 그걸 우리가 모두 달고 있었어. 너도 나도. 그리구 저 짱구대가리도.

가령, 『인간접목』에서처럼 작가 황순원 씨가 현실로부터 몸을 비켜 고전적인 순수성에 집착한다고 비난한다면 그건 전혀 오해다. 그가 낭만적인 서정, 토착적인 풍물, 순결한 동심, 내향적인 사랑을 즐겨 다룬 것은 사실이지만 그것들이 결코 현실을 외면하거나 회피한 것은 아니다.

그와 반대로 그는 생활의 통철한 아픔, 현실의 복잡 미묘한 갈등에 더욱 진지하고 폭넓게 대결하고 있었다. 그에게서 흔히 지적되는 창작법의 정통적 순수성은 문학과 현실 간의 지난한 관계를 동시에 포착하는 방법론적 선택인 것이며 따라서 그것은 결코 약점이 아니라 강점으로 평가되어야 한다. 이러한 모습은 그의 장편들에서처럼 단편들에서도 넉넉히 발견된다.

일제 시대, 발표의 가능성마저 예상할 수 없던 시기에 쓰여진 「눈」에서부터 6·25전쟁이 한창 진행되던 고통스러운 시기까지 발표된 일련의 창작들은 그 7, 8년의 요란한 시대상을 면밀하게 반영한다. 「눈」「집」「황소들」은 전쟁에 광분한 일본의 공출 착취와 그것에 저항하는 소박한 농민의 반항 양식을 묘사하고 있으며, 「술」「두꺼비」「담배 한 대 피울 동안」은 해방 직후의 혼란스러운 세태를 포착하고, 「솔메마을에서 생긴 일」「목숨」「메리 크리스마스」는 동족상잔의 한국전쟁이 야기한 비극적 양상들을 취재하고 있다.

그밖에 「아버지」 「목넘이 마을의 개」 「무서운 웃음」 「이리도」는 인물 혹은 의인화시킨 동물의 묘사를 통해 인간의 복잡한 기미를 분석하면서 역시 예리한 현실 인식의 능력을 보여준다.

황순원 씨의 이 단편들에서 가장 주목해야 할 것은 작가가 현실의 어떤 자리에 서 있음을 부단히 확인하고 그 관점을 통해 상황을 영원성의 문학으로 수용한다는 점이다. 그는 자기가 "아직 내 몸속 어느 깊이에 남아 있는 농사꾼으로서의 할아버지와 반농사꾼으로서의 아버지의 호흡을 찾고 있음"(「눈」)을 고백하고 있는데 태평양전쟁 당시의 암흑기에 낙향한 이 인텔리는 다시 6·25로 부산에서 가족을 찾아 대구에 도착하면서 "그러고 보니 이 흔들림이란 어제오늘에 비롯된 것이 아니고 벌써 전에, 어쩌면 내 출생과 함께 있은 것"(「메리 크리스마스」)이란 사실을 깨닫는다.

사실 그는 그의 문학의 테마에서 확인할 수 있듯이 일제의 암흑기와 2차 대전을 청년 시절에 겪었고 이북에서 자유를 찾아 해방 후에 월남, 집과 직장을 찾아 헤매었으며 불과 2, 3년 후 6·25로 다시 한 번 생활의 곤경과 전쟁의 참담한 역사적 현실에 봉착한다. 그는 공출을 내지 못해 고문을 당하며 생명의 '꿈틀거림'을 목격했고(「황소들」), 해방을 맞아 귀국했다가 살길이 없어 다시 일본으로 밀항하는 장면에서 '으스스함'을 느꼈으며(「담배 한 대 피울 동안」), 축복받아야 할 성탄절에 산모가 아기의 추위를 막기 위해 눈을 긁어모으는 처참한 모습의 '와들와들'한 한기를 깨달은 것이다 (「메리 크리스마스」).

이러한 모습과 느낌은 우리 현대 한국사의 가장 비극적인 양상에 맥을 닿고 있으며 그에 대한 가장 고통스러운 감수성을 대변해 준다. 그것은 오늘의 우리 민족사 그 자체인 것이다. 이 불행하고 서글픈 현실의 통찰은 우리 현대문학에서 희귀한 동물 소설 「목넘이 마을의 개」에서 탁월하게 나타난다.

만주로 이민 가는 농민과 헤어졌을 개 한 마리가 목넘이 마을에 잔뜩 굶주린 모습으로 나타난다. 이 '신둥이'는 악착같이 방앗간의 찌꺼기, 동네 개가 먹다 남긴 밥을 긁어 먹으며 동네 사람들의 천대를 피한다. 그 비실거리며 앙상한 개는 마침내 미친 개로 몰려 피살될 위험 아래 놓였으나 용케 피해 산에서 강아지를 낳아 기른다. 이 냉대받고 굶주린 개의 모습은 아마 우리 민족의 그것으로, 우리 역사의 그것으로 비유될 수도 있을 것이다. 그리고 그 개가 "원체 종자가 좋아" 목넘이마을의 개 거의가 그 후손들이었다는 사실은 강압적인 현실의 고난 속에서도 억세게 삶을 이어가며 건강한 자식들을 뿌려 힘찬 생명의 연장을 이룩하길 기대하는 우리 자신들의 모습일는지도 모른다.

〔황순원 전집(삼중당), 제4권, 1973〕

전쟁의 후유와 인간성의 회복
―오상원의『백지의 기록』「황선지대」

오상원은 전쟁의 의미에 대해 가장 진지하게 고민하는 작가 중 하나다. 그에게 있어 전쟁은 격렬한 행동 양식이나 사상의 비참함, 고된 생활의 피로함이란 즉 물적인 관찰을 훨씬 넘어선 형이상학적인 비극의 추상으로 발전한다. 6·25동란 중에 대학에서 불문학을 공부하고, 당시의 다른 모든 지식인들처럼 실존주의의 암담한 분위기 속에서 자신의 내적 갈등을 부조리한 세계에의 고뇌로 이해해온 그는, 전쟁에서 인간의 근원적인 가치의 파탄을 발견하며, 전쟁이 휩쓸고 간 폐허에서 카오스의 모든 악덕을 목격한다. 전쟁은 결코 인간적일 수 없는 벽이고, 그 벽에 내팽개쳐져 쓰러진 인간은 모든 것을 상실한 절망의 초상을 그린다. 그는 전쟁 또는 전후의 혼란 속의 인간보다 전쟁 또는 전후 카오스 그 자체와 인간과의 관계에 대한 관념적인 파악을 통해 짓눌린 휴머니즘의 통증

을 진단한다. 그것은 좋은 의미로든 괴로운 의미로든 전후 인텔리
겐치아의 상황 파악법이다. 한국전쟁은 역사로서나 개인에게서나
하나의 분명한 단절의 위치에 서고, 그 단절이 빚는 가치의 차압은
추상의 개념으로 표현된다.

오상원이 1955년 「유예」로 데뷔한 이래, 정력적인 작품 활동을
전개하면서 '균열' '분신' '모반', 또는 '애상' '잔상' '사상(思像)'
'난영(亂影)', 혹은 '백지의 기록' '무명기' '황선지대'와 같은 비구
상의 표제를 애용했다는 것은 당시의 지적 감수성과 지식인의 발
상법에 대한 뚜렷한 전형을 보여주는 것이다.

장편『백지의 기록』과 중편「황선지대」는 전쟁에 짓밟혔던 지식
인과 부랑인이란 두 카테고리 인간들의 전쟁 수기다. 전쟁 전체의
의미를 질문하는 데는 전쟁의 현장에서보다 거기서 물러났을 때
좀더 명확하게 밝혀지며 전쟁의 피해는 포연의 와중에서보다 상
처 입은 심신이 욱신거리는 고통을 느낄 때 더욱 절실하게 느껴질
것이다. 오상원은 부유한 가정의 제대한 두 아들의 육체적·정신적
질환의 두통기를 통해 전쟁이 할퀴고 간 상흔을 해부하는 한편으
로 기지촌에 기생하는 저변 군상의 묘사를 통해 전후의 참담한 삶
의 좌절을 진단하고 있다. 오상원은 6·25의 후유를 추적함으로써
백지의 이미지가 강요하는 단절의 원인으로서의 전쟁, '황선'의 이
미지가 던지는 격렬한 혼란의 실체로서의 전쟁을 포착하고 있다.
전쟁은 모든 부정적인 상황의 동기이며 현장인 것이다.

"모두가 직접적으로 또는 간접적으로 전쟁에 의하여 나가떨어

진 얼굴"을 묘사하는 『백지의 기록』은 이 장편에서 빈번하게 사용
되는 어휘 '어두운' '암울한'의 이미지가 보여주는 우리 시대에 가
장 절망적인 한 시기를 포착한다. 그것은 전쟁이 끝나면서 불구의
몸으로 귀환한 두 아들을 맞아들이는 한 가정의 음울한 초상에서
부터 시작한다. 큰아들 중섭은 의대 재학 중에 입대했고, "장교건
일개 병졸이건 간에 계급에 의하여 치료의 순위가 운위될 수 없다"
는 철저한 인도적 의사도에 의해 부상 사병을 구하려다 그 스스로
포격을 받고 오른손과 한쪽 다리가 잘려 나가는 불구의 몸이 된다.
동생 중서는 상대 재학 중에 입대, 발가락을 약간 다친 채 비교적
성한 몸으로 귀가했으나 절망적인 자학에 빠진 형 옆에서 그 자신
도 일그러지지 않을 수 없었다. 다복한 이 집안에 '살벌한 어둠만
이 떠돌고' 있었던 것이다. 두 아들의 아버지는 말한다.

　너는 전쟁으로 인하여 커다란 상처를 입었다. 정신적인 상처이건
육체적인 상처이건 그것은 마찬가지다. 그러나 전쟁에 갔다 온 너희
들만이 상처를 입은 것은 아니다. 너희 어머니를 보렴. 너희 어머니
는 직접적으로는 아니지만 간접적으로 너희들을 통하여 너희들보
다도 더 큰 전쟁으로 인한 상처를 입고 있는 것이다.

　전쟁 속에서도 온전할 수 있는 사람은 아무도 없다는 상황 판단
은 아프레게르의 단절감이 갖는 피해 의식의 정직한 관찰이다. 작
가는 "모두가 전쟁의 피해자"라는 테마를 이 소설 곳곳에서 술회

하고 있는데, 실제로 기억상실의 정신이상에 걸린 정연이나, 애인에게 몸을 바침으로써 불치의 성병에 걸려 자살하는 수기 속의 형란이, 온전한 몸으로 돌아왔으나 이제는 이미 옛날과 같은 정신적 사랑으로 결코 만족할 수 없는 형란이의 애인, 그리고 이 수기를 중서에게 읽히면서 그의 요구를 거절하는 순회 등 모두에게 전쟁은 지울 수 없는 상처를 남겨주었던 것이다.

중섭 형제의 전상은 대위법인 관계를 통해 전쟁이 끝나고 학교가 피란지에서 개교할 때부터 구체적인 양상으로 드러난다. "인간이란 무의미한 것"으로 통감하는 상이군인 중섭은 자신의 행복했던 시절의 사진을 불태우고 자살을 기도했다가 실패한 후, 광기를 일으키며 자기 학대를 자행하고, 마침내 "허물어져버린 얼굴"로 정신병원에 입원한다. "수많은 학설과 논리들이 무미건조한 한낱 휴지로 돌아가버리게끔" 된 중서는 다방과 술집과 사창가로 무기력한 배회를 계속하며 "무디어버린 지성과 병들어버린 정열" 속에서 자포자기의 생활로 타락한다. 아마 중서가 고백하듯이 "육체적으로 파괴된 형보다 정신적으로 파괴된 동생이 더 비참"할 것이다. 형제는 육체적 불구가 정신의 질환으로 옮겨가든, 정신의 뒤쫓김이 일상생활의 파멸로 몰고 가든 다 같이 전쟁으로 인한 인간다움의 상실이란 방향으로 몰리고 있었다. 그러나 이들에게도 "어둠을 헤치고 희부연한 여명 같은 것이 다가오고" 있었다. 상처의 양상에 따른 상이한 치료법으로써 그들의 인간 복귀가 시작되는 것이다. 형은 준이 안내한 전상자들의 자활원 '우리들의 마을'에서 병신의 몸으로 제 몫을 찾아 재생하는 불구자들의 건강한 의지에서 "과거의 나만을 생각"하는 자신의 오류를 발견한다. 그는 현재의 자기에게 충실하는 데서 자기 나름의 상황의 극복이 이루어질 수 있다는 바람직한 결론에 도달하여 "빙그레 웃는" 얼굴로 자신이 있어야 할 세계―'우리들의 마을'에 입원한다. 정신의 부상을 입은 중서는 잃었던 애인 정연이의 출현으로 회복된다. 그는 일선지대에서 군인들에게 강간당하고 착란을 일으킨 정연이에게서 자기보다 더 큰 상처를 발견한다. 자기보다 더 심한 불구에게서 삶의 의욕을 찾아낸 중섭이처럼 그는 "한 가닥 옛 모습도 찾아볼 길 없이 부숴져버린 정연이"로부터 "무너져버린 서로의 얼굴 속에서 다시 몸을 마주 대고 시작되어야 할" 각성을 얻는 것이다. 그의 극진하고 애정 어린 간호로 기억을 되찾은 정연이가 "자신의 행복을 무자비하게 가로막는" 전쟁이 남긴 상처에 굴복하여 자살을 택했음에도 불구하고 그녀를 통해 일구어진 인간에의 각성은 중섭과 준의 격려로 다시 찾아오는 무거운 공허를 극복한다.

『백지의 기록』의 해피 엔딩과는 달리 「황선지대」는 실패의 기록이다. "전쟁과 함께 미군 주둔지에 더덕더덕 서식된 특수지대" 속에서 "무섭게 번창하는 곰팡이"들은 물론 '전쟁의 산물'이다. 그들은 '더럽고 추한 곳'에 살기 때문에 『백지의 기록』의 부유한 지식인 주인공들처럼 무기력한 좌절에 주저앉을 여유가 없이 맹목적인 삶의 본능에 매여 맹렬한 삶의 투쟁을 벌인다. 미군 부대의 보급품을 밀수하고, 술을 팔고, 몸을 팔고, 몸을 판 여자를 등쳐 산다. 그들의 삶 그 자체가 전쟁이 만든 환부이며 그들은 그곳의 병균처럼 가혹하게 싸우며 산다. 그것은 일종의 단말마적인 몸부림이며 모든 것으로부터 버림받고 끝나 있는 상태에서 움직이는 윤리도 정의도 질서도 무의미한 삶의 양식이다.

누구에게나 저마다 끝장은 이미 다 나 있는 거야. 너에게도 나 있고 나에게도 말이야. 다만 있다면 이미 나버린 끝장에…… 즉 끝장이 난 자기를 어떻게 처리하느냐가 문제지.

그들은 끝장난 자리에서 저마다 저 나름의 새 출발을 찾는다. 그들은 모두 전쟁이 입힌 상처를 입고 이 「황선지대」로 몰려들었지만 자기대로의 소롯한 꿈을 이루려는 소박한 소망을 갖고 있었다. 두더지는 자기가 처음 더럽힌 사창가의 소녀를 지키려는 소망을, 곰 새끼는 시골로 돌아가 소박한 시골 처녀와 결혼하여 조촐하게 살고 싶은 소망을, 정윤이는 포악한 짜리의 학대로부터 전날의 애인 영미 남매를 구해주고 싶은 소망을 안고 있다. 이러한 소망이 합쳐 대규모의 보급품 절도를 계획하고 지하로 땅굴을 판다. 그러나 세 사람의 그처럼 황홀하게 만들 새 출발의 기대는 성공 일보 전에 와르르 무너진다. "세 사람의 눈앞으로 들이닥친 것은 기대했던 그것이 아니라 공허, 그것이었다. 텅 빈 속에 남아 있는 것이라곤 먼지와 어둠과 휴지 조각뿐이었다." 그들 스스로 끝장과 출발을 반복해야 하는 시시포스의 절망이었던 것이다.

우리는 여기서 『백지의 기록』과 「황선지대」가 그리는 '어두운' 정경이 '암담한' 전쟁의 비인도적 성격과 그에 짓눌린 인간의 파탄과 회복을 효과적으로 포착하는 데 성공했다고 만족하지는 않는다. 『백지의 기록』의 경우, 중섭과 중서의 고민과 자학의 과정, 특히 인간성 회복의 결단이 안이하게 도식화되어 있으며, 「황선지대」에서는 그 전체적인 톤에 비해 인물의 성격이 불투명한 여운을 남긴다. 이것은 작가의 꺼칠꺼칠한 문체 탓도 많을 것이다.

그러나 그렇다 해서 오상원의 문학적 의미가 결코 감쇄돼서는 안 될 것이다. 그는 전후 지식인으로서 도저히 감당하기 힘든 무거운 역사의 부담에 억눌려 있었으며 자기를 탄압하는 사회의 부조리에 대해 지극히 진지하고도 고통스러운 고민을 하고 있었다. 그리고 때로, 역사와 사회가 주는 충격은 정당하고 침착한 사고능력보다 격렬하고 직설적인 반감에서 더 잘 대변될 수도 있다. 오상원의 이런 미덕이 갖는 약점은 따라서 그가 괴로워하던, 황량했던 시대에 자신을 희생시킬 수밖에 없었던 그 세대의 불행에 돌려져야 할 것이다.

〔삼성문고 한국문학전집, 『수록 작가·작품 해설집』, 1973〕

풍자된 현실의 치부

―이호철의 『서울은 만원이다』

해방 이후 신문 연재소설로서 아마 이호철의 『서울은 만원이다』처럼 많은 독자를 거느린 소설도 드물 것이다. 도회의 지식층에서부터 시골의 미용사에 이르기까지, 이제는 노경에 접어들어 무료하게 소일하는 복덕방 주변의 영감들에서부터 막 사춘기에 접어든 소년들에 이르기까지 그것은 만원의 인기를 모으고 있었다. 1966년 『동아일보』에 이 풍자소설이 유행될 때 대학가에는 히로인의 이름을 빌린 '길녀촌'이란 유행어까지 생겼다.

『서울은 만원이다』가 그처럼 많은 독자를 이끈 것에는 손쉽게 읽을 수 있는, 그것도 가장 큰 부수를 가진 신문에 실렸다든가, 이호철이 '동인문학상'의 수상 작가라든가 하는 외적 원인의 작용도 없지는 않았을 것이다. 그러나 이 장편이 갖는 순수한 소설적 재미에 비하면 그것들은 너무도 하잘것없을 정도다. 『서울은 만원이다』는 재미있다. 대학교수에게도 재미있고, 남대문시장 점원에게도 재미있다. 그가 소개해주는 다방 마담에게도 고급 공무원에게도 진지한 목사와 판사에게도, 그리고 다른 작가에게도 두루 화젯거리가 된다. 『서울은 만원이다』는 그냥 웃어넘기는 것으로 그쳐서는 안 되게끔 찌르는 그 무엇을 갖고 있지만 그렇다고 조금도 어려운 이야기를 하는 것도 아니며 심각한 표정으로 고민하며 읽을 필요도 없지만 결코 속되고 야한 잔기는 찾을 수도 없다. 그것은 나이와 성을, 학력과 직업의 차이 없이 모든 사람에게 골고루 친숙하고 유쾌한 재미를 돌려주는 것이다. 그렇다고 이 소설이 개성 없는 만담이라든가 독자를 유혹하기 위해 부분부분에 객담을 늘어놓았다든가 하는 것도 아니다. 오히려 사정은 전혀 그와 반대다. 그것은 견고하게 짜여졌고, 면밀한 구도 아래 일체의 방담을 허락하지 않는 절제 속에 작자가 말하고 싶은 것, 읽혀야 할 것들을 뚜렷한 맥으로 술회하고 있다. 그것은 우수한 소설이 갖추어야 할 내용과 형식의 행복한 결합을 이루면서 본래의 소설이 노리고 있는 재미를 넘쳐흐르게 만든 것이다. 그렇다면 그의 재미는 어디서 오는가.

먼저 『서울은 만원이다』에 등장하는 숱한 인물들이 바로 우리 주변에서 너무나 쉽사리 발견되는, 그리고 이 소설을 읽는 독자 자신일 수도 있는 그 흔한 인간형들이라는 게 첫 이유가 될 것이다. 물론 그 흔한 인간들이란 딱딱하고 오만한 상류층도, 엄숙하고 세련된 지식인도 아니다. 길에서 시장에서 혹은 대폿집에서 손쉽게 인사하고 헤어질 수 있는 재미있는 이웃 사람들이다. 가난 때문에 서울로 뛰어올라 다방 레지를 하다가 쿡에게 몸을 뺏기고는 이리저리 거치다가 비록 몸 파는 직업으로 떨어졌지만 상냥하고 천진하고 다정한 길녀, 허황하고 사기성도 농후하며 이마는 벗겨지고 직업도 없이 동가식서가숙의 떠돌이이지만 입담 좋고 넉살 좋고 이것저것 많이 알고 악의 없고 물렁한 남동표, 넉넉하고 점잖은 서울 토박이 노인답게 소심하고 줏대 없고 젊은 여자에게 속절없이 빠지는 서린동 영감, 촌티를 벗지 못하고 비실거리며 남에게 놀림은 곧잘 받지만 꼼꼼이 실속 차리며 집념으로 돈을 모으는 기상현, 열심히 공부하고 진지하게 사색하며 항상 공명정대하지만 세상물정 모르고 이용당하기 십상인 숫보기 법학도, 어리숙하고 예쁘지도 않지만 간교하고 욕심 많은 복실 엄마, 덜렁덜렁하고 남상스럽지만 속 좋고 다감한 미경이, 그리고 석구복, 금호동집 딸과 두 오빠, 서린동 마님·피부비뇨기과 의사·목사…… 모두가 조금도 격의 없이 마주칠 수 있는, 조금도 주저 없이 떠올릴 수 있는 우리 서민의 얼굴들이다. 그들은 어려운 사회학적 군중의 한 모습들이라기보다 언제나 우리 주위에 함께 지내온 그 흔한 사람들의 한 모습들인 것이다. 그것은 바로 우리가 아는 바로 옆사람의 모습이며, 또 그 사람이 아는 우리 자신의 모습이기도 하다. 그리고 우리는 실상은 나 자신일는지도 모르지만 직접으로는 내가 아닐 듯한 사람에 관한 이야기에는 항상 흥미를 느끼게 마련이다. 우리는 그것이 내가 아니라면서도 나 자신과 무관하지는 않을 듯한 구설에 스릴까지 느끼며 경청하게 되는 것이다.

이런 인물들을 사건으로 얽어내면서 작자는 풍자소설 문체의 효과를 십분 발휘하고 있다. 그것이 재미의 두번째 요소인데『서울은 만원이다』는『태평천하』나「치숙」에서 정평을 얻은 채만식의 그것에 못지않은 풍자의 맛을 풍긴다. 어떤 점에서 이호철의 풍자가 더 큰 성과를 얻는다. 그가 몇 가지 특이한 수법을 가미했기 때문이다. 하나는 대화에서는 물론 지문에서도 서슴없이 거의 완벽한 구어체를 활용했다는 점인데, 좀더 정확히 말한다면 다른 소설들이 취한 것이 구어체라면『서울은 만원이다』는 구어, 바로 그것이다. 구어가 일으키는 효과는 소설이 인쇄된 지면의 한계를 넘어 바로 작자와 직접 이야기하는 직접 어법의 묘미인데, 이것이 독자의 방심을 허락하지 않는 것이다. 풍자 문체의 두번째 수법은 각 지방의 방언을 한꺼번에 재치 있게 통솔한다는 것이다. 근년 우리 소설에서도 토착어의 개발과 도입이 활발하며 또 성공도 거두고 있지만『서울은 만원이다』는 다른 소설의 방언과는 달리 경상도·전라도·충청도·평안도, 그리고 서울의 사투리가 모두 동원되고 있으며 더욱이 사투리의 어감이 풍기는 이미지가 그 화자의 개성과 유효적절하게 걸맞아 들어가고 있다. 가령, 시원스런 미경이의 "속이 시원하겠능교?" 우악스러운 금호동집 아들의 "어케 맘먹고 이래," 음충맞은 복실 엄마의 "아니, 시골 갔이유? 그랬이유?"와 같은 화법은 어투가 곧 개성이라는 것을 실감시켜준다. 이호철의 풍자 문체에서 가장 효과적인 수법은 작가의 발언이 소설의 지방에 직접 나타나 분위기의 극화에 직접 가담하고 있다는 점이다. 가령 "의 형님 좋아한다. 그 사장이란……" "남자가 애교는 있어 무엇하는 가, 차라리……" 등과 같이 마침내 작가는 서울의 '우국지사'를 희화화하면서 이야기를 곁길로 밀어넣다가 문득 작가 자신에게 "야야, 너도 우국지사야? 논문 쓰니? 기상현이는 어떻게 됐니?"라고 핀잔주기까지 한다. 작가의 이러한 직접 개입과 발언은 사건에 대한 독자의 흥을 돋우는 적극적인 격조어 역할을 담당한다.

작가의 이 같은 풍자의 효과는 인물과 사건 들에서 음흉한 악의나 비참한 슬픔들을 증발시키고 천진하고 발랄하며 장난기로 변화시킨다. 허풍 치고 사기를 하고 절도를 하며 그러고도 무책임한 남동표에게 우리가 갖는 인상은 추함이나 혐오감이 아니라 유쾌하고 귀여운 악동이며 구질구질한 기상현마저 측은하고 애틋한 호감을 불러일으키고 따분한 법학도는 안쓰럽고 지저분한 복실 엄마도 측은하게 보여지며 금호동집 아들의 억지도 들어주고 싶은 심정이 되어버린다. 하물며 선량한 길녀나 미옥이의 윤락에 대해 어떻게 비난할 수 있겠는가. 오히려 그들 편에 서서 그들을 이렇게 만든 세상을 미워하고 욕해주고 싶은 정도다. 이호철은 귀여워하지 않을 수 없는 악한, 연민을 갖지 않을 수 없는 추태를 묘사하는 탁월한 능력으로, 원래는 음산하고 답답한 분위기였을 인물과 사건을 더없이 낙천적이고 건강한 시선으로 바라보도록 만든다.

그러나 『서울은 만원이다』의 재미에 묻혀 그것이 휘두르는 날카로운 현실 비판을 무심히 지나친다면 우리는 이 소설을 전혀 잘못 보는 것이다. 모든 우수한 풍자소설이 그렇듯, 이호철은 유머와 해학을 통해 '서울'로 총집결되어 있는 이 사회의 구조적인 모순과 허무맹랑한 추태들에 대해 신랄한 공격을 가한다. '서울'은 확실히 한국의 수도이며 한국이 갖고 있는 악덕과 추잡, 엉뚱함과 광기의 집산지이고, 지방에 남아 있는 한국인의 미덕과 건강성마저 모두 꺼멓게 물들인다. "시골서 상경하는 사람에게 있어 시궁창이나 술술 빠져드는 수렁과 다를 바 없는" 서울은 돈을 향하여 총동원된 370만이 예외 없이 제가끔 서로 적이 되는 아비규환을 이룬다.

위로는 국회의원에서부터 맨 아래로는 하다못해 교회당으로만 돌아다니는 성서도둑에 이르기까지 가지각색의 방법이 구사된다. 게다가 골치아프게 야금야금 벌이는 정상적인 룰보다는 비정상적으로 한꺼번에 땡잡기를 더 바란다. 돈 버는 데 정상·비정상이 어디 있노, 이 판에. 어금니를 악물고 입에서는 거품들을 내 뿜는다.

이런 황금만능의 세상에서 "서로가 아웅다웅하면서" 물고 뜯고 미쳐 돌아가는 것이다. 미경이가 길녀에게 말한다.

하긴 미치기야 모든 사람들이 다 미쳤지 머. 이러고 누워 있는 니도 나도 다 미쳤을기라. 왜들 모두 이렇게 살꼬? 사내놈들이나 계집년들이나……

서울은 "남산에 올라가 내려다보면 그럴듯하지만 이렇게 속속

들이 돌아다녀보면 다 그렇구 그렇고, 세상 되어가는 꼴이 엇비슷이 알 만할 정도"다. 그럴듯하게 간판을 건 회사란 것도 "빈 껍데기뿐, 전무·상무가 주로 공갈과 아이디어로 생돈을 벌어들이는 판"이며, "무교동 어느 요릿집"처럼 "번드레한 껍질"만의 사기에 약삭빠른 장사치들도 속아 넘어간다. 이런 황당한 서울살이 속에 "사는 놈은 형편 무인지경 잘살지"만 "홍망도 다양하고 빠르다". 사람들은 '자의 반 타의 반'으로 줏대 없이 오락가락하고 "행세깨나 한다는 축들이 뒷구석으로 가서는 더 지저분"하며 교회는 "어린이와 노파만으로" 득실거리고, 지식인이라 했자 "소위 삼척동자라도 척척 지킬 줄 아는 자명한 금기를 척척 해대고, 그것을 자기들 나름으로는 현대적 운운하며 도덕적 감정이나 도덕의식은 더 형편없이 빠져 있는" 꼴들이다.

그러나 이 허황한 사람들의 뜨내기적인 생활—그것이 오늘의 한국인들이 취하고 있는 삶의 방식이다. 그들은 그들 나름으로 모두 속절없는 쓸쓸함에 시달리고 "가지각색으로 불행한 사람들"이다. 돈을 훔치고 도망가는 길녀도, 종삼에서 자살하는 미경이도, 황당무계한 생활을 못 벗는 그런 불행한 사람들이다. 그들은 잘못된 한국, 남동표도 모두가 잘못된 서울의 희생자들이다. "원체 한국 세상이 엎치락뒤치락거리고 불과 이십 년 동안에 별의별 희한한 일을 다 겪었으니 이 속에 사는 사람들은 얼마나 복닥였겠으며 이 속을 살아가자니 얼마나 말로 다할 수 없이 복잡하였을 것인가."

서울은 이런 사람들로 만원이다. 『서울은 만원이다』는 허황함과 뜨내기스러움의 사람들로 만원이고, 그 속에 숨겨진 쓸쓸함과 불행스러움으로 만원이다. 이호철은 이 세태소설을 통해 한국인의 허황과 불행이란 동전의 양면을 드러냄으로써 우리에게 가장 아픈 사회와 의식의 치부를 풍자하는 것이다. 그것은 결코 재미있는 풍경은 아닌 것이다.

〔삼성문고 한국문학전집,『수록 작가·작품 해설집』, 1973〕

탕자의 배회

―이문희의 『흑맥』

　　"저는 깜부기입니다. 아시죠?"

　　이문희의 『흑맥(黑麥)』은 흑수병에 걸린 보리―전란에 집을 잃고, 부모와 헤어지고, 굶주림에 시달리고 주먹에 허둥대고 거리를 방황하며 혐오의 뭇시선에 뒤쫓기는, 모든 것으로부터 상실된 인간의 세계다. 전투는 끈적끈적 끈질기게 계속되며 혼란이 전체를 지배하던 6·25동란의 뒷부분에서 서울역 주변의 뒷골목을 무대로 한 양아치·똘만이, 그리고 깡패의 부랑아 세계는 폭력과 배신, 절도와 매음의 파렴치로 미만되었고 술과 완력, 욕설과 은어가 난무하고 있었다. 그것은 한국전쟁이 빚어낸 카오스의 맨 밑바닥, 정상의 궤도로부터 빗겨간 한 사회의 벌거벗은 악들이 가라앉아 뒤엉킨 지하의 세계다. 그늘진 소외 지역에서 침전된 범죄를 자양분으로 하여 자란 생명은 어떤 풍화에도 쉽사리 꺾이지 않는다. 그들은 그들대로의 불문율적인 질서를 유지하고 그들 나름의 억척 같은 우정을 견고히 지키며 그들 특유의 음산한 감정으로 쾌락과 비애를 발산한다.

이 포악스러운 독초의 왕초가 『흑맥』의 주인공으로 등장한다. 그는 목사인 아버지를 잃었고, 눈앞에서 포탄에 찢겨 처참히 목숨을 잃은 누이동생을 내버린 채 단신 월남했고, 똘마니로서 잔혹한 왕초에게 저돌적으로 도전, 그를 쓰러뜨림으로써 스스로 어깨들의 두목으로 군림했다. 그는 석 달 동안 형무소살이를 한 우직한 깡패 외팔이와 자신의 생일도 모르는 뱀 장수의 아들 키다리를 부왕초로 하여 거리의 신문팔이·구두닦이·껌팔이·펨프 등 수많은 양아치와 똘만이를 지휘하고, 직접 규모가 큰 절도·강도·날치기의 범죄 행위를 자행하고 다른 왕초를 견제, 그들의 침범을 경계하며 서울역과 용산 일대의 지하 왕국을 통치한다. 그의 왕국은 주먹으로 지배되고 비어와 은어로 의사가 소통된다.

법 이전의 폭력, 방어 아닌 신호로 견고하게 지탱되는 왕초 독술이의 세계는 결국 스름스름 앓으면서 무너지기 시작하여 마침내 와해된다. 자학에 빠진 왕초가 부하들로 하여금 도주·배신 또는 체포되게끔 만들고, 자신을 경찰에 자수시킬 살인 행위를 부질없이 저지름으로 해서 스스로의 함정을 판 것이다.

소설 『흑맥』은 이 지하 왕국의 독술이가 자기 파탄으로 자멸하는 와해의 기록이다. 그러나 암흑세계의 범죄가 명분으로 하고 있는 악의 자기 와해는 무엇을 의미하는가. 악인의 내적 자폭은 무엇을 말하는가. 물론 아무런 역설 없이 그것은 선으로의 전환을 가리킨다. 좀더 정확히, 본래의 인간은 착하고 아름답다고 믿는 사람에게 그것은 선으로의 복귀를 뜻한다. 모든 것으로부터 상실된 인간이 모든 것을 획득할 수 있는 인간성의 회복으로 돌아서는 것이다. 이문희의 『흑맥』은 다시 말하면 인간 회복의 기록인 것이다. 깜부기로 뿌리 뽑혀져야 할 독술이의 인간 환원은 서울역 광장과 남산의 판자촌, 양동의 사창가와 원효로의 대폿집을 방황하면서 집요하게 따라다니는 세 개의 모티프를 통해 길을 연다. 이름·신, 그리고 사랑.

곽영호군이라 씌어진 장형사의 편지―이 순간처럼 그가 자기의 이름이라는 것에 대하여 믿을 수 없을 만큼 충만된 희열과 혐오를 동시에 느껴본 일이란 없었다.

주검이 있는 곳에 독수리가 모이리라―그러니 어쨌다는 거냐. 돼지 앞에 진주를 던지지 말라―무슨 말씀을, 없는 건 돼지가 아니라 진주 목걸이다. 엘리 엘리 라마 사박다니―돼지 앞에라도 진주만 있으면…… 아버지시여, 어찌하여 저를 버리시나이까.

장형사의 냉소, 그리고 미순이의 현신―생전 처음으로 남이 하자는 대로 한번 해보는 것이다. 웃어라, 미순이도 실컷…… 네 뜻을 좇아 잡혀 들어간다. 쌔리깐에서만 내 앞에 보이지 말아다우. 따는 이유가 문제겠니, 너무 뜻밖이라 그런다. 아니 사랑하니까 그런다. 그 더러운 년의 사랑이……

독술이의 세 가지 독백은 자조적인 반발과 그럼에도 어쩔 수 없이 영원한 고향으로 돌아가야 할 탕자의 그리움과 같이 숨겨진 애정으로 범벅된다. 그것은 "허공에 잠시 뜬 무슨 종이비행기나처럼 위태위태한" 자의 절박하고 종말론적인 감상과 반항에 연유한 것이리라. 그는 세계로부터 버림받았고, 자기를 버린 세계를 쉽사리 용납할 수 없다는 절망적인 반감과 그럼에도 불구하고, 아니 그렇기 때문에 "자기가 자기를 올곧게 단죄할 수 없는 절대의 어떤 힘이 빈틈없이 항상 작용하여 왔다"는 사실의 인정 사이에서 정서적 갈등을 일으킨 것이다. 독술이는 빼앗긴 이름, 잃어버린 신, 놓칠 사랑에 대한 열망을 강렬하게 느낄수록 "자기가 탈을 벗고 깜쪽같이 땅속으로 자지러든다거나 또는 땅속으로 두더지 발을 움직여 그쪽 세계로 숨어들어간다는 종류의 심보는 먹지 않겠다는 띤띤한 반발"을 고집했다.

'이름'은 자기가 자기임을 확인하는 명분이다. 이름을 잃었다는 것은 곧 자기를 상실했음을 의미한다. 독술이·외팔이·키다리·송충이·함지박…… 무수히 등장하는 '흑맥'들은 모두 별명에서 자신이 뿌리 뽑힐 존재임을 의식한다. 정작 제 이름이 불렸을 때 "이젠 내 이름 같지도 않다"면서 사뭇 즐거워한다. 그들의 본명은 자신이 인간임을 확인시켜주기 때문이다. "송충이는 제가 무엇 때문에 누나를 이렇게 가끔 방문하는 건지 곰곰이 생각해보았다. 그러나 생각할수록 화가 나는 것은 다만 자기의 본명 명철이라는 두 글자뿐이었다." 독술이가 그처럼 곽영호란 자기 본명을 학대하는 것은 자기 확인의 발버둥일 뿐이다. 그는 신에 대해서도 '이름'처럼 증오하면서도 결코 거기서 뿌리쳐 나오지 못한다. 그것은 그에게 있어 순결하고 아름다운 영혼의 그릇이며 '이름'과 함께 '인간'이란 동전의 또 다른 한쪽 면이기 때문이다. 그는 무심코 콧노래로 찬송가를 부르며 길에서 들은 종소리에 무한한 향수감을 느끼고 성경 구절로 독백하며 예수의 비유로 생각을 진행한다. 그는 고향 교회 장로의 거절 때문에 왕초의 자리로 돌아섰고, 성경을 인연으로 미순이를 만난다. 그는 스스로 '탕자'라고 말하는 또 한편으로 "자기는 그리스도이고, 앞서가는 김장로는 요한"이라고 생각한다. 그는 신을, 탕자가 돌아갈 고향 집을 찾고 있었다. "현기증과 피로와 허탈감 속에 실의의" 생활이 그로 하여금 신을 원망하고 또 그리워하게 하는 것이다.

독술이와 미순이의 사랑은 이문희의 데뷔작 「왕소나무의 포효」이래 많은 아름다운 단편에 등장하는, 놓치는 사랑에 대한 뒤늦은 열망으로 직조된다. 독술이는 단편 「우기의 시」에서처럼 여인이 떠나고 난 뒤에야 그녀를 찾아 몸부림친다. 그러나 『흑맥』에 있어서의 사랑은 단순한 정서적 번민을 넘어서 이름과 신에 대한 갈구의 동기를 합류시키면서 인간에의 복귀란 커다란 주제의 실체로 발전한다. 그는 "무엇인가 종잡을 수 없는 연민감"을 일으키는 미순이를 집으로 데려온 이후 "집에서 노닥거리"며 "한탕 뛰는데"끼지도 않고, "배짱을 부리며" "거만"해진다. 심지어 전 같으면 "아, 기분 좋게 카악 빨아라"라고 했을 권 주사가 "한 잔 들어"로 언어가 바뀌었으며 미순이에게 "댕고머리니 깔때니 하는 은칭을 붙이는 것조차 용납하지" 않을 정도였다. 그에게 있어 미순이는 눈앞에서 폭사한 누이동생의 혈연감을 일깨워주고 성경의 세계를 환기시켜주며, 정상적인 가정의 생활을 마련해주고, 인간으로서의 양심에의 복귀를 호소하는, 그가 갈망하는 삶의 내용 그것이었다. 그러나 오래지 않아 독술이는 갈등을 느낀다. 여기에는 '왕초'의 무기력에 비판적인 외팔이 등의 훼방이 개입되어 있기도 하지만 그 근본적인 원인은 사랑이 폭력과는 배리 관계에 있어 독술이가 주먹의 세계에 주저앉아 있는 한 사랑은 항상 위태로운 상태에 놓여 있다는 것(그의 이러한 심적 동요는 "허공에 잠시 뜬 종이비행기"란 미순의 말로 잘 지적된다), 더구나 독술이는 교회에 대해서처럼, 갈망하는 사랑에 대해서조차 '띤띤한 반발'로 거부의 자세를 취하고 있다는 점이다. 미순이는 이러한 독술이의 불안한 사랑을 키우기 위해 눈물겨운 노력을 한다. 그녀는 자기 집 안에 깡패의 손길이 들어오는 것을 견제하는(부하들의 방문에도 그녀는 "들어오라"고 스스로 권하지 않는다) 한편, 정상적인 세상에의 틈입도 거절하면서(독술이의 외출 권유를 뿌리친다) 독술이만의 세계에 자기를 고착시키고 그의 모든 지시에 순응하며 증오하는 도둑질에까지 따라나선다. 이러한 사랑의 형식은 그것이 그들 속을 결코 벗어나지 못함으로 해서 하나의 도피적인 함정으로 떨어질 수밖에 없게 되며, 도피적인 사랑은 본래 소망했던 것과는 달리 또 다른 탐욕적인 세속성으로 타락하게 된다. 두 사람은 부부 관계를 정(正) 자로 횟수를 계산하게끔 된다. "애정이 숭고한 관념의 범위에서 벗어나 세속화하자 처음에는 그것이 맹목적인 동조의식으로 나타나고 다음에는 바를 정 자로 나타났다." 독술이의 방기가 자극이 된 미순이의 출분은 이런 타성적인 사랑에의 거부였으며, 사랑 때문에 갈등을 느껴온 독술이 역시 그 같은 결과를 조용히 받아들인다. 그러나 정작 미순이가 아주 나타나지 않을 때 그는 놓친 사랑에 대한 절망적인 집념에 휘말리며 본래 바라온 사랑의 진정한 고통에 빠져 파탄적인 자기 학대로 줄달음친다. 그것은 처절한 연가이며 혹독한 자기 시련이었다. 그의 백고래와의 부질없는 대결, 그리고 자수는 폭력의 세계에서 자폭함으로써 놓친 사랑의 그림자를 찾으려는 마지막 안간힘이었다.

이문희는 유창한 문장, 화려한 어휘, 명쾌하고 재치 있는 대화법에서 누구도 따르기 힘든 천부적인 역량의 작가다. 특히 『흑맥』에서 효과적으로 활용한 은어는 생생한 현장감을 부여하면서 똘마니들을 활기차고 명랑하며 귀여운 동물로 바꾸어놓고 있다. 이러한 탁월한 수사법은 음험한 부랑아의 세계를 따뜻하고 아름다운 시정으로 차고 넘치게 한다. 6·25의 혼탁한 사회, 그것도 가장 밑바닥 인생을 묘사하면서 역겨움이나 분노보다 재미있고 신선한 독후감을 주는 것은 이문희에게서만이 발견되는 유려한 문장의 체취 때문일 것이다. 그것은 어떤 점에서 그의 한계가 될 수도 있지만 전쟁으로 버림받은 인간들의 지하 세계 역시 우리와 혈맥을 이을 수 있는 우리 자신의 일부였으며, 그런 만큼 그러한 세계에 따뜻한 조명을 가하는 것이 우리의 애정 있는 태도라면 전쟁의 카오스에서 낭만적인 소설 문장을 획득한다는 것은 오히려 즐거운 일일 것이다. 더구나 그것은 그 자신 때문이 아니라 이 사회 때문에 어쩔 수 없이 타락했던 한 양자가 영원한 본향으로 되돌아가려는 끊임없는 배회의 기록인 것이다.

〔삼성문고 한국문학전집, 『수록 작가·작품 해설집』, 1973〕

분단된 현실의 애가

—박순녀의 『영가』

　박순녀가 단편 「어떤 파리」로 비평계의 새로운 관심을 획득하고 1970년도 『현대문학』 신인상을 탔을 때, 그녀는 개인적으로 중견급 신인으로서의 관록을 확인시켰으며 그보다 더욱 중요하게, 남북 분단의 폐쇄성이 빚는 인간의 비극이라는 심각한 소재를 한국문학에서 개척하는 기여를 한다. 해방 이후 분단의 비극에 대한 직간접의 소설적 구성이 상당한 분량으로, 그것도 끊임없이 이루어져왔다는 것은 사실이다. 그러나 그 대부분은 김동리의 「실존무」가 대표가 되듯, 이산가족 또는 월남민의 정서적 파탄으로 묘사되거나 최인훈의 『광장』에서처럼 이데올로기의 대립과 선택의 강요에서 오는 이념적 파멸로 지향해왔다. 박순녀의 그것은 현실적 고난과 이념적 고민의 사이에 서서 양자의 역학 관계로 갈등을 일으키는 인간을 기술한다. 분단의 현실이 인간과 양심을 제압하고 이념적 차원의 궁지로 몰아넣는 비인간화의 구조를 그녀는 분석하는 것이다. 그녀에게 있어 이데올로기적 대립이란 오늘의 한국이 기본 속성으로 하는 정치의 명분이며, 그 무기체적인 정치가 삶의 현실로 압착해오고 인간은 정치가 쌓아놓은 현실의 벽에 부딪쳐 좌절하지 않을 수 없게 된다. 이것은 현대의 세계문학이 공통적으로 의식하고 있는 정치소설의 카테고리를 이룬다. 박순녀는 「어떤 파리」에서 분단이 한국인의 의식과 생활을 정치화하는 메커니즘을 포착한 것이다.

중편 『영가』는 「어떤 파리」에서 보여준 정치소설적 편향과는 상당한 거리를 갖는다. 그것은 일상적인 현실의 차원 위에서 개인과 개인 간의 관계적 또는 인간의 내적 측면에 감성적인 접근을 하는 것이다. 생활과 예술, 사랑과 고독 간의, 또는 예술과 사랑, 생활과 고독 간의 갈등이 묘사된다. 그러나 「어떤 파리」에서처럼 낭만적인 표제를 사용한 이 『영가』에서도 갈등의 종착점은 분단의 정치적 비극으로 귀결된다. 이북에서 월남한 유강식이 도달하는 광기, 진세가 방황하며 뒤쫓기는 고민은 모두 남북의 정치적 대결이 빚는 한국의 특수한 폐쇄적 상황에서 야기된 것이며, 그것은 행복하여야 할 유강식과 진세 부부의 어두운 그림자로 불화를 일으키고, 정진되어야 할 유강식의 예술에 파탄을 일으킨다.

당초부터 이 진세 부부에게 문제되었던 것은 북에 남겨놓은 가족이라든가 분단의 정치학이 아니었다. 대학 시절에 한 번 실연당했고 그때 유산의 경험을 가진 진세로서는 "어쨌든 아내를 사랑했다는 사나이는 사랑하지 않았다는 사나이보다 훨씬 좋은 법"이란 관점과 "돈에도 매력을 느끼지만 재능을 더 사랑"하는 성격으로 해서 유강식의 구혼을 받아들이며 이름은 별로 알려져 있지 않지만 실력과 의욕을 가진 화가 유강식은 "가정의 구속·책임, 그런 것이 싫어 지금까지 혼자 죽 지내왔지만" 마치 "이남에는 진세를 만나러 온 것" 같을 만큼 사랑하게 된 그녀에게 결혼을 요청한다. 따라서 이들 부부는 제 나름의 불행했던 과거의 그림자에 대해서는 아무런 개의 없이 오직 예술과 사랑의 요소로만 결합되었다. 유강식은 진세로부터 그 두 가지를 행복하게 조화시킬 약속을 받는다.

그들은 가령, 진세에게 애정과 우정이 뒤섞인 미묘한 감정으로 접근해오는 형주나, 유강식에게 결코 무심하게 보이지 않는 특이한 관계를 가진 송영이의 간섭을 피하면서 예술 창작에 어김없이 끼어드는 '이기·독선'의 자기중심 성향인 고독과, 그것을 용납하려 들지 않는 사랑과의 위태로운 공존을 이룬다. 진세는 소중한 태아를 위해 몸을 조심하고 유강식은 새로 생겨날 아기를 위해 돈을 마련할 전시회를 준비한다. 두 사람 사이의 이 위험한 곡예는 사랑과 예술을 위한 일상적 자유의 마찰에서가 아니라 전혀 다른 쪽에서, 그 두 사람이 벗어난 줄로 알고 있었던 불행의 그림자에게 적신호가 울리게 만든다. 유강식과 월남한 친구 아들 종렬이를 만나고 돌아오면서 진세는 현실로 다가오는 그의 북에 둔 본처의 존재를 의식한다.

진세는 걸으면서 이상한 생각이 들었다. 한 사나이를 두고 두 여자가 저마다 자기 소유라고 생각하고 있다. 저 사람은 분명히 자기를 사랑하는 것이라고.

한 여자는 그 사람을 위해서 아들 딸을 낳고 생활을 설계했었다고 자부한다. 지금은 비록 남과 북으로 갈라져 있지만 자기야말로 그 사람의 진정한 아내로 마음속의 영원한 아내라고 믿는다……

그러나 다른 한 여자에게는 또한 자기대로의 해석이 있다. 애정이란 보증수표도 각서도 아니다. 생활과 함께 흐르는 것, 그것은 어떤 특정 인물의 것일 수 없다. 사랑하는 사람들만이 오직 서로를 소유하는 것이다.

그날 밤, 진세는 유강식이 숨겨온 그림을 본다. 그것은 한 사나이가 세 마리의 단단한 새를 보는 모습이었다. 그 새는 물론 그의 북에 둔 아내와 두 남매—그 그림을 벽에 걸어놓았을 때 진세는 유강식에게서 "정아, 경학이 잘 자라, 그리고 당신도"의 기도를 읽는다. 그녀는 마음속에 하나의 앙금을 만든다. 두 사람의 사랑과 예술에 대한 이해심은 두 사람 사이만으로 자존할 수 없었다. 한국의 역사가 참담히 겪어야 했던 상흔이 되살아나 그들의 관계에 훼방을 만든다. 그것은 물론 두 사람의 탓이 아니다. 그러나 두 사람의 명명백백한 현실이다. 진세는 생각한다.

어느 날 갑자기 한 가정이 무너졌다. 당자들의 의사와는 관계없이.

그리고 다른 가정이 생겨난 것이다. 무너진 데 대한 책임이 그 누구에게도 없는 것처럼 생겨난 데 대한 책임 역시 아무에게도 없다.

본부인과 두 남매 때문에 두 부부 사이에 일기 시작한 그늘은 조산한 아기의 죽음, 연기된 전시회와 겹쳐 진세는 형주와, 유강식은 송영이와 위험한 관계로까지 발전할 뻔하다가 가까스로 위기를 넘긴다. 그런 소강 상태에서 유강식을 광기로 몰고, 이 가정에 새로운 비극을 일으킬 결정타가 들어온다. 이데올로기를 위해 진세를 버리고 일본으로 도주한 기표가 그림자로 출현한 것이다. 조련계의 거물로 활약하는 그는 두 사람에게 상이한 반응을 일으킨다. 일본 기자의 전언을 형주를 통해 받은 진세는 공포와 전율을 갖는다. 기표의 소식을 듣는 순간 "쉬! 소리를 낮춰요"라고 형주는 조심시키면서 무의식중에 사방을 둘러보며 기표의 소식을 들었다는 데서 실정법적인 '죄'를 생각하고, 일본으로 들어오라는 기표의 말에 "그런 소리 제발 말라"고 완강하게 거부한다. 그녀는 형주가 기표와 만나 "학생 시절부터 오늘까지의 회포를 풀고 솔직한 심정을 털어 놓는다. 거기에는 공감되는 것도 있고 용납이 서로 안 되는 것도 있겠지. 그러나 이야기가 다 끝났을 때 너는 네 신념에 살고 나는 내 신념에 살 수밖에 없겠지만 우리의 우정은 영원하다고 말하리라!"라는 온건하고 개방적인 태도를 용납하지 못한다. 그러나 피아노를 공부하다 자살을 기도했던 딸의 소식을 받은 유강식에게 그것은 강렬한 유혹으로 다가온다. "집에 가자"는 한 여인의 말은 그에게 환영으로 끈질기게 늘어붙어 불행한 딸에 대한 뜨거운 애정과 그렇게 할 수 없는 정치적 현실 간에 맹렬한 갈등을 느낀다. 그는 기표를 통해 딸에게 전해달라고 "정아야, 아버지와 함께 살자!"는 메모를 보내면서 그것이 가져올 처벌을 두려워한다. 그는 실재로서의 진세와 또 하나의 현실로서의 딸 정아에의 애정 사이에서 고민하고 그 어느 것에도 정직할 수 없다는 데서 자신을 '청산'하고 싶어 하는 파멸감에 젖어든다. 그는 그림을 찢고 버리고 하며 광증에 빠져들어간다.

유강식이 헤어나지 못하는 비극은 그 자신이나 "그에게 안으로 뛰어들지 못하고 슬픈 표정을 짓는" 진세로부터 연유하는 것이 아니다. 한 가족을 남과 북으로 갈라놓은 불행한 역사, 애인을 버리고 밀항해야 했던 이데올로기의 충돌, 그리고 남과 북, 이데올로기와 사랑을 화합시킬 것을 거부한 정치적 현실에 있다. 그들은 북에 둔 가족을 만난다거나 "빨갱이"인 옛 애인의 소식을 듣는다는 그 자체에 공포감을 갖는 것이다. 그리고 그러한 공포감이 지속되는 한, 인간은 자기에게 정직할 수가 없으며, 그 같은 '거짓'으로는 진정한 사랑과 예술마저 성취될 수 없다. 진세와 유강식이 파탄으로 내리막길을 뛰는 것은 오늘의 한국이 벗어나지 못하고 있는 분단의 정치적 폐쇄성에 근본적인 원인을 두고 있으며, 이 근원적인 문제가 극복되지 않는 한, '영가'를 부르는 슬픔으로부터 해방되지 못할 것이다.

〔삼성문고 한국문학전집,『수록 작가·작품 해설집』, 1973〕

과거의 언어와 미래의 언어
―조해일의 근작들

　근래 단편 역사소설이 젊은 작가들에 의해 자주 시도되는 새로
운 경향이 나타나고 있다. 박용숙의 「지귀정전」, 유금호의 「만적」,
윤정규의 「탈선박충희전」, 조해일의 「임꺽정」이 실존 인물의 사실
을 직접 문학의 소재로 도입한 경우이고 이병주의 「변명」과 박태
순의 연작 「무비불선생」이 역사에 대한 해석 문제를 적극적인 주
제로 설정한 대표적인 예들이다. 우리 신문학사에 있어 역사소설
이란 장르가 차지하는 비중은 그것의 질적 성공도와는 관계없이
매우 컸고 현재에도 신문·잡지마다 으레 이 장르의 소설이 연재되
고 있어 최근의 이 경향은 심상한 상태로 간주될지도 모른다. 그러
나 좀더 관찰할 때 그것을 '새로운 경향'으로 주목하지 않을 수 없
는 몇 가지 양상이 지체 없이 드러난다. 첫째는 그 작자들이 한문
의 이해가 박약한 젊은 층으로서 직업적인 역사소설가들처럼 고로

의 역사 지식이 부족한 신인들이라는 것, 둘째로 역사소설이 흔히 취하는 장편의 양식이 아니라 단편의 제한된 스타일 속에 역사를 수용하려고 한다는 것, 셋째로 그러나 여기서 가장 중요한 점으로 서 당대 역사의 반역아들을 그 소설의 주인공으로 채택하고 있다 는 것들이다. 이 같은 공통된 현상은 이들이 시도하고 있는 역사소 설의 성격이 무엇인가를 짐작게 해준다. 먼저 결론적으로 말한다 면 그들은 일반적인 의미로서의 역사소설을 쓴다기보다 과거의 언 어를 통해 현재를 이야기하고 있다는 것이다.

이러한 결론은 「임꺽정」을 발표한 조해일이 「1998년」이란 일 종의 우화적인 미래 소설을 통해 제시하고 있는 의도적인 주제로 거듭 확인된다. 그는 이미 동화적인 공상 소설 「이상한 도시의 명 명이」, 그리고 통일 후의 평화롭고 행복한 삶을 꿈꾸는 미래 소설 「통일절소묘」를 발표한 바 있는데, 이번의 그의 소설은 전작들과 달리 오웰적 악몽Orwellian nightmare을 연상시키는 전율스러운 사 건을 던지고 있다. 「1998년」을 읽은 독자라면 여기에 나타난 '진공 권의 이상 팽창'이란 기상천외한 사태와 '기상국원'이란 미묘한 인 물의 압력이 무엇을 의미하는가를 단번에 간취할 수 있다. 그것은 비단 현재 시제로 씌어졌다는 점에서 전형적인 미래 소설일 수 없 다는 사실을 인식시켜줄 뿐 아니라 과학소설적인 요소가 실로 명 백한 사건을 알레고리화한 것이라는 점에서 통상적인 공상 소설일 필요가 없다는 것을 확인시켜준다. 즉 조해일은 여기서 미래의 언 어를 통해 현재를 이야기하고 있는 것이다.

본고는 조해일이 두 편의 소설에서 현재의 묘사를 위해 과거 및 미래의 언어를 변측적으로 수용하는 그 의미와 그것의 성공 여부를 검토하는 데 목적이 있다.

1

흔히 말해지듯이 역사는 특수한 사실의 기록이며 문학은 특수한 사실을 통한 개연적 진실probability을 탐구하는 것이다. 이것을 E.M. 포스터는 『소설의 양상』에서 간명한 수학적 등식으로 표현하여, 소설이란 역사의 증거에 χ를 플러스 혹은 마이너스한 것이라고 표시하면서 χ란 미지량은 "항상 증거의 효력을 제한하고 어떤 때는 그것을 전혀 변형해버리는 수도 있다"고 말한다. 문학이 인간과 사회를 탐구하는 데 있어 역사와 공궤를 밟으면서 역사로부터 독립할 수 있는 것은 이 χ의 역량 때문이다. 가령 이상섭이 『문학의 이해』에서 제시하는 예문처럼 "왕이 죽고 이어 여왕이 죽었다"는 것은 연대기적으로 증거된 역사이지만 "여왕이 죽은 것은 왕이 죽은 데 대한 상심 때문이었다"고 할 때 문학이 성립된다. 여기에는 이른바 연대기적 기술을 포기하는 플롯이 도입되고 '상심했다'는, 역사로부터 잠재된 비밀이 노출된다. 이 χ의 양은 소설사의 전개와 함께 더욱 증가되고 자의화되어 특수한 사실은 이제 거의 개입되지 않은 채 허구로 인간과 사회의 개연성을 탐구하게 된다. 그렇다 해서 역사와 문학과의 기본적인 상관성이 결코 수정된 것은 아니다. 오히려 그 관계는 보다 미묘하고 예리하게 조정되고 있다. 그리고 역사소설은 그 용어가 제시하듯 역사와 소설 간의 관계를 가장 원시적이고 원초적인 형태로 드러내는 장르다.

역사가 소설에 도입되는 경우는 대개 다음의 세 가지 방식으로 분류될 수 있을 것이다. 가장 소박한 첫 단계가 역사를 단순한 사담으로 소설화하는 것인데 이것은 주제가 박약하고 통시적으로 이야기의 줄거리를 늘어놓는다. 뒤마의 『삼총사』와 같은 것이 서구 문학의 대표적인 예이며 우리의 경우 김동인의 야담과 근년에 발표되는 박종화류의 역사소설이 그것이다. 옛날이야기로서의 역사소설은 기존의 사실적 증거에 통속적인 흥미를 가미한 것으로 줄거리의 긴박감 외에 특별한 주제를 발견하기 힘들며 따라서 진실을 탐구하기 위한 질적 변형의 고민, 언어의 내밀한 고통이 수반되지 않는다. 이야기로서의 저급한 단계를 극복하고 단일한 주제 아래 역사를 문학으로 조정시켰을 때 나타나는 것이 계몽적인 역사소설이다. 이광수의 『마의태자』 『이순신』 혹은 김동인의 『대수양』 『젊은 그들』과 같은, 이른바 '민족주의를 밀수입하기 위해 포장한' 이런 유의 소설들은 미리 계획된 목적을 펴기 위해 역사적 사실을 의도된 구조로 변형시킨다. 여기서의 계획된 목적이란 문학의 내적 논리성에 의한 것이 아니라 문학 외적, 가령 민족주의라든가 민중 계몽, 또는 정치적 이데올로기의 전파와 같은 것이며 의도된 구조란 목적한 바를 뚜렷하게 부조시키기 위해 주제를 단순 간명화시키고 그리하여 독자에게 뚜렷한 즉물적 반응을 얻도록 구성된 것이다. 이들의 사회참여적인 성격은 고전적인 소설 형태에서는 주인공을 영웅화하고 내적 기미를 사상시켜 한 거인의 모습을 통해 작가의 의도된 사상을 독자에게 전달시켜주며 현대소설의 경우에는 그 상당수가 전형화되어 이데올로기적인 도식의 주인공으로 메말라진다. 이들이 제공하는 영웅 또는 전형은 그 소설이 제작될 당시의 이념적인 인간상으로 나타나지만 그 시대가 변화하며 인간성이 바뀌면 그 인물의 역할도 끝나고 계몽적인 의도도 종결되고 만다(심지어 소련에서 사회주의·사실주의의 대표작으로 꼽히는 숄로호프의 『고요한 돈강』이 작가의 생애 동안 정치적 변동에 따라 여러 차례 개작되어야 했다).

역사소설이 훌륭한 문학적 성과를 얻기 위해 취할 수 있는 가장 바람직한 형식은 인간과 사회가 시대와 함께 움직이는 이른바 대하소설이다. 톨스토이의 『전쟁과 평화』, 토마스 만의 『부덴부로크 일가』 혹은 박경리의 『토지』와 같은 소설들은 한 시대를 배경으로 역사와 허구가 긴밀한 상관관계를 맺으며 시대적 특성이 개인의 성격에 투영되고 인간이 사회의 움직임과 대결하는, 하나의 세계를 파노라마로 전시하는 총체소설을 이룬다. 이것은 학문으로서의 역사가 위치한 반대편에서 한 시대사를 구현하고 있으며 인간의 문학이 하나의 세계를 포용하는 규모로 확대하여 잠재된 또 다른 역사를 기술하는 것이다. 대하소설이 방대한 규모로 수세대에 걸친 인간형을 복합적인 테마로 묘사하는 것은 따라서 너무나 당연한 구조적 특성이다. 그리고 여기에 제시된 숱한 테마들, 작가의 발언은 단순히 작가 당대의 상황 의식으로 제한되지 않고 그것이 지닌 통시적인 세계성 그대로 시대와 사회를 뛰어넘는 보편성으로 확산, 고양된다.

그러나 서두에 인용된 최근의 단편 역사소설들은 이상의 여러 역사소설 유형의 어느 것에도 포함시키기 어렵다. 우선 그들이 김동인식의 야사담과 다른 것은 물론이지만 계몽적인 의도나 대하적인 성격을 갖지 않고 있음은 그것들이 단편이란 제한된 성격을 선택하고 있다는 데서 분명해진다. 단편은 공간적인 단면을 보여준다는 일반적인 설명이 어김없는 사실이며 역사란 그 어휘 자체 내에 시간적인 종면이란 특성을 갖고 있다. 따라서 그것들이 야담이 아닌 한, 단편 역사소설이란 말은 그 스스로 성격적인 충돌을 일으킨다. 실제로 앞의 소설들은 영웅적인 인물들을 내세우고 있지만 춘원의 역사소설들처럼 교훈적인 계몽 의식으로 분장되어 있지도 않으며 대하소설의 기축이 되는 역사관을 피력할 여유를 갖지 못한다(이병주의 「변명」, 박태순의 「무비불선생」은 물론 여기서 말하는 단편 역사소설과 같은 유로 포함시키지 않는다). 조해일의 「임꺽정」이 단순한 한 조각 에피소드로 이루어졌다는 점은 따라서 조금도 이상한 일이 아니며 여타의 단편 역사소설이 정사적인 사실을 윤색한 수준에 머물지 못했다는 것 역시 불편한 대로나마 당연하게 받아들여지는 것이다.

그렇다면 근래 시도되는 단편 역사소설의 의미는 무엇일까. 그것은 바로 앞에서 가한 분석을 좀더 진전시킬 때 분명해진다. 단편이 지닌 '현실의 단면적 묘사'란 구조적 특성을 소설에 도입된 역사와 결합시킬 때 그것은 현재의 상황 의식을 사실(史實)이란 소재를 통해 표현한다는 결론이 도출된다. 그들은 오늘의 이야기를 하기 위해 과거의 언어를 사용한 것이다. 그들의 입술에서는 임꺽정을, 만적을, 지귀를 이야기하고 있지만 그들의 시선은 현재의 사건으로 모여지고 있다. 이것은 물론 편법이다. 작가들이 편법을 이용하고 있다는 것 자체가 오늘의 정신적 상황을 예리하게 반증하고 있다. 박용숙의 「지귀정전」과 유금호의 「만적」은 전통적인 전기체로, 윤정규의 「탈선박충희전」은 풍자체로, 조해일의 「임꺽정」은 삽화체로 각각 상이한 접근 방법을 쓰고 있지만 그 인물들이 난세의 반역아였다는 사실에는 일맥상통하고 있다. 굳이 이러한 인물들을 전면으로 제시한 그 의도, 그리고 그 의도가 형성되게끔 만든 현실의 상황 의식을 여기서 설명할 필요는 없을 것이다. 다만, 첨언할 것은 그 의도는 높이 평가하고 깊이 이해하겠지만 문학이 의도만으로 성공을 거둘 수 없다는 사실의 재확인이다. 조해일의 「임꺽정」이 상황 의식과 역사적 사건을 배합하는 최선의 방법으로 삽화체를 선택하여 다른 작품들보다 훨씬 많은 효과를 거두고는 있지만 단편의 한계성과 역사의 통시성이란 어색한 기본 관계를 근본적으로 극복한 것은 아니다.

2

기초적으로 기독교의 개념인 미래가 문학의 양식 속에 수용되었을 때 그것은 낙관적인 소망 의식의 성격을 갖고 있었다. 가령 르네상스기의 3대 비극적 유토피아 소설로 지명되는 토마스 모어의 『유토피아』, 캄파넬라의 『태양의 도시』, 안드레아의 『기독교국』 역시 구약의 예언서가 보이는 세계관과 미래상을 크게 벗어나지 않는다. 이들은 당대의 신앙적·도덕적 타락과 현실의 모순을 비판하고 구원의 가능성으로부터 점점 더 이탈해가는 인간의 존재 양식에 비극적인 견해를 보이고 있지만 영원한 이상향의 구현이 전제되어 있었고 현세적인 고난은 보상받을 것으로 믿고 있었다. 전통적인 기독교의 미래관이 근거한 피안의, 종말적인 유토피아에의 약속은 그러나 문예부흥 이후 인간중심주의 사상의 패배와 과학의 발전으로 차안의 현세적인 낙관론으로 변질된다. 산업혁명 이후의 진보주의와 실증주의의 세계에서 인간의 이상향은 인류의 종말에서 현재 전망되는 가까운 앞날로 당겨졌고 그것도 신화적인 천국이 아니라 지상의 왕국에서 실현될 것으로 보았다.

그러나 20세기의 미래 소설들은 이러한 낙관적인 미래상이 허무한 환상에 불과하다는 데 일치된 견해를 표명한다. 현대의 3대 미래 소설인 예브게니 자미아틴의 『우리들』, 올더스 헉슬리의 『멋진 신세계』, 조지 오웰의 『1984년』은 부정적 유토피아관을 보이는 데는 충분한 근거를 갖고 있을 뿐만 아니라 오늘의 비극적인 세계를 보다 투철하게 파악하고 있는 것으로 이해된다. 그들은 진보를 위한 소비에트 혁명이 인간의 자유와 자아를 오히려 협박하는 반진보적이라는 사실을 명백히 목격했으며, 두 차례에 걸친 세계대전은 영구 평화에 대한 기대를 잔인하게 깨뜨리고 있다는 사실을 확인했고, 충족된 문명 생활을 약속시켜주던 과학만능주의는 인간의 내적 공허를 초래하고 있다는 사실을 확신시켜주었다. 그들은 무엇보다 거대한 조직과 통제를 향해 줄달음치는 사회 속에 인간은 그 스스로 무의미한 원자로 위축되어간다는 사실에 경악하지 않을 수 없었다. 미래가 다가오면 다가올수록, 예정된 대로 실현되면 실현될수록 그 미래는 현재보다 더욱 암담하고 잔혹하며 가혹한 것으로 보였다. 그것은 인간이 돌아가기를 갈망하는 이상향으로부터 점점 더 멀어지고 있었다!

그리하여 20세기의 미래 소설에는 몇 가지 패턴이 나타난다. 1920년대의 『우리들』, 1930년대의 『멋진 신세계』, 1940년대의 『1984년』의 세계는 어떤 대변혁(가령 오랫동안 계속된 대전쟁)을 거친 후의 시점에서 출발한다. 이 급격한 이변은 전시대(前時代)와 전혀 다른 정치적·사회적 상황을 초래한다. 이 세계의 지배자는 '은혜주' '포드주' '대형'과 같은 비인격적인 전능자이며 이를 만능의 신으로 숭배하는 인간들은 철저하게 자율성을 상실한, 기계의 한 부속품으로 변형된다. 전능적인 지배자와 하나의 기능적 부속품 간의 관계는 완벽한 계획과 통제로 매어 있다. 일체의 항의와 주장이 봉쇄되며 일탈과 반항이 부정된다. 『우리들』의 인간들은 이름을 잃고 번호로 대치되며 『멋진 신세계』는 사회체제의 유지에 필요한 각계각층의 인간이 인공 부화에 의해 계획 수급되고 『1984년』은 사실의 왜곡 교육과 무소부재한 정보망으로 계층 사회의 조직 체계를 치밀하게 유지시킨다. 이 같은 미래 사회에 대한 반감은 현대의 미래 소설가들에게 공통된 현상으로 부조된다. 미래에의 기대를 부정하고 행복했던 과거의 시간을 찾으려는 절망적인 주인공들이 등장하는 것은 이 때문이다.

『멋진 신세계』의 버너드는 '원시적인 감수성' 때문에 '신시대'에 적응하지 못하고, 오늘날의 인간처럼 태생으로 '원시인 보존 지역'에서 성장한 존은 '문명 세계'에의 적응을 거부하고 셰익스피어를 탐독하며 과거의 감수성으로 되돌아가려는 욕망이 실패하자 자살해버린다. 『1984년』의 윈스턴 스미스의 경우도 마찬가지다. 그는 금제된 일기를 쓰고 본능적인 사랑을 탐구하며 과거의 유물을 수집하고 이제는 잃어버린 옛날의 노래를 기억하려고 애쓴다. 그의 반역은 정치적 혹은 행동적 저항이 아니다. 그 시대에 반하는 과거의 유습을 반추하는 데 있었다. 이 주인공들은 더 좋아질 미래를 기대하는 것이 아니라 좋았던 과거를 회상한다. 그것이 곧 미래의 당대 현실에 대한 유일한 저항이었으며 이러한 주인공의 사고와 행동 패턴 속에 작가의 암울한 미래 부정 의식이 드러난다.

이 같은 비관적 미래관은 물론 현재의 부정적 상황에 대한 비극적 통찰에서 연유된 것이다. 러시아의 혁명에 참여했던 건축기사 자미아틴의 『우리들』은 볼셰비키 집권 이후 기대의 파탄에서 썩어진 것이며, 명문 과학자의 출신으로 백과전서적인 지식을 갖고 있는 헉슬리의 『멋진 신세계』는 과학 만능의 진화된 세계에 대한 회의에서 구상된 것이고, 제국주의에 반대하여 스페인 내란에 참여했다가 환멸을 안고 농장에 칩거한 오웰의 『1984년』은 스탈린 치하의 소비에트 체제와 2차 대전의 침통한 충격에서 발단된 것이다. 조해일의 소설 「1998년」 역시 현실적인 충격에서 오웰적 악몽을 발견한다. 조해일은 우리가 쓰라리게 체험한 일련의 사태를 그대로 단편소설의 양식에 도입, 알레고리적인 미래 소설로 구성한다. 어느 날 갑자기 일어난 진공권의 이상 팽창, 대기권의 축소 때문에 고개를 들지 못하고 어깨를 숙여 걸어야 하는 시민들, 무심코 고개를 들었다가 넘어져 목숨을 잃는 학생들, 진상을 학생들에게 알릴 것을 만류하는 교장과 제자들에게 현실을 정직하게 인식시킬 것을 주장하는 교사, 그 주장을 취소하고 침묵할 것을 강요하는 기상국원 등의 잇단 사건들은 아무런 추리가 필요 없이 우리가 생생하게 기억하는 사건들을 명백히 연상시켜준다. 그것들은 모두 현재의 시제를 갖고 있다. 작가가 여기서 우화적인 수법을 활용한 것은 진공권의 하강이란 기상천외한 사태의 설정뿐이며 '1998년'이란 미래 시제의 제목은 그 사태가 종결되는 '후일담' 부분에만 해당된다.

따라서 조해일의 이 소설은 오웰적인 악몽의 공포를 제공하는 점에서는 미래 소설의 플롯을 보이고 있지만 그 악몽의 실체는 지금의 현실이다. 더욱이 『1984년』을 비롯한 여타의 미래 소설

은 현재의 상황에서 가능하게 추리되는 미래의 어떤 사회를 구조
적으로 설정하며 그 미래에 대한 전반적인 견해를 밝히고 있는데
「1998년」은 그 같은 거시적인 상과 관점을 드러낼 여지를 갖지 않
는다. 거듭 말하자면 조해일은 마치 「임꺽정」에서 그랬던 것처럼
이 단편에서도 현재의 우리가 당면하고 있는 상황에 대한 부정적
도구로써 미래 소설의 양식을 취하고 있다. 이 점에서 그는 「임꺽
정」의 삽화적 수법 이용처럼 알레고리 수법을 효과적으로 도입하
여 미래 소설적인 충격적 공포감을 던져주면서 현재의 진상을 재
천명해준다. 그러나 여기서도 「1998년」의 한계는 나타난다. 현재
의 알레고리로 설정된 미래가 비전으로 전시되지 못하고 있어 지
속적인 공포감을 제공하지 않고 있다. 그러면서 이 소설은 미래 소
설이 일반적인 함정으로 지니고 있는 주제 의식의 과잉이란 약점
을 벗지 못하고 있다. 사태는 지나치게 도식적으로 수용되어 있고
변형의 가능성은 위축되어 있다. 이 소설에서 가장 효과적인 부분
은 결론에서 꼽추만이 자유로이 뛰어다닐 수 있다는 해학적인 기
술뿐이다.

3

하나의 작가적 의도가 성공적인 작품으로 나타나기까지에는 적
절한 소재의 선택과 주제의 치밀한 형성 그리고 효과적인 표현법

간의 긴밀한 조화가 이루어져야 한다. 이것은 좋은 의도가 반드시 좋은 작품을 만들 수 없다는 기초적 공리를 이룬다. 오히려 상당수의 경우 야심적인 의도 때문에 오히려 그것의 문학적 성과는 조잡한 수준으로 탈락하는 예를 보여준다. 대표적인 경우가 어떤 목적을 위한 선전 문학인데 춘원의 계몽적인 역사소설이 실패하는 것은 주제와 표현법에서 필요한 긴장감보다 문학적 논리 밖의, 작가 의도가 과잉된 상태로 노출됐기 때문이다. 탁월한 작품은 오히려 작가의 의도를 반(反)해서, 당초 작가가 계획했던 주제의 폭을 넘어서 작가 자신이 설계하지 못한, 문학의 보다 높은 논리를 구축함으로써 가능한 경우가 많다. 그것은 도스토옙스키가 『악령』을 쓰면서 당초 그리 주목하지 않은 스타브로긴이란 인물의 개성을 발견, 그에 매혹당하자 그를 주인공으로 작품을 처음부터 다시 쓰기 시작했다는 사실에서도 잘 드러난다.

작가의 의도를 가능한 한 배제함으로써 오히려 강화될 수 있는 작품의 주제는 그것이 택하고 있는 양식과 기법, 문체를 통해 육화된다. 하나의 테마가 최상의 표현법을 얻기 위해서는 그 모두가, 소설을 구성하는 각종 요소가 유기적인 관계와 균형 있는 밀도로 종합되어야 한다. 환언하면 우수한 문학은 문장의 형태, 시점의 선택, 플롯의 설정이 통합적인 긴장감을 갖고 주제의 표현으로 수렴한다. 따라서 그 주제가 당대의 현실을 투철히 탐구·반영하는 것이라면 문장 하나, 사소하게 생각되는 기법 하나가 그 시대의 문화적 성격의 핵심과 깊은 관련을 맺는다. 예컨대 조이스의 『율리시즈』가 의식의 흐름을 기법으로 선택하고 그에 상응하는 문체와 구조를 발견한 것은 현대인의 심층 분석이란 어려운 작업과 직결되는 것이다. 문학의 논리적 구조에 어떤 불균형, 괴리가 있을 때 그 작품의 성과가 소극적이며 감동이 적은 것은 당연한 일이다.

조해일의 「임껍정」과 「1998년」이 그의 다른 작품들보다 감명의 밀도가 부족한 것은 육화의 창작 과정이 부실한 채 과잉된 의도가 거칠게 드러나 있다는 것과, 이에 관련된 말이지만 그의 주제가 적절한 표현법을 얻지 못하고 있다는 데 기인한다. 오히려 최근의 그의 문제작은 비슷한 의도로 발상되었지만 정당한 표현 양식으로 육화된 「무쇠탈」(『문학과지성』 12호)이다. 행복한 신혼부부의 아파트에 어느 날 강도가 침입하여 그들이 그처럼 아끼고 모은 재산들을 강탈한 후 여유 있고 늠름하게 자기들끼리 도박판을 벌이고 마침내 여인까지 강탈한다는 단순한 줄거리로 구성된 「무쇠탈」은 충격적인 공포감을 던져주면서 독자들에게 쓰라린 배신감을 안겨준다. 그것은 주객이 전도된 상태, 그것이 결코 교정 내지 보상되지 않는다는 상황 의식으로 독자들의 안정감을 악몽처럼 기습하는 것이다. 이 「무쇠탈」이 던져주는 전율과 그것이 상징하는 의미를 「임껍정」과 「1998년」에 비교할 때 의도와 주제, 주제와 표현 방법 간의 관계는 보다 명백해진다.

「무쇠탈」에서 작가의 의도는 표면에서 완벽히 배제되어 적반하장의 강도와 같은 현실이 던지는 고통스러운 상황 의식 속에 용해되어 있다. 그리하여 이야기의 구성과 묘사법은 우리가 일상적으로 체험할 수 있는 평범한 사건의 설명에 집중되어 있다. 그러나 독자는 이 단편을 다 읽었을 때 그 늠름한 강도의 행동이 신문의 3면 기사 이상의 어떤 의미로 마음을 사로잡는다는 것을 깨닫는다. 그 의미가 정확히 무엇인지 정체를 굳이 추리해볼 필요까지는 없다. 다만 불길한 예감, 전도된 상태에 대한 불쾌감으로 충분하다. 작가는 그것으로 자신이 제공하려는 주제를 훌륭히 전달한 것이다. 정확히 말하자면 「임꺽정」은 그 같은 불쾌한 전도 상태를 바로잡아 줄 바람직한 영웅을 기다리는 마음으로 씌어진 것이고 「1998년」은 「무쇠탈」이 던져주는 불길한 예감의 구상적인 모습으로 그려진 것이다. 이 작품들에서 보인 작가의 의도는 우리의 지적 분위기 속에서 극히 대담하고 용기 있는 발언으로 나타난 것이다. 특히 「1998년」의 독자가 가질 수 있는 경악감은 그 작품이 제공하는 전율적인 풍속도의 기인성보다 그 그림을 그릴 수 있는 작가의 충격적인 용기에서 더 많이 얻어진 것이다. 그 정직한 용기와 대담한 발언 욕구에 무한한 존경심을 가지면서도 우리가 미흡하게 여기는 것은 현실의 풍속과 욕구가 지나치게 직설 화법으로 전개되어 주제를 도식화하고 그리하여 플러스 알파의 내정적 함축성을 약화시키고 있다는 데 있다.

「무쇠탈」에서 극도의 효과를 얻은 함축성이 「임꺽정」과 「1998년」에서 약화된 것은 전술한 대로 주제에 상응하는 적절한 표현 방식을 취할 수 없었다는 데 가장 큰 원인이 있다. 이 두 소설은 명백히 현재의 상황에 대한 비난과 극복의 탐구를 주제로 하고 있는데, 이러한 상황 의식이 과거의 언어와 미래의 언어를 사용한 데서 주제와 표현 간의 차질이 야기된 것이다. 역사와 미래를 문학으로 수용하면서 최상의 효과를 얻기 위해서는 과거든 미래든 한 시대의 특수한 상황을 통찰하면서 그것을 뛰어넘는 보편적인 진실을 발견해야 한다. 현재를 시제로 한 뛰어난 문학 역시 이와 마찬가지이지만 현재의 문학은 현재의 상황에 대한 투철한 인식과 더불어 보편적인 리얼리티가 함께 얻어지는 반면 다른 시대를 설정한 문학은 그 시대와 현재의 상황 의식 간에 빚어지기 쉬운 충돌 때문에 작가에게 더 많은 사고와 인식 능력을 요구하는 것이다. 역사소설이 위대한 작가에게서만 성공할 수 있는 것은 이 때문이며 미래 소설이 일반적으로 격조가 떨어지는 것 역시 이 때문이다. 조해일의 과거 혹은 미래 소설이 현재를 이야기하기 위해 과거 혹은 미래를 도입함으로써 오히려 주제와 표현 양식 간의 충돌을 일으킨 것은 이 작품의 효과를 줄이는 원인이 되었다. 이것은 「무쇠탈」이 현재 시제를 사용함으로써 획득한 성과와 좋은 대조가 된다.

왜 그는 부적절한 표현 형식을 취했을까. 상식적인 해석이지만 조해일은 긴박한 사태에 짓눌려 현실의 속도만큼 긴박한 심정으로 현실을 받아들이고 있으며, 그에 대한 발언을 실제적으로 안전하게 표명하기 위해 과거와 미래로 위장된 보호색을 차용한 것으로 추측된다. 그것은 조해일을 위해서, 그리고 오늘의 작가 상황과 지적 풍토를 위해서 안타까운 일이다. 현실을 현재의 언어로 표현하지 못하는 아픔은 오늘의 많은 작가·문필가 들에게 어색한 우회

화법을 택할 수밖에 없게 만든다. 그것은 공인된 사실이다. 이러한 풍토 때문에 작가는 육화되지 못한 상태로 발언해야 하고 독자는 작가의 의도만 파악하는 것으로 만족하게 되는 것이다. 「1998년」과 「임꺽정」이 소기의 성과를 얻지 못한 것은 따라서 조해일의 개인적 잘못으로 돌릴 수 없게 한다. 그것은 오늘의 한국 작가가 공동의 고통 속에 처해 있음을 재확인시켜주면서 최인훈·이청준의 지식인 소설이 정당하게 이해, 주목되어야 할 것을 환기시켜주는 것이다.

〔『문학과지성』, 1973년 가을호〕

수혜국 지식인의 자기 인식

—조해일의 「아메리카」를 중심으로

조해일의 「아메리카」를 중심으로 하여 내가 제기하고 싶은 문제는 다음 세 가지다. 1) 양식의 새로운 탐구는 어떤 배경에서 이루어지며 그것은 우리에게 필요한 것인가, 2) 개방된, 그러나 후진된 사회에서의 민족적 열등 콤플렉스는 무엇이며 어떻게 극복할 것인가, 3) 한 개인의 각성과 대사회적 관심의 확대는 어떤 과정을 통해 이루어지는가. 처음 것은 장르 또는 기법과 사회구조와의 관계에 관한 문제이며 둘째 것은 오늘의 우리 스스로의 주체성에 대한 확인의 문제이고 셋째 것은 개인주의의 성립 여부에 대한 진단의 문제이다. 이런 거창한 문제들을 한 신인의 중편을 대상으로 고찰한다는 것은 모험에 가까우리라. 그러나 다행히 우리는 최근의 문학에서 여러 가지 많은 징조를 발견하게 되며 여러 주목할 작가들의 조용한 움직임들은 근래의 수작(秀作)으로 평가되어야 할 「아메리카」를 통해 적절히 조준될 수 있으리라 믿게 한다.

1

「아메리카」는 근래의 한국 문학에 성행하고 있는 중편의 양식을
취하고 있다. 그러나 '중편'이란 문학적인 개념으로 확립된 것도
아니며 장르적 구분을 받는 것도 아니다. 세계문학에서 단편과 장
편의 중간 규모급 소설을 발견하기란 어렵지 않지만 '중편'이란 명
칭을 정식으로 획득한 것은 아니며 6·25 전까지의 우리 문학사에
서도 찾아내기 어려운 양식이다. 중편은 분명히 단편과 장편의 중
간 존재라는 편의적인 위치를 갖고 있고 장편을 축소한 것, 또는
단편을 길게 늘인 것이라는 애매한 성격을 지니고 있다. 최근의 왕
성한 중편 중에서도 박태순의 『단씨(段氏)의 형제들』과 황석영의
『한씨연대기』는 장편을 압축한, 이청준의 『소문의 벽』과 이문구의
『관촌수필』은 단편을 늘린 구조로 구성되어 있다. 그렇다고 해서
최근 수삼 년에 특히 신인들에게 애용되는 중편이 중간 존재라는
간단한 처리로 간과될 수 있을 것인가. 한국 문학사를 관찰할 때
중편은 단편 문학에서 장편 문학으로 이행하는 과도기적 양식으로
보인다. 우리의 근대 소설 문학은 1917년 『매일신보』에 연재를 시
작한 춘원의 장편 『무정』에서부터 출발하고 있지만 이후의 대세는
1919년 『창조』에서 동인이 「약한 자의 슬픔」에서 택한 단편이 지

배한다(한국에서 단편 문학이 장편보다 훨씬 승한 것은 1967년 『동아일보』의 앙케트 집계로 선정된 10개 작품 중 6편이 단편이란 점에서 단적으로 드러난다). 단편의 우세는 발표 통로가 단행본보다 잡지가 압도적이란 출판 구조, 신인의 등장 루트인 추천 또는 신춘문예가 모두 단편을 대상으로 하며 대부분의 문학상이 단편을 우선적으로 취급한다는 문단 구조로 더욱 가세되어왔는데 단편이 갖는 장르적 제약을 극복, 장편 문학이 좀더 고조되어야 한다는 의식과 필요성은 오래전부터 제기·주장되어왔다. 따라서 중편의 출현은 문학의 대형화, 로망의 형성을 위한 전기적인 형성으로 환영될 수 있을 것이다.

그러나 여기서 좀더 중시해야 할 것은 하나의 양식이 갖는 내적 질서다. 단편은 흔히 말해지듯이 현실의 단면이며 장편은 한 세계의 구축이다. 한국 문학에서 장편의 미학이 열세였다는 것은 근본적으로 우리 사회가 구조적인 단순성을 면하지 못하는, 또 한편으로 작가의 현실 인식의 폭이 그만큼 좁고 심화되지 못했음을 반증해준다. 이러한 관점에 설 때 중편 문학의 발전은 한국 사회의 복잡화와 작가의 수용 능력의 확대란 두 가지 측면의 변화를 인정케 한다. 특히 단편적 사상(事象)의 구조를 중편의 규모로 구성한 이청준·이문구 또는 「아메리카」의 조해일의 경우, 이들은 현상을 현상으로서만 포착, 묘사한다기보다 더 깊이, 그 현상의 원인을 천착하고 과정을 분석하며 현상을 둘러싼 배경 전체를 조명함으로써 하나의 사태를 전폭적으로 관찰, 이해하려 든다. 그들은 발견되는,

탐구하는 현실의 사건을 단편으로 구축하기에 규모의, 그리고 구조적인 제약을 느낀다. 중편은 따라서 심층으로 파고들어 추적한 현실의 단면이다. 작가의 눈은 그만큼 예리하고 포괄적으로 되었으며 또 그만큼, 현실은 깊이 관찰하고 추리하며 심사숙고되어야 할 대상으로 화한 것이다.

작가의 인식 능력의 확대와 한국 현실의 심화, 복잡화 현상은 중편의 대두만으로 입증되는 것이 아니다. 현실과 문학 의식 간의 긴밀한 연관성은 몇 가지 새로운 경향의 등장으로 더욱 확증된다. 내가 여기서 주목하고 있는 최근의 문학적 현상으로는 스타일 면에서 산문시(散文詩)에 대한 새로운 관심, 시와 소설에서 공통으로 나타나는 연작(連作)의 성행 그리고 기법(技法) 면에서 왕성하게 전개되고 있는 몇 가지 실험들이다.

『질마재 신화』의 서정주, 「바다」 「안개」의 송욱에서부터 「절망시」의 이승훈, 「사랑 사설」 「사물의 꿈」의 정현종 등 1960년대 시인들에게까지 광범하게 제작되고 있는 산문시는 김현이 이러한 경향에 주목, 「산문시 소고」에서 지적하듯이 우리 시에 일반적으로 나타나고 있는 회화적 이미지 편중을 극복하고 음악적 리듬을 파탄시킴으로써 새로운 조형과 음율의 창조를 시도하는 것으로 해석될 수 있다. 여기서 말하는 새로운 조형이란 언어의 의미성인데 이것은 자유시로서도 감당할 수 없는 성격을 갖는다. 정형시 또는 그보다 훨씬 해방된 자유시는 세련된 감수성과 보편적인 이념의 산물이다. 산문시는 따라서 종래의 세련성으로는 수용할 수 없는 감성의 표현, 현실의 혼란이 제기하는 스타일로 파악될 수 있다. 엄격한 정형시로서의 시조가 조선 후기의 사회적 변동을 감내하지 못하여 산문시 성격, 적어도 자유시형으로 볼 수밖에 없는 사설시조를 생산하지 않을 수 없었던 점, 식민지 사회로 심화되고 지식인의 내적 갈등이 혹독해진 1930년대에 『님의 침묵』의 한용운, 『오감도』의 이상에 의해 산문시가 개척되었다는 점은 오늘의 산문시에 대한 관심과 결코 무관하지 않을 것이다. 시와 소설에서의 연작의 취향은 더욱 폭넓게 유행한다. 시의 경우, 최근작만 하더라도 박목월의 「사력질」, 박두진의 「사도행전」, 황동규의 「열하일기」, 이성부의 「전라도」 「광주」, 조태일의 「식칼론」 「국토」, 박제천의 「장자시」 「허수아비가」를 비롯, 연작시를 갖지 않은 시인이 드물 정도며 소설 문학에서도 최인훈이 「크리스마스 캐럴」 『총독의 소리』 「소설가 구보씨의 일일」 「갈대의 사계」로 다채롭게 전개한 이래 서기원의 『마록열전』 박태순의 「홍역」 최인호의 「전람회의 그림」으로 확대되고 있다. 연작이란, 같은 제목으로 다른 내용을 담는 구조적 특성으로 하나의 사상을 여러 각도로 조명·반추하는 행위의 양식이다. 따라서 연작의 채택은 중편의 경우처럼 작가의 현실에 대한 인식의 깊이와 대상으로서의 현상의 복잡함이 그만큼 더 심해졌음을 반영하는 것인데, 이 장르의 실험으로 성공한 서기원 스스로도 "현실이 복잡, 애매해진 만큼 작가의 관찰도 계속 반복되어야 하는데 그러한 사고 방법의 결과가 연작"(『동아일보』 1972. 7. 22)이라고 자신의 연작 행위를 해명하고 있다.

특히 최근의 문단에서 두드러지게 나타나는 점은 다양하게 개척되고 있는 실험소설들이다. 나로서는 최인훈의 「총독의 소리」와 「주석의 소리」, 서기원의 「마록열전 4」에서 시도되고 있는, 주인공 인물이 배제되고 스토리가 없는 연설문체의 소설, 역시 서기원의 연작 「마록열전」에서 성공하고 있는, 이조와 현대의 교묘한 오버랩을 통한 과거·현대의 동일 평면적 수용의 소설, 이청준의 「매잡이」「소문의 벽」에서 극적인 효과를 얻는, 소설 속에 소설을 투입하여 복합적인 스토리를 전개하는 중층구조의 소설에 대해 어떤 명칭을 부여할 것인지 망설이고 있다. 나는 잠정적으로 최인훈의 기법에 대해서는 무인칭 소설, 서기원의 실험은 시간적 모자이크 수법, 이청준의 성과는 스토리 모자이크 수법이란 어색한 이름을 붙였는데 그 적격성 여부와는 관련 없이, 전통적인 작법을 파기한 이 같은 기법의 개척은 피카레스크 수법의 왕성(최인훈의 『서유기』, 김승옥의 『내가 훔친 여름』, 홍성원의 「무전여행」, 박태순의 「낮에 나온 반달」)과 이상 이후 단절되었던 초현실주의의 도입(이제하의 『초식』, 최인호의 『타인의 방』「전람회의 그림」)과 더불어 중시해야 할 현상으로 지목한다. 새로운 기법의 탐구는 새로운 언어미학을 개척하려는 작가의 자연스러운 창조적 노력이다. 그러나 그들은 왜 전통적인 혹은 통상적인 작법에 불만하는가. 이것은 근원적으로 기성의 양식이나 기법이 포용할 수 있기에는 현실이 이미 변모하고 있음을 말해준다. 우리는 최근의 실험에 대해 이렇게 설명할 수 있을 것이다. 최인훈의 무인칭 소설은 한 개인이 정통적인 소설의 차원에서는 도저히 체험할 수 없는 사회의 각양한 모습들을 직접 드러내기 위해서 개인의 주인공을 소설의 배면으로 후퇴시키고 사회 그 자체를 주인공으로 전면에 내세운 도치법이라는 것, 서기원의 시간적 모자이크 수법은 이시적으로 배열되야 할 요소들이 한국의 경우 동시적으로 공존하고 있다는 현실 인식을 기법 자체로 조형했다는 것, 이청준의 스토리 모자이크 수법은 여러 개의 현실이 충돌하여 빚는 갈등의 복합성에 대한 다면적 이해의 산물이라는 것이다.

1970년대로 넘어오면서 제기되는 이상의 여러 경향은 근본적으로 이념과 풍속의 괴리와 마찰의 반응이란 데 수렴시킬 수 있을 것이다. 작가들은 오늘날 『광장』의 '이명준'처럼 광장과 밀실의 사이에서 고민하고 있다. 그들은 현실의 이념에 대해 묻고 풍속에 대해 회의한다. 그들은 관찰하고 사색하고 반추한다. 그들은 사회의 구조적 핵심을 탐구하고 보편성을 추적하며 이념과 현실의 접점을 찾는다. 요컨대 그들은 질문을 계속하고 정당한 질문법을 장르의 개척과 기법의 탐구를 통해 전개한다. 그들의 주인공이 대부분 지식인으로 등장하는 것은 관념의 유희나 언어의 희롱이 아니라 현실에 대한 가장 정확하고 세련된 질문을 통해 오늘의 구조적 모순을 진단하고 갈등적 사회의 핵심을 발견하기 위한 것이다. 조해일의 「아메리카」가 취하고 있는 중편이란 양식은 이 같은 작가 의식의 한 표현으로 이해되어야 한다.

원숭이와 물고기가 커다란 홍수를 만났다. 민첩하고 경험 많은 원숭이는 다행히 나무를 휘어잡아 안전하게 피난했다. 그가 거친 물결을 굽어보니 물고기가 급류와 대항하여 싸우고 있었다. 그는 그 불쌍한 친구를 돕겠다는 인도적인 열의에 가득 차서 팔을 뻗어 물고기를 물에서 건져 올렸다. 놀랍게도 물고기는 이 원조를 전혀 고마워하지 않았다……

이 이야기는 미국의 인류학자로 후진국 개발의 고문역을 지낸 조지 포스터가 『전통문화와 기술 변화의 영향』(George M. Foster, *Traditional Culture and the Impact of Technolopical Change*, Harper & Row, 1962)의 서두에서 돈 아담스의 보고서 가운데 발견하여 인용한 우화다. 돈 아담스의 보고서는 한국에서 교육 고문관을 역임하면서 당면했던 문화적 문제를 분석하면서 앞의 동양의 우화를 소개한 후 이렇게 말했다 한다. "교육 고문관은 그가 일하고 있는 나라의 문화에 대한 열심스런 학생이 되지 않는다면 마치 그 원숭이처럼 행동할 것이고 그만큼 비참한 결단을 내림으로써 극히 떠들썩한 말썽을 일으킬 것이다." 조지 포스터는 돈 아담스의 충고를 전적으로 받아들이면서 "미국인은 문화적 색안경을 쓰고 있으면서도 그러한 사실을 깨닫지 못한다. 그 때문에 우리는 우리가 도와주려고 하는 국민의 필요와 희망을 완벽하게 이해하지 못하고 좁은 의미의 개발계획이 초래하는 경제적·사회적·문화적 결과 전반에 대해서는 무감각해진다"고 자기비판을 가하고 있다.

주로 선진국이 후진국에 가하는 개발원조의 효·무효를 광범한 체험 위에서 분석하고 있는 포스터의 저서는 시혜자로서의 상당히 선량하고 양심적인 설명이지만 그것은 아직도 어디까지나 시혜자의 시점이지 수혜자의 내적 갈등에 대한 관심으로는 발전하지 못하고 있다. 실상 원조를 받는 후진국의 지식인으로서는 지원국의 양심적인 지식인이 털어놓는 자기비판보다 더욱 심각한 자기 학대를 감출 수 없게 된다. 그들은 분명히 도움받는 사람들이고 그 도움은 고맙지만 불편하고 메스꺼우며 거기서 생기는 열등감은 자기 사회와 국민에 대한 애증으로 범벅된다. 그 지식인이 좀더 건강하고 신념 있는 사람이라면 그러한 현실에 전율적인 아픔을 느끼면서도 따뜻하고 힘 있게, 괴로움 속에 살아가는 자기 이웃을 사랑할 수 있으리라. 미군 주둔지에 기생하는 한국인의 삶을 보여주는 조해일의 「아메리카」는 그러한 사랑에서 만들어진 것이다. 작가는 GI의 주머니에 매달려 아웅다웅 버둥거리며 사는 양공주들의 세계를 정시하면 할수록 그들에 대한 속깊은 애정과 때로는 존경까지 가지면서 공동 운명의 연대감을 키우는 것이다. 주인공 '나'가 제대 후의 기신을 위해 찾아가는 당숙의 GI 상대 홀이 있는 'ㅂ리'라는 곳은 "ㄷ읍을 먹여 살리고 부지케 하는 자산의 대부분이 나오는 곳, 그리고 그 ㅂ리의 자산의 대부분을 이루는 것은 주둔 미군들의 호주머니로부터 떨어진 것이라는 것, 그런데 그 자산의 반 이상은 경제활동으로서는 최저의 수단에 속하는 매춘에 의해서 얻어진다는 것"을 특징으로 하고 있다. 주인공은 말하자면 전쟁의 위험에 몰리면서 최저의 수준에서 허덕이는 나라를 보호·지원하기 위해 태평양을 건너는 시혜자로서의 미국과 부유하고 인심 좋은 나라에서 신사적인 태도로 불쌍한 사람 돕기를 즐겨 하는 원조에 기대어 하루의 삶을 잇는 수혜자로서의 한국과의 접촉에서 가장 구체적이고 격렬하게 그 모습을 드러내는 핵심적인, 관계의 현장에 찾아든 것이다. 그러나 그 현장은 결코 아름답거나 행복한 정경만을 갖춘 것은 아니다. 주인공이 현지의 생활에 적응하면서 관찰하는 것은 ㄷ읍의 대부분이 의지하는 ㅂ리의 소득이 한국을 지켜주는 미군의 주머니에서 나오는 달러라는 사실과 함께 그 저편의, 떨어지는 달러를 줍는 한국민의 비굴한 풍속이다. 영어로 쓰인 상점의 간판, 울긋불긋 화려하게 차려입은 여자들의 옷, 월급날이면 유달리 진하게 화장하는 홀의 아가씨들, GI의 기분을 돋우기 위해 초저녁부터 광적인 리듬으로 틀어놓는 음악…… ㅂ리 전체가 미군의 비위를 건드리기는커녕 오히려 유쾌해지도록 신경을 쓴다. 가진 자에게 못 가진 자가 대하는 태도는 이런 애교에만 그치지 않는다. 갑자기 군표가 개혁되어 하룻밤 사이에 몇백 달러의 손실을 보아도 묵묵히 그 손해를 당연스레 받아들이고, 검진 카드를 갖지 못한 아가씨들이 적발되어 미군이 병원에 강제 수용하면 그 조처에 피할 수 없이 응하며, 한국인 쇼걸이 미국인 병사로부터 린치를 당해도 그냥 놔둘 수밖에 없고, 그 쇼걸의 피살에 대한 보상이

단 2만 원의 돈과 '정중한 사과'로 낙착되는, 굴욕과 피해를 담담히 수용·체념하는 인내가 있다. 더욱이 이 같은 생활도 부러움의 대상이 되어 미성년 처녀들까지 클럽 아가씨가 되려고 밀려들고 한 달에 한 명꼴의 자살자가 생기지만 그 아가씨들의 회원 수는 오히려 늘고 있다. 더욱이 미군이 철수하면 이 ㅂ리는 황폐해질 것이고 TO가 줄기만 하는데도 불경기만 심해진다.

그러나 이러한 풍경은 ㅂ리의 것만은 아니다. 그것은 미국으로부터 도움받는 한국의 가장 처참한 표상의 하나일 뿐이다. 우리 사회 곳곳에 한국인의 심정 구석구석에, 은혜를 베푸는 외국인에 대해 비위 맞추는, 그들의 정당성에 대해 말없이 참는, 아니 그 도움의 존재 자체에 매달리는 모습을 숨길 수 없이 드러내고 있다. 우리가 가장 아파하는, 열등감으로 몰려야 하는, 자신의 참담함을 그래도 묵인해야 하는 부분이 그것이다. 주인공이 일주일의 고통스러운 탐색 끝에 "내가 와 있는 곳의 바른 자리와 분명한 의미"로서 도달하는 문제의 핵심을 "가진 나라와 못 가진 나라 사이에 일어나는 여러 가지 갈등 내지는 소외 관계"로 파악하며 그 같은 현상이 "한국인이라는 종족 감정으로 사태를 바라볼 경우 모멸감과 수치감 같은 구제할 길 없는 혼란된 감정"을 유도한다는 것은 극히 정당한 인식과 반응이다. 나는 조해일의 「아메리카」가 이르는 이 같은 사회 파악의 관점이 결코 새롭다거나 예리하다는 데 경탄하는 것이 아니다. 여기서 내가 주목하는 점은 이미 사회학적으로, 혹은 매스컴의 사회면적 기사로 취급되어온 열등 관계에서의 치욕적인 모습을 속임 없이 문학의 양식으로 받아들이고 그것을 거리낌 없이 드러낸다는 사실 자체다. 작가는 현실에 대해서 그리고 자기 자신에 대해서 정직했고, 그 정직함이 흥분한 소영웅주의의 허영이나 성급한 패배주의자의 폭로와 달리 강인하게 자기를 긍정하며 확신 위에 스스로의 위상을 밝히는 노력을 문학적으로 훌륭하게 성취시키고 있는 것이다.

자신과 자신이 속해 있는 사회의 치부(恥部)를 침착하게 탐구하고 그 결과를 서슴없이 공개할 수 있는 것은 작가의 투철한 인식 능력의 확대에서 가능한 것인 동시에 이것은 우리 스스로가 현실을 정시하여 아픔의 소재와 원인을 질문하고 갈등과 모순을 비판할 수 있는 자신을 갖게 되었음을 의미한다. 「아메리카」의 주인공이 현실에 대해 취하는 결단의 방식은 가령 1950년대 작가 전광용에 의해 제시된 「꺼뻐딴 리」의 무국적적인 순응주의와 극단적인 대조를 보인다. 1962년도 동인문학상 수상작인 「꺼뻐딴 리」의 '이인국 박사'는 한 시대의 표피에 떠서 급변하는 흐름을 운 좋게 부류한 인간상을 보인다. 그는 동경제대를 나온 우수한 외과의이며 일제 시대에는 '국어(일어—필자주) 상용의 가(家)'란 표창을 받고 해방 후 친일파로 몰려 수감되어 있는 동안에 소련어를 독습하고 소군 장교에게 혹 수술을 해주어 처벌을 피하여 아들을 소련으로 유학시킨다. 6·25로 월남 후 미 대사관원에 아첨하여 딸을 도미시키고 그 자신도 국무성 초청의 미국 시찰 기회를 얻는 데 성공한다. 그 자신은 자부한다. "흥 그 사마귀 같은 일본놈들 틈에서도 살았고 닥따귀 같은 로스케 속에서도 살아왔는데, 양키라고 다를까…… 혁명이 일겠으면 일구, 나라가 바뀌겠으면 바뀌구 아직 이 인국의 살 구멍은 막히지 않았다." "그럼, 어쩐단 말이야, 식민지 백성이 별수 있었어, 날구 뛴들 소용이 있느냐 말이야" 하고 친일 행위로 수감되었을 때 자신을 변명하는 이인국의 '주는 떡을 안 먹은 놈이 바보'라는 인생관은 시대의 아픔에 아랑곳없이, 그 사회의 질곡과는 무연하게 살아온 숱한 한국인의 무의지적인 삶의 치욕스러운 방식을 극화시킨다. 전통적인 체념도 아닌, '꺼삐딴 리'의 국적 포기의 방자한 시류 의탁성은 1970년대로 넘어오면서 1960년대 작가에 의해 진지한 반성과 커다란 수정을 받게 된다.

조국의 참담한 삶에 대한 혐오와 미국에 대한 동경 때문에 억지로 도미한 한 지식인이 그럼에도 불구하고 미국에 적응할 수 없어 광태를 일으키는 박시정의 「날갯소리」 이후 외국에 대한 열등의식을 정시하고 민족이란 단위에서 그 콤플렉스와 대결하는 자기 확인의 의지적 선택이 넓은 편차를 가지고 이루어지기 시작한다. 「날갯소리」의 박시정은 도미 유학생 또는 주한 미국인이 타문화에의 적응에 실패하는 인간의 내적 갈등을 묘사하고 있는 데 비해 신상웅의 「분노의 일기」는 미군의 한국인에 대한 나쁜 선입견과 한국인의 미국에 대한 비굴한 열등감을 수정하려는 한국군 장교의 노력이 좌절하는 과정을 현실 비판의 눈으로 추적하고 있고 한문영의 「후예」는 조부의 완고한 적대감, 부의 무기력한 체념, 손자의 적극적인 화해로 충돌하는 삼대 간의 상이한 대일감이 빚는 파탄을 그리고 있다. 유재용의 「꼬리 달린 사람」은 위의 각도와는 달리 원시민족임을 치욕으로 받아들여 성급하게 백인 생활 방식으로 뛰어드는 흑인과 도시의 문명적 정글로부터 벗어나 원시의 정글 속에서 정신의 회복을 얻으려는 미국인의 사이에서 황인종의 자기 긍정적인 제3의 통로를 다행스레 여기고 있다. 박시정의 한계인에 대한 분석, 유재용의 문화인류학적 비교, 신상웅의 국민적 편견에 대한 증오, 한문영의 역사적 체험과 현실적 필요에서 빚어지는 세대 간의 마찰은 오늘의 한국인의 대외 의식, 역으로 말하면 한민족으로서의 자의식을 반영하고 있는데 이 모두가 「꺼삐딴 리」의 무정견한 타자 지향 의식을 극복하는 것이다. 조해일의 「아메리카」는 위 네 사람이 갖는 갈등·증오·좌절, 혹은 비교의 요소가 거의 없다. 그럼에도 불구하고 그는 은혜를 입히는 미국인과 은혜를 받는 한국인 사이의 국민적 관계와 개인적 관계를 다 같이 통합시켜 불균형스러운 그 관계가 형성하는 양상들을 ㅂ리의 풍속으로 구성하고 있다. 그는 우리 스스로의 '윤리적 타락'까지 순순히 이해하면서 GI의 만행에 대해서도 증오 대신 인간스러움을 발견하고(쇼걸을 죽인 후 흑인 병사가 취한 몰골에 대한 '옥화'의 설명을 보라) 미군 때문에 생계를 벌 수 있는 사회 구조를 확인하면서도 그들의 일방적인 결정에 따라 한국인의 득실이 커다란 진폭을 갖고 흔들린다는 현실의 여건도 정확하게 인식한다. 미국은 우리 사회와 의식에 들어와 있는 실체이며 도움과 도움받는 괴로움이 동시에 얽힌 관계의 한쪽이라는 것을 「아메리카」는 적시해주면서 이러한 현실

인식이 자기 확대의 결단으로 인도되어야 한다는 자각을 요청하고
있는 것이다.

4

나는 「아메리카」의 주인공이 이르는 각성과 결단의 과정에 깊은
감명을 받는다. 양공주의 참담한 세계에 뛰어드는 '나'의 선택은
'자의적인 참여의 문제가 아니라 차라리 의무적 병역'으로서 '자
기 시대라는 노예선에 승선'하는, 카뮈의 이른바 '참여engager'보다
'더 정당한' '역사에의 동승embarquér'(웁살 대학에서의 강연 「예술
가와 그의 시대」)의 행위를 보여주기 때문이다. 「아메리카」의 '나'
는 카뮈의 『페스트』가 무대를 이루는 오랑시의 '랑베르'다. 이전
에 특파된 신문 기자 랑베르는 만연한 페스트 때문에 폐쇄된 오랑
을 떠나 자기 애인이 있는 곳으로 돌아가기 위해 백방으로 노력한
다. "그러나 어떻든…… 나는 이 도시와는 아무런 관계도 없습니
다." 그리고 취재를 권하는 의사 류에게 말한다. "어리석은 일입
니다. 선생님, 내가 기사나 쓰려고 세상에 나온 것은 아닙니다. 아
마 어떤 여자하고 살기 위해서 세상에 태어난 것 같습니다. 그것도
버젓한 얘기가 아닙니까?" 그러나 정작 탈출의 길이 열렸을 때 랑
베르는 역병이 만연하는 이 도시를 떠날 것을 포기, 아니 페스트와
같이 있을 것을 결단한다. 그는 애인에게 돌아갈 것을 종용하는 류

에게 "그렇습니다. 그러나 혼자만이 행복하다는 것은 부끄러운 일이지요." 이어 자기 결심의 이유를 이렇게 설명한다. "나는 늘 이 도시와는 남이고 여러분과는 아무 상관이 없는 터라고 생각해왔어요. 그러나 이제는 볼 대로 다 보고 나니, 나는 내가 싫건 좋건 이 고장 사람이라는 것을 알았어요. 이 사건은 우리들 전체에 관련되는 것이니까요." 그는 방역 구조회에 끼어 일을 한 것이다.

「아메리카」의 주인공은 ㄷ읍에 도착한 즉시 홀의 "아가씨들과의 일락(逸樂)으로 시작하여 그곳 나름의 풍속에 동화"되어간다. 그러나 머지않아 ㅂ리의 깊은 아픔을 발견하면서 그는 자신의 과오를 깨닫는다.

그때까지도 나는 나 자신을 어떤 외방객, 이곳의 운명과 나 자신의 운명은 전혀 다른 것이고, 언젠가는 이곳으로부터 떠나게 될 일개 기숙자, 내지는 한 사람의 구경꾼으로 생각하고 있었던 것이다.

그러나 친구가 서울에서 취직자리를 얻을 수 있으니 상경하라고 연락했을 때 '나'의 결심은 전혀 다른 방향으로 움직이고 있었다. 그는 '가진 나라와 못 가진 나라' 사이의 갈등과 소외 관계와 씨름한 끝에 깨닫는다.

그 헛된 노력 끝에 나는 다만, 나는 이곳 사람이며 이곳에 오기 전에도 이곳 사람이었으며 금후에도 얼마간은 더 내가 이곳에 있게 되리라는 것을 알았을 따름이었다.

'기숙자' 내지 '구경꾼'에서 전에도 지금에도, 그리고 앞으로 얼마 동안 더 '이곳 사람'으로 변환하는 행위는 바로 '역사에의 승선'이다. 그 같은 '승선'의 과정은 어떻게 이루어지는가. 랑베르는 의사 류가 개인의 행복을 최상의 것으로 권하면서도 그 스스로는 수백 킬로 떨어진 요양원에 있는 부인과의 안락한 삶을 포기하고 오랑 시민을 위해 초인적인 헌신을 선택했다는 사실을 알게 되었다. 랑베르와 류의 가장 적극적인 협력자 타루우는 다 같이 류의 이런 말에 진심으로 동의했다. "나는 성인공자들보다 패배자들에게 더 연대감을 느낍니다. 아마 나는 영웅주의라든가 성덕 같은 것에는 취미가 없어요. 내가 관심을 두고 있는 것은 인간이 되겠다는 겁니다."「아메리카」의 주인공은 이 '패배자에 더해지는 연대감'의 깨우침을 갖기 시작한다. 동시에 그가 영웅주의의 망상에 사로잡히기보다 오히려 범인적인 데서 각성을 출발했다는 것은 그 연대감을 더욱 확실하게 하고 있는데, 이것은 타인의 참상에 대한 내적 아픔이 곧장 육체적 아픔으로 전달된다는 사실에서 확인된다. 그는 흑인 병사가 목욕 중인 쇼걸을 벌거벗긴 채 머리채를 낚아채고 끌고 가는 광경을 목격한 날 밤, "광포한 폭력 앞에 아무런 방비 없이 내던져진 여자를 위해 아무 일도 해주지 못한 내 용렬한 자기 방위 본능이 견딜 수 없이 부끄럽고 구역질났"으며 그 '짓눌림'을 피하기 위한 육체 행위는 브리로 온 후 처음으로 실패한다.

그 사건이 지금에도 나를 지배하고 있는 것일까? 그 사건은 내게 어떤 의미를 갖는 것일까? 내가 와 있는 곳은 그럼 어디인가 하고, [……] 머릿속은 걷잡을 수 없는 혼란과 그것을 걷잡지 못한다는 무력감으로만 들끓었고 옆에 말없이 누워 있는 미라의 존재가 또한 서럽게 나를 압박해왔다.

'지금 있는 곳'에 대한 새삼스러운 질문은 현실에 대한 감수성의 확대를 얻으면서 더욱 절실해진다. 문제의 쇼걸이 죽었다는 소식을 들었을 때 그는 두번째 '메스꺼움'을 느껴 구토를 했고 "밤새 악몽에 가위눌리며 쉴 새 없이 잠을 깼고" 그녀의 장례식을 본 날 "밤새 어두운 방에 누워 고열과 그리고 마음속의 혼란과 싸"우며 "내 가족의 참혹한 주검들과 군대의 유격훈련 조교가 되는 과정에서 겪었던 가축 같은 몸의 혹사와 벌거벗은 여자의 머리채를 휘어잡고 칼날을 휘두르던 흑인 병사의 광포한 눈빛과 그리고 흰옷 입은 여자들의 끝없는 긴 장례 행렬의 슬라이드"에 시달린다. 그는 한 여자가 겪는 고초가 아파트 붕괴로 압사한 가족과 병역에 시달린 자신의 현실, 이제껏 '구경꾼'으로 바라보던 타인의 현실과 다 함께 하나의 슬라이드, 연대적인 비극 위에 존재하고 있음을 분명하게 깨닫는 것이다. 그는 양공주들의 조합인 '씀바귀회'를 방문하여 도울 일을 상의하고 그들의 묘지에 찾아간다. 그는 이미 그녀들과 함께 있어 그들에게 오는 운명을 더불어 자기의 것으로 받아들이기 시작한다. 그는 양공주의 아픔을 자기의 아픔으로, 정신적 고통뿐 아니라 '고열과 혼미'의 진한 육체적 통증으로까지 받아들인다. 그는 그녀들의 삶이 처한, 이 시대의 사회가 당하는 비참과 수모의 배에 '승선'한다. 일시에 모든 것을 앗아가고 할퀸 '홍수'를 당하는 것이다. 그는 그녀들을 대피시키고 실의에 빠진 그녀들을 보살피며 격려해주고 악몽의 하루에 시달리면서 모든 ㅂ리 주민들에게 닥치는 재난을 맞아들이고 또 그 재난 끝에 새로이 싱싱하게 솟아오르는 아침 햇발을 받으며 폐허 위에서 다시 일어난다.

「아메리카」의 주인공은 평범하게, 일상적인 현실을 무심히 받아들이던 한 인간이 어떻게 각성하여 타인과 사회를 향해 자신을 개방시키는가 그 과정을 밝혀준다. 그는 양공주들의 '뿌리 뽑힌' 삶 속에 감추어진 이 사회 전체의 잘못된 구조를 구체적인 현실을 통해 발견하고 그 현실이 겪는 아픔을 회피하지도, 과장하지도 않고 자기 몸만큼 받아들여 그 몸 전체를 타인의 세계에 바치는 것이다. 우리는 여기서 조해일의, 이 고난에 찬 민족이 취하는 삶의 방식에 대해 따뜻하고도 건강한 애정을 붓는 것을 발견한다. 그것은 "가난한 집에 태어난 커다란 아이처럼 불행해 보이는" 양공주들에게 '무사기함' '천진함'을 발견하는 낙천성과도 통하며 "사람이란 위급하면 위급할수록 더욱 끈질기게 살아남으려고 하는 동물"이라는 당숙의 질긴 생명력에 대한 경의에서 정확한 표현을 얻는다.

사실 사람처럼 끈질기게 살아남아온 동물이 어디 있겠니? 난 사람이란 동물의 장래를 믿는다. [……] 그런 걸 믿구 나두 아직 살아 남아왔다. 그 많은 사람들이 여러 가지 이유 때문에 죽어간, 얼핏 보기에 절망 이외엔 아무것도 남아 있지 않은 것으루 보이기 쉬웠던 시대들을 겪어오면서, 물론 용기 있게 죽음을 맞아들인 사람들을 나는 존경한다. 그런 사람들에 비하면 나는 천하게, 비겁하게 살아남았다구 해야 옳겠지, 하지만 그렇게 살아남은 사람들의 몫두 있다구 생각한다. [……] 아마 ㄷ에 사는 사람들 대부분이 그렇게 살아남아온 사람들이겠지.

아마, ㄷ뿐 아니라 한국에서 살아남아온 사람들 거의 모두가 '절망 이외에 남은 것이 없는' 시대를 살아왔을 것이다. 그러나 「꺼삐 딴 리」와는 달리 낙천적인 인내를 갖고 일어선다. 조해일의 특유한 건강함은 여기에 있고 「아메리카」 주인공의 새로운 삶은 여기서부터 출발한다. "높이 솟아오른 여름의 태양이 이미 훅훅 열기를 내리 끼치고 있었다. 어디를 복구하러 가는 모양인지, 곡괭이 같은 것을 든 선로 노무자 몇 사람을 태우고 수동차 한 대가 바퀴 소리도 요란히 지나갔다."

[『문학과지성』 1972년 가을호]

기리는 말

실존의 선택과 수난의 성찰

―두 권의 책

박이문의 『하나만의 선택』에 대하여

박이문은 프랑스에서 말라르메 연구로 문학박사 학위를, 메를로-퐁티를 주제로 미국에서 철학박사 학위를 얻었다. 우리 학자로서는 드물게, 두 나라에서 시인과 철학자에 대한 연구 성과로 두 개의 학위를 받았지만 그의 연구와 업적은 물론 이 폭과 높이를 훌쩍 뛰어넘는다. 그는 현상학과 존재론, 거기서 확산된 과학철학과 예술철학, 서구 사상과 동양 고전 등 형이상학에 걸친 모든 것에 대한 왕성한 지적 탐구를 해왔다. 그럼에도 그는 뛰어난 에세이스트로, 그리고 서정적인 시인으로서 인간의 이성과 정서로 추구하고 표현할 수 있는 인문학 전반의 최고 마에스트로였다. 그런 그의 전집 열 권의 맨 앞에 자리한 『하나만의 선택』은 1978년에 출판된 표제의 저작과 그에 이어 한국 학계에서 활동하며 상자한『사물의 언어』(1998),『철학 전후』(1998),『행복한 허무주의자의 열정』(2005)의 글들을 잇고 엮어 한 권의 내면적 자서전의 기록으로 묶은 것이다.

그 글들은 식민지 시대에 태어나 일제의 교육을 받고 소년기에는 해방 후 중학 교육을, 청년기에 서울대에서 프랑스 문학을 공부하고, 이어 프랑스에서 시학을, 미국에서 철학을 연구한 그의 세계인다운 바탕과 체통을 이루어가는 지적 편력의 내밀한 과정을 보여준다. 그는 성장하면서 소년다운 진정성에 젖어 진리를 향한 지적 탐구를 생애의 목표로 삼았고 청년이 되어가며 그의 앎을 넓히고 심화하는 삶의 어려운 길을 선택했으며 연구자로 교수가 되어서도 집요하게 사유했고 전방위적인 진리 탐색자의 소명에 열중했다. 그래서 생각해야 할 주제가 무엇이라도 그 의미를 치열하게 탐구했고 오로지 글쓰기만을 통해 사색하며 그에게 가능한 모든 문제들과 씨름하여 혹은 토론하고 혹은 극복했다. 그럼으로써 그는 그의 풍요로운 내면적 사유의 진폭을 가능한 한 가장 넓게 확대했고 그것들을 대가다운 평이하고 품위 있는 아름다운 문장으로 표현했으며 현자의 성찰로 이 시대의 지적 멘토가 되어주었다. 그의 젊은 시절이 후진적인 암울을 더해 전쟁의 참혹한 시절이었기에 전후의 그 황량한 캠퍼스에서 우러난 실존주의적 분위기에 깊이 젖어 있었고, 그랬기에 그의 고민은 우리 모두의 한계상황적 자기 성찰로 받아들여졌고, 프랑스에서 사르트르를 비롯한 20세기 현대의 풍요한 사상들과 접촉하며 자신의 내면을 부조리한 세계에 저항해야 할 문제적 존재성으로 괴로워했기에 그의 말과 글은 인류보편적 고뇌와 비판적 인식으로 번질 수 있었으며, 그의 지적 탐구가 더욱 깊어져 문학에서 철학으로 지평을 넓히며 미국에서 메를로-퐁티와 데리다를 중심으로 한 오늘의 다양한 사상적 물결들을 혹은 받아들이고 혹은 새로운 단계로 극복한 철학적 성찰은 현대성에 대한 우리의 사유를 대담하게 넓혀주었다. 한국으로 귀국하여 우리 지식사회 속으로 귀환한 이후 그의 인문학 전반에 대한 정신은 예술과 과학을 근원적으로 성찰하고 노장과 논어를 다시 읽음으로써 오늘의 우리에게 동양의 전통에 대한 고전적 정신의 함의를 재인식하도록 고양시킨다.

이에 이르기까지, 그의 지적 편력과 내면적 고뇌, 진정성에 대한 열정과 삶에 대한 관조의 형이상학적 생애는 '하나만의 선택'이란 실존주의적 감수성으로 진술하게 표현되고 있다. 그에게 인간이란 부조리한 세계에 투척된 존재로서, 무한한 가능성들이 즐비한 가운데 그 선택은 하나만일 수밖에 없는 막힌 상황에 구속되어 있다는 사실을 각성해야 할 것이며, 그 하나의 자유로운 선택 이후에 다시 다가오는 무수한 선택지들에서 여전히 어느 하나만을 어쩔 수 없이 골라야 하는, 자유로우면서도 예속된 문제적 운명에 처해 있다. 그는 어린 십대의 시골 소년에서부터 팔십대의 세계인적 보편자로 스스로를 키우고 넓히며 살아온 과정을 이런 '하나만의 선택'들의 끝없이 반복되는 그러나 그 각각은 다른 미래로 열린 존재의 고리로 바라보고 있다. 그러면서 의식을 갖춘 호모 사피엔스로서 그를 둘러싸고 흔들고 억압하는 자연의 세계에 대해 정면으로 대결하며 자아와 타자 간의 물질적·정신적 소통을 찾지 않을 수 없었다. 그것이 사물과 인간 간의 은밀한 내통이고 그 언어는 로고스의 냉철함으로 번득인다. 진리로 이르는 통로로서의 이 언어 발견은 자신을 해방시키고 타자를 싸안는다. 그러기에 그는 신을 믿지 않는, 아니 결코 믿을 수 없는 무신론자로 이 세계의 허망을 주저 없이 받아들이면서도 결코 불행해하지 않는다. 그 발견과 해방이 그 허무주의자를 행복한 저항인으로 품어주기 때문이다.

박이문의 이러한 내면적 섭렵과 정신적 탐구는 자신의 존재론적 목적과 세상-안의-존재로서의 실존적 지향을 잃고 허황하게 방황해야 하는 우리에게 참으로 든든한 지표와 격려가 될 것이다. 그는 자신을 따르라고 하지 않고 자신처럼 자유로운 선택을 하도록 가리켜주고 그 자신이 찾아낸 것들을 배우라 하지 않고 스스로 생각하고 여기서 살아 있는 지혜를 발견하기를 권하고 있다. 그것은 우리가 우리 자신의 삶을 근본적인 의미로 인식하고 주체적인 진정한 앎으로 각성하기를 가르치는 것이다. 그는 '하나만의 선택'을 우리 스스로 감행해야 할 것임을, 그리하여 절망하면서 타인과 혹은 이 세계와 소통함으로써, 고독하되 그 운명에 대해 무한한 행복으로 결단하기를 바라고 있다. 우리는 그의 이 진중한 내면 고백과 발견술적 지혜를 통해 행복한 고독의 아름다움을 익혀야 할 것이다.

〔박이문 인문학 전집 제1권 『하나만의 선택』 발문, 2016〕

멕시코 역사의 새로운 이해 : 『정복당한 자의 시선』

라틴 문화권에 대한 저술과 번역, 연구와 세미나 등 한국과 중남미 문학적 교류를 위해 헌신해온 고혜선 교수가 힘들여 우리말로 옮긴 『정복당한 자의 시선』을 제가 읽었던 것은 그의 노고에 대한 단순한 인사만이 아니었습니다. 우리나라의 근대사도 다른 나라의 식민 통치를 받아야 했던 역사가 지금도 생생하게 기억되기 때문에, 우리보다 훨씬 오래전에, 그리고 아마도 더욱 가혹하게 정복당하고 학대받아온 민족에 대한 동병상련의 아픔을 알고 싶었기 때문입니다. 더구나 우리가 알고 있는 제3세계의 역사들은 그 식민주의 국가였던 서구 백인들의 관점이어서 우리는 유색인종의 역사에 대해 왜곡된 관점을 가졌을지도 모른다는 인식이 제게 가장 흥미롭게 다가왔습니다.

미겔 레온-포르티야 교수의 『정복당한 자의 시선』은 아스테카 문명을 중심으로 멕시코 인디오 문화와 문화적 주체성을 스페인

정복군이 어떻게 찬탈하고 억압하고 착취했는가 하는 16세기의 역사를 그 피해자의 관점에서 재현하고 있습니다. 여기에는 같은 한자 문화권에서 먼저 근대화를 이룬 나라로부터 주권을 빼앗긴 우리 역사와는 다른 점이 많았습니다. 인종적으로, 문화적으로 전혀 이질적인 서구의 멕시코 정복은 전 시대에서는 오히려 선진이었던 우리나라가 학문과 예술에서 가르침을 준 나라의 식민지가 되었다는 역사적 과정과 그 배경에 현격한 차이가 있었습니다.

그 현저한 다름에도 불구하고 "빼앗긴 들에도 봄은 오는가"라는 피식민 민족의 존재론적 설움을 멕시코의 나우아틀 시인들도 앞서 탄식하고 있어 깊은 공감으로 우리에게 울려오고 있습니다. "이 모든 일들이 우리에게 일어났다./ 우리 눈으로 보았고/ 우리 스스로 경악했다./ 서글프고 안타까운 운명 때문에/ 우리 모두는 부러진 투창에 괴로워했다.// 〔……〕// 거리와 광장을 쏘다니는 벌레들/ 골수가 된 벽./ 물감을 푼 듯 빨개진 호수/ 그 물을 마시면/ 초석 섞인 물을 마시는 듯하고"로 시작되는 「멕시코-테노츠티틀란 포위의 마지막 날」의 시는 끝내 이렇게 참담한 탄식으로 끝납니다. "우리에게 귀한 것들은/ 제대로 평가받지 못했다." 여기서 공감하는 정복당한 자의 슬픔은 민족 해방의 날을 갈구하는 노래에서도 우리에게서와 마찬가지의 열망으로 피어나고 있었습니다. "내 꽃들은 죽지 않아./ 내 노래도 그치지 않지./ 노래 부르는 내가 그것들을 높이 올려가거든"의 시는 한국에서 "그날이 오면, 그날이 오면은/ 삼각산이 일어나 더덩실 춤이라도 추고/ 한강물이 뒤집혀 용

솟음칠 그날이 오면"하고 광복의 날을 꿈꾸며 갈망하던 심훈의
「그날이 오면」과 비슷한, 정복당한 민족의 슬픔 위에 해방과 민족
자존의 꿈을 그리는 모습이 상통하고 있었습니다.

저는 멕시코를 두 번 여행했습니다. 20년 전 유카탄 반도에서 아
스테카 피라미드의 신비를 체험했고 멕시코 시티 청사의 거대한
디에고 리베라 벽화를 보며 멕시코의 슬픈 민중사를 보았습니다.
그것들은 오래전에 본 영화 「혁명아 사바타」의 감명을 되살려주었
습니다. 그러나 정직하게 말해, 멕시코의 역사와 문화, 삶과 그 실
재를 모르기에 그 건축이며 그림, 인물 들은 제게 점묘화처럼 따로
따로 감상되었고 멕시코 전반의 진실을 느끼기 힘들었습니다.

저는 이번 고혜선 교수가 한국어로 옮긴『정복당한 자의 시선』에
서 멕시코의 역사가 바닥에 깔아온 민족적 페이소스와 멕시코 국
민의 심층 심리를 어렴풋이나마 느껴볼 수 있었습니다. 비슷한 수
난을 통해 서로의 감정과 지적 페이소스가 공유되고 있음을 저는
실례로서 알 수 있었습니다. 제가 가진 이 이해가 매우 초보적이
고 단편적이고 소박하다는 점을 알고 있기에 고혜선 교수가 앞으
로 멕시코를 위해, 그리고 모양은 다르지만 그 속내는 다를 수 없
는 피정복자로서의 수난을 겪어온 한국을 위해 더 많은 작업을 해
주실 것으로 기대하며 이번의 작업이 또 다른 출발이 되어야 할 것
으로 생각합니다.

멕시코 문화권의 관심 속에 간행된『정복당한 자의 시선』은 그래

서 더욱 중요한 의미를 띠게 되고 여기서 한국-멕시코 간의 상호 이해와 공감의 교류가 더욱 깊고 따뜻해지리라 기대합니다. 특히 이 책에 기울인 고혜선 박사의 각별한 노력에 감사를 드립니다. 아마도 고전적인 문체로 서술되었을 낯선 나라의 오래된 역사를 우리가 잘 이해할 수 있도록 쉽고도 유려한 문장으로 번역하고 많은 역주를 통해 고대 멕시코 문화를 안내한 수고에 사의를 표하지 않을 수 없습니다. 그만큼 저는 이 번역서를 읽는 즐거움이 컸으며, 그렇게 만든 고 박사의 수고가 무거웠을 것이고 그런 노고를 들인 그의 작업이 매우 뛰어난 성과로 평가될 것으로 믿습니다.

이 책과 그 한국어판 간행을 계기로, 우리 두 나라와 그 지식사회는 고혜선 교수에게 감사의 인사를 드려야 할 것이며 태평양을 마주한 두 문화권의 우정과 이해가 더욱 성숙하기를 바랍니다. 이 상호 이해와 공감의 확대를 위한 훌륭한 교류의 매듭으로서『정복당한 자의 시선』이 앞으로의 한국-멕시코 간의 문화적·인적 소통이 진전하는 데 크게 기여할 것임을 믿어 다시 큰 기대를 가집니다. 그 기여야말로 두 나라의 지적·정서적 유대의 징표를 이루는 일로 따뜻한 축하를 받아야 할 것입니다.

감사합니다.

[『정복당한 자의 시선』 한국어판 출판기념회, 2015. 6. 3]

돌아-봄으로써 바라-봄
—축하의 말들

축하와 경의: '대화문화아카데미'를 향한 감사

제가 기자 생활의 첫 시절에, 비슷한 시기에 활동을 시작한 크리스챤아카데미의 '한국 종교인들의 대화'란 주목할 행사를 취재하며 어리석은 말로 끼어들었던 것이 1960년대 중반이었습니다. 그리고 그로부터 5년 후 당시의 우리 지성 집단 사이에 가장 큰 토론들을 벌였던 '양극화' 세미나에 참여하여 대선배 학자들의 꼬리에 붙어 문화 사회의 분화 양상을 보고함으로써 삼십대 초반의 젊은 저도 우리 지식사회에 데뷔하게 되었습니다. 그 후 몇 차례 더 아카데미의 타궁에 참석하여 토론의 끝자리에서 한국 지식인들과 양심적 사유인들이 고민하는 문제들을 훔쳐볼 수 있었습니다.

그러나 이제 제가 축하와 감사의 말씀을 드리는 것은 저의 것이 아니라, 크리스챤아카데미 그리고 대화문화아카데미를 통해 한국의 의식 사회에 인식과 성찰, 토론과 교류를 주관할 수 있었던 덕택에 대해 우리나라와 국민을 대신한 인사임을 밝혀 말씀드립니다. 50년 전의 한국은 우리 모두 기억하고 혹은 알아왔듯이 이 세계에서 가장 가난한 나라였고 전쟁과 분단으로 비극을 싸안은 사회였으며 군부 통치가 강화된 독재 체제였고 국가적 정체성을 미처 세우지 못한 상태였습니다. 이 비상하게 어려운 시절, 기독교적 강자의 철학과 행동력을 발휘하신 여해 강원용 박사님께서 크리스챤아카데미를 창설하시고, 우리의 나라와 사회, 인간과 삶 속에 스민 고난의 문제들을 파헤치고 서로 의견을 나누고 뜻을 함께하며 대화의 문화를 통해 모색과 조화, 해소와 협력의 길을 여셨습니다. 반세기 전 강원용 박사님은 우리 현실의 가장 문제적인 장애가 양극화라고 진단하셨고 그것을 극복하는 길을 중간 집단의 양성으로 파악하셨던 것입니다.

그 문제 제기와 대응 방향은 참으로 근원적이며 극히 통찰적인 것이었고 그 후의 크리스챤아카데미가 유신 체제의 억압에도 불구하고 한국 사회 발전에 기여한 바는 참으로 크고 높았습니다. 산업화와 독재 권력이 함께하며 더불어 사회적 갈등이 심화되고 심지어 양극화의 양상까지 보이는 현실에서 그 극단을 중화시킬 중간 집단과 중산층의 강화로 해소하려는 의지는 참으로 절실한 전략이었고 크리스챤아카데미는 그것을 말로만 아니라 인력 양성에 이르기까지의 실제 활동으로 수행했습니다. 아름답고 자유로운 사회를 향한 일련의 공론장으로 '대화' 운동을 전개하고 어두운 현실에 직접 참여한 지성 집단의 논의가 일군 성취는 아무리 강조해도 지나침이 없을 것입니다. 오늘의 우리 사회와 현실은 기독교 정신에 입각한 대화문화아카데미의 성과에 대해 깊은 감사를 드려야 하고 그 역사가 50년에 이르렀다는 사실에 축하를 올려야 할 것입니다.

크리스챤아카데미와 함께한 지난 50년은 우리 가난한 역사에서 참으로 위대한 시대였습니다. 국민소득은 3백 배 가까이 폭증하여 선진국 입구에 들어서고 있고 정치는 대가를 크게 지불하면서 고난이 많은 우리 풍토에 민주주의를 성공적으로 정착시켰으며 사회의 발전을 말해주는 학문·문화·예술·스포츠의 갖가지 수치는 2백 개국이 넘는 세계에서 10위권으로 올라 있고 적대국이었던 공산국가들과도 긴밀한 경제적·외교적 유대를 맺고 있으며 신문과 잡지 방송으로 극히 제한적이었던 소통의 미디어도 인터넷의 사이버 공간과 스마트폰의 SNS로 대폭 확장되었습니다. 우리는 여가와 풍요를 즐기며 견문을 넓히고 있으며 사회의 각 부문은 개방되었고 그동안 미진했거나 미숙했던 새로운 영역들이 개발·확장되었습니다. 드디어 한국은 어디에서고 자부할 수 있는 당당한 국민국가가 되었고 누구에게도 자랑할 수 있는 의젓한 문화 사회를 이루었습니다.

이럼에도 불구하고, 그 참담한 파산 지경에서 이처럼 거대한 성취를 이룬 역사에도 불구하고, 우리는 지금 보고 듣고 또 겪고 있습니다. 제주 강정에서 밀양으로, 용산에서 팽목항으로 번지는 격렬한 갈등, 3포 세대에서 5포 세대로까지 넓어지는 자학적인 청년층들의 절망, 사회적 보호를 잃은 어린이들과 노년들의 불안과 고통, 번영 속에서 궁핍을 느끼고 대중 속에서 오히려 심한 고독을 되씹어야 하는 시민들의 고뇌와 슬픔, 갖가지의 미디어와 편의품들과 화사한 행사와 퍼포먼스에서 도리어 당해야 하는 불편함과 소외감으로 우리는 괴로워하고 있습니다. 바깥으로 보이는 화려함에도 그 안의 공허감은 더욱 심해지고, 그 양의 풍부함과 질의 높은 품위에도 그것들 속에서 사는 우리의 삶은 더 황량하고 쓸쓸해지며, 중산층의 해체로 발전의 중심축이 허물어지고 있습니다. 함께 나누고 풀어놓자는 '대화'의 자리는 여의도 의사당에서부터 공장 현장에 이르기까지, 그리고 자동차로 메워진 거리와 시장 속의 사고파는 사람들 사이 속으로까지 화해와 합의에 이르는 방향이 아니라 거꾸로 대결과 갈등의 대결장으로 바뀌었습니다. 우리는 이 풍요와 개방된 사회 속에서 윽박지르는 모놀로그를 소통의 다이얼로그로 착각하며 동굴의 우상으로 갇혀 있는 듯합니다.

왜 그럴까요? 저는 '대화문화아카데미' 50주년 행사 프로그램에서 제시된 '인간화: 오래된 새 길'의 주제를 음미하면서 우리에게 대화란 무엇인가를 다시 생각해보았습니다. 모든 게 가난하고 힘들었던 시절의 대화는 매우 진지했고 상조적이며 생산적이었는데 풍요롭고 다양하며 열려 있는 이 시대의 대화는 왜 그처럼 삭막하고 모순적이며 자폐적인가 하는 안타까운 대화의 실제 상황을 따져보지 않을 수 없었습니다. 그리고 이 아카데미가 다시 제기한 '인간화'의 '오래된 새 길'이 그 인식의 고리가 된다는 결론에 동의했습니다. 대화란 상대의 말을 알아듣고 나와 너의 뜻을 다시 살피며 서로의 자리를 이해하기 위한 가장 현명하고 직접적인 방법입니다. 소크라테스의 산파술이 낳을 수 있는 지혜의 길이 대화였고 헤겔이 이 세계의 발전적 진행을 변증법으로 인식한 것이 대화의 논리이며 맹자가 입장을 바꾸어 생각하기를 권한 '역지사지'의 덕성도 이 대화에서 비롯되는 것입니다.

그런데 우리는 자기 주장을 관철하기 위해 대화란 명분을 사용했고, 상대를 압도하기 위한 위협으로 말 나눔이란 화법을 남용했으며, 타인의 이익을 자신의 것으로 강요하기 위해 논의의 자리를 악용하지 않았던가 하는 반성이 일지 않을 수 없었습니다. 그것이 인간의 정치적 지혜에서 가장 훌륭한 제도인 민주주의를 속 빈 강정으로 만들고, 노사정 협의란 경제주체의 참으로 현명한 시스템을 언쟁의 자리로 만들었으며, 거리에서나 공공의 자리에서 나누는 말들은 할큄의 댓글과 체면 없이 험악한 악담으로 변했습니다. 열린 마음으로 함께하기를 바라면서 나누는 참된 의미에서의 대화는 사라지고 마음이 소통해야 할 때 언어의 불통이 가로막고 있었으며 손잡고 함께 짐을 지기 위해 필요한 말들은 대결과 분쟁으로 치달아가게까지 되었습니다.

그렇다는 것은 대화의 매개로서 언어의 사용자인 인간 자신의 비인간화가 그 근본적인 원인이 되었기 때문이 아닐까 하는 데 생각이 미쳤습니다. 자연이 훼손되어 재난의 풍토로 세계가 황폐해 지듯이, 사람이 사람답지 못해져 사회가 거칠어지고 인간이 인간 답지 못해 세상이 냉랭해지는 것이 오늘의 모습이 아닐까 싶습니 다. 그것은 우리에게 진정한 말의 나눔이 필요하다는 것과 함께 인 간이 진정 인간다움을 이루어야 옳은 의미에서의 대화가 가능하 다는 것을 가리킬 것입니다. 공자가 인륜이 피폐해진 시대에 '어질 음'을 호소하고 예수가 보복의 인간관계에 절망해서 '사랑'을 가르 치듯이, 이 건조하고 이기적이며 무관심한 불화의 시대를 이겨내 기 위해 대화가 더욱 필요하고 그 대화의 주체인 인간의 인간화가 더욱 절실해지지 않을 수 없습니다.

저는 오늘의 이 대화, '인간화: 오래된 새 길'의 토론에서 상쾌 한 결론이 나온다든가 흔쾌한 심정 변화가 이루어지리라고 예상하 지 않고 있습니다. 그러나 우리에게 가장 절실한 문제를 제기하고 진지한 논의로 진행되면서 '인간화'라는 주제가 우리의 내면 속으 로 깊이 스며들기를 기대하고 있습니다. 경제성장에의 열정 때문 에 인간의 의미에 대한 진지한 사유가 퇴색하는 경향, 풍요로움 때 문에 오히려 행복감을 잃어가는 현대인의 정서적 빈곤감, 국제적· 지역적·부문적·신분적 이해관계의 착잡함 때문에 더욱 심화되는 갈등, 과학기술의 팽만한 발전으로 오히려 가속화되는 인간관계의 건조화 등등을 벗어나 적극적으로 화해·회복·치유·재활을 향한 우리의 관심과 운동이 북돋아지기를 희망합니다. 우리에게 중요한 것은 나눔이고 그중에도 가장 아름다운 것은 말의 함께-나눔, 곧 대화입니다.

제가 크리스챤아카데미에서부터 대화문화아카데미로 바뀌며 50년의 역사를 치하하는 이 자리에서 인간화란 가장 요긴한 주제를 상정하여 우리 사회와 지적 공론장에 우선적으로 요청되는 대화를 나눌 수 있는 기회가 이루어진 것에 감사와 축하의 말씀을 감히 주저 없이 드릴 용기를 가지게 된 것은 이 때문입니다. 그렇기에 풍성한 사유와 모색의 잔치가 벌어질 '인간화 타궁'에서 그 '오래된 새길'을 향한 지혜로운 말씀들을 통해 그 생각과 표현이, 인식과 행동이 실천되고 확산되기를 희망합니다. 그리하여 되돌아-봄의 성찰로써 현명한 미래 선택의 바라-봄이 일구어낼 소망을 기대합니다.

50년 후의 한국 사회에 드러날 근심의 뿌리를 내다보시고 그 근본적인 처방을 제안하신 강원용 목사님을 삼가 추모하며, 강 박사님의 그 유덕을 기리며 정신을 이어 그 작업을 훌륭하게 키우시면서 선친이 염원하신 인간화의 문제를 다시 제기함으로써 미래를 향한 바른 지향을 찾으시는 이 뜻있는 자리에 저를 불러주신 강대인 원장님께 감사의 인사를 드립니다. 우리는 대화문화아카데미를 위해서뿐 아니라 선진 단계로 들어갈 우리나라와 우리 자신의 성숙을 위해, 이제 돌아-봄으로써 바라-봄의 지혜를 갖추도록 애써야 할 것입니다.

감사합니다.

〔'대화문화아카데미 50주년' 축하의 말, 2015. 4. 17〕

영예와 권위: 2015년의 '월봉 저작상'

월봉 한기악 선생님의 유지를 기리는 월봉 저작상의 시상식에 그 제정자를 향해, 그리고 그 수상자를 위해 깊은 축하의 인사를 드립니다. 우리 출판의 역사에서 가장 큰 자리로 평가받을 '일조각'을 창업하신 한만년 선생님이 제정하신 이 상이 지난 40년 동안 한국 지식사회의 중심을 관통하며 우리의 뛰어난 학문적 성과를 선정하여 시상하는 뜻있는 작업을 통해 현대 한국 인문학의 체통을 세워주신 큰 보람에 대해 거듭 감사를 드립니다. 이 월봉상의 2015년도의 수상자로 선정된 정민 선생은 제가 존경하는 학자이며 저술가로서 이번의 수상 저서는 고전과 한문에 문외한인 저도 열심히 읽고 배우는, 저보다 젊음에도 먼저 태어난 선생님 역할을 해주시는 분의 역저로서 저도 감탄하여 그 소감을 표한 바 있는 『18세기 한중 지식인의 문예공화국』이어서 제 축하는 각별하지 않을 수 없습니다.

제 감사와 축하에는 저 나름의 부러움, 우리 지식사회에서 가장 품위 있는 저술상에 대한 깊은 선망이 깔려 있습니다. 이 상을 제정하신 고 한만년 선생님은 평생을 출판 작업으로 '일생일업'을 실행하셨지만 한만년 선생님에 대한 저의 존경은 그저 출판인으로서의 공헌이 아닙니다. 지난겨울 선생님의 10주기 전시회 때 간행된 뉴스레터에 저는 '경의, 감사, 감탄'이란 어휘로 3중의 존경을 표한 바 있습니다만, 우리의 현실과 사유가 식민 시대의 패배주의적 의식과 세계 최빈국이란 후진 사회의 오욕에서 벗어나야 할 과제들로 고민하던 시기에, 한만년 선생님과 그분의 일조각은 도전적인 한국사의 재편성, 진지한 한국 사회과학의 수립, 창조적인 한국 인문학의 성과들을 서슴없이 간행 주도함으로써 새로운 한국의 미래를 감당할 지적 토대와 자산을 쌓아주셨습니다. 지성사적으로 보자면 우리 지식사회의 현재적 위상은 한만년 선생님과 그분의 일조각에 의해 비롯되었다고 단정해도 지나친 말은 아닐 것입니다. 그분과 그분의 작업은 도서 출판의 기업 수준을 뛰어넘어, 우리 학문의 역사를 정립하고 문화사를 고양함으로써 한국 현대 정신사 형성에 가장 커다란 기틀을 마련하였습니다. 한만년 선생님과 일조각이 선친 월봉 한기악 선생님의 항일 독립 정신과 언론 문화의 주체적 자유의지를 도서 문화로 성취해주신 동시에, 아카데믹하며 창의적인 지식 발현과 보급 작업을 통해 우리 역사학과 현실과학, 인문학 등을 지금의 수준으로 발전시킨 선진적이며 도전적인 출판 문화를 일으킴으로써 오늘의 우리에게 한국학과 한국 문화가 가능했다는 찬사를 마땅히 올리지 않을 수 없습니다.

월봉 선생님과 한만년 선생님의 높은 뜻을 드러내는 월봉 저작상은 문학상이나 공헌상으로만 편중된 오늘의 우리 시상 경향과 그 실제 현상에서 아마도 유일하게 인문학 저술을 대상으로 하는

저술상일 것입니다. 이 상이 아름다운 것은 우리에게 더욱 절실해
진 인문학 저술들에 대한 진지한 평가 속에서 이루어졌기 때문이
고, 이 상이 품위 있는 것은 그 시상이 조촐함으로써 오히려 그 품
격을 높이는 고상한 모습을 보여주기 때문입니다. 가장 권위 있는
출판사에서 가장 탁월한 업적의 저서에 조촐한 분위기로 치하를
드린다는 것이야말로 오늘의 우리 부박한 문화적·사회적 풍경 속
에서 참으로 따뜻한 장면이지 않을 수 없습니다. 제가 앞서 부러
움, 선망이란 말을 쓴 것은 바로 이 때문입니다. 문화와 학문, 지성
과 지식이 금액으로 포상되는 것은 부끄러운 일이고 허황한 분위
기 속에서는 결코 그 진의를 드러내지 못합니다. 진정 고전적인 품
위를 지닌 품위 있는 포상에서야 학문의 고급한 진수와 아카데미
문화의 고상한 품격이 진지하게 돋아날 것입니다.

이 상의 제5회 수상작이 저의 친구인 정문길 교수의, 당시에
는 매우 도전적인, 그래서 그 출판을 위해 제게 큰 용기를 요구한
마르크스의 소외론에 대한 연구 업적이었습니다만, 마흔번째의
2015년 월봉 저작상은 문화 교류사적 측면으로 한중 양국의 지식
사회 네트워크를 탐색하여 재구성한 정민 교수의 『18세기 한중 지
식인의 문예공화국』입니다. 정민 교수의 왕성한 연구와 저술은 한
문학, 한시, 북학파와 실학파에서부터, 전통의 품위 높은 차 문화
와 조촐한 선비댁 정원의 조성에 이르기까지 한국의 고전문학과
학문, 문화와 예술 전반에 걸치고 있습니다. 매우 두툼한 두께로

끊임없이 새로운 성과를 내는 가운데 이번의 저작상을 받은 연구는 지난 1년 동안 연구교수로 있었던 하버드 옌칭 연구소에 소장된 문헌과 자료들을 검색하고 고증하여 18세기 한국과 중국 지식인 간의 지적·예술적 교류와 교감을 재현하면서 '한중 문예공화국'의 구상을 추적하고 있습니다. 저는 이 책을 읽으며 누누이 쌓인 저자의 박학과 세심한 분석, 무엇보다 샘솟듯 솟는 열정에 감탄하면서 이렇다면 우리가 한-중-일의 극동에서 지적 초점을 이룰 수 있지 않을까 하는 희망을 가지기도 했습니다. 그랬기에 월봉 저작상의 2015년 시상이 정민 교수와 그의 저작에 안겨진 것이 더욱 반갑고 기뻤습니다.

이제 제가 서두에서 말씀드린 감사와 더불어 부러움이란 말을 쓴 제 뜻을 이해해주시리라 믿습니다. 저는 오직, 가장 존경받는 분에 의해 제정된 상이 가장 귀중한 성과를 이룬 업적에 수여된다는, 숨어 화사한 장면에 매혹된 것입니다. 우리의 학술 연구가 이처럼 고상하고 열정적이라면, 우리의 지식사회의 시스템들이 이처럼 진지하고 품격 높은 것이라면, 하고 감탄하면서 우리의 학술과 문화의 전반적 수준도 몇 단계 업그레이드될 것으로 단단히 믿을 수 있게 되었습니다. 그 확인을 위해 저는 이 자리가 감사했고 그래서 저는 선망의 뜻을 아낌없이 표했던 것입니다.

이런 자리를 마련해주신 월봉한기악선생기념사업회와 한만년 선생님의 유덕을 살려 월봉 저작상을 훌륭하게 발전시킨 아드님 따님 가족들에게 감사를 드립니다. 오늘의 영광의 자리에 서신 정민 선생님은 그 평소의 성품으로 보아, 이 상을 안 받아도 뜨거웠을 학문적 탐구열과 저작의 끈질긴 작업들을 더욱 책임 있고 보람 있게 펴나가시리라 믿습니다. 이 단정하면서도 품격 높은 자리에서 제가 축사를 드릴 수 있는 영예를 자못 크게 자랑하면서, 월봉 선생님-한만년 선생님-정민 교수로 이어지는 아름다운 인연의 줄과 한국학-일조각-지식사회란 그 성과의 증폭을 확인하면서 다시 축하와 감사를 드립니다.

〔'월봉 저작상' 축하의 말, 2015〕

평가와 소망: 제22회 '대산문학상'

제22회 대산문학상 시상을 축하합니다. 1993년 우리가 그처럼 소망하던 민주주의가 정착되면서 우리 문화도 자유롭고 역동적인 활력을 발휘하며 다양하고 적극적인 예술 창조의 열기가 솟아나는 가운데 "창작 문화 창달과 한국 문학의 세계화에 기여하기 위해" 제정된 대산문학상이 그동안 이룬 성과와 그를 통해 발휘한 영향은 가난했던 우리 한국 문단에 참으로 풍요하고 귀중한 성취였습니다. 300여 종이 넘는 우리나라의 문학상 중 가장 선두에 서서 이후에 우후죽순처럼 생겨난 숱한 문학상들의 가장 훌륭한 롤 모델이 되면서 이 문학상은 한국 문학의 현황을 짐작하고 앞으로 나아갈 언어예술의 진로를 예상하도록 문학상으로서의 위상을 높여 왔습니다. 상금의 금액을 올리고 혹은 수상자의 이름을 통해 자신 의 위신을 세우려 한 그 후의 문학상들과 달리 대산문학상은 이 수 상으로 문단과 독자들에게 그 수상자의 품과 격을 확인시켜주었고 수상 작가들은 자신의 문학적 위상을 당당하게 자부할 수 있었습 니다. 이렇다는 것은 이 문학상 자체가 국민적으로, 그리고 문화계 와 문학 세계에서 그 존재감을 가장 분명하게 드러내고 있다는 자 부심으로 자랑해도 좋을 것입니다.

대산문학상이 이럴 수 있었던 것은 국내 몇 안 되는 종합 문학상 으로 문학의 각 장르를 아우르고 있다는 것, 최고 수준의 상금으로 수상자에게 그 문학적 성과에 답례를 보낸다는 바깥 모습에만 있 지 않습니다. 저도 참여해본 심사 과정에서의 엄격한 심의는 문단 에서 흔히 있을 수 있는 사사로운 관계 개입을 예방하는 투명한 심 사 방법과, 창작 예술 작품에 대한 심사위원들의 판단을 존중함으 로써 그 밖의 사정들에 대한 고려 없이 극히 자유롭게 수상자를 결 정하는 운영 태도 덕분일 것입니다. 저는 이번 22회라는, 한 쌍의 오리가 헤엄쳐 나아가는 듯한 멋진 숫자를 이번의 의외의 수상자 명단에서도 발견하고 제 생각이 지나치지 않다는 것을 확인했습니 다. 우선 소설 부문 수상자는 그보다 10년 앞서 아우가 같은 부문 에서 같은 영광을 받아 대산문학상의 영예를 처음으로 형제가 함 께 안았습니다. 또 평론 부문 수상자는 시에서 이미 이 상을 수상 했음에도 이번에는 장르를 달리하여 두번째로 같은 상을 받았습니다. 이 두 기록은 2만 명이 넘는 우리 문학 사회에서 좀처럼 찾기 어려운 특례가 될 것입니다. 이런 일은 이 상이 앞뒤의 사정을 감안해서 조정하는 일반적인 관례를 과감히 타파하는 자유로운 결단의 소산일 것입니다. 그것은 대산문학상의 엄격한 권위와 자유로운 운영을 함께 보여주는 쾌거로 여겨집니다.

이렇기에 네 분 수상자에 드리는 제 축하의 인사는 각별합니다. 먼저 김원일 선생의 역작 『아들의 아버지』는 그의 50여 년의 창작 생활에 가장 깊은 트라우마였던 한국전쟁과 그 역사의 소용돌이 속에서 잠적한 아버지를 논픽션의 수법으로 재구성함으로써 한 회갑 전의 우리 민족사를 재조명하면서, 여러 작품 속에서 여러 모습의 인격으로 구현했던 아버지와의 거북하고 슬픈 실제의 관계와 이 작품을 통해 화해하고 아버지와 아들의 정을 다시 살려냄으로써 6·25의 한을 풀고 있습니다. 아직 남북 관계는 여전히 고착 상태에 있지만 아들 김원일의 아버지에 대한 한풀이는 우리의 미래에 하나의 소망의 등불로 빛날 것입니다. 객쩍은 사담을 덧붙이면, 김원일의 수상 작품에 기록된 족보를 통해 알게 되는 그의 본관 함창 김씨가 원일-원우 두 형제분들과 불초의 저까지 대산문학상 수상자 셋을 배출했는데, 한국 인구의 0.05퍼센트에 불과한 동성동본에서 대산문학상 수상자 총수의 3퍼센트를 기록한다는 것은 '가문의 영광'을 넘어 '영광의 가문'으로 자랑스럽지 않을 수 없습니다.

번역 부문 수상자인 엘렌 르브렝 교수의 작업도 그 김원일 씨 주제의 연장선에 있습니다. 수상작인 프랑스어판 『오르 에 뮈르』는 박완서 선생의 『그 많던 싱아는 누가 다 먹었을까』의 번역 작품으로 원작은 1997년 대산문학상 소설 부문 상을 수상하기도 했거니와 그 후속작 『그 산이 정말 거기에 있었을까』와 함께 한국전쟁에 대한 고통스러운 증언이었습니다. 회고록 형태로 씌어진 이 두 소설의 하나가 유창한 프랑스어로 번역됨으로써 한국전쟁이 한민족에게 어떤 심층구조를 만들어주었는지 유럽 독자들에게 아프게 알려줄 것입니다. 이 연작소설의 나머지 한 작품도 번역 간행되어, 우리가 두 세대를 넘기면서 한국전쟁으로 말미암은 상처를 정서적으로 극복하고 있음을 보여줄 징조로 서구인들에게 전달될 수 있기를 저는 기대하고 있습니다. 이 점에서 르브렝 교수의 성과는 매우 의미 있게 그 후속 작업을 요청하고 있습니다.

평론 부문의 수상자인 남진우 선생은 참으로 욕심스럽습니다. 그는 시인이고 시집으로 이미 대산문학상 시 부문 상을 2007년 수상했는데 7년 만에 이번에는 평론집으로 같은 상을 받습니다. 『폐허에서 꿈꾸다』라는 낭만적인 시적 제목을 가진 이번의 수상 비평집은 시가 아닌 소설 작품들에 대한 분석을 가하고 있습니다. 그는 이 세계에 대한 유토피아적 소망과 디스토피아적 절망, 그리고 허구적 구축을 통한 헤테로토피아적 전망으로 우리 소설 문학에 접근하고 있습니다. 그는 세계에 대한 이 세 가지 인식을 통해 우리 상상 세계의 언어적 구성을 섬세하게 분석하고 이 세상의 숱한 곡

절들과 그 의미들을 찾아내고 있습니다. 그는 이번의 소설 비평의 작업으로, 한 번 타고도 일생의 명예로 자랑할 것을 두번째 받았으니 두 겹으로 생애를 늘려 시-소설-비평에 대한 언어예술 모두와 씨름해야 할 것입니다.

제가 올해의 여러 수상자 가운데 가장 강렬한 인상을 받은 분은 시 부문 상을 받는 『체 게바라 만세』의 박정대 시인입니다. 시 읽기에 아주 게을러 작품은커녕 이름도 외지 못하는 분이 많은데 박정대 시인이 그런 분 중 한 분이었습니다. 제가 몰랐던 분이어서 그 인상이 더 강렬했던 것은 아닙니다. 저는 『체 게바라 만세』를 읽으며, 시인으로서의 존재감을 이토록 뜨겁게 자부한 분이 우리나라에 또 있을까 싶으면서 감탄했습니다. 그는 시인이 '전직 천사'라고 자임했고 "시인의 이미지 자체가 한 편의 시"라고 당당하게 피력하면서 시인은 "미래라는 말의 허위성, 현재라는 말의 불가해성, 과거라는 말의 어폐, 모든 시간은 흘러가지도, 다가오지도 않으며 혼재해 있을 뿐"이라고 잠언처럼 세계의 진상을 직시하고 있습니다. 그의 '체 게바라 만세'라는 제목은 정치적인 구호가 아니라, 아니 그것을 뛰어넘어 "쓰레기 같은 개판"의 이 세상에 대해 "불온한 시의 혁명적 유머"로서 이 세상을 더 깊이 더 뜨겁게 사랑하며 마침내 정서적 전복이 이루어지기를 외치고 있습니다. 이 당돌한 시인의 열정은 제가 처음 대하는 예술가의 고고한 자기 선언이었습니다.

축하받을 이 자리에서 제 개인적인 바람 두 가지를 대산문학상 축사에 덧붙이는 것을 양해해주시기 바랍니다. 첫째는 문학 세계란 집단적 구조에서 순수 창작만이 아니라, 전기와 에세이 및 문-사-철의 인문학적 글쓰기 분야로도 확대해서 글쓰기 문화의 외연을 넓힐 수 있기를 바랍니다. 문학은 이 복잡해진 사회에 보다 다양한 시각과 방법으로 대응해야 할 것이고 대산문학상은 그 요청에 눈을 넓힐 필요가 있을 듯합니다. 둘째는 이 상이 대부분의 다른 문학상과 마찬가지로 작품상이어서, 평생을 언어예술에 헌신하며 진지한 정신적 생애를 통해 우리에게 감동을 일으켜줄 작가상이 거의 없음을 고려하여 특별 공로상을 새로이 제정해주기 바랍니다. 작품상은 개개의 단편적인 평가에 그치고 마는 것이기에, 평생을 통해 문학으로 정신적 고양과 내적 치열함으로 창작에 전념하는 작가의 전 생애와 그 문학적 삶에 대한 인격적 경의를 드리지 못하고 있습니다. 대산문학상은 온몸을 건 작가의 집요한 태도와 뛰어난 상상력으로 일구는 아름다운 언어 창조자에게 특별한 존경의 예를 드림으로써 고결한 사상가이자 세속 세계에 진정한 사표가 될 작가·시인께 그에 합당한 예우를 헌정해야 할 것입니다. 그같은 경의는 노벨문학상처럼 이 타락한 세계에서 문학의 진의를 아름답게 피워낼 것입니다. 대산문학상이 스물두 해의, 모든 것에 도전해보려는 의욕적인 청년기에 들어섰기에, 그래서 백여 명의 수상자를 배출하였기에, 그리고 그 성과와 명예를 더없이 크게 일구었기에, 앞으로 더 높고 넓은 위상에 이르기를 바라 건의를 드리는 것입니다.

박정대 시인의 시를 다시 상기하는 것으로 제 인사를 마치겠습니다. 『체 게바라 만세』의 두툼한 시집의 작품들은 마침표가 없이 쉼표만으로 시행을 이어가고 있습니다. 그 쉼표는 앞글과 뒷글을 이어주면서 그 앞과 뒤의 다름을 확인시켜주고 그 사이에서 성찰과 인식, 감성과 발견을 모색할 사이를 만들어주면서 내면적 사유에는 결코 마침표란 없다는 점을 시사해주는 듯합니다. 매해 이 시절이면 이루어지는 이 문학상 시상 행사를 통해 작가와 시인의 예술가들과 주최하는 대산재단 모두가 이렇게 쉼표로 새로운 계기를 위한 틈을 만들되 결코 끝남이 없다는 것을, 그리하여 새로 잇되 전과 다른 모습으로 성장해갈 수 있는 단계를 멋있게 다지는 기회가 되기를 바랍니다.

다시 한 번 수상자 여러분들께 축하를 드립니다. 이분들의 문학적 성취를 가늠하느라고 애쓰신 심사위원 여러분들의 노고에 감사를 드립니다. 한국 문학에서 가장 집요한 소설가, 가장 도저한 시인, 가장 의욕적인 비평가, 가장 신뢰받을 번역자를 2014년의 대산문학상 수상자로 시상하는 경사를 가지는 대산문화재단이 태산과 같은 생명력과 영예로 뻗어나기를 축원합니다. 감사합니다.

〔'대산문학상 시상식' 축하의 말, 2014. 11. 26〕

경의와 감사, 감탄
— 한만년 선생님 회상

선생님은 평생을 출판계에만 종사하셨다. 그분의 능력으로 보아 관계에도 나가실 수 있겠고 그분의 활동과 교제로는 정계에서도 큼직한 역할을 하실 분이며, 마음만 먹으면 아마도 치부에도 성공하실 수도 있었을 것이다. 그러나 그분은 그분의 유일한 저서인 『일업일생』에서 표명하신 것처럼 공평동 작은 건물의, 서재처럼 책으로만 쌓인 조촐한 방에서 소탈한 출판인으로 평생을 살아오셨다. 그렇게 한 생애를 오직 하나의 길로만 걸어오신 분을 나는 그저 '사장'이나 '출판인'이란 통속적인 말 대신, 더 통념적이되 그래서 더 깊은 울림으로 전달되기 바라는 '선생님'으로 부르며 내 경의와 감사와 감탄의 회고를 바친다.

내가 한 선생님을 처음 뵌 건 1960년대 중반 『동아일보』 문화부에서 문학, 학술을 담당하면서 출판 영역도 확대하여 일할 때였다.

당시의 『동아일보』는 문화면이 주당 여섯 면 정도였고 한 달에 한 번, 서평만으로 한 면을 채우도록 할당되었는데, 당시 문화부장이던 최일남 선배님은 서평의 객관성을 보장하기 위해 전문가에게 의뢰하되 그 서평자의 이름을 밝히지 않도록 했다. 그래서 한 번에 실릴 수 있는 책들은 권당 200자 원고지로 네댓 장, 그러니 7, 8권이 서평 대상이 되었다. 신간 발행 종수도 적었지만 그 소개 지면은 더 좁아 자연히 책 선정이 엄격해질 수밖에 없었는데, 그때 일조각 책이 으레 한두 권 들어 있게 마련이었다. 책의 학문 연구 수준으로만 보자면 한 지면의 반 이상을 일조각 간행도서들이 차지해야 했을 터이지만 서평면의 균형을 배려하지 않을 수 없었던 것이다. 내가 일조각의 국학(國學)에 대한 기여를 더 크게 높일 수 있었던 것은 학술 기사를 통해서였다. 당시 학계의 가장 큰 토론 주제는 한국사의 주체사관 구성과 근대화론이었는데, 나는 나름대로 그 흐름과 성과들을 관찰하고 보고하는 데 노력했다. 그리고 내가 그런 기사들을 잇달아 작성할 수 있었던 것은 당연히 일조각 간행 도서들 덕분이었다. 이미 이기백 선생님의 『한국사신론(韓國史新論)』으로 식민 사관을 극복할 적극적인 계기가 일구어졌지만, 전해종·한우근·고병익·천관우·김철준·이광린·변태섭·김용섭·신용하 등 당대의 가장 정력적인 국사학자들의 연구 결과들이 일조각을 통해 발표되었다. 해방 후 세대에 의한 식민 사관 극복과, 한국 사회의 발전을 위한 선택지로서의 근대화에 대한 논의들이 이 보도의 중심이었기에, 일조각의 숱한 학술서들과 그 성과들의 축적이 없었다면 우리의 한국학 전개는 참으로 더뎌질 수밖에 없었을 것이고 그 깊이는 그만큼 얕았을 것이며 우리 학계의 실적은 그래서 더 가난했을 것이다.

우리나라의 근대화 과정에서 그 지적·문화적 주장과 토론은 여러 분야와 많은 작업에서 추진되어왔지만, 그럼에도 그 압도적인 추동력이 일조각에서 나왔다는 사실은 당시의 학계와 문화계 모두가 동의하지 않을 수 없을 것이다. 한 선생님의 이런 작업은 다른 어느 곳으로부터의 지원도 없이, 그리고 번역 소설로 출판사의 재정을 채워가던 시절에 그런 베스트셀러 소설 하나 없이〔딱 하나, 김구용 선생의 정직한 번역으로 팔리지 않은 『열국지(列國志)』가 나온 적은 있다〕 이 막대한, 지금 같으면 국가적 사업으로 지원받았을 학술 연구서들을 통해 끊임없이, 거침없이 진행되었다. 이 공헌은 아무리 강조해도 결코 지나치지 않을 것이다. 한국학계를 위해 출판의 모두를 바친 열정 앞에서는 그분에게 수여된 '화관문화훈장'이란 너무 초라할 수밖에 없고, 근대화로 들어서는 우리나라의 출판계를 세계로 확장하신 공로 앞에서는 '대한출판문화협회장'이란 직함도 너무 하찮은 자리에 불과하다. 다른 훌륭한 분에게 곧잘 좋은 수식어를 쓰는 나도 이런 그분의 한국 근대 지식사회에 끼친 공헌 앞에서는 '경의'라는 한참 모자란 말밖에 달리 더 적절한 치하의 말씀을 찾을 수 없음이 안타깝다.

그런 그분에게 나는 개인적으로 큰 은혜를 입었다. 바로 계간

『문학과지성』의 발행이다. 1970년 박정희(朴正熙) 정권의 삼선 개헌과 유신을 앞뒤로 한 참으로 착잡했던 시절, 나는 문학평론가 김현이 제의하고, 후에 인권변호계의 선봉이 된 황인철(黃仁喆) 변호사가 원고료 후원을 맡기로 한 계간지 발행에 합의하고 준비를 하면서, 어느 출판사에 그 제작과 영업을 위탁할 것인가의 문제로 고심해야 했다. 우리는 내가 추천한 일조각이 가장 좋다는 데 의견 일치를 보았지만, 정작 그 교섭을 자임한 나 스스로는 참으로 곤혹스럽지 않을 수 없었다. 출판 담당 기자로 출판사에게 이런 계간지 발행을 부탁하는 것이 예의에 어긋나는 일이 아닐까 하는 저어감에다, 적자가 분명할 계간지 발행 제안을 거절당하면 나도 부끄럽지만 거절할 일조각 측에서도 난감해할 것이 분명해서 그 자리가 매우 민망해질 것이고, 앞으로 한 사장님 뵙기도 어색할 것이 틀림없을 것이기 때문이다. 주저주저하다가 동인들에게 보고할 시간이 임박해서야 마지못해 일조각으로 한 선생님께 용건이 있다고 뵙기를 청했다. 사무실 건너편의 다방에서 전화로 커피를 주문해 마시면서 한 선생님은 용건을 물었고, 나는 머뭇거리며 우리의 의도를 말씀드리면서 그 간행을 맡아주실 수 있을는지 조심스럽게 타진했다. 그런데, 그런 겁에 젖은 내 말을 듣더니 그 당장, 그리고 아주 명쾌하게, 조금도 주저 없이 "좋습니다"란 단 한마디로 수락해 주었고, "최 주간과 만나 구체적으로 상의해달라"고 대답해주셨다. 나는 최재유 주간과 만나 원고 수집과 편집, 원고료는 우리가, 교정과 제작, 판매는 일조각이 분담하기로 합의했다. 창간호가 나온 후 그 기념으로 찍은 우리 동인들과 최 주간과의 사진은 종종 기록용으로 사용되었는데 일을 기민하게 처리하는 최 주간은 잡지 발간에서 충돌할 수 있을 일들에 대해 아주 관대하게 우리 동인들에게 양보해주어 무척 고마웠다. 이마저 한 선생님의 배려 덕일 것이다.

이렇게 해서 계간 『문학과지성』이 탄생했는데, 나는 어떤 뜻으로 그분이 이처럼 주저 없이 내 어려운 제안을 수락하실 수 있었는지 두고두고 궁금해서 몇 해 후 그 일에 대해 여쭈었다. 그분 대답의 요지는 이랬다. "서구나 미국의 일급 출판사는 으레 학술이나 예술 관계의 고급한 쿼털리를 발행한다. 일조각이 발행해주던 『창작과비평』이 나간 후 스스로 계간지를 낼까 고려 중이었는데 그럴 무렵 그런 제안을 받았으니 오히려 잘됐다 싶어서……" 1970년에 창간된 이 잡지는 내가 동아일보사를 나와 실업자가 된 것을 계기로 창업한 문학과지성사가 1977년에 인수받았다. 한 선생님이 또 내 어려운 청에 선선히 수락해주신 것이다. 일조각은 그 후 이기백 선생님의 주재로 『한국사 시민강좌』를 계간으로 발행했다. 나는 이 일을 계기로, 이른바 고급 출판사란 무엇인가, 그것은 어떻게 자신의 존재 이유를 드러내는가, 그를 통해 무슨 일을 해야 할 것인가를 출판업의 당위적인 실천 태도로 배웠다. 그리고 그것은 내 개인적인 입장에서나 한국 출판계의 비전을 위해서 참으로 훌륭한 교훈이 되었다. 나는 그것을 우선 내 경우에 비춰 '감사'라는 상투적인 인사로 그칠 수밖에 없음이 또 답답해진다.

레닌 동상 앞에서. 왼쪽부터 김병익, 한만년, 박맹호, 이기웅.

나는 한 선생님을 자주 뵙긴 했지만 기자로서, 혹은 출판협회 회원으로서였고, 개인적으로는 1989년 모스크바 국제 도서전에 동행해 해체기의 러시아 구경을 할 때 그분의 구김살 없는 행장을 가까이 뵌 것이 거의 유일했다. 그리고 딱 한 번,『문학과지성』간행을 합의한 후 나와 황인철, 김현, 김치수 동인들을 초대해 술을 못하는 내게는 거나한 술자리를 함께한 적이 있었다. 훤칠한 용모, 호쾌한 웃음, 격조 높은 화법, 명쾌한 어조 속에서 이런저런 높은 담론이 교환되었다. 전부터 그분의 외모와 내실, 출판 작업의 내용과 그 성과에 대해 존경과 평가를 아끼지 않은 내게, 아마도 '한씨 일가의 노블리즈'를 느낄 수 있는 한 장면이 다가왔다. 여럿 모인 한 술자리에서 언론계 출신의 혈기 탕탕한 국회의원 한 분이 내게 "한만년 사장이 도대체 어떤 분이냐"고 물었다. 그분과 인적 관계를 맺어야 할 판인데, 한 선생님 내외분이 어떻게나 도저한지, 누구에게나 당당했던 자기 자신을 초라하게 느끼도록 만들었다는 말을 밝은 웃음을 터뜨리며 유쾌하게 불평했던 것이다.

남들의 이런 말이 아니라도 나는 우리나라에서 가장 품위 있고 당당한 집안을 들라면 늘 그 '한씨 일가'를 지목했다. 한 선생님의 부친 월봉 한기악 선생은 일제 시대 '경성 삼대 미남' 중 한 분으로 『동아일보』 창간 멤버였고 잠시 『조선일보』 사장 일도 보셨는데, 안타깝게도 사십대에 일찍 가셨음에도 당대 일급의 지식인이며 민족주의 의식이 깊으신 분이었다. 한 선생님은 1970년대에 선친의 호를 딴 '월봉 저작상'을 제정하셨다. 일찍 아버지를 잃으셨기에 한 선생님은 인촌 김성수 선생의 장학금으로 학교를 다녔는데, 그 신세를 면하기 위해 아르바이트를 하자 인촌 선생이 야단을 치며 돈을 다시 주셨다고 한다. 그래서 그분은 내가 다닌 대학의 같은 과 선배로 졸업하셨다. 선생님의 사모님은, 작가이며 법학자로 우리 헌법 초안을 작성하고 후에 고려대 총장을 역임하신 현민 유진오 선생님의 따님으로, 어떤 숙녀도 그분 앞에서 감히 고개를 맞세우기 어려울 정도로 범절이 높으신 분이었다. 한만년 선생님이 한국전쟁 중에 일조각을 창업하셔서 장인의 저서를 발행해 손수 자전거로 서점에 배달하며 운영하던 때의 일을 껄껄 웃으며 회상하던 일이 아직껏 눈에 선하다. 선생님의 형님 한만춘 선생은 연세대 이공대학장을 지내신 공학자이고, 아우 한만청 박사는 서울대학병원장으로 일하신 의학자이다. 그리고 한 선생님의 4남 1녀가 모두 서울대 출신으로 박사고 교수이다. 언젠가 한 선생님이 출판협회 관계로 나를 부른 적이 있었는데, 그날 마침 대학 학력고사 결과가 발표되었고 신문에서 그분 따님이 전국 수석으로 보도되었다. 뵙자마자 그 축하부터 드렸더니, 그분은 물론 기쁜 얼굴로 환해지셨지만 결코 그런 딸을 자랑하지 않았다. 그 '빛나되 번쩍이지 않는(光而不耀)' 인품에 참으로 감탄하면서 내가 도저히 미치지 못할 한 가문의 아름다운 모습에 부러움을 스스로 삭일 수밖에 없었다.

나는 내가 아는 분들에 대해 말해야 할 때, 그분의 좋은 모습을 찾아내고 훌륭한 일을 이룬 그 공덕을 추켜올리며 그분에 대한 경의를 높여드리는 경우가 많다. 그러나 한만년 선생님의 경우는 따로 생각을 더듬을 일도 없이, 더욱이 사실을 키우고 새 해석을 드릴 필요도 없이, 늘 존경스럽고 감탄하며 감사한 마음으로 모시게 된다. 10년 전 서울대병원의 영안실에서 선생님 영전에 분향을 하고 돌아오는 길에, 나는 이제 진심으로 존경할 사표도 없어지고 내 남은 생애에 롤 모델로 모실 분도 더 발견되지 않을 것이란 외로움에 젖고 있었다. 그래, 세상은 숱한 사람들의 태어남과 사라짐의 얽힘으로 어울리겠지만 그중에는 유독 우뚝 솟아 앞뒤의 사람들에게 바람과 배움의 본보기가 될 분이 있어 그분을 가까이 뵙고 배울 수 있다면 참으로 다행스러운 일이고 그런 분들이 많을수록 살아볼 만한 세상이 될 것이다. 그럼에도 그날, 나는 아마도 그런 분으로 뵐 수 있는 마지막 분을 보내고 있는 것이란 진한 상실감에 젖었고, 그러니 한 선생님과의 이별로 앞으로의 세월이 참 쓸쓸해지겠다는 암담함에 억울해지고 있었다. 그리고 10년이 지난 지금에도 그때의 그 막막한 설움은 지워지지 않고 그대로 내 안에 남아 자리하고 있다.

〔『책과 선택』 28호, 열화당, 2014. 10〕

'토지 학회' 발족을 축하하며

정확히 69년 전의 모레, 우리 한반도는 해방을 얻었습니다. 그리고 그로부터 50년이 지나기 하루 전, 박경리 선생님은 그날을 회상하며 "만세! 우리나라 만세! 아아 독립 만세! 사람들아! 만세다!" 하는 구절로, 동학혁명에서 시작하여 해방을 맞는 반세기의 처절한 우리 민족사를 재현하는 거대한 서사문학을, 25년의 각고 끝에 드디어 완결합니다. 이처럼 사연이 몇 겹으로 겹친 2014년 8월의 광복절을 이틀 앞둔 오늘, 세계문학에 가장 높은 반열의 하나로 올릴 박경리 선생님의 대하소설 『토지』의 완성 20주년을 맞으며 본격적인 연구의 중심으로 자리할 '토지학회'가 발족하게 되었습니다. 이럼으로써 이 거대한 장편 문학에 대한 깊고 넓은 연구와 그 성과를 높이 다지고 집중·확산하는 본격적인 작업이 시작될 수 있겠기에, 저의 축하와 격려는 더더욱 두터워지지 않을 수 없습니다.

120년 전의 동학혁명 운동에서부터 시작되는 『토지』는 반세기에 걸친 기구한 우리 민족의 역사와, 그럼에도 자존의 삶을 추구해 온 한국 근대사를 재구성하고 있습니다. 5부에 걸친 이 방대한 소설 작품은 오늘의 한국을 가능하게 한, 전통 사회에서부터 현대 사회로 급변하는 과정에서 맞닥뜨려야 했던, 한말에서부터 식민지 시대를 관통하는 우리 근대사를 재구성하면서 우리 자신의 인간사와 가족사, 정치-경제사와 사회-문화사를 재현하고 있습니다. 그래서 당당히 우리 국민의 대표 문학으로 사랑받는 이 대하소설이야말로 한국 근대사 모두를 아우르는 '총체소설'이라고 저는 명명한 바 있습니다만, 우리가 여기서 정리·분석하며 비교·연구할 숱한 주제들과 과제들이 그 역동적인 서사 언어들로 활발히 제기되고 있습니다.

이 소설이 완성된 지 20년 동안 그리고 그 거작을 창작하신 박경리 선생님이 작고하신 지 7년 동안, 이 작품과 작가에 대한 감사와 기념의 작업은 우리 한국인들의 당연한 예우이고 의무였습니다. 그분이 집필 활동을 하신 원주에는 이미 그의 생존 중에 건립된 토지문화관이 우리 젊은 문학인들의 창작 공간으로 활용되고 있으며, 작고 후에는 토지기념공원과 박경리기념관이 다시 조성, 개관되었고, 그 작품의 무대가 되었던 하동에는 평사리 최참판댁을 비롯한 주인공 일가의 가옥과 마을이 복원되어 매년 기념 행사를 열고 있으며, 통영에서는 그의 묘와 기념관으로 그분이 그곳 출신임을 자랑하고 있습니다. 그리고 3년 전부터 우리나라에서 그 규모가 가장 크고 한국에서는 처음으로 외국 작가에게도 개방된 '박경리문학상'이 제정되어 시행되고 있습니다. 한국 작가로서 최상의 영예와 사랑을 그분은 받아들이고 있는 것입니다. 그리고 박경리 선생님에 대한 갖가지 기림의 작업들은 다행히도, 이런 외형적인 기념과 행사로만 그치지 않았습니다. 우리나라에서 처음 보는, 작품 인물을 소개하는 두툼한 『토지 인명 사전』을 비롯해 근 열 권에 이르는 연구서들이 간행되었고, 아카데믹한 논문과 문학비평, 학술 회의를 통해 작가와 작품에 대한 새로운 연구 성과들이 덧붙고 그 의미가 쌓이며 그 성과를 높이는 일이 지금도 이어지고 있는 중입니다.

이런 박경리 문학의 기림과 천착의 흐름 속에서, 오늘 박경리 선생님의 『토지』를 연구하기 위한 학회가 창립되어 본격적으로 조직적인 학술 작업의 단계로 오르게 되었습니다. 그동안 왕성하게 수행되어온 갖가지 기념과 추모 사업들의 성과들이 이로써 깊은 내실을 얻게 될 것이며, 이 작품에 끝없이 드러나는 참신성과 거대한 규모에서 비롯되는 문학적·역사적·미학적·철학적·인간론적 소재들에 대한 새로운 연구들을 통해 새로운 학문 과제로 '토지학'이 성립되어 우리 문학이 더욱 풍요하고 진지하게 인식되리라 기대합니다.

우리나라의 많은 문학 행사와 기념사업에도 불구하고 외형적인 일에만 치중해 정작 작가의 문학과 정신, 작품과 생애를 연구하는 학회가 부족하다는 점에서 저는 불평이 많았기에, 이 같은 문학 연구를 위한 조직적인 모임이 이루어진 일이 여간 반갑지 않습니다. 더구나 한 작품을 내세워 집중적인 자료 수집과 정리, 깊은 연구와 다양한 접근 방법, 활발한 비교 고찰과 출판 활동을 하는 학회는 이 방면에 많이 앞선 문학 선진국에도 매우 드문 것으로 알고 있습니다. 이런 점에서 '토지학회'라는 전례가 드문 연구 단체의 결성은 의미하는 바가 매우 무겁고 해야 할 일이 무척 많으며 그 성과에 대한 기대도 유달리 크지 않을 수 없습니다.

저는 이 학회를 통해 소설 『토지』의 서사적 의미와 미학적 성과 등의 작품 내적 연구와 작가의 또 다른 소설과 시, 수필 등의 문학들, 국내외의 다른 작품들과 작가들과의 횡적 비교, 한국 정치사와 문화사의 종적 추적 등의 숱한 외연적 연구로 다면적 이해와 다각적 접근, 다층적 분석으로 그 심화와 확산이 무한히 가능할 것으로 기대하고 있습니다. 이 '토지학회'는 그 갖가지의 다양하고 풍요할 '토지론'을 집산하고 정리하며 평가할 명실상부한 '토지학의 중심'으로서 든든하고 힘 있는 기틀이 되어주리라 믿습니다.

이 학회를 구성하기 위해 당초부터 『토지』 연구와 추모 작업을 필생의 과제로 작정하여 어떤 수고도 마다하지 않은 최유찬 회장의 집요한 노력에 한없는 감사와 축하의 인사를 드립니다. 또한 이 학회와 '토지학'의 정립 및 발전에 끝없는 열정을 다할 동료 연구자와 회원들의 작업에 격려의 말씀을 전합니다. 모쪼록 오늘 첫 모습을 보인 '토지학회'의 전도에 환한 희망의 빛을 보며 모든 회원들의 열성으로 『토지』의 학문적 성과와 비평문학적 성취가 더욱 빛나기를 바라, 축복을 올립니다.

〔2014. 8. 13〕

김치수, 그와의 동행 반세기

   부군의 일이라면 모든 것을 최대한으로 정과 성을 다하는 미망인의 행사 준비를 옆에서 눈으로만 도와드리면서 나는 한 달 넘어를 김치수 추모 기간으로 보내야 했다. 그의 후배이자 제자가 발행한『숨』에 게재된, 그의 평생의 친구와 젊은 시절에 나눈 편지들을 읽었고, 열 권으로 기획된 그의 전집의 끝 번호이지만 출판은 가장 먼저 된『화해와 사랑』의 목차를 보며 그 책 뒤표지에 실릴 글을 다듬었으며 새삼 15년 전에 간행된『김치수 깊이 읽기』를 꺼내 동료들과 후배들 그리고 그 자신이 고백한 그의 생애와 문학을 다시 들여다보았고, 드디어 10월 14일 양평 공원묘원에서 열린 1주기 추모식에 참석하여 그의 친구, 선후배와 제자 등 백여 명이 그에게 간절한 애정을 보이는 장면을 목도하기까지, 나는 김치수의 그림자 안에서 보낸 셈이었다. 그리고 자원해서 그와의 우정을 회고하는 이 글을 시작하면서, 그보다 스무 해 이상 먼저 간, 그리고 그와 가장 진지한 우정을 나누었던 김현과 황인철과의 사귐을 저절로 회상하지 않을 수 없었는데, 이제 세번째로, 나보다 연하이면서 먼저 타계한 친구를 향해 나의 기억을 되살려야 한다는 것을 깨달았다.

그러나 세상을 버린 지 1년밖에 안 된 그 친구에 대한 기억은 기억으로서의 생생함보다는, 매일이 비슷한 나날의 일들처럼 그가 지금도 저기 서울 한 바닥에 살고 있고 화요일이면 문지 사무실에 앞대문니를 보이며 훤한 웃음으로 나타날 것 같고, 왼손으로 바둑알을 힘차게 두드려 나를 꼼짝 못하게 만들 것 같은 일상의 그의 모습만으로 떠오른다. 나는 그에게 드린 마지막 인사에서 저세상 친구들에게 이곳 안부를 전해달라고 부탁했지만, 그건 그가 마치 파리행 비행기를 타듯 여기를 떠난다기에 덧붙인 말이었지 그와의 영원한 결별을 실감해서가 아니었다. 그는 지금도 여기 내 옆에, 혹은 서교동과 신촌에, 그리고 구기동에 잘 지내고 있는 듯싶다. 그렇게, 그는 내게 여전히 현존감으로 감싸여 있고 회상이란 정서적 호소는 흐릿해지지 않을 수 없다. 그러니 나의 '그와의 동행 반세기'는 인상파의 점묘법일 수밖에 없겠다.

그와의 첫 만남은 1966년쯤이었을 것이다. 나는 『동아일보』 문화부의 문학 담당 기자였고 먼저 사귄 홍성원으로부터 김현을 소개받았을 것이며 '바늘과 실'처럼 함께 매어 다닌 그가 그 첫 만남자리에 있었을 것이다. 그는 그해 『중앙일보』 신춘문예 평론 부문에 당선되어 당당히 그 신문이 배출한 첫 문학비평가가 되었고 동아일보사와 가까운 청진동의 신구문화사에 근무하고 있었다. 김현이 자부한 '첫 한글세대'로서의 우리는 웬 말들이 그리 많았고 젊은이답게, 그러나 그 나이를 넘어 생각하고 다툴 문제가 많았는지, 우리는 한 주에 두어 번 이상 저녁에, 때로는 낮에도 모여 술과 식사를 하거나 적어도 차를 나누며 웃고 떠들며 토론하고 비판했다. 물론 김현의 특유의 말 트기 전략에 휘둘려 서너 해 선후배 사이임에도 말들을 놓고 지내왔기에 웃음소리도 컸고, 근대로의 전환기였기에 글로만이 아니라 말로 먼저 떠들어야 했으며, 산업화와 도시화에서부터 참여론과 대중문화론에 이르기까지 혹은 김승옥과 이청준의 소설과 황동규와 정현종의 시에 대한 소감들을 거쳐, '고무신족'의 영화와 이미자의 노래에 이르기까지 그 떠들기와 아옹다옹하는 데는 시간도, 주제도 없었고 주장도 결론도 고집하지 않은 채 끈질기게 이어졌다. 그 소란스러움의 가운데는 물론 김현이 가장 큼직하게 앉아 있었고 그 옆에 김치수가 장구를 치며 흥을 돋우어주고 있었다. 그리고 그 흥건한 판은 거의 치수의 외상 긋기로 끝냈다. 지금도 궁금해하며 민망해지는 것은 오래전에 헐린 용산 시민아파트에 세 들어 살며 두 아들을 키우는 박봉의 그가 으레 그 술값을 계산할 때 모름지기 느껴야 했을 부담감이었다. 그랬을 사정에도 그는 아무 불평 없이 후덕한 웃음으로 넘겨버렸기에 내 눈치 없음은 그런 짐작을 모른 체하며 내 이기심을 다독거렸을 것이다.

그렇게 어울리고 논쟁하며 논의하는 가운데 우리는 동인지 『68문학』을 거쳐 『문학과지성』의 편집동인으로 동참하여 당시 가장 의미 있는 작업으로 자부한 계간지 발간 작업을 시작했다. 그는 이미 대학 재학 시절에 김현, 김승옥, 최하림과 『산문시대』를 만들었고 출판사의 편집자로서 과외의 한국사 지식을 키웠지만 역시 전공인 프랑스 문학으로 석사학위를 받았다. 그는 활달한 김현과 진중한 황인철, 기민한 김주연과 무기력한 나 사이를 서로 잘 잇고 서로를 두툼히 채워가도록 조절하며 그 특유의 후덕한 인품이 만드는 든든한 분위기로 감싸주었다. '문지 동인'들은 이렇게 자주, 잘, 어울리면서 계간 『문학과지성』을 중심으로 토론하며 함께 고민하고 더불어 비판하며 글쓰기와 정신 차리기에 서로 격려해주었다. 그래, 젊은 날들이면 많은 사람들이 으레 그렇듯 괴로워하고 다투며 저항하고 극복해야 했지만 우리는 서로 더불어서였고 그랬기에 그 괴로움과 거기서 빚어진 말들이 더 크게 의미화되어 가난했던 그 지식사회에 던져졌을 것이다. 유신의 어려운 시대를 헤쳐 나오고 공포스러운 신군부 시절을 잘 견뎌낼 수 있었던 데에는 그 모두의 지혜로운 신중함과 이성적 판단 덕분이지만 그걸 궁글려 하나로 엉키게 만드는 데에는 김치수 덕분이 가장 컸을 것이다. 그는 유학을 위해 1970년대의 여러 해를 프랑스에서 보내는 동안에도 잡지 편집에 관심을 보내며 동인들의 안부에 민감해 있었고 박사학위를 받고 귀국하여 부산대와 외국어대를 거쳐 이화여대에 정

착하고서도 변함없이 가장 '문지적인 동인 의식'으로 '4K'를 조종
했다. 신군부 시절 그는 지식인 선언에 서명했다는 이유로 기관에
연행되어 며칠 동안 시련당했고 대학 강단에서 물러나야 했으며,
그래서 그 후의 4년 동안 문지에 나와 원고를 검토해주며 하릴없는
시절에 그래도 좌절을 이겨내면서 어두운 시대를 건강하게 지내
야 했다. 만약의 경우를 대비하자며 우리 스스로를 의지할 언덕으
로 출판사 설립을 제안한 김현의 선견지명 덕분에 문학과지성사가
창사되었고 나와 그는 실직의 고통을 줄일 수 있었다. 그는 김현과
대학 입학 전부터 사귀기 시작하여 학문적·문학적 교감을 가장 두
터이 가져왔는데, 그 김현이 1990년 미처 아홉 수를 넘기지 못하고
49세로 숨을 거두었고, 그로부터 세 해를 넘지 않아 (치수 부인이
중매를 서서 성사가 되었기에 부부들 간의 사이가 유달리 돈독했던)
황인철이 또 암으로 작고하고 말았다. 그래서 크게 비어 있어야 할
우리의 모임이 그럼에도 여전히 활기를 유지할 수 있었던 것은 나
이 들수록 더욱 후덕해지고 공정해지며 균형 어린 시각을 갖춘 김
치수의 숨은 중용지심의 덕분이었을 것이다.

그의 문학과 학문에 대한 소개와 평가는 그와의 동행 50년이라
는 사연으로 내가 길게 말할 입장이 아니다. 그럼에도 김현 못지않
게 프랑스 문학과 한국 문학에 기여한 점을 그 제목만으로라도 제
시하지 않을 수 없다는 책임을 느낀다. 친구의 관계는 흔히 사적인
것으로 함몰되어 그의 공적 공헌을 제쳐놓기가 쉽다는 생각을 떠

올리면서 그가 남긴 업적을 다시 평가해야 한다는 생각이 새삼 깊어졌기 때문이다. 그의 영결 예배 때 나눠준 프로그램에 의하면 그는 11권의 저서를 공간했고 8권의 프랑스 문학 이론과 소설 들을 번역했다. 1주기에 나온 10권의 전집 마지막 권으로 편집된 그의 유작집까지 합하면 20권의 책이 그의 이름으로 상자된 것이다. 거기에는 물론 한국 문학 비평 작업이 가장 활발하고 프랑스 문학에 대한 연구와 소개가 함께하고 있다.

먼저 그가 전공하고 또 대학에서 강의한 프랑스 문학 연구 작업을, 불문학을 모르는 내가 그의 연구와 번역을 통해 알게 된 바로 요약해야겠다. 『김치수 깊이 읽기』에 기고한 그의 제자일 송기정은 「나의 스승 김치수」에서 그로부터 "문학 연구가 하나의 과학적 작업"임을 배웠다면서 그는 "금세기 학문에 가장 큰 영향을 준 세 명의 학자"로 마르크스, 소쉬르, 프로이트를 들고 "실로 20세기 인문사회과학에 혁명을 가져온 그 세 가지 문학 이론"을 강의했다고 회고하고 있다. 나는 불문학에 맹문이지만 그의 옆에서 같은 문학 비평을 한다는 덕분으로 그의 불문학 연구 작업을 넘겨보았고 의외로 그가 한 프랑스 문학 연구 작업이 크고 중요하다는 사실을 깨달았다. 우선 마르크시즘: 그는 마르크스나 마르크시즘에 직접 접근하지는 않았지만 네오마르크시즘, 곧 프랑스에 수용되어 서구 문학 이론으로 수용한, 가령 골드만의 문학사회학에 대해 깊이 연구했다. 그가 귀국해서 맨 먼저 발표한 비평이 그 문학사회학을 소개하며 한국적 수용을 시도한 「문학사회학과 한국 소설」이었다.

이어 소쉬르: 그는 우리에게 아직 생소한 문학적 구조주의에 깊이 파고들며 우선 소쉬르의 언어학에 적극 접근했고, 그것의 구체적인 표현이 문학과지성사의 초기 성과인 『언어과학이란 무엇인가』의 기획으로 나타났으며, 그의 비평집 『문학과 비평의 구조』로 표현되었다. 그는 또한 기호학 연구 활동에 적극적이어서 한국기호학회를 조직하여 회장 일을 보았고 아시아기호학회 부회장으로 수고했다. 마지막으로 프로이트: 그는 프로이트적 심리학에 경사되지 않은 것 같지만 문학에서 프로이트 심리학이 어떻게 수용되며 작가와 작품 연구에 적용될 수 있는가에 대해 많은 생각을 했었다. 그것이 마르트 로베르의 『기원의 소설, 소설의 기원』 번역이고 그가 생전에 낸 마지막 비평집 『상처와 치유』의 토대로 기능하면서 그의 이른바 '공감의 미학'을 구성토록 했다. 나는 그의 프랑스 문학에 대한 연구 작업의 목록을 제시하고 있지만 그 내용 이해는 미숙함에도 그에 대한 평가는 더욱 높여야 할 것이다. 그에 대한 본격적인 연구와 평가는 그의 후배들에게 미룰 수밖에 없겠다.

그의 한국 문학 비평 작업에 대한 소개는 나도 조금 보탤 수 있겠다. 그의 1966년 신춘문예 데뷔작 「염상섭 재고」는 그 겸손한 제목보다 훨씬 중요한 문제를 다루고 있다. 백철을 비롯한 기왕의 우리 문학사는 횡보 염상섭을 자연주의자라고 치부하며 그 문학사적의미를 실제보다 과소하게 매겨놓았는데, 그는 대학 시절에 공부한 발자크와 그의 리얼리즘에 기초하여 염상섭을 자연주의 무리에서 떼어내 현실을 객관적으로 바라보고 묘사한 '사실주의 작가'로 바로잡아줌으로써 이후 우리 문단에 중요한 토의 주제가 된 '리얼리즘'의 바른 이해와 적용을 가능하게 했다. 그의 이 발표 이후 염상섭은 문예사조상의 사실주의 작가로서 확실하게 설정되었다. 그의 프랑스 문학 연구는 미셸 뷔토르였고 그를 둘러싼 누보로망이 있었는데 그와 김치수의 교분은 매우 깊어 그를 위해 뷔토르는 『김치수 깊이 읽기』에 시 「나 자신과 나 사이의 대지」를 기고하여 "나는 막걸리 한 사발을 들이켜며/ 당신의 초대, 당신의 언어, 그리고 동양 문자 등 주위의 모두에게/ 그렇게 많은 소음 속에서도 당신들이 지켜올 수 있었던/ 고요를 가져올 수 있도록 즐거운 여행을 기원하네"라고 소망했다. 그런 그에게서 나는 그의 신비평적 사유를 조금씩 훔쳐왔고, 모더니즘이 "모험의 언어에서 언어의 모험"이라는 그의 멋진 말을 내 것인 양 자주 써먹곤 했다.

그럼에도 그는 한국 소설 비평 작업에서 누보로망의 어법을 고스란히 되풀이해 써먹지는 않았다. 그는 한국의 역사와 현실이라는 보다 다급한 상황 의식에서 우리 문학을 보았고 그것들이 지닌 진정성의 발굴에 더 큰 힘을 기울였다. 박경리와 이청준(바로 이 제목으로 집중적인 작가론 저서도 있거니와), 김주영과 최인호, 이문열과 김원일 등 자기 시대의 작가들에 대해 따뜻하며 이해적인 관심으로 접근하고 그의 당대적 인식과 문학적·보편적 구성을 문학사회학적 논리로 분석하며 거기서 포착되는 작가와 작품 들에서의 의미 발견과 그 평가에 집중했다. 그런 그의 관점과 작업에 대해 김현은 자기 자신과 함께 김치수를 묶어 '분석적 해체주의'라고 분류했는데 김치수의 그 구체적인 태도가 '꼼꼼히 읽기'였고 그것은 그 자신의 설명을 빌리면 "남의 이야기를 통해서 자신의 삶을 살아보는 방법"이며 그럼으로써 "남의 형편을 잘 알고 이해하게 되어 [……] 사람답게 사는 것을 생각"(『김치수 깊이 읽기』, p. 44) 하게 만드는 것이다. 이 점을 주목하여 후배 정과리는 그를 "분석 정신과 열린 사유를 공유한 비평가"로 정리하며 그의 '분석적 대화의 비평'이 가진 의미를 평가한다. 그의 이 열려 있음, 꼼꼼한 읽기의 정신으로 연장된 사유가 자기 성찰과 공감의 비평이다. 그는 "문학은 나 자신의 모습을 보여주는 거울"이란 인식, 그래서 자신을 가장 잘 이해해주는 친구인 그에 대해 김현이 "정신의 세계 인식의 다양성의 시대적 의미에 대한 (그의) 긍정"이란 평가를 주고받는 그의 존재론적 의미에 우리도 공감하게 된다. 그는 1989년부터 몇 해 동안 아내와 함께 생애의 두 동반자 중 한 사람인 김현, 자신을 자식처럼 아껴준 김옥길 총장, 아들처럼 사랑해준 장모님, 그리고 뒤늦게 사귀었지만 그만큼 깊은 우정을 쌓을 수 있었던 황인철 변호사 등 가장 가까운 네 분을 잇달아 잃고는 "사랑하는 사람을 잃은 슬픔이 어떤 것인지 가장 절실하게 느꼈던" 시기를 치르며 "사람이 살아간다는 것은 한편으로 작은 기쁨을 쌓아가는 것이라면 다른 한편으로 큰 슬픔을 겪는 것 같다"는 진실을 확인한다. 아마 그의 '공감의 비평'에 대한 진지한 제안은 여기서 더욱 힘을 얻은 것이리라. 그가 소설 문학의 특장을 "내가 살아보지 않은 삶을 살아보기"로 짚으면서 그 문학에서 다른 삶의 체험이 인간을 더욱

인간답게 만들며 소통과 공감, 화해와 사랑의 삶을 발견하게 된다
는 말을 할 수 있었던 것은 이런 인간적 생애의 고통을 통해 얻어
진 깨달음일 것이다.

　나는 '김치수와의 동행 50년'이란 말을 썼지만, 그 사귐의 앞부
분은 두 사람을 대학생 시절부터 관찰해온 최하림이 '이신 일체'라
고 한 김현과의 것으로, 당연히 부러워하며 그 선점권을 인정해야
할 것이다. 김치수 자신도 그의 부인 안정환 여사와 김현 "이 두 동
반자가 없었다면 지금의 나는 존재할 수 없었을 것이다"라고 고백
할 정도였으니 김현과 그의 관계를 탐낼 수는 있지만 질투할 수는
없을 일이다. 그러나 김현이 1990년에 작고한 이후 내가 그에게 많
이 의지할 수 있었던 행운은 고백하지 않으면 안 되겠다. 그는 내
옆에 있었고 내 생각과 희망을 알아서 챙겨주었고 나는 말로는 표
현하지 못했지만 속으로는 무척 든든하고 믿음직한 의지로 여겨
그를 깊은 감사의 마음으로 사려두어왔다. 그는 놀 자리에서는 좌
중을 유쾌하게 이끌어갔지만 진지하게 상의해야 할 자리에는 그
특유의 무겁고 낮은 목소리로 속삭이듯 진중한 의견을 말하고 그
분위기로 살려나갔거니와, 우리가 함께 만든 가족 회사 같은 문학
과지성사를 주식회사로 개편할 때, 특히 물러나며 그 운영권을 수
평 이동보다 수직 이동으로 후배에게 승계시키자는 내 뜻에 적극
동의하여 밀어준 일로 오늘의 문학과지성사가 가능했던 것은 그의
덕분이었고, 그에 대한 신뢰감을 더욱 두텁고 든든하게 지닐 수 있

게 된 것도 그래서였다.

그럼에도 그와 나는 참 많이 다르다는, 아니 상반되기까지 하다는 내 개인적인 소감을 밝혀야겠다. 가령 나는 어떤 술이든 딱 첫 잔의 첫 모금만 맛있고 그다음 모금부터는 숨차고 힘들고 해서 2차를 못 가고 친구들도 그런 나를 오래전부터 용인해주었지만, 그는 술을 많이는 아니지만 매우 즐겨 마시고 무엇보다 그 술자리를 매우 즐거운 자리로 만들었다. 그것은 김치수 특유의 관용스러운 재치에서 비롯된 것이겠지만, 특히 포도주에 대한 그의 감식은 매우 정확해서 술을 모르는 나도 그런 그를 매우 높이 보고 있다. 한번은 어느 식당에서 주문한 값이 제법한 포도주를 테이스팅하고는 그 술이 적절한 온도로 보관되지 못해 술맛이 흐려졌다는 지적을 했고, 식당 주인이 꼼짝 못하고 수긍하는 장면에서 그의 포도주에 대한 전문적 감식력에 감탄하고야 말았다. 술만이 아니라 음식에 대해서는 가림이 없고 그럴 만큼 그 맛을 가늠하지 못하는 나는 김치도 중국산을 버리고 집의 것을 가장 즐기는 그의 구미에 혀를 둘렀다. 남에게는 거의 눈치를 보이지 않는 그의 이런 미식감은 어렸을 때부터 길들인 입맛에 그의 부인의 탁월한 조리 솜씨 덕분으로 더욱 신선해졌을 것이다. 나는 술집에서나 어디서나 전혀 노래를 부르지 않고 그런 나에게 친구들도 굳이 노래를 재촉하지 않는데, 김치수는 술이 얼큰해지면 스스로 마이크를 잡고 노래를 부르기 시작하고 그걸 한없이 계속해 좀체 그치지 않으려 한다. 내가 감탄하는 것은 그의 노래 솜씨보다 그의 가사 외기이다. 항구마다 돌아가는 유행가들, 허무주의 시대의 예술 찬가에서부터 근래의 팝까지, 그것도 3절까지 다. 그가 대학 시절 『산문시대』를 만들기 위해 전주 가림출판사에서 작업을 하다, 역시 노래라면 빠지지 않을 김승옥과 초저녁에서 새벽까지 장단을 맞추어 한 곡도 겹치지 않고 노래를 불러댔다는 말이 '전설'처럼 남아 전해지고 있다. 그와 내가 유일하게 겨루며 즐기는 것이 바둑인데 그 태도는 서로 상반되고 있었다. 우리는 호선으로 두고 있었지만 그의 승률이 높았는데 그게 억울해서 따져보니 그와 나와는 차이가 딱 한 가지 있었다. 그는 고비일 때 길고 찬찬히 생각을 하고 나는 그럴 경우 얼른 돌을 먼저 놓고 난 다음 후회하는 것이었다.

마찬가지로 나는 텔레비전으로 중계되는 경기를 즐겨 보지만 운동을 전혀 하지 않고 하다못해 짧은 걷기를 권하는 말조차 거절하고 있지만, 그는 매주 등산을 했고 교수 테니스 대회에도 선수로 출전해서 입상도 했으며 각종 스포츠에 해박했다. 어렸을 때의 그는 몸이 섬약했고 그래서 부모님이 서울 유학을 시키지 않았다는데, 그런 탓으로 그는 건강과 운동에 남다른 열성을 들였던 것 같다. 대학 시절 그는 과 대항 체육대회 때 축구 선수로, 배구 선수로 동시에 뛰었다고 자랑했지만, 중년기에 당이 보이자 의사의 권유로 일산호수공원에 아침마다 한 시간 조깅을 해 한두 달 만에 주치의가 놀랄 정도로 당을 지워 원래의 체질을 회복했다고 한다. 말년에 정기 신체검사를 했는데 의사가 사십대 운동선수의 조직과 같다며 어떻게 이런 건강을 유지할 수 있느냐고 감탄하더라고 그는 호기 있게 자랑했다. 그럴 만했다. 나는 그의 정신을 보며 그의 그런 건강이 여기서 시작된 것이 아닐까 생각했다.

그의 인간적인 최대의 미덕은 결코 남을 비판하지 않는다는 점이다. 나는 이런저런 현실과 그렇고 저런 현장에서 못마땅한 것들과 짓들을 보면 그 감정을 숨기지 못하고 비난하거나 비야냥대지만, 그가 누구든, 무엇이든 나쁘다고 비난하거나 험담하는 말을 들은 적이 없다. 내가 잘못이라며 타인들의 말과 행위들에 투정을 부리면 그는 그럴 사정이 있을 수 있고 사람이란 그럴 수도 있는 것이고 그건 이해될 만한 것이란 말과 태도로 나를 진정시킨다. 내 투정이 부끄러워지는 것은 그가 그런 대인의 태도로 세상의 잡스러운 것과 일 들을 다독거려줄 때이다. 나는 왜 저처럼 관대하지 못한가, 나는 왜 남의 말과 행동을 충분히 이해하지 못하고 어쭙잖게 비난하는가 하는 스스로에 대한 못마땅함을 느끼게 해주는 유일한 인물이다. 그 반성은 내게 뒤늦게 떠올랐는데, 나의 요(凹)를 그의 철(凸)로 채워, 내 중년 이후의 사고와 판단, 행동과 선택이 그래도 덜 모자라고 덜 기울며 노추로 미끄러지는 것을 자제할 수 있었던 것이 그의 이런 후덕함·관대함·공정함 덕분이라는 것을 문득 깨닫게 되면서였다. 그에 대한 인품이 나에게만 그런 것은 아니라는 것을, 그가 '시골 형님' 같다고 연상한 황동규를 비롯한 친구들과 제자들이 『김치수 깊이 읽기』에 참여하여 표명한 글들에서 한결같이 동의하는 데서 확인할 수 있었다.

그러나 인간의 덕성과 그의 생명력은 다른 것이고 건강과 수명은 더욱 따로따로인가 보았다. 3년 전인가의 이른 봄 문지 MT로 큰마음 먹고 간 중국 산동에서 룸메이트인 그는 나와의 열몇 판의 바둑에서 연승을 했다. 그런데 그해 가을 그는 역시 그 이상으로 내게 연패를 당했다. 있을 수 없는 이 전적을 놓고 의아해하는 내게 그는 머리가 뜨겁고 아프며 집중이 되지 않는다고 했다. 그러고 얼마 되지 않아 뇌와 척추를 잇는 뒷목의 어딘가 작은 곳에 뭔가 생겼다고 했다. 그리고 수술을 받아야 했다. 물론 의사는 수술 결과가 좋다고 했다. 그러나 수술 결과가 좋다는 것이 병의 완쾌를 의미하지 않는다는 것을 다시 깨달아야 했다. 그는 항암 치료를 받아야 했고 그 탓으로 몸이 붓고 몸을 가누기 힘들어했으며 고개를 갸웃이 늘어뜨리고 말이 어눌해졌다. 다시 안타까운 마음으로 해대는 말이지만, 김현을 일찍 불러간 것, 황인철을 고통스럽게 만든 것, 홍성원을 침묵시킨 것, 이청준이 담담하게 맞아들인 것, 그리고 그가 존경하는 김옥길 이대 총장과 박경리 선생을 불러간 것, 그 가지가지 암들이 말년의 그를 삶의 무거움으로 싸안은 것이었다. 그들의 생명력을 닮아 지워버린 세상의 암적인 악덕들이 그의 몸도 지져낸 것이다. 그는 말을 줄여갔고 거동이 자유롭지 않아졌다. 그럼에도, 카이스트의 석좌교수가 된 아들을 우리 친구들에게 인사시키기 위해 부부 동반의 모임을 열어주었고 자신보다 더 든든한 2세의 장래에 축복을 내려주었다. 나는 구기동 그의 집으로, 때로는 그가 입원해 있는 서남병원으로 문병 갔고 그의 회춘을, 아니 적어도 연명이라도 하며 옆자리에서나마 더불어 있어주기를, 그가 살아 있다는 것만으로 내가 안도할 수 있기를, 빌었다.

그런데, 그런데 그날, 그가 이사로 참여하던 파라다이스 재단의 문화예술상 시상식이 열리는 구기동 어느 야외 식장에서 안정환 선생의 전화를 받았다. "김치수 선생이 방금 운명하셨습니다……" 얄궂어라, 나는 방금 받은 그 비보에도 불구하고, 예술상 수상자를 위한 축사를 해야 했다. 택시로 그의 빈소를 차린 서울대학병원으로 가면서 나는 억지로 나 자신을 달래야 했다. 그의 의외의 죽음은 슬픔이지만 그의 생애는 축하받아야 한다는 것, 그의 억울하게 빠른 운명(殞命)이 허망하게도 이 세계의 한 운명(運命)의 모습일 수 있다는 것, 그리고 그의 후덕하면서도 공명한 생애가 이 세상을 아직 살아볼 만한 것으로 만들어주어왔다는 것…… 이런저런 착잡한 상념과 추억 들을 삼키는데, 하늘은 참으로 맑고도 밝아, "눈이 부시게 푸르른 날은 그리운 사람을 그리워하"게 만드는, 참으로 푸르른 시월의 환한 오후였다. 빈소의 영정에서 그는 후덕하고 믿음직한 미소를 입가에 띠어 내게 보내고 있었다. 그가 나를 전별하고 있었던 것이다.

지난 시월 열나흘 "눈이 부시게 푸르른 날" 우리는 그리운 사람 김치수를 만나러 양평 공원묘지로 갔다. 그의 중후한 인상은 박정환·신옥주 조각가 부부에 의해 오석 묘비에 선명하게 각인되었고 100여 명의 친구, 선후배, 제자 들은 그의 묘 앞에서 내가 본 가장 진지하고 품위 있고 아름다운 1주기 추모식을 가졌다. 미망인과 큰아들이 누워 있는 묘비의 막을 거두었고, 후배 권오룡이 그의 전집 첫 출간본인 『문학사회학을 위하여』와 『화해와 사랑』, 그리고 추모문집 『이야기들의 감동』을 묘비 위에 헌정했고, 그가 4반세기 동안 봉직한 이화여대 재단이사장 장명수 씨와 엑상프로방스의 유학 동문인 일본의 두 학자 사사키 겡이치(동경대 명예교수), 스루가 요이치(동경외국어대 명예교수) 선생의 헌화가 있었다. 한 시간 계속된 추모 예배에서 당연히, 고인은 더할 수 없는 존경과 추모를 받았다. 그보다 10년 연상의, 집례를 맡은 서광선 목사는 그가 "그 찬란한 지성의 빛과 뜨거운 열기를 함부로 내보이지 않았습니다. 겸손한 빛이었고 그의 열기와 따뜻함은 항상 수줍은 '홍조' 같았습니다"라고 회고했고 그보다 5년 후배인 오생근은 "형의 도저한 넉넉함과 너그러움이 몹시 그리우면서도 마음 한편으로는 안타까운 느낌을 지울 수가 없음"을 고백하며 "왜 형은 좀더 이기적으로 살지 않았는지요? 의리와 도리, 혹은 원칙과 배려 때문에 힘든 일도 회피하지 않고 [……] 남에게 양보하거나 [……] 참는 일이 얼마나 많았을까요"라며 탄식했다. 그와 대학 1학년 때 같은 교실에서 공부한 시인 김광규는 추모시에서 "믿음직한 그대를 다시 만날 생각을 하니/ 이미 그대 가 있는 곳/ 그곳으로 가는 길이/ 조금도 두렵지 않게/ [……] 우리가 곧 갈 터이니/ 기다려주게"라고 당부했다. 역시 그와 같은 방에서 공부한 독문학자 김주연은 간곡한 기도를 통해 세속의 삶에서도 그랬던 것처럼 "평생의 업으로 삼았던 문학을 통해서도 이 같은 겸손과 온유의 길을 걸어가면서 그 문을 열어놓고 살았음"을 돌이켜보며 "학문과 문화의 위엄이 위협받는 상황에서 〔……〕 고 김치수 교수의 따뜻한 얼굴"을 다시 그린다는 그리움을 표했다. 여러 분들의 이 말들과 소망들과 그리움들이 모두 내 마음을 그대로 대신하는 것들이어서 그 추모의 말씀들을 한 묶음으로 싸서 나 또한 되풀이해 고맙다는 말로 인사를 대신했다. 그는 갔지만 그가 생전에 보여준 후덕함, 공정함, 따뜻함, 즐거움에는 그를 겪은 모두가 똑같이 느끼고 그리워하며 고마워하고 있었다.

〔『문학과사회』 2015년 겨울호〕

덧붙임

잘 가시게 우리의 영원한 친구여

기어이 가는구나, 그대 치수여, 기어이 떠나는구나, 그대 김치수여!

그처럼 헌신적인 사랑으로 부여잡은 아내의 손을 풀고,

그처럼 효성을 다해온 아들들의 정성과 귀여운 손주들의 웃음을 뒤로하고 마침내 가는구나, 그대 치수 김 박사여.

그 단단하던 육체를 벗어나, 그 훤한 웃음을 남기고, 오직 푸근한 덕담만 안겨주고는, 마침내 떠나는구나,

참으로 마음 따뜻한 친구여.

그처럼 부드러운 마음에 반해 반세기를 어울리며 우정을 나눈 친구들을 두고,

그처럼 진지한 정신에 감동하며 배우고 깨우치던 후배 제자 들을 남기고,

드디어 가는구나 교수 김치수여, 드디어 떠나는구나 비평가 김치수여.

오늘 우리는 관용의 정신과 공정한 태도, 그보다 더한 진지한 사유와 밝은 인품으로 우리와 한 시대를 같이해온 김치수를 잃습니다.

그는 70여 평생을 오직 문자로써 관통하며 정결하고 늠름한 삶을 살아왔습니다. 문학평론가로, 대학교수로, 그리고 품위 있는 학자로, 탁월한 문필가로, 그러면서 진지한 사유인이자 자유로운 지식인으로 이 험한 현실을 참되고 아름답게 견디어 이겨내며, 이 비루한 세속의 삶에 고결한 모범을 보여왔습니다. 프랑스 문학자로서 그는 20세기 불문학을 연구하며 아직 허술한 우리 학계에 문학사회학과 기호학을 들여와 한국 문학의 이론화에 기여하였습니다. 한국 문학 평론가로서 숱한 동시대 작품들을 깊이 해석하고 정확하게 이해하며 공감의 비평을 열어 우리 문학을 참으로 풍요로운

자산으로 키웠습니다. 그는 무엇보다 자랑스러운 4·19세대였고 당당한 첫 한글세대였으며 누구보다도 투철한 인문학의 저술가였습니다.

그는 이화여대를 중심으로 숱한 제자들을 길러내며 그들의 훌륭한 스승이 되었습니다. 그는 문학과지성사의 창간 멤버로 동인 활동을 주도하며 후배 문학인들이 보다 좋은 작품을 쓰도록 애써왔습니다. 그는 혼탁한 한국 지식사회에 온당한 역사의식으로 우리의 왜곡되고 혹은 경사된 지적 풍토에 이해와 긍정적인 인식을 심어주었습니다. 누구에게든, 무슨 일에든 따뜻한 말과 도움으로 격려하며 인정과 우정이 가득한 대화로 화해와 지혜를 나누어주고, 어떤 일이든 좋은 쪽으로 길을 잡아주는 믿음직한 성실로 존경과 사모를 받아왔습니다. 반세기를 어울리는 동안, 그 누구도 비난하는 그의 글을 읽은 적 없고 무엇에든 그가 나쁜 말 하는 것을 들은 바 없습니다. 그는 사람이든 사물이든 사태든, 깊이 이해하고 바르게 인정하며 고르게 생각했습니다.

그는 또한 노래로 흥을 돋우며 포도주 맛을 즐기는 멋쟁이였습니다. 그럼에도 지아비로서 그는 가정에 충실했고 두 아들을 이학박사로 그 자신처럼 연구하며 제자를 기르는 대학교수로 일하는 보람을 누렸습니다.

그 김 교수 치수 형을 오늘 우리는 떠나보냅니다. 지식인에게는 정년이 없고 문학인에게는 은퇴가 없다며 노후의 시간에도 책 읽기와 글쓰기를 계속하던 그분도 삶의 종말은 피할 수 없었습니다. 함께하는 자리에서마다 유쾌하게 "우리들의 남은 젊음을 위하여"라고 건배하던 그분도 이제 더 이상 살아 있음의 생명감 그 자체를 더 살아낼 수 없게 되었습니다. 그것은 우리에게 거대한 상실이고 침통한 아픔이며 앞날의 어두움입니다.

그럼에도 이제 우리는 그의 존경스러운 삶과 이별하고 그래서 외로워지지 않을 수 없다는 그 한없는 안타까움에 젖어들면서도, 그가 우리에게 가르쳐준 삶의 지혜, 그의 생애가 우리에게 남겨준 삶의 태도가 미욱한 우리에게 더욱 밝은 깨우침으로, 더욱 진한 향기로 우리의 마음을 되살려주고 다시 맑게 씻어주리라고 생각합니다.

잘 가시게, 더없이 아름다운 친구여. 자네를 위해 몸과 마음을 다 바친 부인 안정환 여사와 자식들 손주들에게, 그리고 이 땅에 자네 없어 더욱 고단하게 살 우리에게, 위로와 보살핌을 보내주기를 바라네. 든든한 자네의 손길과 그 넓은 마음이 자네에 대한 추억으로서만이 아니라 우리의 어두운 앞길에 우리가 찾아 의지할 빛으로 비추어주기를 바라네.

밝은 마음으로 떠나시게, 이 든든한 친구여. 한 시대, 한 세상을 같이하며 웃고 울며 더불어 살아온 우리는 더없이 쓸쓸한 마음을 자네의 영원한 길에 엎어드리며 우리의 이별 뒤에 이룰 새로운 만남을 기약하세. 이 세상에서 다사로운 우정으로 어울리다 먼저 간 김현과 인철이, 성원이와 청준이 등등 이 세상의 멋진 글쟁이 친구들과 반갑게 만나 소식들을 전해주게.

이 한없이 청명한 가을날, 가시는 길이 환하고, 저세상 자리가 밝은 빛으로 피어나기를, 그 세상의 아름다움이 더없이 풍요롭기를, 끝없이 슬퍼지는 우리 마음을 가다듬어, 기원하네. 자네의 영원한 자리가 평화 속에서의 안식임을 우리는 굳게 믿고 있네.

삼가 친구 김병익이 울음을 삼키며

〔2014. 10. 17〕

시간의 깊이

챙기기와 비우기
—단상 세 편

마지막 장면들, 첫 모습들

먼저 간 분을 떠올릴 때 맨 먼저 다가오는 것은 그분들을 마지막으로 본 모습이다. 달리 숱한 그림들이 있을 터인데 그럼에도 이상스럽게도 이 세상을 하직할 즈음의 표정들이 내 회상의 첫 얼굴로 떠오른다.

일요일 강남의 아파트로 거의 주말마다 찾아뵌 아버지는 거실에 늘 누워 계셨고, 가냘퍼진 노구마저 무거우신지, 그 누운 자세로도 힘겨워하셨다. 그러시다 문득 왜 당신을 데려가지 못하는지, 조용히 혼잣말씀으로 한탄하시며 이 세상 생존의 무게를 버거워하시는 듯한 표정을 지으셨다. 내가 유년기에 아버지의 자전거 뒷자리에 앉아 유성온천을 다녀온 기억도 생생하게 남아 있지만, 어쩌다 떠오르는 아버지의 첫 유영(遺影)은 그렇게 육체적 존재의 무거움에 지친 표정이시다.

어머니는 홍제동 요양원에 계셨는데 늘 침대에서 창밖의 먼 하늘에 눈길을 보내고 계셨다. 치매 말기였고 97세의 노령이어서 앉아 계시지도, 신음이나 헛소리 음성도 내시지 않고 시선만 조용히 그리고 망연히 내 얼굴을 넘어 지나쳐 내 뒤편의 창가로 향하면서 한없는 존재의 무화(無化)를 체현하고 계신 듯했다. 나는 그 무표정의 노안 앞에서 영원을 보는 듯, 시간의 정지를 느끼는 듯, 생명의 한없는 덧없음을 바라보아야만 했다. 그것은 침묵을 지켜야 할 의무를 지닌 듯한 내 아픈 마음과 다름 아니었다.

먼저 간 두 친구도 그들과 숱하게 어울리며 놀고 말하고 즐겼지만 30여 년 전의 그들의 얼굴을 떠올릴 때 먼저 솟아오르는 모습은 그들이 죽음을 앞두고 시난고난 고생하던 모습들이었다. 1990년 6월에 김현이 마지막 숨을 보낼 때 나는 일본에 가 있었다. 그가 운명했다는 전화를 받자 그 당장 교토에서 도쿄를 거쳐 곧장 서울로 돌아와 서울대학병원의 빈소에 도착하기까지 내 속에서 잇달아 도는 그의 얼굴은 출국하기 며칠 전 병실에서 내 일정을 알려주고 손을 잡으며 헤어질 때 그가 보여준 어두운 얼굴과 그 부근을 맴도는 음울한 분위기였다. 병실은 어두웠고, 그 어둠이 그의 생전의 활기와는 전혀 다른 그의 어두운 얼굴을 더 어둡게 만든 듯한데, 그 후의 그의 모습은 이 실루엣 같은 희망 잃은 암담한 영자로 떠오른다. 환하게 웃는 그의 사진을 볼 때마다 이 암울한 모습이 그 위로 겹쳐지지 않을 수 없다.

또 한 친구 황인철은 두 차례의 수술 후 암은 제거된 것으로 믿고 있었지만 통증으로 무척 힘들어했다. 진통을 위해 갖가지 처방과 시술을 받았지만 그럼에도 그 통증을 떼내지 못했다. 그런 그를 나는 퇴근길에 자주 가서 문병을 했다. 그는 거실에 엎드리거나 누워 있었고 얼굴은 그답게 넉넉한 인상으로 퍼 있어 그의 통증을 내가 옆에서 실감하기는 어려웠다. 그럼에도 갑자기 닥쳐오는 아픔을 참지 못하는 기색은 역력했고 되도록 평온을 찾으려는 그의 침착한 모습이 그가 남긴 영정 사진에 덧붙어 되살아나곤 한다. 그는 아픔에 시달리면서도 거두지 않은 밝은 얼굴로 진지한 그의 표정를 살려내고 있다. 숨을 거두고 씻어낸 얼굴이 한없이 평화롭고 고난을 벗어난 모습이어서 매우 감동적이었는데 이런 얼굴을 박경리 선생의 임종 때 다시 보았다.

앞서간 분들의 모습이 그분들을 마지막으로 뵐 때의 이미지로 남아 나타난다면, 내 자식들의 경우 그 아이들이 내 것의 존재로 처음 드러낼 때의 맑고 신선한 모습으로 떠오른다. 이제 사십대로 접어들어 이 사회의 중견이 된 그들의 지금 얼굴들이 아니라 40년 전 젖먹이, 유아기의 순진한 얼굴들이다. 그 회상은 이 나이에 이르러 더욱 따뜻하고 즐겁게 다가온다.

맏이는 젖먹이 때 아침에 보면, 제 엄마 자리 옆에서 그토록 발버둥을 치며 자리를 밀고 이불 머리 위로 솟아올라 가서 잠을 자곤

했다. 옹알이 때를 지나서는 어찌나 재잘대는지. 그러더니 일찍 말을 배우고 책을 읽었다. 애기 책에서 글자를 알기보다 말을 외워 읽었을 것이다. 제 사촌 언니와 말놀이를 하는데 그때 그 아이가 부린 재치는 어른인 내가 깜짝 놀랄 정도였다. 그런 아이가 초등학교에 들어가서는 왜 그렇게 숙맥이었는지, 학교 앞 문방구에서 받은 거스름돈으로 다음 날 다시 공책을 살 때 문방구 아저씨에게 그냥 돌려드리는 게 미안한 일은 아닐까 걱정했다. 똘똘하면서도 그 어리숙하게 순진한 얼굴이 내게 그 아이의 유년 사진으로 찍혀 있다.

둘째는 몸이 약했고 천식이 심해 늘 잔기침을 해서 우리 애를 태우며 자주 앓았는데 그런 때면 내 옆자리에서 가녀린 숨을 색색거리며 잠드는 데 힘들어하곤 했다. 그러면서 제 언니가 쉬하겠다면 얼른 요강 뚜껑을 열어 호호 입김을 불어주곤 했다. 초등학교 입학식 날, 제 엄마가 해준 말에 의하면, 수백 명의 또래들이 시끄럽고 수선을 떠는 가운데 그 아이 혼자 그런 수선스러운 분위기에 두려운 표정을 짓는 듯했는데, 교단의 선생님이 마이크로 "여러분, 학교에 오니 기쁘고 즐겁지요?" 하고 묻고 모두가 큰 소리로 "예!"라고 대답한 뒤 "싫은 분 있으면 손들어봐요" 했더니 어디서 손 하나가 반짝 올랐기에 "누군가 하고 보니, 글쎄 그 손이 둘째 거더라고요" 하며 웃었다. 그 겁에 질린 듯한 무구한 얼굴이 보지 않아도 눈에 선해진다.

셋째는 혼자 지내는 때가 많았다. 엄지손가락을 입에 물고 다른 손가락 하나는 콧등을 만지작거리며 『여성동아』의 사진을 보거나 골똘히 자기 생각에 젖거나 했다. 형제들 중 몸놀림이 가장 어설플 것 같던 그 아이가 어느 날, 제 언니들이 보니, 운동장 구령대에서 선생님 지목을 받고 무용 한 장면을 시범 보이는데 아주 이쁘게 추더라고 했다. 말이 가장 적어 조용했고 병이나 탈이 제일 적어 든든했는데, 혼자 잘 지내고 잘 놀기를 서슴지 않아 늘 없는 듯 있음으로써 자신의 존재를 인정시켜주는 모습으로 지금도 우리에게 자주 다가온다.

넷째 막내는 아들이었기에 우리 못지않게 제 누이들이 많이 귀여워했다. 그러지 않아도 이 사내아기는 기품 있고 당당했다. 서너 살 때 심한 장염을 앓았는데 그 열과 복통으로 무척 힘들어하면서도, 울음을 우는 것이 아니라 "아이 괴로워, 아이 괴로워" 하며 다 자란 아이처럼 신음을 대신하던 일이 생생하게 떠오른다. 설사로 급할 때 엄마가 신문을 깔아주고 변을 보게 했는데 제 스스로 그 주변을 치워 의젓하게 제 뒷자리를 거두었다. 다섯 살쯤이었는지 친구들과 그 가족들이 대거 버스로 금란동산에 야유회를 갔는데 이 아이는 떼를 쓰거나 어른들에게 기대는 다른 아이들과 달리 혼자서 아이스크림 바를 먹으며 의젓하게 풀밭을 걷고 있었다. 그 장면이 얼마나 대견하고 믿음직했는지 그 모습을 찍은 사진이 지금의 어른 얼굴에 겹쳐 떠오른다.

셋째의 최근 저서 『말의 표정들』 서문에, "내가 이 세상에서 처음으로 대한 표정의 주인들"이 부모라고 썼는데, 뒤집으면, 우리가 그 탄생에서 처음 만난 얼굴과 표정의 주인공들이 바로 너희 넷이다. 두 사위와 한 며느리, 그리고 한 손녀는 내가 그 탄생부터 맨 처음 본 얼굴이 아니어서, 그 모습들은 너희들 스스로 써야 할 것 이다.

내 컴퓨터 첫 화면에는 그 네 아이가 함께 모여 있는 사진이 박혀 있다. 큰애가 뒷줄 오른쪽에, 둘째가 그 옆 왼쪽에, 셋째가 앞줄 오른쪽에, 막내는 그 옆 왼쪽에, 작은 몸들이 큰 소파에 함께 옹기종기 모여 앉아 웃는 모습이다. 그런데 웃는 입술들이 벌어진 정도가 조금씩 다르다. 큰애가 가장 크게 웃고 있고 둘째는 아담히 입을 벌려 미소 짓듯 하고 셋째는 웃음을 참는 듯하며 넷째는 그림에는 나오지 않는 엄마를 보고 말을 거는지 입술을 벌리고 있다. 아직 겨울 내의를 걸치고 있는 걸 보면 이른 봄 같은데, 큰애가 초등학교에 입학할 즈음이 아닌가 싶다. 그렇다면 모두 두 살 터울의 네 아이 가운데 막내는 우리 나이로는 두 살이지만, 실제로는 여섯 달을 갓 넘었을 것이다.

내 거실에는 사진틀에 넣은 낡은 사진 또 하나가 있는데, 갈현동 시절의 마루에서 이 네 아이들이 역시 함께 찍힌 사진이다. 이 사진의 얼굴들도 컴퓨터 사진의 얼굴들과 그리 다르지 않은, 참으로 순진하고 밝고 즐거운 표정들이다. 이 모습들은 귀엽고 기분을 환하게 만들어주어 내가 안고 다니고 싶게 반가운 얼굴들이다. 먼저 간 분들과는 달리 내 자식들에 대해서는 그 아이들이 자기 존재들을 인정시켜주는 첫 모습들로 내게 가장 깊은 인상이 되어 박혀 있다.

이 처음과 마지막의 얼굴들이, 그에 앞선, 혹은 그의 뒤에 남을, 사람들에게 심어주는 가장 생생한 의미로, 깊은 기억 속의 장면이 되어 살아 있을 것이다. 그 기억들은 내 사후에도 내 자신에게 남아 삶의 맨 처음에 보는 즐거운 이미지가 되기를 바란다. 죽음의 무한한 허망감을 이겨내기 위해서, 혹은 새로운 생명의 무한한 신선함을 누리기 위해서.

[2014. 5. 7]

대전, 1956년 겨울

그해 겨울이 유달리 일찍 온 것은 아니었겠지만, 나는 해가 빨리 지고 밤 추위가 바싹 다가오는 12월이 반가웠다. 이제 나의 십대 마지막 계절이 오고 있는 것이었다. 그것은 영원히 나의 한 시절과 작별해야 하는 한없는 아쉬움, 그럼에도 다시없는 지복의 충일감으로 차오르는 자족의 은근한 기쁨을 안겨주었다. 그래, 그랬다. 나는 고교 3학년의 마지막 학기를 보내고 있는 것이고 아직 가난하면서도 순진할 수밖에 없었던 그 시절의 소년기와 드디어 헤어져야 했다.

그해 봄 3학년에 오르면서 나는 대학 입시 공부를 해야 한다는 핑계로 주일학교 반사에서 물러났고 그럼에도 주일 오전에는 전과 다름없이 집을 일찍 나서, 선화동 '깡통교회'로 향했다. 그러나 으레, 눈앞의 그 교회를 보며 길을 휘어 대전사범학교 쪽으로 난 샛길로 좀 들어가다 보면 나오는, 아무도 보이지 않는 공지의 풀밭으로 간다. 그리고 거기 앉아 하늘만 바라보이는 옴팍 파인 풀밭의 공지를 잡아 편히 드러눕는다. 구름이 흐르기도 하고 풀 향내가 코끝에 맡히기도 하는 자리에 봄 햇빛은 한없이 포근하게 내려쬐였다. 참으로 조용하고 평화롭고 은밀했다. 아무도 그런 나를 보지 않을 것이고, 풀잎과 하늘, 햇살과 구름 외에는 아무것도 내게 보이지 않는 자리였기에, 나도 아무 생각을 하지 않았고 아무 느낌도 갖지 않았다. 다만 따뜻하고 아늑하며 호젓하고 고요하며 편하고 한없이 자유로웠을 뿐이다.

그리고 그 여름 나는 아마 방학 중 과외 공부를 했을 것이다. 그러나 그 기억은 흐릿했고, 다만 농촌계몽에 참여해서 버스와 트럭을 타고 부여의 한 외진 마을에 갔던 기억은 또렷하다. 때아니게 찾아간 한더위의 농촌 마을에서 내가 무얼 할 수 있겠는가. 이장 댁에서 한 주일 숙식하며 밤마다 동네 노인들, 부녀자들, 아이들에게 한글을 가르쳤을 것이다. 인심 좋게 고봉으로 담은 시골 꽁보리밥에 체해 시골 한의사의 침을 맞고 나았던 일, 다시 트럭을 타고 그 동네를 나올 때 열서너 살의 한 소녀가 신문지로 싼 눈깔사탕 한 봉지를 건네주던 일만은 아득하지만 또렷한 회상으로 떠오른다. 침을 맞은 것도 처음이고 손아래 누이뻘로부터 그처럼 다정한 선물을 받은 것도 처음이었다. 트럭 뒷길을 따라오는 먼지를 보며 나는 나와 다른 또 다른 삶을 경험한 기분이었다.

가을이 왔고 새 학기를 맞았다 싶은데 이어 다가온 것이 12월의 초겨울이었다. 나는 이 겨울이 가면 고등학교를 졸업할 것이고 잘되면 대학에 들어갈 것이며 그러면 부모님 무릎과 유년기부터 길을 익혀온 이 도시를 떠나 서울로 올라갈 것이고, 그러면서 나는 속절없이 어른이 되고 스무 해 가까이 산 이 도시와 상관없는 새 서울에서 이 세상에 독립된 나 혼자로서의 삶을 살아가야 할 것이었다. 내가 봄 풀밭에서 하염없이 하늘을 바라보며 마음을 떠 흘려 보내야 했던 것, 한여름 내게 익숙지 않은 시골에서 처음 보는 분들과 어울리며 시간을 느리게 잡아두려 했던 것은 그 성인으로의 입사(入社)를 향한 유예의, 나 자신도 의식하지 못한 예행이었을까.

크리스마스와 망년을 앞두고 내게는 한 가지 소담한 소망이 생겨 있었다. 멀리서 얼굴만 알고 본, 그래서 한마디 말도, 눈 마주침도 갖지 못한 한 소녀와 이야기를 나누고 싶다는 조금은 나답지 않은 용감한, 그러나 참으로 막연한 바람이었다. 지나가는 참으로 고백한 그 말을 들은 한 친구가 내게 말도 없이 그 여학생을 찾아갔단다. 역시 고3이었던 그 소녀는 대학 입시를 앞에 두고 학생들이 무슨 짓이냐며 나무라듯이 야무지게 거절했다고 한다. 그 12월의 어둠은 따뜻했기에, 나의 소년기와의 작별을 기념하며 바랐던 소망을 위해 용기를 발휘한 그 친구에게 그래도 고마움을 느꼈고, 매정하게 청을 거절한 그녀마저도, 달리 가지고 싶었던 다른 희망과 함께 고히 접어두기로 했다. 그것이 소년기와의 말없는 조용한 석

별다우리라 생각했을 것이다. 내가 성장한 도시와의 이별도 겸한 기념으로 삼으려 했던 그 막연한 바람은 사건 아닌 사건이었고, 그 줄거리는 10년 후 그녀로부터도 들은 대로였다. 그 소망은 이루어 지지 못했지만 그럼에도 그 겨울은 그렇게 내게 다정했다.

방학이 되면서 이제 정말 입학 공부를 해야 했다. 나는 이른 저녁 을 먹으면 한숨 잔다. 밤 9시 즈음 초저녁 잠에서 일어나, 교과서며 참고서를 꺼내 읽고 메모하고 풀고 기억해두는 공부를 시작한다. 그렇게 새벽 네댓 시까지 공부를 계속한다. 그리고 다시 한숨 잔 다. 9시쯤 잠 깨어 아침밥을 먹고 같은 방식으로 점심까지 몇 시간 공부를 한다. 중식을 마치면 옷을 챙겨 입고 집을 나선다. 집이 있 던 중동에서 목척교 옆으로 대전천을 따라가는 길로 삽기도 하고, 정거장 쪽을 향하다 번잡한 원동 시장을 통해 대흥교를 건너 은행 동으로 돌기도 한다. 미리 잡은 목적지도, 방향도 없이 그저 산책 하며 움직이는 걸음대로 발길을 옮긴다. 무슨 궁리를 하기도 했겠 지만, 대체로 대중없이 떠오르는 일들에 생각들을 맡겼을 뿐, 아직 기억에도, 미처 희망에도 잦아들지 않고 내 의식의 흐름대로 편하 게 따랐을 것이다. 이 공부와 산책을 나는 시계처럼 거의 정확하게 되풀이했다. 가끔 은행에 다니는 누이는 나를 데려가 도너츠를 사 주었고 야금야금 먹고 있는 내 모습을 귀여운 애기 보듯 바라보아 주곤 했다.

고등학교 들어갈 때 중학교 졸업 후 며칠간의 공부로 시험보았 듯이 내 대학 입시 준비도 이렇게 마지막 겨울방학의 한 달 반 정도 공부로 이루어졌다. 나는 대학에 당당히 합격할 자신도 물론 없었지만 낙방하리란 두려움으로 걱정하지도 않았다. 그저 무념, 무상했달까. 그럼에도 그때 내 머릿속은 어쩌면 그리 투명할 수 있었는지, 지금 돌이켜보아도 신기하다. 읽는 것마다 그대로 내 머리 안에 들어왔고 만나는 문제마다 반가운 친구 대하듯 쉽게 어울렸으며 부닥친 대목마다 스스로 이해되어왔다. 정작 서울에서 시험 볼 때도 그랬다. 모르는 문제는 처음부터 모르는 문제임을 분명하게 깨닫고 있었고 아는 문제들은 순한 아이 달래듯 손쉽게 정리되어 풀려 나왔다. 시험을 끝낸 후 나는 합격 불합격에 관심 없이 서울의 형님 하숙집에 그대로 머물며 형이 가지고 있던 토마스 하디의 단편집을 부지런히 사전을 찾아가며 읽는 일로 소일했다. 다행히 나는 합격했고 마침내 이십대에 올라서게 되었고 드디어 서울 생활로 들어가야 했다.

나는 그 1956년 겨울 내게 찾아온 지복의 감정을 이미 그 당시에도 내 생애 절정의 시기로 벌써 예감하고 있었다. 아아, 나의 축복받은 열아홉 나이여, 지금 내가 느끼는 충일감, 행복감은 다시 오지 않으리라. 앞으로의 내 삶이 어떻게 열려가고 움직여가든, 지금 내가 느끼는 자족의 깊은 충만감은 더 이상 얻지 못하리라. 그 예감은 조용하고 밝았다. 그리고 그 예감은 정말 실제로도 맞아갔다. 그 후의 반세기 넘는 세월 속에서 나는 사랑도 얻었고 영예도 받았으며 사소한 기쁨도 즐겼고 적지 않은 보람을 누리기도 했다. 물론 그 사이사이에 갖가지 일도 있었고 고통스럽기도 했으며 어려움들로 고단하기도 했다. 그랬기에 내가 얻는 그 짧은 다행스러움은 더욱 진하게 느껴져왔을 것이다.

그럼에도, 다시 그럼에도, 성인이 되어 얻은 행운의 기쁨은 내가 나의 마지막 십대를 보내던 해에 스스로 품어 안았던 그 충일감을, 결코 넘지 못했다고 판정한다. 결코 조숙하지 못했던 내가 성인식을 치르기 전에 느껴야 했던 그 소년기와의 이별을 그처럼 아름답고 지복의 정서로 누릴 수 있었던 것은 어쩐 일일까. 갑년이 되는 해에 쓴 내 지난날들을 되돌아보는 글에서도 자부하며 스스로 감동했지만, 지금도 그때의 내 예감에 선선히 동의하며, 평범한 소년에게 미리 점지한 내 스스로의 운명을 감사히 받아들인다. 그 마지막 소년기에 가질 수 있었던 나의 내면적 충일감은, 결코 다시 돌아갈 수 없는 19세에 샘물처럼 수줍고 맑게 솟아오른 것이기에, 더욱 아름답고 천진하게, 소중하고 행복한 기억으로 희수의 이 나이에까지 살아 내 안에서 숨 쉰다. 그때의 나는 그보다 8년 후 김승옥이 「서울 1964년 겨울」에 느낀 불안과 절망을 아직, 그리고 끝내, 당하지 않고 있었던 것이다.

〔『60년 만의 만남들』, 대전고 36회 입학 동기회, 2014. 8〕

버킷을 비우는 소망의 목록

 '버킷 리스트'란 영어 사전에도 나오지 않는 어휘를 인터넷에서 찾아보니 잭 니콜슨과 모건 프리먼이 주연한 영화 제목에서 나온 말이었다. 내가 보지 못한 그 영화는 죽음을 앞둔 두 남자가 마지막으로 하고 싶은 일들을 목록으로 만들어 그 뜻을 이루어보려고 한다는 줄거리인데, 내가 이 말을 새삼 다시 생각한 것은 복거일의 『한가로운 걱정들을 직업적으로 하는 사내의 하루』라는, 제목은 무척 길지만 단 하루의 산책길을 기록한 짧은 장편소설 때문이었다. 말기 간암으로 진단받고 글을 쓰기 위해 아무런 치료도 거절한 작가 자신이 주인공이 되어, "사람들은 나이든 사람들의 원숙한 지혜를 얘기하지만, 늙은 사람들의 뇌는 많이 줄어들어서 기능이 퇴화된다는 사실은 그대로 남는다"고 생각하는 대목에서 앞날이 얼마 남지 않은 나의 나머지 삶에서 가질 소망의 '버킷 리스트'가 무얼까 떠올린 것이었다.

 그 참에 짚어본 내 나름의 버킷 목록들은 빈약했다. 삶에 그리 욕심이 많았던 것도 아니었고 세상에 대해 호기심이 큰 것도 아니었기에 내 통 안에 모아둔 목록은 풍성할 수가 없었다. 젊었을 적에야 이런저런 소망이나 바람이 없지 않았겠지만, 일찍부터 자신감이 졸아드는 '체념'에 익숙해 있었기에 점점 그 숫자며 규모는 줄수밖에 없었다. 그럼에도 육십대에 이르고도 아직 버리지 못한 소망 두어 가지는 있었다. 그 하나가 지중해 동부 레반트 지역을 여행해보고 싶다는 소망이었다. 이집트에서 이스라엘, 시리아, 터키, 그리스 등 고대 서구 문명의 발상지들을 사진만으로가 아니라 실물로 구경하며 내 발자국을 남기고 싶었던 것이다. 여행을 그리 즐기지 않음에도 이랬던 것은 소년 시절에 익숙했던 서양과 기독교의 문명에 대한 기대감 때문이었을 것이다. 그러나 11년 전 한 대학 교직원들의 터키 여행에 딸려 일주일간 이 재미있는 나라를 주마간산 구경한 것으로 이 리스트는 지우기로 했다.

보다 절실했던 그다음의 소망은 손자녀들과 노는 일이었다. 나는 젊은 시절 이오네스코의 한 글을 보며 '풍요'란 말에 감동했고 그래서 결혼하면서 아내에게 자식을 열둘은 심하니 여섯만이라도 가지자고 했다. 아내는 군말 없이 딸을 내리 셋 낳았는데 네번째에 아들을 보고서는 피임 수술을 했다. 아내는 몸이 튼실하지 못하면서도 네 자식을 낳았고, 더 많은 생산과 육아에는 자신 없어 했다. 섭섭하긴 했지만 그래도 '둘만 낳아 잘 기르자'며 인구 증가를 억제하던 시절의 정책과 경향 속에서 친구들보다 두 배를 가졌으니 모자랄 것도 아니었고 내 욕심만 차릴 형편도 아니어서 나는 아내의 그 의견에 동의했다. 문제는 그 아이들이 결혼하고 나서이다. 그 넷에서 태어난 손주대가 외손녀 딱 하나였다. 앞으로도 더 생길 가망도 없다. 아들딸들이 굳이 피임하는 것은 아니지만 아기를 갖겠다고 노력도 하지 않은 결과일 듯했다. 요즘의 세태를 무시할 수도 없거니와 자식을 갖고 안 갖고의 문제는 내가 결정할 일이 아니라 그네들 자신의 일이어서 강요할 수도 없었다. 이 목록을 지우는 것이 내게는 가장 아프고 유감스러운 일이다.

그러고는 회수에 이른 내가 더 가질 버킷 리스트는 없었다. '부자되세요'란 축원도 인사로 나누는 것 외에는 바랄 수도 없게 된 나이이고 출세란 이미 고비를 넘긴 판에 생각될 리도 없었다. 골프를 치는 것도, 술을 즐기는 것도, 야심적인 저작을 염두에 둔 것도 없이, 하루하루 텔레비전이나 책을 보거나 가끔 친구들 만나 바둑을 두는 노후의 일상에 만족하고 있으니 무언가 해보겠다는, 하고 싶다는 소망이 생길 리도 없게 되었다. 나 자신도, 이처럼 소망에 가난한가, 참 한심해하는 판에 문득 떠오른 리스트 하나가 있었다. 버킷의 맨 마지막 바닥에 남겨두어야 할 그것은 이른바 '품위 있는 마지막'이랄까.

친구들이 고칠 수 없는 병으로 혹은 칠십대에 피할 수 없게 된 노쇠로 삶의 마지막 증세들을 보이기 시작하고 있는 중이어서 그 버킷 목록은 더욱 간절해진다. 장수를 바라지 않는데도 어느새 이르게 된 이 나이에, 노욕과 노추, 노망 등 세 가지 '노태' 없이 깨끗하게 세상을 하직할 수 있는 것. 이야말로 가장 아름답고 복된 마지막 인간적 소망이 아닐까. 그런데 서러워라, 그 일은 내 운명이지 분명 내 희망에 따라 이루어질 것이 아니었다. 그러니 이마저 내 버킷에서 마땅히 비워버려야 할 목록이 되리라.

〔『월간에세이』326호, 2014. 6〕

그럼에도 불구하고의 삶

―나의 삶 나의 길

'그럼에도 불구하고'라는 것

내 사회생활의 거의를 채워온 책과의 인연을 중심으로 연재한 회고를 10여 년 전 단행본으로 정리하여 『글 뒤에 숨은 글』로 상자한 바 있고, 이런저런 글들에서 내 자신의 사사로운 이야기들을 부끄러움 없이 끼워 넣기도 했던 터라, 계간 『철학과 현실』이 '나의 삶, 나의 길'을 청탁해왔을 때 흔쾌하게 수락했지만, 내심 당혹해 하지 않을 수 없었다. 즐거운 것은 물론 한국에서 가장 권위 있는 철학 잡지가 노후한 글쟁이에게 자기 고백의 기회를 주신 것에 대한 고마움 때문이지만, 당혹해한 것은 거기에 채워 넣을 이른바 콘텐츠가 너무 허망하다는 사실을 다시 돌이켜 확인하지 않을 수 없었기 때문이다. 이 감사와 곤혹이 버무려져 문득 떠오른 것이 '그

462

럼에도'란 말이었고, 그 말에 기대어 뭐가 됐든 산수에 가까운 나이에 스스로를 위한 반성문을 써보자는, '만용'보다는 '사면'을 구하는 용기를 내기로 했다.

앞서 '그럼에도'라고 썼지만, 그 말은 내가 나도 모르는 사이에 자주 써온 말이다. 스무 해 전에 한 잡지와 인터뷰를 하는 중에 내가 글을 쓰면서 '그럼에도 불구하고'란 어휘를 자주 사용하는데 왜인가란 질문을 받았었다. 속으로는 '들켰구나!' 싶었지만, 그 들킴이 반가웠다는 것이 당시의 솔직한 마음이었다. 나는 의도적이든 무심코든 간에 '그럼에도'라는 말을 많이 썼고, 그 용어에 대한 내 나름의 애착을 가져왔다. 그것은 반어이면서 긍정이고 양보절이면서 변증적인 의지를 가지고 있었다. 내 자신의 생각이나 의지는 단순하고 소심하지만, 그럼에도 운명이든 환경이든 나답지 않은 어떤 선택이나 행동을 하지 않을 수 없다는 것, 내 개인만이 아니라 세상의 대부분이 그렇고, 혹은 지적 진실이나 정서적 상황에서도 그렇다는 것을 당시의 나는 많이 깨닫고 있는 중이었다. 나는 '그럼에도 불구하고'라는 말로써 세상의 많은 이치를 받아들였고 지난날들의 갖가지 내 아쉬움들을 그 말로 위로받곤 해왔다. 지금도 그렇다. 보고할 내용이 없음에도 말은 해야 함, 용서를 구하기 위해 변명도 못 하고 있음에도 당돌하게 고백을 드림…… 나는 이런 방식으로 내 삶을 꾸려왔고 이 글도 이런 자세로 진술하지 않을 수 없을 듯하다.

그렇게 나를

내가 사회생활을 시작한 것은 전방의 사병으로 만기 제대하여 요행 신문사 기자로 취업한 1965년이지만, 그 이전의 스물일곱 해 어리고 젊어 미숙한 시절을 나는 오히려 환한 기분으로 회상하곤 한다. 유년기부터 청년기로 이르는 순진함을, 그것도 어린 나로서는 실감하기 힘든 해방과 전쟁과 전후의 어수선함에도 불구하고, 나는 먼저 조용하고 낭만적으로 보낸 아름다운 시절을 고백하고 싶다. 그 이후의 나는 물론 그 어린 시절에 얻은 것들을 밑천 삼아, 쉰 너머의 삶을 지탱해왔으며, 그래서 지금도 그 성장기의 과정에 은근한 자부심을 느낀다. 나를 키운 그 몇 가지:

나는 일제가 태평양전쟁을 터뜨릴 즈음 먹고살기 위해 경상도에서 지방 도시 대전으로 이농한 부모님의 막내였다. 그 '막내'의 다행스러움이란! 내게는 가정에 대한 어떤 책임도 없었고, 어른들의 관심이나 기대를 받을 이유도 없었다. 다행히 '돼지꿈을 꾸고 태어난' 나는 자라는 동안 굶주린 적도 없었고, 그 후에도 부자인 적도 없었지만 가난한 적도 없는 천운을 지니고 있었다. 여러 살 위인 형과 누이의 교과서나 책을 읽을 수 있는 복은 가졌지만 그 외 내게 떨어진 의무는 없었다. 그것은 내게 자유스러움을 주었고, 혹은 혼자를 즐길 수 있는 독자적 존재로서의 해방감도 가질 수 있게 했으리라. 그런데도 불구하고, 사회생활을 하면서 나는 이런저런 공적인 일들을 만났고 피하지 못해 책임을 맡기도 해야 했다. 지금도 나는 연하의 사람들에게 하대를 못 하고 주로 젊은 필자들의 글에서 배우고 있지만, 모임에 가면 나이 덕분에 가운데 자리에 앉아야 할 경우가 잦다. 스스로 어리다고, 여전히 성숙하지 못하다고, 무슨 일에든 적절한 자질이 부족하다고 생각하면서도 나는 가끔 감당하기 힘든 일에 부닥쳐야 했다. 이는 말 그대로, '그럼에도'라고 해야 할 것이 아닌지.

고등학교에 입학하면서 옆자리 친구의 꾐에 교회를 처음 나갔고, 그로부터 대학 1학년까지 참으로 독실한 기독교 신자였다. 남들은 학교 공부 혹은 대학 입시 준비를 할 때 나는 때마다 새벽 기도, 주일 예배, 밤 예배에 참석하고 교회의 이런저런 일들을 했다. 그런데 교회를 다니면서 정작 내가 좋아한 것은 기도나 성경 읽기보다 교회를 오가며 본 새벽 별이나 밤거리의 가로수 향기가 아니었을까. 30분은 걸리는 그 길을 걸으면서 소년 시절의 나는 자연이며 운명, 초월이며 세계에 대해 그저 느끼고 젖고 막연히 어린애다운 사유를 했으며 그 존재와 질서를 감지했다. 그러니 아마 나는 범신론에 가까운 신자였을 것이다. 대학에 진학해 서울로 올라와 드디어 젊은 날의 고뇌가 시작되면서 나는 기독교의 정통 교리에 회의를 갖기 시작했고, 드디어는 스스로 담배를 사서 피우는 일로 나의 배교를 선언했다. 갈수록 그리고 오히려 신앙에 의탁할 노년의 나이에 이른 지금은 더욱, 교회에 대해 비판적이고 유일신이며 역사에 참여하는 신의 존재에 대해 부정적 생각이 강해진다. 그럼에도 나는 기독교 혹은 종교가 인류에게 남겨준 문화와 사랑의 정신을 존경한다. 종교는 부인하되 그것이 안겨준 유산들에 대해서는 적극 평가하는 것이다. 더 나아가, 폴 틸리히가 말한 '종교인과 종교적 인간'의 구분에 동의하면서 스스로를 종교적 인간이라고 자찬하기까지 한다. 억지스러울 수 있는 논리임에 분명하지만 나는 그런 내 자신을 허용해 마지않는다.

고교생 때 신문과 잡지에서 보기 시작한 '실존주의'에 대한 내 받아들임은 대학 시절에 아주 적극적이었다. 지동식 목사(연세대 신학과 교수)님의 설교에서도 배웠지만 교회를 나가지 않으면서 그 즈음 번역되기 시작한 카뮈의 소설들과 도스토옙스키의 대작들에서 나는 사르트르의 이른바 한계상황, 자유, 선택, 책임의 실존적 인간 윤리를 보았고, 그 세계 인식에 전적으로 공감하게 되었다. 그를 연줄로 하여, 손창섭의 자학적인 소설들, 황순원의 섬세한 양심의 문제들, 『순교자』의 김은국이 제기한 수난의 의미에 심취했고 문학작품에서든 현실에서든 나는 실존주의적 구도로 세계를 이해하게 되었다. 그것을 깨우쳐준 것이 카를 뢰비트가 『역사의 의미』 서론에서 제기한 '종말론'이었다. 한밤중 이 단어와 마주치면서 나는 이른바 '세계의 끝'을 본 듯했고, 그 서문만으로 그 책 모두를 읽은 듯, 이 세상의 모든 일들을 종말론적 이해론과 대조하게 되었다. 조가경 교수의 실존주의 강의에서 나는 정치학과 학생임에도 A를 받기도 했지만, 아마 나의 인식들은 '실존주의'라기보다 '실존적 감수성'이란 것이 더 정확할 것이다. 나는 지금도 그 '실존'이란 말을 좋아하고 그런 정서에 곧잘 빠져든다. 그것이야말로 기독교와 함께 내 젊은 시절에 얻은 가장 귀한 내면적 가치였다.

대학 시절 얻은 게 두 가지 더 있다. 명색 정치학과 학생이었음에도 전공을 즐기지 않았고 같은 과 친구로 사귄 사람도 매우 한정되었다. 그럼에도 민병태 교수의 정치사상사는 매우 중요하게 여겨진다. 나는 그 과목에서 정치학이라는 한정된 분야만이 아니라 소크라테스와 아리스토텔레스, 플라톤에 이어 루소와 20세기의 라스키에 이르기까지의 서양 사상사를 배웠고 오늘의 세계 문명의 바탕을 바라볼 수 있었다. 그리고 같은 과가 아닌 영문학과 동기생인 황동규와 사귀었고 그 우정은 근 60년이 지난 지금껏 계속되고 있다. 수줍은 내가 그에게 먼저 인사를 청한 것은 '시인'이란 존재에 대한 호기심 때문이었다. 대학 1학년에 문단에 진출한 그는 젊고 순진한 열정에 젖어 있었으며, 예술가로서의 매우 큰 자부심을 갖고 시와 음악, 문학과 학문에 자신을 던지고 있었다. 나는 정치학도 좋아하지 않았고 시인도 아니지만 대학 시절의 그 강의와 사귐은 그 후의 내게 지적·정서적 이해의 지렛대가 되었음을 고마운 마음으로 회상한다.

그럼에도 기자로

막내로서 얻은 자유로움이라는 특권, 교회에 대한 내면적 가치

존중, 실존주의를 통한 세계 인식의 틀을 가지고 나는 문화부 기자 생활을 시작했다. 수선스러운 생애에서 거의 유일하게 벽감(壁龕)처럼 조용히 숨어 편할 수 있었던 31개월의 전방 졸병 생활을 마치고 나온 나는 취업을 해야 했는데, 정치학과 출신으로 나갈 수 있었던 곳은 신문사뿐이었다. 요행 1965년 동아일보 입사 시험에 합격해 수습 기자가 되었지만 나는 기자란 직업, 기사라는 글쓰기에 문외한이었고 동아일보사의 위치도 그 시험 때문에 비로소 알게 될 정도였다. 그러나 수습 교육 중에 나는 커뮤니케이션이야말로, 중세에서의 신학처럼 앞으로의 학문적·사회적 대종(大宗)이 되지 않을까 예상할 정도로 언론의 현재와 특히 미래의 전망에 적극적이었다. 그리고 문화부 기자로서의 내 일도 매우 즐겼고 정직하게 자랑하면 꽤 잘하고 있었다. 나는 문화부의 여러 일 중에 주로 문학과 학술을 맡았고 출판과 종교 분야를 개척했다. 때마침 문학에서는 황동규, 마종기, 김승옥, 이청준, 김현, 백낙청 등 4·19세대의 등장으로 문단의 거대한 세대교체가 활발하게 진행 중이었고, 학계는 식민 사관을 극복하려는 이기백, 김철준, 천관우 등 해방 후에 등장한 한국사학자들의 주체적 사관 구성 작업이 활발하게 어우러지고 있었으며, 학계에서나 통치권에서 근대화론이 적극적으로 논의를 시작하고 있었다. 이 시기야말로 해방 20년, 6·25 반 세대, 그리고 4·19와 5·16의 갈등을 에워싸고 산업화와 민주화가 길항하며 앞 세대의 수난 의식을 극복하고 새로운 산업화로의 길로 나아가려는, 격렬한 시대적 전환기로 뜨겁게 달구어지고 있는 참이었다. 그것들이 문학작품으로, 학술 세미나로, 연구 저술로 역동적인 움직임을 시작하고 있었다.

이런 전반적인 움직임에서 문화부는 그 전체를 바라보기 참 좋은 위치였다. 정치부나 경제부, 사회부처럼 현실 속에서 그것들을 정리하기는 힘들겠지만, 한 발 옆으로 비켜나 그런 변화들을 바라보며 객관적인 관찰을 하고 작품이나 논문 들을 통해 그 동정과 의미를 정리하기에는 아주 전망 좋은 자리였다. 그런 철이어서 내게는 항상 기삿거리가 넘쳤다. 문학계의 동태나 학계의 인식들만이 아니라 그 모든 것들과 현실의 일들을 문화적 시각으로 바라보고 그 의미를 구성해본다는 것은 흥미롭고 보람 있는 일이었다. 가령 찬반이 넘치는 경부고속도로 건설에 대해 그것의 경제적 성과는 경제부 소관이지만, 그것이 가져올 변화의 의미는 문화부 일이었다. 나는 문화부 기자의 일을 문화 예술 행사의 소식에만 한정하지 않고 그 움직임과 의미, 학계와 문단의 새로운 동향과 그 전망을 관찰하는 데 주력했다. 가령 고급 인력의 유출을 지적하며 '브레인 드레인' 문제를 시리즈로 보도한 것, 개신교와 가톨릭의 토착화와 불교의 현대화를 위한 움직임을 특집으로 다룬 것, 한국학의 구성을 끈질기게 촉구한 것, 대학생들의 정치적 저항을 주목하기를 바라고 썼지만 오히려 초점이 달리 흘러가버린 '청년문화론'을 문제 삼은 것 등 몇 가지는 지금 돌이켜보아도 기특한 발상과 진지한 열정의 소산이었다. 사망 후 오히려 주목받는 셀린, 테야르 드 샤르뎅, 조지 오웰 등 '사후의 영광'을 시리즈로 소개한 것,

'예술가의 아내'로 작가, 화가 등 장인들의 내조에 헌신한 부인들의 수고를 전하는 기획 등 여러 기획, 특집을 만들어나갔다. 내가 이럴 수 있었던 것은 당시 문화부장이었던 작가 최일남 선생, 김재관, 권영자, 안병섭 등 선배 기자의 말 없는 가르침 덕분으로 보아야 할 것이다. 그리고 그 기자 생활 중에 홍성원, 김현을 비롯한 평생의 친구들을 사귈 수 있던 것은 정말 망외의 소득이었다. 그 사귐이 기자 생활 이후의 나를 버티게 해준 것이었다. 그리고 신문사 일 외에 기자였기 때문에 손댈 수 있었던 일들을 했던 것도 정말 큰 도움이 되었다. 나는 『신동아』에 문학과 학술의 월간 동향을 칼럼으로 게재하는 것을 비롯해 이런저런 잡지에 글을 쓰기 시작했고, 조지 오웰의 『1984년』 등의 책 번역에 손을 대기도 했다. 그러니까 문필 생활의 걸음을 내디딘 것이었다. 그리고 무엇보다, 다음에 말할 계간 『문학과지성』에 동인으로 참여하게 된 것이 내 평생의 '업'이 되었다.

이 활달하고 풍요로운 문화부 기자 시절의 다른 한쪽은 정치적으로 견디기 어려운 때이기도 했다. 권력의 독점과 장기화를 기도하는 박정희 정권과 그의 폐쇄적이고 독재적인 통치에 저항하는 지식인들, 언론인들, 학생들 간의 대결이 한껏 고조되고 있었던 것이다. 나의 에세이 「지성과 반지성」은 이런 정치적 저항의 기류 속에서 쓰인 것이었고, 그 긴장은 유신 선포로 크게 뜨거워졌다. 그렇게 까탈스러운 때 나는 뜻밖에 '기자협회장'으로 나서달라는 부탁을 받았다. 이 과정에 대해 먼저 설명이 있어야겠다. 1974년 2월,

동아일보사는 인사이동을 하면서 기자직으로 입사한 직원 몇을 업무 부서로 발령 냈다. 후배 기자들은 이 조처에 정당한 저항 장치로 노동조합을 구성하기로 합의하고 전격적으로 서울시에 언론노조 결성을 신고했다. 이 사실을 알게 된 사 측은 그 주동자들을 모두 해임 또는 무기정직으로 처분했고, 그러자 2선에 있던 기자들이 대책위를 구성해 회사에 대항했는데 회사는 다시 그들에게 같은 처분을 내렸다. 나는 그 노조 주동 인물보다 몇 해 선배였고, '노동조합'이란 말이 익숙지 못한 데다 '기자노조'는 더욱 생소했지만 이 노조 사태에 대한 회사의 조처는 참으로 못마땅했다. 나는 노조 간부에게 내가 직접 행동으로 참여하지는 않겠지만 2차 대책위에 내 이름을 넣어도 좋다고 먼저 주문했고, 그래서 그 입사 기수 순으로 적힌 명단의 맨 위에 내 이름이 얹혔다. 그즈음 동아일보 노조 사태에 대한 사회적 여론도 나빠지고 사내 분위기도 심상치 않음을 알게 되었는지, 회사는 돌연 노조 임원의 처벌을 취소하고 대신 노조도 인정하지 않는다는 것을 발표했다. 그래서 노조 문제는 일단 유보 상태로 진정되었다. 그리고 반년 후쯤 이번에는 기자협회장의 스캔들이 터졌다. 당시 회장이 내무부 대변인 자리로 들어간다는 사실이 알려지자 기자들은 회장에 대한 냉혹한 비판을 가했고 그래서 그는 회장 자리와 대변인 자리를 포기해야 했다. 그러자 의식 있는 젊은 기자들이 모여 기자협회가 이리 된 것은 메이저 신문 기자들이 무관심했기 때문이라고 반성하고 기자협회를 통해 기자 본연의 태도와 정론 운동을 전개해야 한다고 합의를 보았던 것 같다.

9월 어느 날이었는지 몇 해 후배인 이부영과 또래 몇이 내게 와서 기자협회의 이런 사정과 자신들의 의지를 설명하고 내게 그 회장 자리를 맡아달라고 부탁했다. 나는 그 며칠 전에 이계익 선배 등과 언론 자유 선언을 도모하기로 상의한 바 있었지만 후배들의 이 부탁을 거절할 수는 없었다. 나는 언론계의 실제적 움직임에는 어두웠고 기자협회란 존재 자체에도 무지했으며 더구나 '회장'이란 자리는 무얼 어떻게 해야 하는지 전혀 알지 못하고 있었다. 그럼에도 나는 그 제의를 수락했다. 아마 '마지못해'라고 말하는 것이 정직할 것이다. 나는 언론 자유를 신념으로 삼고 있었지만 그 운동의 중심 자리는 내게 가당치 않게 무거운 것이고 우선 한 조직체의 우두머리는 막내 의식에 젖은 내게 전혀 익숙지 않은 일이었다. 하지만 그런 나 자신의 빈약함을 너무 잘 알았기에 동의할 수 있었을 것이다. 일은 젊은 후배들이 해라, 그 결과는 내가 짊어지겠다는 뱃심이 아니었을까. 그만큼 언론 자유는 최고의 과제였고 그 어려움을 함께하자는 요청을 나는 외면할 수 없었다. 그런데 동아일보사는 내가 기자협회장에 나간다는 사실을 보고받자 '무기정직'의 처분을 내렸다. 기자가 자신의 회원인 협회의 회장에 나간다는 것이 '기자의 대외 활동 금지'란 사규에 어긋난다는 것이었다. 지난봄 동아노조 때문에 겁이 난 신문사 사주들이 모여 새 기자협회 구성이 기자 노조의 전초전이기에 자사에서 회장이 나오면 처벌하기로 합의했다는 것으로 소문이 나 있었다. 그것은 아마 사실이었을 것이다. 나는 편집국장에게 불려가 기협회장 자리에 나서는 것을 만류하는 말을 들어야 했고, 물론 거절하고 월급이 반으로 줄어드는 무기정직의 처벌을 받겠다고 했다.

　그런데 이런 처벌이 오히려 내게는 덕이 되었다. 동료 기자들이나 관심 있는 분들이 '촌지' 봉투를 주어 월급을 벌충하고도 남았고, 회사에 나가지 못하기에 기자협회에서 매일을 보낼 수 있었고, 때이어 일어난 일련이 사태들에 바로 대응해나갈 수 있었던 것이다. 회장 취임 일주일 만에 『동아일보』에 기자들의 '10·24 언론 자유 선언'이 발표되었고 그 선언은 요원의 불길처럼 다른 신문, 방송, 통신을 통해 지방으로 번지며 운동으로 터져나갔다. 『조선일보』의 백기범, 『중앙일보』의 홍사덕 등 5명을 부회장으로, 그리고 열혈 기자들을 분과위원장으로 조직을 갖춘 기자협회는 매일 모여 확산하고 구체화하는 언론 선언 운동과 그 요구 주장들을 정리하며 집산하고 구체화시켜나갔다. 이전에도 두어 차례 기자들의 선언이 있었지만 이번의 것이 달랐던 것은 언론계 거의를 망라했다는 점과 선언으로 그치지 않고 기관원의 편집국 출입을 거부하고 정부에서 시달하는 용어를 실제의 언어(가령 '물가 현실화'를 '물가 인상'으로)로 기사에 쓰는 등 여러 가지 실천적 작업으로 발전하고 있었다는 점이었다. 이를 못마땅하게 여기는 정부 조처들에 대해 항의하고 문제의 인사들을 비판하는 등 협회가 할 일들은 참 많았고 그 기세 때문에 한창 거들먹거리던 기관원들도 우선은 조심해야 할 정도였다. 나의 취임사는 "무능하고 무력한 게으른 회장"

이 되겠다는 것이었는데 실제로는 아마 어느 회장보다, 그리고 내 생애의 어느 때보다 적극적인 활동을 해야 했던 것은 분명 아이러니였다. 그 언론 자유 운동에 대한 권력의 억압은 그해 말의 이른바 광고 탄압 사태로 나타났고, 『동아일보』의 '백지 광고'를 통한 시민적 저항이 일어났으며, 그걸 빌미로 이듬해 3월 동아·조선의 기자 해직 사태가 발발했다. 나는 그 일련의 과정에 끼어들어야 했고, 기자 사회 전반으로 문제화해야 했으며, 각계에 호소해서 해직 기자의 생활비 보조도 마련(한 달밖에 못 했지만)해야 했다. 밖으로만이 아니었다. 안으로는 내 선임자가 기획해서 작업 중이던 『기자협회 10년사』 제작비를 위해 모금을 해야 했는데 동아 백지 광고 사태 때문에 이 책의 지원자가 거의 사라지는 난감한 사태에 부닥친 것이었다. 전에는 정계·관계·기업 들이 의례적으로 광고 형태로 후원을 해주었는데, 이번에는 고개를 저은 것이었다. 다행히 내가 문화부에서 알게 된 출판사들의 후원을 얻을 수 있었지만 광고를 내지 않고 돈만 준 곳이 많았고, 그래도 모자란 비용을 위해 안면도 없는 태평양화학 서성환 사장에게 요청해 거액을 얻어 가까스로 그 책의 간행과 배포를 마무리할 수 있었다.

이듬해인 1975년 4월 드디어, 동아·조선 사태에 대한 보고서를 국제기자연맹에 제출한 것을 기관원이 우체국에서 포착하여 나를 비롯한 회장단과 사무국장 등을 남산으로 연행해 조사했다. 우리는 숨길 것도 없고 피할 것도 없이 있는 대로 조사에 응해 취조는 하룻밤으로 끝났지만 기관은 그 처리를 고심했던 것 같았다. 신문사에 따라 기자들의 '기협' 간부 연행에 항의하는 농성을 벌이는 사태까지 일어나고, 물론 여론도 좋을 리가 없게 되자, 중앙정보부도 어찌할 수 없이 회장단의 사퇴를 조건으로 방면시켜주었다. 월남의 패망을 보면서 남산에서 대엿새를 보내는 동안 우리는 청와대의 결정을 기다리며 의외로 편하게 지냈다. 나는 농담만도 아니게 남산에 끌려가서 고문도 받지 않고 커피까지 얻어 마시며 대접받은 사람들은 우리가 처음이자 마지막이 아닐까라고 했다. 어떻든 그래서 나의 기자협회장,『동아일보』의 기자직이 날아가버렸고 무직자가 되었으며, 그 덕분에 5월의 아름다운 봄을 집에서 마치 게으른 초등학생이 방학을 맞이하듯 편하고 자유롭게 지낼 수 있었다. 어떻게 생활할 것인가는 그다음의 일이었다.

그럼에도 문학판에

누구나 문학소년 시절이 있게 마련이고 무슨 글인가를 끄적거려 본 적이 있듯이 나 역시 그랬다. 대학에서도 전공 서적보다 소설과 문학지, 교양지를 더 많이 보아왔지만, 나 스스로 문학가가 되겠다는 생각을 가져본 적은 없었다. 아니, 내 품새가 소설가나 시인이 될 자질이 없다고 생각한 것이 정확하겠다. 문학이란 천재나 하는 것이지 나 같은 범재이자 세속적인 사람은 감히 나설 일이 아니라고 생각했던 것이다. 대학 시절 황동규, 그를 통해 마종기 등을 사귀고 문학에 대한 지식과 시인의 자질에 대한 생각을 많이 배웠지만, 그래도 그건 어디까지나 내 일은 아니었다. 신문사에 들어가 문학을 담당하며 내가 아는 문학인들과, 취재로 접촉한 시인·소설가 들, 원고 청탁 때문에 인사를 한 비평가들을 알고 사귀게 되었지만, 내 스스로 문학의 글쓰기를 한다거나 문단 활동을 할 생각은 없었다. 그런데 문제는 김현이었다. 나보다 3년 아래지만 어느 술자리에서 내게 말을 놓겠다고 하더니 며칠 후 만날 때 대뜸 이름을 부르고 말을 놓는 것을 듣고 나는 당황하지 않을 수 없었고, 그런 그를 상대하기 위해 나도 말을 놓아야 했다. 그는 문학적 천분도 높았지만 사람을 사귀는 데도 대단한 수완을 가지고 있었다. 그런 그가 어느 날 문학 동인지를 하는데 내게 그 참여를 요청했다. 나는 기자로 내 생애를 꾸려갈 생각이었고 감히 문학판에 끼어들 용기도 없었기에 사양했다. 그런데 며칠 되지 않아 나온 『주간한국』에 1960년대에 데뷔한 젊은 문학인들이 『68문학』을 창간한다는 기사가 나왔고, 그 동인 명단에 내 이름이 끼어 있었다. 당혹스러웠고 김현에게 항의도 했지만 활자로 이름이 끼어 있어 이제 어쩔 수 없는 일이었다. 나는 그 전해에 『사상계』의 청탁으로 원고지 40매가량의 글을 써본 적이 있었지만(후에 그게 나의 데뷔작이라고 소개되었다) 문학적 글쓰기는 여간 힘든 일이 아니었다. 그래도 내가 바라지는 않았지만 그 이름은 들어가 있는 상태였기에 무언가 나도 의무감으로 쓰지 않을 수 없었다. 4·19세대로 이루어진 그 동인지가 『68문학』이었고 '비평'이라고 내 이름이 붙은 글이 최인훈의 작품론 「자유와 현실」이었다. 그러나 이 잡지는 주간지에 거창하게 보도되었지만 한 호로 그치고 말았다.

　그리고 1970년 7월 초였다. 그걸 분명하게 기억하는 것은 서울에서 처음 국제펜대회가 열리고 있었고, 거기서 「오적」의 김지하가 예민하게 문제되고 있었으며, 나는 그 일련의 과정들을 취재하고 기사를 쓰고 있었기 때문이다. 김현이 문득 찾아와 동아일보사 근처의 다방에 마주 앉았다. 그가 대뜸 계간지를 만들자는 것이었다. 당시 한창 진행되었던 순수/참여 논쟁에서 상대는 『창작과비평』을 근거로 논지를 펴고 있는데 우리는 그런 잡지가 없으니 우리 둘이 그걸 만들자는 것이었다. 쉽사리 계간지 창간에 합의했지만 서로의 목적은 좀 달랐다. 그가 문학적 이유로 계간지 간행을 필요로 했다면 나는 기자로서 부자유한 언론 상황을 극복할 대체 방법으로 계간지를 희망했다. 나는 문학이라는 우회로를 통해 비판의 자유를 이룰 수 있으리라고 김현의 제의를 넓게 받아들였을 것이며 서로의 의도는 조율 혹은 융합될 수 있을 것이었다. 그런데 나는 무슨 돈으로?라고 현실적인 문제를 물었고 그는 김승옥이 사진식자업을 열기로 했고 그 이익을 잡지 운영비로 지원하겠다고 했다는 것이었다. 나는 그보다는 좀 현실적이었다. 김승옥의 사진식자업이 돈을 벌지 전혀 예상할 수도 없고 적어도 안정적으로 보이지 않았다. 그렇다면 내가 좀더 알아볼 사람이 있었다. 서울지법 판사를 하다 최근에 변호사로 전업한 고교 친구 황인철이었다. 우리는 동인에 김치수와 유학 중인 김주연을 추가하기로 했고 황인철의 지원 여부와 발행처로 일조각의 수락 여부를 내가 알아보기로 했다. 이 일은 그 후 참 잘 진행되었다. 판사 월급에서 변호사 수입으로 갑자기 통장이 불기 시작한 황인철은 매호 원고료로 10만 원을 출연해주기로 했고 일조각의 한만년 사장도 우리가 모은 원고를 편집해 넘기면 제작·보급해주기로 흔쾌히 수락했다. 우리는 한편으로 문공부에 정기간행물 신청을 했고, 다른 한편 원고를 청탁하고 스스로 쓰기도 했다. 그리고 두 달이 채 못 된 9월 초에『문학과지성』(이후『문지』) 창간호가 김승옥의 장정으로 화려하게 간행되었다.

『창작과비평』(이후『창비』)이 1966년에 창간된 후 4년 만에 나온 이 잡지는 그 체제는 가령 가로쓰기라든가 편집 체제를 문학만 아니라 역사, 사회과학 등으로 폭넓게 확대한다는 점에는 비슷했지만 그 논지는 대체로 대비적이었다. 문학적 참여와 순수, 리얼리즘과 모더니즘, 그리고 경제학과 역사학, 현실과학과 지성론 등으로 논지와 콘텐츠가 대조적이었다. 나로서는 그 둘 사이를 대결적이라기보다 보완적으로 생각했다. 근대화가 시작되고 경제적 산업화와 정치적 민주화가 동시에 추구되는데 그 민주화는 억압받고 있었고, 한 시대의 어려움에 대한 극복의 대안은 상대적인 오리엔테이션으로 나뉘어 전개되기 마련인데『창비』는 평등을 보다 중시하고 있었고『문지』는 자유를 앞세움으로써 상보적 관계를 이룰 수 있을 것이었다.『창비』는 문학에서나 지적인 인식에서 문제 제기적인 입장이었고『문지』는 그 일방성을 저어하며 성찰적인 태도를 추구했다. 김현이 10년 후 문학의 참여/순수 논쟁을 다시 검토하며 프랑크푸르트학파의 논리를 인용하여 『창비』 쪽을 '실천적 이론'으로 『문지』 쪽을 '이론적 실천'으로 정리함으로써 이론과 실천의 관계성을 지적한 것이 정확한 판단일 것이다. 여하튼 두 계간지는 1970년대의 문단을 넘어 학계와 언론계의 공론장에 대비적인 계간지 문화를 열었다. 물론 『창비』의 위세가 훨씬 컸고 그 반향도 적극적이었지만 온건한 진보주의와 자유주의는 『문지』 쪽에 더 많은 기대를 가지고 있었다.

나는 이른바 '4K'(김현, 김주연, 김치수, 김병익)의 일원이 되어 후에 인권변호사로 맹활약하는 황인철을 연결하며 계간지 편집과 운영에 참여하면서 비평적 글쓰기에 끼어들었고, '문학평론가'로 행세하기 시작했다. 그즈음의 어느 날 내가 스스로 깜짝 놀란 것은 지방의 한 시인이 나를 두고 한국 문단에서 가장 무서운 사람이라고 지적했을 때였다. 큰 신문사의 문학 담당 기자이고, 주목받는 계간지의 편집자이며, 스스로 비평 활동을 하고 있으니 그렇다는 것이었다. 요즘 식으로 '문학 권력자'란 그 말을 듣고 보니 변명할 수 없이 꼼짝 못하게 된 것이었다. 객관적으로 보면 그의 지적이 분명 틀린 것이 아니었기 때문이다. 그러나 1975년 내가 신문사로부터 밀려나고 반년 넘어 놀고 난 다음 사정은 달라졌다. 내가 도서 출판 '문학과지성사'의 대표가 되고 만 것이다. 계간 『문학과지성』은 여전히 일조각에서 간행되었지만 역시 프랑스 유학에서 조기 귀국한 김현이 동인들이 모인 가운데 출판사를 만들자고 제의

하면서, 잡지를 우리 자신의 것으로 만들기 위해 그 이름의 독립적인 출판사가 있어야 한다는 것과 언젠가 오늘의 나처럼 동인들 가운데 실업자가 될 수도 있는 경우를 대비해야 한다는 이유를 들었다. 그의 말대로 1977년에는 계간『문학과지성』을 문학과지성사로 가져와 잡지 이름값을 찾았고, 또 몇 해 후 김치수가 정치적 서명으로 이대 교수직에서 해직당해 있는 동안 이 출판사의 객원으로 근무했다.

그럼에도 출판인이

김현의 제안과 구상대로 우리가 청진동 해장국 골목 건물 2층에 '도서출판 문학과지성사'를 창업한 것이 1975년 12월이었다. 그가 제의한 대로 우리 4K와 황인철이 2백만 원씩 투자한 1천만 원을 자본금으로 하여 고은이 축문을 외며 고사를 지내줌으로써 문을 연 문학과지성사의 출발은 초라하기 짝이 없었다. 청진동 해장국 골목의 한약방에 세 든 우리는 후에 파주 출판단지를 성공적으로 조성하는 데 앞장선 이기웅 씨의 열화당과 함께 7평 사무실을 소녀 급사 한 사람을 두고 공동으로 고용하며 출판업을 시작했다. 나는 사실 출판 실무를 잘 몰랐고 출판사 운영 자체를 원하지도 않았다. 실업자가 된 내게 여러 사람이 출판사 운영을 권했지만 나는 책 '장사'란 것이 암담했고 그걸 경영할 자신도 없었다. 김현의 설득으로 코딱지만 한 사무실을 열고 시작은 했지만 기대는 별로 갖지 않았다. 그러나 좀 후에 20평가량으로 넓힌 사무실에는 많은 작가·시인 들이 사랑방처럼 들락거리기 시작했고 우리가 처음 낸 조해일의 『겨울여자』와 홍성원의 『주말여행』, 그리고 저녁을 먹으며 문득 제의가 나와 그 자리에서 편집까지 하게 된 『문학이란 무엇인가』와 『역사란 무엇인가』, 그리고 황순원 선생의 단편집들이 잇따라 활발한 시장 반응을 얻었다. 당시의 출판계는 대형 외판 전집이 시들해지면서 단행본 서적의 간행이 미처 자리 잡기 전이었다. 그랬기에 이미 잡지로 그 이름이 잘 알려진 '문학과지성사'의 상호가 독자들에게 잘 먹혀들었고 작가들도 우리에게 동정적이서 도와주는 분들이 많았다. 교정보는 방법부터 제작처와 서점들 간의 거래를 이기웅 씨가 가르쳐주고 주선해주는 덕분으로 나는 출판사를 운영할 수 있었고, 표지 장정과 광고는 시인 오규원, 당시 세대사 편집장이었던 권영빈, 그리고 재주 많은 김승옥이 맡아주었다. 그 소꿉놀이 같은 출판사 경영이 이런 숱한 도우미가 없었다면 어떻게 자라날 수 있었을까, 돌이켜보면 고마울 뿐이다. 처음 28만 원인가를 수금할 때의 쓸쓸한 기분은 지금도 서늘하게 기억된다. 총판을 맡긴 진명서적으로부터 난생처음 어음이란 것을 받아 들고 돌아오며 내가 드디어 장사를 하는구나 하며 든 체념 어린 자각은 결코 환할 수가 없는 것이었다. 나는 마지못해 출판사 경영을 맡은, 가장 하고 싶지 않은 책 장사를 이렇게 시작했다. 그리고 오래잖아 그럴듯한 출판인이 되었다.

맨 초창기의 이 숙연한 자각 속에서 나는 조금씩 출판사 대표로
서의 내 자리를 만들어갔다. 우선, 저자와 필자를 만나는 일이야
기자 시절이나 잡지 편집 때 이미 숙달되어 있었지만, 원고의 읽기
와 교정보는 일은 다른 인력이 없기 때문에 낯선 눈으로 내가 보아
야 했고, 편집부 직원들이 여럿 되었을 때도 그 버릇대로 내 눈을
반드시 한 번은 거치게 함으로써 내 이름으로 간행되는 책에 내 책
임을 감당하도록 했다. 그것은 또 사장이 되더니 책 읽기며 글쓰기
를 하지 않는다는 비난을 피할 수 있는 길이기도 했다. 그러면서
동인들과 함께 저자를 찾아내고 교섭하며 투고받은 원고들을 검
토하는 일, 그러니까 발행인-편집인-교정자의 일들을 하면서 종
수도 늘고 규모도 커지기 시작했고, 문인들이 모여 운영하는 출판
사로서 무언가 원칙이 있어야겠다는 생각이 자연스레 들기 시작
했다. 가령 당시의 대부분 출판사들이 큰 수입원으로 삼은 외국 소
설들은 번역 출판을 하지 않는다는 것, 잡문들을 모은 수필집이나
아동 도서, 교재를 간행하지 않는다는 것, 자비 출판을 받지 않는
다는 것, 저자들과는 10퍼센트의 인세제를 채택하며 번역자와 편
집자들과도 가능한 한 인세제로 계약한다는 것 등등, 그런 것들이
'문학과지성사'의 출판 지침으로 정해진 것들이다. 요컨대 돈 될
만한 출판은 기피하는 셈이었고 우리는 우리 출판사가 돈을 벌면
망한다는 말까지 이의 없이 공감했다. 인기를 끌기 시작한 시집 총
서들에서는 친구인 황동규보다, 그러니까 4·19세대보다 연상의
시인은 사양한다는 것도 이 방침에 끼어들었는데, 그것은 숱한, 그

러나 동의할 수 없는 선배 시인들의 출판 청탁을 거절하는 명분으로 유용했다. 저·역서의 선택은 동인들의 논의로 결정하도록 했고, 한 주에도 여러 번 만나는 동인들은 독서량도 많았고 대상도 넓었지만 그 결정만은 반대가 없어야 한다는, 계간지 편집 시절에 정했던 방침도 중요한 원칙이 되었다. 나는 여기에 앞으로를 위해 후배들도 동인으로 영입하기를 희망했고 동의를 받아 오생근과 김종철(후에 물러났다)을 끌어들였으며, 1980년대의 무크지 시대에는 다음 세대의 문지 동인들을 구성했다. 이렇게 해서 규모도 커지고 인지도도 높아지면서 문지의 출판 작업도 상당한 주목을 받게 되었다. 가령 프랑스 문학의 김붕구 교수가 힘들여 저술한 『보들레르 연구』와 같은 큰 저서도 간행되었고, 조세희의 『난장이가 쏘아 올린 작은 공』이라는 문제작이 베스트셀러의 반열에 올랐으며, 재주가 뛰어난 복거일의 『비명을 찾아서』를 발굴하고, 정문길의 『소외론 연구』와 김학준의 『러시아 혁명사』 등 당시로 보자면 큰일 날 일이지만 용케 금서를 면할 수 있었던 마르크스주의와 혁명의 문제작들을 간행할 수 있었다.

이렇게 해서 '문학과지성사'의 대표로서 나는 출판 기업인이 되었다. 그러나 나는 결코 경영자 행세를 바라지 않았다. 4K의 공동 저서 『현대한국 문학의 이론』이 민음사에서 간행되고 잡지 『문학과지성』의 편집동인으로 비평가 명함을 들이대면서 나는 글쟁이로 자리매김되고 싶었다. 그리고 부지런히 신문 칼럼에 문학평론 글을 썼고 그것들을 모아 단행본으로 냈다. 그리고 책상물림의 실

력으로 몇 권의 책도 번역했으며, 한-일, 한-독 문학 교류 행사
도 주관했다. 출판 기업인이지만 그럼에도 나는 '서생'이라는 허영
을 가지고 있었던 것이다. 계간『문학과지성』이 신군부에 의해『창
작과비평』과 함께 강제 폐간되고 출판사도 청진동에서 통의동, 다
시 아현동과 신수동을 거쳐 서교동으로 전세 사무실로 옮겨 가며
조금씩 그 크기를 불려갔지만, 내 그런 허영은 지워지지 않은 듯했
다. 지금도 기억되는 것은 주 5일제 근무를 남보다 먼저 시행하던
어느 때, 금요일에 가져간 소설집 교정지를 토요일에 보고 다음 날
일요일에 60매 해설 원고를 써서 월요일에 가지고 나가 편집부원
들을 놀라게 한 일이었다. 나는 이럼으로써 그들에게 내가 일에서
도, 글쓰기에서도 게으르지 않다는 것을 보여주고 싶었던 것 같다.
  1990년 김현이 지병으로 참으로 아까운 나이에 작고하고, 3년
후 우리가 크게 의지한 황인철 변호사도 역시 암으로 숨을 거두자
나는 다음 세대를 위한 출판사로의 개편을 시작했다. 1980년대 그
삼엄한 신군부 시대를 무크지 간행으로 넘기고 드디어 잡지 등록
이 자유로워지자 나는 동인들의 동의를 얻어 다음 세대에게 계간
지 편집 책임을 맡기기로 하고 제호도 '문학과사회'로 바꾸어 그들
의 독자성을 보장해주도록 했는데, 이 모두는 이제 출판사 운영자
의 명의와 그 책임도 그들 세대에게로 넘겨주기 위한 것이었다. 나
는 출판사와 잡지 간행이 세대에서 세대로 승계되기를 바랐고 동
인들도 다른 욕심 없이 내 의견에 동의해주어 그 준비를 즐겁게,
하나의 '작품' 제작처럼 진행할 수 있었다. 개인회사의 명의를 주

식회사로 바꾸며 주식을 발부했고, 그 주주도 믿을 수 있는 작가와 저자 들로 한정해서 배분하도록 했다. 그 작업을 마치고 승계받을 젊은 동인 체제도 구성하게 된 후 2000년 새로운 밀레니엄 시대에, 그 21세기적 디지털 문명권에 적응하지 못할 내 자신을 퇴진시킬 수 있었다. 그래서 25년 아니 30년 동안 나를 감싼 '문학과지성'이란 무거운 이름에서 스스로를 해방시킬 수 있었고, 그 행복한 멍에로부터 벗어난 자유로움을 누릴 수 있게 되었다.

그러고 나서, 나는

내 퇴진이 그냥 모양새만이 아니라 실제적인 것으로 만들기 위해 나 자신의 집도 서울을 벗어나 신도시로 옮겨 가고, 일주일에 한 번 동인 친구들과 바둑을 두고 저녁을 함께하는 모임을 계속 즐기며 문지와 직접적인 관계는 조금씩 줄여나가다, 이제는 아주 벗어나면서도 그 창업의 정신과, 동인들이나 문학 친구들과의 우정은 유지되도록 조심스레 처신하고 있는 중이다. 문지사로부터 물러난 이후 홍정선의 주선으로 인하대 국문과에 초빙교수로 3년간 인천을 오가기도 했고, 문예진흥원을 개편한 한국문화예술위원회에 때 아닌 위원장으로 2년 동안 근무했지만, 그 두 일이 내가 '문학과지성' 대표였다는 연고로 말미암은 노후의 혜택이었다고, 그래서 그 일과 직책은 내 과외의 과분한 업무였다고 스스로 줄여 말하곤 해왔다. 사실 인하대 초빙교수는 나의 문학비평적 글쓰기의 연장으로 그 벅찬 일을 즐겨 맡았다고 고백할 수 있지만, 초대 한국문화예술위원장이란 직책은 내게 감당하기 불편한 일이었다. 당초 사양하고 있었음에도 내가 그 자리에 든 것은 이 위원회의 기획자인 이창동 문화부장관과 시인 황지우의 강권을 거절하는 데 실패했기 때문이었다. 그럼에도 나는 그 직책에 대해 내가 할 수 있는 노력은 다했다고 말하고 싶다. 다만 관료 체제의 공공기관에 내가 익숙하지 못했고 나도 그런 유의 조직으로부터 자유롭고 늘그막의 안온을 원했기에 2년 만에 스스로 물러나고 말았다. 이 모든 공적인 업무에서 벗어날 때의 해방감! 그러고서 나는 내 일생의 가장 지루할 수 있는 시기를 그래도 내가 바라는 바의 '만년의 양식'으로 즐기며 평온하고 안락하게 지낼 수 있게 된 것이다.

그 다행스러움은 내가 나서서 선택했다기보다는, 오히려 피하고 싶고 멀리하고 싶어 했음에도 불구하고 마지못해 자리를 맡고 일들을 해야 했던 것들이 서로의 빌미로 인연의 꼬리를 물고 달아온 데서 이루어진 것들이다. 나는 그것을 '그럼에도 불구하고'의 변증으로 여긴다. 나는 능동적으로 취한 것이 아니고 마지못해 받아들인 것인데, 그럼에도 그런 자리에서 그런 일들을 하는 데 내 나름의 정성을 다했다는 것은 스스로 대견스레 말할 수 있겠다. 내가 그럴 수 있었던 것은 어렸을 적부터 '무엇'이 되겠다는 생각을 한 적이 거의 없었고 '어떻게' 하고 싶다는 소망을 지녀온 덕분으로 여긴다. 다만 한 가지 일, 내 연분을 정하는 데는 내 집요한 고집이 있었던 것 같고 그것에 내 능동적인 노력을 들였던 것은 분명하다. 초등학교 5학년 때 전학 온 여학생을 혼자 점찍어두고 같은 대학을 다니면서 말을 거는 것조차 거절당했지만, 사회에 발을 들여놓을 때 우연히 다시 만나 인연을 맺은 아내나, 그처럼 집요한 의지를 의외로 발휘해야 했던 나는, 대학원에 적을 두고는 있었지만 둘 다 우리는 학자가 될 자질이나 역량이 없다고 포기했었다. 그렇기에 네 자식들이 굳이 까다로운 학문의 길로 들어서는 것을 찬성하지도 않았지만 만류하지도 못했다. 그럼에도 불구하고 네 자식들은 프랑스와 한국, 영국과 미국에서 학위 공부를 했고 그중 셋은 한국에서 가르치고 글을 쓰고 있으며 공학을 공부한 아들은 미국의 연구소에서 일하고 있다. 부모인 내가 그리 권하지 않았음에도 끝내 자신들의 길을 찾아가는 자식들의 모습에서 나의 운명적 반어를 내가 발견하는 것일까? 거기서 나는, 내가 '그럼에도 불구하고'의 역설을 긍정적으로 수용하고 '무엇을'보다 '어떻게'를 삶의 중심 가치로 삼아온 내 자신의 소망이 일구어낸 결과를 보며 흐뭇해하고 있는지도 모르겠다. 결국 내가 수동적으로 당해야 했던 일들을 힘들여 내가 할 일로 바꾸어 능동적으로 수고를 들였다고 말한다면 뻔뻔한 일이겠지만, 달리 쓸 수도 없다는 게 사실이다.

[『철학과 현실』, 2015년 가을호]